LA VENGEANCE D'ESTHER

Paul-Loup Sulitzer est né en 1946. En 1980, avec *Money*, il invente un nouveau genre littéraire, le western économique. Le succès est immense. Paraissent ensuite *Cash* et *Fortune*, puis de nombreux romans, qui sont autant de best-sellers. Paul-Loup Sulitzer a vendu à ce jour 40 millions de livres dans 43 pays.

Paru dans Le Livre de Poche :

BERLIN
CARTEL
CASH !
LE COMPLOT DES ANGES
LA CONFESSION DE DINA WINTER
DANS LE CERCLE SACRÉ
L'ENFANT DES SEPT MERS
LA FEMME D'AFFAIRES
LA FEMME PRESSÉE
FORTUNE
HANNAH :
1. HANNAH
2. L'IMPÉRATRICE
KATE
LES MAÎTRES DE LA VIE
LE MERCENAIRE DU DIABLE
MONEY
ORIANE OU LA CINQUIÈME COULEUR
LE ROI VERT
LES ROUTES DE PÉKIN
SOLEILS ROUGES
TANTZOR

PAUL-LOUP SULITZER

La Vengeance d'Esther

STOCK

Pour James et Édouard.

1

Décidément ce n'était pas un joli mois de mai. La pluie tombait à seaux sur Pantin, et la jeune caissière du Franprix, Aline, se serait bien vue loin de là, sur une île grecque bordée de bleu, entre ciel et mer, plutôt qu'à passer sous le décodeur les boîtes de petits pois et les rouleaux de papier toilette des mamies du quartier. Elle regarda la pendule accrochée au-dessus des échafaudages de produits d'entretien. Il était tout juste 2 heures et la grande aiguille semblait collée à la surface grisâtre du cadran. Le temps ne passait pas.

Aline soupirait en fermant les yeux quand une femme qu'elle n'avait jamais vue au magasin se présenta à sa caisse : une petite trentaine, brune, un visage allongé aux traits accusés. Elle portait un tailleur de demi-saison parfaitement coupé, sans doute sur mesure, et dégageait un parfum acidulé.

La femme paya ses achats avec un billet de cinq cents francs.

— Nous n'acceptons pas ces coupures, s'excusa la caissière. Vous savez, c'est à cause de cette affaire de faux billets.

— Vous n'avez pas de détecteur? s'étonna la

cliente qui parlait d'une voix très douce, presque charmeuse.

— C'est prévu, je crois, balbutia Aline, mais non, enfin, pas encore.

La femme en tailleur remit son gros billet dans son porte-monnaie et sortit deux Gustave Eiffel de deux cents francs.

— C'est parfait, sourit Aline.

Soudain, pendant qu'elle actionnait l'ouverture de son tiroir-caisse, un homme surgit comme un diable près d'elle :

— Surtout tu ne bouges pas, tu ne cries pas. Tu me donnes le fric bien gentiment et tu m'oublies. Compris ?

Aline plongea le nez et les mains dans sa caisse, le cœur battant, au bord du malaise. Il fallait que ça tombe sur elle, un hold-up en plein milieu de la journée, dans un magasin désert, avec pour seul témoin une cliente du dernier chic qui ne lui serait d'aucun secours.

Le cambrioleur était très nerveux. Il brandissait une arme dans ses poings, les bras raidis oscillant frénétiquement de gauche et de droite. Bien que son visage fût dissimulé sous le voile d'un bas noir, il paraissait à sa voix qu'il s'agissait d'un homme assez jeune. Aline ne put retenir un cri de panique.

Tout à coup, surgi de son bureau dissimulé derrière deux piliers de béton, le gérant du Franprix, un homme d'une cinquantaine d'années, planta un pistolet d'alarme sur la nuque du cambrioleur. En trente ans de métier dans la distribution, Albert Gauthier n'en était pas à sa première rencontre brutale avec des petites frappes venues « faire la caisse ». Il avait du sang-froid et savait comment s'y prendre pour neutraliser ce type d'assaillants. Il chaussait toujours des tennis qui étouffaient le bruit de ses pas et surprenait ainsi parfois son personnel en pleine discussion entre deux rayons, au lieu de vider les palettes. Il portait toujours sur lui un pistolet d'alarme qui faisait son effet avec son petit canon scié et ses reflets argentés.

Le jeune cambrioleur, au contact du métal froid contre sa nuque, sentit son sang se vider sans qu'aucun coup de feu n'ait pourtant retenti. Depuis une heure qu'il surveillait les allées et venues à l'intérieur du Franprix, il était persuadé que la petite caissière au regard absent était seule dans les lieux. C'est exprès qu'il avait choisi Pantin, où il ne connaissait personne et où personne ne le connaissait, loin des beaux quartiers de Neuilly où officiait son père, le Dr Donge. Membre du conseil de l'ordre, mandarin de la faculté de médecine, chirurgien couvert de femmes et d'argent, figure tutélaire de l'Hôpital Américain, il exerçait son art avec tout le mépris écrasant de certains pères pour leur fils quand celui-ci tarde à trouver la voie d'une réussite éclatante. Fabrice avait bien pensé à une banque et même, tiens, il s'était pris à rêver d'entrer avec fracas dans la succursale de la banque Albert où son père possédait un coffre-fort. Mais l'objectif lui était apparu trop audacieux, au moins dans un premier temps, et le triste Franprix de Pantin, laissé aux mains d'une modeste caissière sous la petite pluie de mai, lui était apparu plus raisonnable pour un coup d'essai.

L'apprenti voleur n'eut toutefois pas le temps de s'appesantir sur sa déveine. Il venait tout juste de lâcher son arme quand se produisit un retournement de situation digne d'un film américain, dont l'héroïne, douce et paisible, se révèle brusquement un émule de Bruce Lee.

Albert Gauthier ne s'était pas soucié de la belle cliente qui, lors de l'attaque-surprise de l'agresseur, avait continué comme si de rien n'était de ranger ses achats dans un sachet en plastique.

— Filez vers la sortie et fissa ! lança-t-elle au jeune homme dont la sueur perlait à travers le bas noir qui enserrait son visage.

Dans le même temps, elle fit voler l'arme du gérant d'un coup de pied bien ajusté, qui, l'espace d'un dixième de seconde, découvrit à l'agresseur la chair blanche de ses cuisses parfaitement galbées. D'un autre coup de pied tout aussi violent et d'une précision bien plus cruelle, la belle dame bien sous tous rapports, au parfum suave et au tailleur chic, la belle dame enfonça la pointe de sa chaussure dans les parties sensibles d'Albert Gauthier qui suffoqua, plié en deux entre les caisses désertes. Aline se précipita au secours de son chef en criant, se prit les pieds dans la chaînette qui fermait la caisse voisine et s'affala près de son supérieur.

La scène n'aurait pas été dramatique, elle serait même passée au bêtisier des vigiles dont les caméras étaient sans cesse branchées sur les caisses. Manque de chance : le système vidéo avait subi un court-circuit la nuit précédente et, lorsque la police tenta de repérer le visage de l'agresseur et de cette femme qui, de prime abord, ne pouvait être sa complice, ils ne trouvèrent qu'une image noire et grésillante.

Fabrice Donge, le voleur malchanceux, s'était retrouvé seul dans la rue. Il avait ôté son bas et attendait, sur le trottoir, le cœur battant, que la jeune femme au ton si ferme réapparaisse. Ce ne fut pas long.

— Suis-moi, cria-t-elle en direction de Fabrice. La moto, là, dépêche-toi !

Elle désignait une grosse Kawasaki appuyée sur sa béquille, à vingt mètres. Pendant qu'il enfilait un casque, elle passa en vitesse une combinaison et fit vrombir le moteur. Le bolide s'élança sur la chaussée détrempée de Pantin. La pluie avait cessé, mais le bitume était encore luisant. De l'intérieur de sa veste, elle sortit un sachet à la marque du Franprix.

— Tiens, mets ça à l'abri, fit-elle.

C'était le butin de la caisse d'Aline.

Avec la vitesse et le vent dans les oreilles, il n'entendait pas bien ce qu'elle lui disait. Il crut comprendre que la jeune femme trouvait qu'il avait pris beaucoup de risques pour pas grand-chose. En lui attrapant une main pour la poser contre son ventre, elle lui signifia de s'accrocher à sa taille. Il sentit ce corps ardent vibrer sous ses paumes tout le temps que dura le voyage.

2

Pendant que la moto se faufilait à travers les rangées de voitures bloquées sur le boulevard périphérique, Fabrice Donge essayait de réaliser ce qui venait de lui arriver. Les choses s'étaient enchaînées si rapidement, et de façon si inattendue, qu'il se demandait si on n'était pas en train de lui faire une blague ou s'il n'était pas tombé dans le piège d'une émission télévisée à la mode, un de ces reality-shows où de bons amis vous poussent malgré vous à dépasser les limites du convenable. Mais il avait beau se repasser le film dans la tête, rien ne lui indiquait qu'il se trouvait dans une mise en scène ou dans une fiction. Après tout, c'était de sa propre initiative qu'il avait conçu de braquer la caisse du Franprix, et il entendait encore les cris de la caissière, il sentait encore le contact froid et dur de l'arme du gérant dans sa nuque. Non, il n'avait pas rêvé, même si la belle qui pilotait à merveille sa grosse cylindrée, pour le peu qu'il en avait vu, avait quelque chose d'une créature de rêve. Des boucles de sa chevelure brune dépassaient de son casque.

Elle sortit du périphérique porte de Vincennes et mit pleins gaz à travers le bois. Un timide soleil commençait à sortir de la masse nuageuse. L'air était doux, maintenant.

À qui Fabrice avait-il affaire ? S'agissait-il d'une « bourge » déclassée en quête de sensations, d'une véritable professionnelle venue là sans arrière-pensée et reprise par le démon devant les circonstances ? Avait-elle eu pitié de la maladresse de débutant de Fabrice Donge ? La moto filait et les pensées du jeune homme s'effilochaient au rythme des virages et des accélérations nerveuses de l'engin. Il réfléchirait plus tard. En attendant, l'amazone à la « Kawa » l'avait tiré de bien sales draps.

Ils traversèrent un chapelet continu de petites cités de banlieue reliées à Paris par des voies rapides bordées de panneaux publicitaires et de magasins-hangars pour le bricolage, la literie et les cuisines. Ils longèrent ensuite un fleuve gris que Fabrice confondit avec la Seine.

— La Marne ! s'écria la jeune femme comme si elle avait perçu son interrogation.

Ils traversèrent les faubourgs d'une coquette cité aux larges avenues bordées de vieux gros arbres, sans doute plantés sous le Second Empire ou au début de la Troisième République, quand la France rêvait de grandeur en semant des graines de peupliers qui dureraient plus longtemps que les cabinets ministériels. Visiblement, le pilote en jupon savait où il allait. Ils laissèrent la Marne sur leur droite et gagnèrent un quartier très résidentiel où les demeures bourgeoises de deux ou trois étages dominaient d'immenses jardins que protégeaient d'épaisses frondaisons. La moto décéléra, le carburateur émit un grognement comme s'il venait de manquer d'air. La jeune femme remit les gaz en abordant une allée de gravier blanc qui ceinturait une villa et un parc planté de majestueux tilleuls. Fabrice Donge avait à peine eu le temps d'apercevoir à l'entrée l'inscription « Villa Aurore » gravée sur une plaque de marbre gris veiné d'orange.

— Bienvenue chez moi, fit la jeune femme en descendant de moto.

Elle ôta son casque et secoua vigoureusement sa chevelure pour remettre en place ses mèches brunes. Fabrice ne pouvait détacher son regard de cette inconnue qui lui offrait enfin son visage d'une rare beauté, avec ses yeux d'un bleu outremer sous une ligne de sourcils admirablement dessinée. Il remarqua son menton volontaire, ses pommettes un peu hautes qui lui donnaient un petit air slave, et les fossettes qui creusaient ses joues d'une marque discrète. Elle était à peine plus petite que lui.

— Je suis Esther, fit la jeune femme, sortant son invité surprise d'une longue rêverie.

Elle lui tendit une main ferme qu'il serra sans la quitter des yeux.

— Et moi Fabrice, répondit-il, troublé.

Un couple les attendait au pied d'un grand perron de pierre blanche. L'homme pouvait avoir environ soixante-dix ans. Il avait l'air d'un solide paysan, avec sa chemise à carreaux et sa veste de velours brun à grosses côtes. À côté, la femme au chignon blanc impeccablement roulé et piqué d'une épingle de bois paraissait avoir à peu près le même âge.

— Jackie et Coletta, les intendants du domaine, lança Esther. Ils te présenteront à la famille. Je monte me changer. Servez-lui à boire sur la terrasse, il a eu quelques émotions, je crois qu'il a besoin d'un petit remontant, fit-elle à l'adresse du couple avant de disparaître.

— Suivez-moi, fit le bonhomme en s'exécutant avec bonne humeur. Il ne sera pas dit qu'on vous laissera mourir de soif. C'est comment, votre petit nom ?

— Fabrice, monsieur. Une bière suffira...

— Alors va pour une bière. Brune ou blonde ?

— Brune, répondit machinalement le jeune homme. En réalité, il pensait à Esther.

On l'installa sur la terrasse derrière la maison. Il s'était remis à pleuvoir, de grosses gouttes cette fois qui tombaient lourdement sur le feuillage des grands arbres et donnaient au jardin une ambiance tropicale. Où était-il tombé? Et qui était cette « famille » que Jackie et Coletta étaient censés lui présenter? Fabrice vida son verre d'un trait en se disant qu'une explication serait bientôt nécessaire avec la belle Esther.

3

— Ma parole, une nouvelle recrue?

Fabrice était plongé dans un abîme de perplexité quand il vit venir jusqu'à lui un grand Beur d'une vingtaine d'années à l'allure nonchalante, un sourire illuminant son visage, sa main largement tendue en guise de bienvenue.

— Je suis Djamel Bejaïa, mais ici, tout le monde m'appelle Too Much, tu comprendras vite pourquoi. Il paraît que je suis un tchatcheur de première.

Djamel avait parlé très vite et, visiblement, il était fier de son surnom qu'il ne mit pas longtemps à justifier aux yeux de Fabrice. En quelques minutes, le jeune homme fut affranchi sur la villa Aurore et ses habitants.

— D'abord il y a Esther, commença Too Much qui avait pris place dans un confortable fauteuil d'osier à côté de Fabrice. Nous on est tous piqués d'elle, Esther la belle, l'inaccessible étoile... Elle vit seule là-haut, à l'étage, personne n'y monte, sauf Coletta quand Esther décide de rester au lit certains matins.

— Mais c'est qui, « nous » ? demanda Fabrice de plus en plus intrigué.

— Une petite bande d'arnaqueurs qu'Esther a pris en amitié, va savoir pourquoi. Notre vie, c'est l'escroquerie, le larcin sous toutes ses formes. Mais attention, on a la classe, jamais de violence, pas de vulgarité, seulement du tact et de l'efficacité, et pour être efficaces, crois-moi, nous sommes des as. Sûr qu'Esther nous a bien choisis.

En son for intérieur, Fabrice se dit qu'Esther ne l'avait sûrement pas choisi pour ses qualités de braqueur. Mais Djamel poursuivait son récit et le jeune homme égaré à la villa Aurore ne voulait pas en perdre un détail.

— Comme tu me vois devant toi, je ne suis qu'un Beur comme il y en a des milliers dans les cités. Mais je ne te donne pas cinq minutes et tu me prendras pour un cheik cousu d'or, pour un grand reporter ou un chauffeur de maître. Je peux camper un prince berbère ou un éboueur sans aucune difficulté, je suis un roi de l'arnaque, un mythomane inégalable. D'ailleurs, chacun d'entre nous, dans son domaine, est inégalable. Et toi, c'est quoi, ta spécialité ?

Fabrice hésita. Il songea que Djamel savait peut-être déjà qui il était, mais qu'il le faisait parler, histoire de voir s'il travestirait la réalité ou avouerait son piètre exploit au Franprix.

— Je suis plutôt un débutant, commença Fabrice. Je sens que je vais apprendre beaucoup à votre contact, fit-il prudemment. Quand Esther m'a vu la première fois, c'est-à-dire il y a moins de deux heures, j'étais en difficulté devant la caisse d'un Franprix...

Djamel sourit, mais s'abstint de tout commentaire, comme si le choix d'Esther, cette fois, lui paraissait aussi mystérieux qu'à Fabrice Donge.

— C'est vrai que tu seras à bonne école parmi nous, reprit Too Much. Avant ton arrivée, nous étions quatre. Sans doute Esther a-t-elle voulu que nous soyons cinq, comme les doigts d'une main. Ici, c'est une sorte d'école du cirque. À chacun son numéro, sa spécialité. Nous sommes tous un peu acrobates et jongleurs, trapézistes et clowns. Jackie et Coletta sont là pour nous éviter de trébucher, ce sont des vieux de la vieille, l'arnaque n'est plus qu'un violon d'Ingres pour eux, mais quand on les chauffe un peu, ils nous racontent les coups fumants qu'ils ont réussis sur la Côte d'Azur, après la guerre, tellement dingues qu'à côté Bonnie and Clyde étaient des amateurs. Ils se sont retirés à la villa Aurore il y a quarante berges, ils avaient besoin de se faire oublier, et ils se sont mis au service de la grand-mère d'Esther qui vivait là.

— Et cette fameuse « famille »? insista Fabrice.

— Tu ne vas pas tarder à rencontrer ses membres éminents. D'abord Marion, la seule fille de la bande. Sous des dehors un peu lourdauds, c'est une fille très maligne, la tête près du bonnet. Nous, on serait toujours prêts à claquer le fric. Elle joue son rôle de trésorière avec un sérieux à toute épreuve. Tous nos butins, tous les produits de nos rapines, c'est elle qui les répartit pour assurer le train de vie de notre groupe et redistribuer les surplus dans les cités. Esther tient beaucoup à cette entreprise de partage avec certaines familles défavorisées que nous connaissons bien. C'est le côté

« Robin des Bois » de notre activité on ne peut plus illicite...

— Elle cherche quoi au juste, Esther ? enchaîna Fabrice.

— Ça, si on savait ! Faudra lui demander, mais elle n'est pas très bavarde sur le sujet. On sait seulement qu'elle a un gros faible pour les gens de notre espèce, ça nous suffit. C'est pas la peine de vouloir toujours connaître les motivations des gens, ça pourrait nous entraîner trop loin. Après tout, c'est son problème à elle, pas le nôtre, pourvu qu'elle continue de nous protéger, de nous signaler les bons coups et de nous fournir une planque au-dessus de tout soupçon. Tu imagines les flics venir chercher un prince berbère arnaqueur à la villa Aurore ?

Il s'esclaffa.

— Je vois, fit Fabrice en hochant la tête. Tu en étais à Marion.

Djamel arbora un grand sourire en se passant les doigts voluptueusement dans sa tignasse noir ébène.

— Il y a aussi Giovanni, le petit copain de Marion, un type incroyable de malice. Il suffit de croiser son regard quelques secondes pour comprendre qu'il a un ordinateur et une calculette à la place de la cervelle. Quand ils étaient tout jeunes, Marion et lui ont fait de la prison pour fabrication de fausse monnaie. Giovanni est un petit prince de la toile et du software, il entre comme qui rigole dans les réseaux virtuels des banques et des grandes institutions financières. C'est un hacker de génie. Je suis sûr qu'un jour il sera célèbre, plus encore que les gars du train postal. Sa langue maternelle, c'est l'informatique. Je l'ai vu fabriquer des programmes incroyablement complexes, déverrouiller le site des services secrets pour y laisser des bombes à retardement, de faux documents authentifiés comme des vrais. De la folie, je te dis. Même que les informaticiens français ont demandé des excuses officielles à la Maison-Blanche, persuadés que la CIA avait fait le coup !

Visiblement, Too Much était bluffé par les talents prodigieux de Giovanni. Dès son plus jeune âge, ce dernier avait appris à bidouiller des programmes sur les ordinateurs du centre pour enfants abandonnés où il avait été élevé. Avant de le placer dans une famille, ses tuteurs demandaient s'il y avait un PC au foyer. L'écran était pour lui une baby-sitter plus efficace que tous les programmes de divertissement réservés au jeune public. Too Much raconta comment Giovanni avait créé un réseau invisible de communication avec d'autres fondus d'informatique, en piratant le serveur de France Télécom. Toutes les communications étaient gratuites. La direction des Télécom ne réussit jamais à retrouver la trace du hacker en herbe. Et pour cause : il avait neuf ans quand il accomplit cette première prouesse.

Plus tard, il avait milité pour la liberté totale et gratuite des communications, considérant que la paix et l'amour, ces valeurs d'hier, ne pourraient reprendre vigueur que si s'effondraient les barrières entre les habitants de cette planète. Il était entré dans le mouvement des « hacktivists », ces hackers au grand cœur convaincus de remplir une mission civique en forçant les réseaux des grandes entreprises multinationales et des États. Il avait ensuite bifurqué vers le détournement de comptes bancaires à partir des numéros de cartes bleues qu'il récupérait sans difficulté dans les listings secrets et chiffrés de sites bancaires. C'est ainsi qu'il avait voulu vider le compte d'Esther. La jeune femme, qui s'y connaissait en poursuite informatique, loin de dénoncer le jeune pirate, l'avait approché en lui présentant une réalité plus généreuse : on pouvait être un hacker utile en redistribuant les richesses par un simple détournement du net. C'est ainsi que Giovanni s'était retrouvé à la villa Aurore, à la tête d'un parc informatique dernier cri.

À mesure que Djamel brossait les états de service des membres éminents de la « famille », Fabrice se sentait de plus en plus médiocre, en tout cas déplacé dans cette confrérie de haut vol. Il se demandait bien ce qui avait suscité l'intérêt d'Esther pour lui, tremblant devant une pauvre caissière, à deux doigts de commettre une bavure pour quelques centaines de francs. Bien sûr, Djamel l'avait prévenu : on ne l'appelait pas Too Much pour rien. Mais, même s'il avait exagéré en relatant les exploits de ses compagnons, Fabrice était convaincu qu'il ne leur arrivait pas à la cheville. Alors ?

Il allait commencer à tâter le terrain quand il fut interrompu par un vacarme assourdissant qui augmentait à toute allure. Un 4 × 4 venait de franchir le portail en trombe, l'autoradio crachant de tous ses décibels un rap endiablé de Harlem. Too Much se leva d'un bond de son fauteuil et frappa dans ses mains en cadence.

— C'est Tucky ! s'écria-t-il en s'adressant à Fabrice. Le dernier de la bande, notre artiste.

4

— Hello men ! fit le dénommé Tucky en extrayant en souplesse son immense carcasse du 4 × 4.

Il grimpa les marches du perron, avec la démarche de Baloo dans *Le Livre de la jungle,* encore hilare du bon coup qu'il venait de réaliser. Fils d'immigrés maliens, Tucky avait la taille majestueuse des grands chasseurs peuls, mais sa ligne laissait à désirer car il fondait littéralement devant les pâtisseries, avec un faible assumé pour les religieuses au chocolat qu'il était capable d'avaler d'une seule bouchée. Cabotin, empli d'une immense énergie à la mesure de sa joie de vivre qu'il promenait dans les quartiers africains de Barbès à Pigalle, Tucky était parti pour faire son numéro. Ça tombait bien : il avait un nouveau public en la personne de Fabrice que Too Much eut à peine le temps de lui présenter. Déjà le grand Black racontait les raisons de son hilarité.

— Tu ne vas pas me croire, Djamel, j'ai réussi à lui fourguer une côte d'agneau si bien maquillée que la vieille l'a prise pour un reste de sainte Thérèse. Deux mille balles dans la poche, mec, signé frère Tucky. Que dis-tu de ça ?

Too Much se retourna vers Fabrice, la mine réjouie, et déclama avec emphase :

— Mon jeune ami, tu as devant toi un des plus extraordinaires faussaires de la place, le meilleur entre Paris et Bamako, peut-être le plus fort de tous les temps, et je pèse mes mots. Car ce gars-là est un drôle de paroissien qui marie dans ses œuvres de filouterie le spirituel au matériel. Avec Tucky, on est escroqué à coup sûr, et plutôt deux fois qu'une, mais les victimes voient leur âme s'élever, et je me demande après tout si l'argent qu'il leur soutire n'est pas la juste rémunération d'une œuvre pieuse destinée à entretenir la ferveur du commun, petit peuple crédule toujours prêt à croire à l'extraordinaire, aux traces et aux reliques, aux fétiches que sa mère l'Afrique a si bien su répandre dans notre univers accablé par la raison raisonnante.

Tucky prit un air modeste, limite angélique.

— Arrête, Too Much, vraiment tu vas me faire rougir, s'esclaffa le Black. Ce n'est pas permis, mon Dieu, d'avoir une langue pareille, n'est-ce pas ?

— Tu as raison, frère, affranchis notre nouvel ami sur tes négoces célestes, je suis sûr qu'il ne demande qu'à écouter.

Tucky ne se fit pas prier.

— Voilà, c'est très simple. Un de mes amis bouchers de la rue des Martyrs me fournit en os de toutes sortes. Je collectionne les tibias de mouton, les côtelettes d'agneau, les fémurs de vache et aussi les vertèbres — très important, les vertèbres. J'ai raconté au boucher qu'on avait des chiens en pagaille dans un squatt de Montmartre, et que, si on voulait éloigner les rôdeurs, on devait bien nourrir nos clebs. Du coup, j'ai droit chaque jour à plusieurs animaux entiers façon catacombes, côtes par-ci, pattes par-là. Le tout est transporté à la villa Aurore, en deux temps trois mouvements. Nous avons une grosse chaudière en sous-sol. Ça macère joyeusement à 80 degrés pour détacher les bouts de bidoche qui restent, les nerfs, les parties molles, les cartilages. On fait sécher, on essuie délicatement.

Quand les os sont bien secs, blancs comme la

mort — il ne put réprimer un rire en prononçant ces mots —, alors on passe les couleurs, et pas n'importe lesquelles : de la cire avec un pinceau en poil de sanglier. La pénétration est indélébile avec le poil de sanglier. Depuis le début de l'année, j'ai dû écouler cinq ou six sainte Thérèse, autant de Rita et de Félicité. Le marché est pas mal pour la Perpétue, moins demandeur sur saint Paul et saint Jean Baptiste. D'une manière générale, les fidèles craquent davantage pour les saintes, même les femmes, elles préfèrent. Quelquefois on me demande si je n'aurais pas quelques restes de Jésus, mais c'est osé. Enfin, quand le client insiste vraiment, je fais un effort.

— Mais qui achète des trucs pareils ? s'étonna Fabrice.

— Si tu savais... Tiens, Djamel a deviné pourquoi je suis si content aujourd'hui. J'avais repéré une vieille bigote, l'autre jour, sur le parvis de Notre-Dame où je vais parfois tendre ma casquette les jours de grand-messe. Une vieille tout ce qu'il y a de plus pimbêche : pas un regard pour le pauvre Black que je suis quand je m'affuble des habits du mendiant. C'est à peine si elle fait attention à moi et je suis sûr qu'après la messe, même avec son hostie dans le gosier, elle me tient pour un demeuré, un singe ou quelque chose d'avoisinant. Ça me fait rigoler et il m'arrive, pour la faire sursauter, d'imiter le cri du gorille en rut. Figure-toi que j'avais remarqué à son cou une médaille représentant sainte Thérèse. Une fois je l'ai suivie jusque chez elle, une petite rue de l'île Saint-Louis. Sur sa porte, j'ai vu qu'elle s'appelait Thérèse.

» Alors cet après-midi, ni une ni deux, j'ai sorti

du frigo une magnifique côte d'agneau cirée et polie à souhait, vieille comme l'antique, au moins en apparence. Je l'ai enroulée dans un tissu doré, ça coûte rien mais ça fait son effet. Je m'étais habillé en boubou de fête, elle n'a pas reconnu le mendiant de Notre-Dame. Je lui ai expliqué poliment que lors de l'exposition de la châsse contenant les restes de sainte Thérèse de Lisieux, à l'église de la Trinité, des fanatiques avaient pu en dérober quelques morceaux qui circulaient sur le marché. Comme l'un des curés de Notre-Dame m'avait informé de sa dévotion pour Thérèse, je m'adressais à elle en priorité. Je m'attendais qu'elle se montre un peu suspicieuse, ou même qu'elle me renvoie avec perte et fracas. Au lieu de ça, elle a fini par me souffler : « Combien ? » pendant qu'elle caressait l'objet avec une émotion de vierge devant son premier sexe mâle. Je regrette, j'aurais pu demander le double. Elle est allée chercher deux mille balles en liquide, j'ai entendu un tiroir s'ouvrir rapidement puis se refermer. Si elle voit le curé, ça risque d'être chaud !

Tucky en riait encore.

— Tu en as fourgué combien comme ça, aujourd'hui ? demanda Too Much captivé par le récit de son ami.

— Une bonne dizaine, répondit le Black. Je n'ai pas compté exactement.

— Eh bien ! on va compter ensemble, fit une voix de femme juste dans leur dos.

Fabrice aperçut une silhouette ronde qui se rapprochait. Il vit d'abord son physique ingrat, son visage joufflu au milieu duquel brillaient deux agates, un regard très doux et tendre, ferme aussi, le regard de quelqu'un qui sait ce qu'il veut. Et

Marion savait bien ce qu'elle voulait. Elle adressa un signe complice à Fabrice et posa ses mains sur les épaules de Tucky.

— Alors, frère, au rapport. Ce matin, à la crypte (ainsi avaient-ils baptisé leur ossuaire), il manquait exactement onze os, dans le détail quatre tibias de vache, trois de mouton, et le reste en côtelettes. Et ne me dis pas que tu les as mangés, je ne crois pas à tes pulsions cannibales, se moqua-t-elle.

Tucky vida ses poches.

— Dix reliques à deux mille, voilà vingt mille francs, madame le ministre des Finances.

— Et le onzième ?

— Quoi, le onzième ?

— Oui, insista Marion, il manque l'argent du onzième. Souviens-toi que les sommes servent d'abord à assurer notre train de vie et à financer nos bonnes œuvres, et qu'on doit aussi mettre du fric de côté pour l'« expédition ». Je vous reverse 10 % du total pour votre argent de poche, c'est déjà pas mal, mais ne détournez pas une partie des gains, c'est contre nos principes.

— Je sais, je sais, protesta mollement Tucky. Mais le onzième, en vérité, il est en expertise.

— Quelle expertise ?

Tucky se remit à rire.

— Une histoire avec Coulibaly, le préposé de l'ambassade de Côte-d'Ivoire.

— Qu'est-ce que vient faire la Côte-d'Ivoire là-dedans ? demanda Marion, pleine de curiosité, déjà prête à se ranger du côté des rieurs.

— C'est que, commença Tucky, nos amis ivoiriens sont très ennuyés : les restes de sainte Claire, qui devaient rejoindre la cathédrale de Yamoussoukro, ont été perdus. Le chargement s'est volatilisé entre Abidjan et la ville natale du vieil Houphouët, impossible de remettre la main dessus. Hier Coulibaly est venu me trouver. On se connaît bien par nos mères, elles sont arrivées en même temps à La Courneuve il y a vingt ans. Bon, j'ai dit à Coulibaly, je peux te procurer un tibia de la dame et pour vous, comme vous êtes des frères, ce sera vingt mille.

Too Much s'esclaffa.

— Mon salaud ! Et tu dis qu'on est des frères ! La prochaine fois je me méfierai !

— Et il a dit quoi, ton Coulibaly ? fit Marion.

— Il doit en parler ce soir à l'ambassadeur, mais je suis sûr qu'on va le placer pour ce prix.

Marion et Tucky se tapèrent dans les mains en signe de connivence. Fabrice assistait, fasciné, à ce spectacle où chacun semblait jouer sous ses yeux un rôle établi à l'avance.

— Que dis-tu de tout ça ? lui demanda Too Much.

Le jeune homme parut embarrassé. Il chercha ce qu'il pourrait dire et, comme il ne trouvait pas, il répondit par une autre question.

— L'expédition dont a parlé Marion, qu'est-ce que c'est ?

Les membres de la bande se regardèrent.

— Motus ! lança Too Much.

— Seule Esther sait de quoi il s'agit, continua Marion. Nous lui faisons confiance, elle sait sûrement ce qu'elle fait. Pour l'instant, elle ne nous a rien dit, sauf qu'il faudra bouger d'ici, c'est pour ça qu'on parle d'expédition. Maintenant je file, j'ai des comptes à établir, fit-elle en lançant un regard faussement dur à Tucky.

— C'est ça, fit le grand Black, va compter mes sous.

— As-tu déjà manqué de rien depuis que tu es ici ? riposta vivement Marion qui ne supportait pas qu'on pût la soupçonner d'injustice.

— Je rigole, ma belle, la calma aussitôt Tucky.

— Ça va, mais je n'aime pas qu'on rie avec ça. Tout ce que tu veux, mais pas ça. Je suis quelqu'un d'honnête moi, je veille à ce que chacun...

— On t'adore, Marion, coupa Too Much, tu vois bien qu'il te fait marcher.

Elle disparut à l'intérieur de la maison.

— Une fille formidable, ajouta Too Much à l'attention de Fabrice. Mais susceptible ! Avec elle pas d'embrouille possible. Ça va te surprendre, mais elle est straight, droite comme la justice.

— Je crois qu'on dit raide comme la justice, corrigea Tucky.

— Ah, parce que monsieur s'y connaît en belles-lettres ? persifla Too Much en lui tapant sur l'épaule.

La bonne humeur régnait. Fabrice commençait à se détendre, même s'il ne voyait toujours pas quel rôle la maîtresse des lieux entendait lui faire jouer dans cette histoire qui semblait tourner parfaitement sans lui.

— Vous devez être pleins aux as ? reprit le jeune homme, curieux, avec un brin d'admiration dans la voix.

— On se plaint pas, sourit Too Much.

— On se plaint pas, sauf qu'on pourrait garder plus de thunes pour nous, précisa tout de même Tucky. Nous, ce qui nous motive, c'est le pognon, tu comprends. On a grandi sans rien, fallait toujours ramer pour se payer un ciné ou un pot, et je te parle pas d'inviter une fille au McDo, la galère. Alors quand on a pu bosser pour Esther, vivre dans sa villa, tout a changé.

— Ouais, on avait faim... façon de parler, on en voulait, quoi. Mais Esther nous a calmés. Et Marion aussi, ce sont des idéalistes, elles poursuivent un but, on ne sait pas trop quoi.

— Si, c'est clair, affirma Tucky. C'est des Robin des Bois en jupon, des justicières, elles sont écœurées par les magouilles des grands, leur fric et leur impunité, pendant que les cités se remplissent de jeunes qui n'auront pour horizon que la taule, et le chômage s'ils font dans l'honnête.

— T'as raison, reprit Too Much. Mais Esther, elle a autre chose dans la caboche. Elle ne le dit pas mais, moi, je le sens bien.

— Et à votre avis, se risqua Fabrice, je suis là pour quoi ?

Les deux complices le regardèrent avec attention comme s'ils venaient à la seconde de découvrir son visage.

— Mais c'est qu'il a une belle gueule, le môme, lança Too Much à Tucky.

— Ouais, ouais. Une belle gueule. Un petit quelque chose qu'on aurait envie de prendre dans ses bras, contre soi, ajouta Tucky en mimant un danseur de slow enamouré.

— Arrêtez de vous payer ma tête, demanda Fabrice sur un ton raffermi.

— C'est peut-être ça, mec, fit Tucky. Esther, elle a sûrement voulu se payer ta tête. Mais non, je plaisante. Tous autant qu'on est, monte-en-l'air et filous, on aura notre rôle tout prêt pour l'expédition.

Toi, c'est autre chose. Tu présentes bien, tu peux te montrer sans te faire repérer. Tu fais bonne famille et tout le tintouin. C'est important, ça, pour une association de malfaiteurs, un porte-parole décent.

Dans son for intérieur, Fabrice n'était guère convaincu. Au moment de l'attaque calamiteuse du Franprix, son visage était dissimulé sous un bas noir. Comment Esther aurait-elle vu qu'il avait une « belle gueule » ? Il voulait bien croire à l'intuition féminine, mais tout de même.

— À moins que ce soit le choix du cœur, dit soudain Too Much.

— Le choix du cœur ? reprit Fabrice surpris.

— Oui. Nous avons tous des compétences très précises, maintes fois éprouvées. Nous sommes pour Esther des choix raisonnables, même si elle a appris à bien nous aimer. Nous sommes d'abord des outils et des symboles de l'autre société, celle qui souffre ou se cogne sans cesse entre le silence et la violence. Il suffit de te regarder cinq minutes pour comprendre que tu n'es rien de tout ça. La raison de ta présence, c'est peut-être le cœur d'Esther, un acte gratuit, désintéressé. Elle en est capable, tu sais.

Too Much ne croyait pas si bien dire. Coletta était arrivée sur la pointe des pieds et attendait patiemment que la conversation retombe pour annoncer que le dîner était servi dans la grande salle à manger.

— Mais d'abord je vais montrer sa chambre à Fabrice.

— Tu l'installes dans la chambre bleue à côté de la mienne ? demanda Tucky. Comme ça, je lui ferai écouter les derniers raps de Kat Luno.

Coletta prit un air embarrassé.

— C'est-à-dire... Non... Esther m'a demandé d'installer Fabrice au premier étage, dans la chambre au fond du couloir.

— Il dort au premier étage ? s'étranglèrent Too Much et Tucky. Oh, le veinard, le petit chouchou, à peine arrivé et déjà au sommet auprès de la belle. Mais, mon Dieu, qu'a-t-il que nous n'avons pas ? se lamenta Tucky en feignant une immense douleur, tandis qu'un reflet étrange passait dans le regard de Djamel, quelque chose comme une trace de jalousie.

Fabrice, lui, n'en croyait pas ses oreilles. Pourquoi ce régime de faveur ? Toute la petite bande, il l'avait compris, logeait au rez-de-chaussée de la villa Aurore. Esther l'avait voulu ainsi et nul n'y trouvait à redire. Sans le savoir, Fabrice avait dû ouvrir dans le cœur d'Esther des portes secrètes.

— Aux innocents les mains pleines, marmonna Tucky en se rendant vers la salle à manger, attiré par les bonnes odeurs qui montaient à ses narines.

5

Coletta n'était pas du genre à plaisanter sur la nourriture. Elle avait dans sa jeunesse été cantinière d'hospice et, à ce titre, nul ne pouvait la prendre en défaut sur les quantités. On ne quittait jamais la table la faim au ventre, et la finesse des plats était à la mesure de l'abondance. Il n'était pas question de gaspiller, encore moins de se gêner. Dans son enfance, la vieille intendante avait trop connu de jours « sans », quand nul n'osait prendre le peu qui restait au fond du plat tant la portion était maigre. Combien de fois Coletta avait-elle surpris sa mère, qui se privait à table, à racler les fonds de casserole, une fois seule dans la cuisine, debout, dos tourné, à l'abri des regards ?

Aujourd'hui, c'était couscous, et l'odeur de la graine chaude envahissait la salle à manger. Quand la bande, complétée de Fabrice, se présenta autour de la vaste table ovale où était dressé le couvert — de splendides assiettes à couscous aux motifs bleu profond achetées à un potier tunisien de Nabeul —, un large plat rond empli de semoule blonde exhalait sa vapeur odorante. Sur des plats moins larges, Coletta avait disposé les légumes bouillis, des carottes fondantes à souhait, de grosses patates ventrues, des navets blanc cassé, d'épaisses feuilles de chou. Dans un autre plat, un bar de ligne tranché exhibait sa chair claire.

Coletta était un véritable cordon-bleu, régalant sa tablée aussi bien de couscous à l'agneau que de couscous au poisson, de potée auvergnate ou de magret de canard, de bortsch ou de cassoulet, selon la saison et l'inspiration du moment, la couleur du ciel et les états d'âme des protégés d'Esther qui, elle, n'aimait rien tant que la cuisine de la mer. Si elle n'avait tenu compte que des goûts de la belle jeune femme, Coletta n'aurait jamais rien servi d'autre que des fruits de mer et des poissons maigres — Esther avait horreur du saumon —, mais, comme elle le lui répétait depuis une éternité, on ne pouvait vivre que d'oursins et de langoustines, d'huîtres et de bulots.

— Si ! répondait Esther butée, avec un air obstiné de petite fille dont les caprices tenaient tous dans le contour d'une assiette. Pour le reste, Esther était sans manières ni affectation, ce qui avait d'emblée rassuré les membres hétéroclites de sa petite tribu aux allures de chats de gouttière.

Il n'y avait rien d'ostentatoire dans cette table dressée comme pour un moment d'amitié. Rien de trop, mais juste ce qu'il fallait pour plaire et rassasier. En découvrant les plats, Fabrice se rendit compte qu'il mourait de faim. Il n'avait rien avalé depuis son casse manqué du début de l'après-midi. Et encore, l'estomac noué, c'est à peine s'il avait touché aux tartines grillées que lui préparait encore sa mère au petit déjeuner, en cachette du père qui reprochait à sa femme de trop couver leur rejeton. À vrai dire, Fabrice n'avait rien mangé depuis la veille au soir, une triste tranche de jambon accompagnée de quelques pommes de terre surgelées. De quoi pleurer, comparé à ce qui l'attendait maintenant.

Tous prirent place dans un joyeux chahut, provoqué par la vision appétissante du couscous fumant. La contrariété avait disparu du visage de Too Much. Tout de même, dès son arrivée, ce Fabrice leur ravissait le cœur d'Esther dont tous, et peut-être aussi Marion, étaient un peu amoureux... Djamel envoya un baiser à Coletta en voyant les tranches de poisson qu'il imaginait déjà baignant dans la graine de couscous aspergée de sauce piquante.

— Y en a que pour les Arabes ! s'écria Tucky d'un air faussement déçu. As-tu au moins ajouté un peu de gingembre pour consoler le pauv' petit Noi' ? demanda-t-il dans un éclat de rire à Coletta.

— De quoi te plains-tu, mon beau Tucky ? Tu as

eu deux fois du poulet yassa et des bananes plantain que Jackie est allé chercher spécialement pour toi au marché africain du vingtième ! Et ce couscous, tu m'en diras des nouvelles. J'ai un peu innové en glissant quelques feuilles de coriandre dans les légumes.

— La coriandre, bah ! grimaça un jeune homme grand et maigre à la tignasse brune qui venait de s'installer à sa place, entre Marion et Too Much, après avoir adressé un simple signe de tête à Fabrice.

— Allons, bon, M. Giovanni tord le nez ! On ne le voit pas de la journée, sans doute occupé à dompter ses puces informatiques, il a pas le temps de se passer un peigne dans la tignasse, et le voilà qui se plaint ! Et qu'est-ce qu'elle t'a fait, ma coriandre ?

— Rien du tout, fit-il d'un air faussement écœuré, il y a juste que la coriandre, ça sent le cafard.

La vieille Coletta leva les yeux au ciel en serrant ses deux mains l'une contre l'autre, feignant l'exaspération. Puis elle prit Fabrice à témoin des exagérations de ces mécréants qui ne respectaient rien, pas même les petites herbes du bon Dieu. Ce fut à ce moment qu'Esther entra dans la salle à manger.

— Que se passe-t-il ici ? demanda la jeune femme.

En guise de réponse, Coletta arbora un large sourire et haussa les épaules, tandis que chacun commençait à se servir. Fabrice n'avait pas revu Esther depuis son arrivée à la villa Aurore et, pendant quelques minutes, il ne put détacher son regard de ce visage pur qui exprimait autant la mélancolie que la force, ou plutôt une froide détermination que trahissaient par intermittence certains éclats sombres de ses yeux bleus. C'est Djamel qui ramena Fabrice sur terre, ou plutôt à table, en lui tendant sans un mot son assiette remplie à ras bord.

— Tu ne m'as pas répondu quand je t'ai demandé si tu aimais tout, alors je t'ai mis de tout, même du chou. Mais laisse si tu n'en veux pas.

Le jeune Beur avait parlé doucement sur un ton de léger reproche qui n'échappa pas à Fabrice. Manifestement, son arrivée dérangeait certaines habitudes, contrariait peut-être certains espoirs, des élans du cœur que les uns et les autres pouvaient concevoir pour leur belle hôtesse. Esther mangea d'un appétit d'oiseau, se contentant d'une cuillerée à soupe de semoule et de la moitié à peine d'une tranche de bar. Elle se servit un grand verre d'eau. Fabrice constata que, dans la carafe transparente, flottaient quelques feuilles de menthe fraîche qui parfumaient délicieusement l'eau plate. Il but à son tour, les yeux braqués sur son étrange bienfaitrice. Esther s'était installée à un bout de la table ovale, entre Fabrice et Jackie. Les autres avaient pris place tout autour, selon une disposition qui semblait avoir été réglée depuis toujours. On n'entendit plus bientôt que le bruit sourd des cuillers raclant les assiettes à couscous et la sage mastication des uns et des autres. Esther avait terminé. Elle avait planté ses coudes de part et d'autre du set de table en paille de riz, et uni ses mains, dans une position que ses convives connaissaient bien. Le silence se fit : Esther allait parler. Sans doute l'écouta-t-on avec plus d'attention qu'à l'accoutumée. Chacun sentait confusément que, avec l'arrivée de Fabrice, une nouvelle page de leur histoire allait s'écrire et que les événements allaient s'accélérer. Qu'ils comprendraient enfin où Esther voulait en venir avec son équipe d'« artistes ».

— Maintenant que Fabrice nous a rejoints, commença la jeune femme, notre équipe est désormais au complet pour entreprendre ce que certains d'entre vous connaissent sous le terme d'« expédition ». Ce qui nous attend est en effet une expédition, non pas dans une jungle lointaine et inhospitalière, soyez tranquilles, car le théâtre des opérations, pour parler comme les militaires, se situe entre Grasse et Nice. Je devrais parler d'expédition dans le temps. Il s'agit en effet d'un voyage douloureux dans le passé, le passé d'êtres qui me furent chers, si chers que leur souvenir est encore aujourd'hui pour moi source de tristesse et de douleur.

Comme elle prononçait ces paroles, Esther s'était légèrement tournée vers Jackie dont elle avait attrapé la main pour empêcher la sienne de trembler. Coletta, qui était restée debout, une saucière brûlante entre les doigts, était suspendue aux lèvres d'Esther, bouche bée, comme insensible à la brûlure qui devait envahir l'extrémité de ses doigts.

Esther marqua un silence, but une gorgée d'eau et reprit. Elle voulait parler de ce qui la préoccupait au plus profond, l'histoire tragique de sa grand-mère Nina, la petite Juive partie précipitamment d'Ukraine en 1942 et dont le destin s'était confondu avec les tragédies du XXe siècle, le nazisme en premier lieu. Mais avant d'évoquer le souvenir de Nina et les liens très forts qui avaient uni Esther à sa grand-mère à travers les générations, la jeune femme se lança dans un long monologue où elle présenta ce qui pouvait ressembler à une éthique de la vie, de la sienne en tout cas, fondée sur la vraie justice, celle que les autorités, les pouvoirs de toutes sortes, sont incapables de garantir, par désintérêt ou par lâcheté, par ignorance quelquefois.

— L'argent a bâti des sociétés dont il est le maître et la boussole. Toutes les décisions se prennent en fonction de ce qu'elles peuvent rapporter aux puissants. Il n'est plus jamais question d'égalité ou de justice, par la force des choses la règle est l'injustice et le droit lui-même se plie à cette règle. On n'aide les autres que si on a intérêt à le faire. Et justement, ceux qui ont vraiment besoin d'aide aujourd'hui sont ceux qui n'intéressent personne. Ils n'ont ni rente ni héritage, pas de valeur marchande, leur compte en banque les définit : zéro. On est ce que l'on vaut sur le marché. Et tous ces gens que le marché rejette sont considérés comme ne valant rien, pas même la salive qu'il faut pour prononcer leur nom. J'ai dû vous surprendre, avec mes tailleurs et mon allure propre sur moi, en encourageant vos rapines et, mieux, en vous suggérant telle ou telle escroquerie.

Tucky et Djamel se regardèrent d'un air complice, mais le moment n'était pas à jouer les dissipés.

— Notre société fabrique de faux concepts, comme Marion et Giovanni de la fausse monnaie. Où est la fraternité gravée aux frontons des écoles et des mairies quand on ne pense qu'à gruger ses semblables ? On se paye de mots, les hommes politiques s'en gargarisent à longueur de campagnes électorales, mais leurs paroles sont du vent comparées à la réalité. Ce n'est pas un hasard si les gens préfèrent aller à la pêche ou regarder le foot plutôt que voter.

L'heure est à la déception, aux lendemains qui déchantent ; la droite, la gauche, on est tenté de les mettre dans le même panier, celui de la tromperie, des promesses non tenues, du mépris érigé en mode de gouvernement. Qui peut prétendre donner l'exemple dans notre société sans morale, livrée au jeu cynique des spéculateurs et des ambitieux pressés d'arriver ?

Un silence accueillit ces paroles. La question que posait Esther à voix haute n'appelait pas de réponse. La jeune femme, visiblement, essayait de se convaincre que son chemin, une voie de coups tordus, était le plus droit pour conduire à la justice, à une forme de justice radicale, sans effusion de sang ni coups de main, mais une justice équitable à la mesure des souffrances endurées par tous ceux qui ne sont pas du bon côté du manche.

Fabrice observait ses nouveaux compagnons. Tous avaient les yeux dans le vague et ne regardaient plus Esther, comme si les colères et les indignations qu'elle exprimait résonnaient en chacun comme des douleurs personnelles, intimes, tout à coup retrouvées.

— L'expédition aura lieu dans deux mois, reprit la jeune femme sur un ton plus dégagé, comme libérée d'un poids. Pour l'instant, je vous épargne les détails. Il sera bien temps de vous les révéler quelques jours avant le départ. Je ne veux pas vous encombrer l'esprit. Mais si vous le voulez bien, certains soirs, je vous raconterai l'histoire de Nina, ma douce petite mamouchka Nina.

Elle demanda comme une approbation à Coletta puis poursuivit.

— Nous nous retrouverons dans la grande

chambre voisine de la mienne, celle qui est toujours fermée à clé. C'était la chambre de Nina, jusqu'à la fin. Soyez patients et faites-moi confiance. L'histoire que je vais vous raconter tend ses fils jusqu'à nous, car on n'en finit pas d'une injustice tant qu'elle n'a pas été réparée.

Esther s'interrompit, scrutant le regard de chacun avec le vague sourire de quelqu'un qui se prend à craindre de commettre l'irréparable : confier un secret, son secret. Fabrice sentit cette légère défaillance d'Esther et il fut tenté de lui saisir la main, d'autant que Jackie s'était levé pour aller chercher le café à la cuisine. Mais Djamel ne le quittait pas de l'œil et le jeune homme se contenta de répondre au sourire d'Esther.

— On se retrouve là-haut d'ici une heure, décida la jeune femme.

Elle prit congé discrètement. Djamel demanda s'il y avait un candidat pour un baby-foot.

— Je suis ton homme ! s'écria Fabrice, que sa jeunesse studieuse avait tenu éloigné des bars et de leurs attraits.

Il n'avait que très peu joué au flipper mais s'était aperçu, lors d'un séjour linguistique en Grande-Bretagne, qu'il avait des aptitudes pour le coup de poignet sec et décisif du baby-foot. Djamel lui tendit la main et lui adressa un sourire sans réticence, comme s'ils venaient de poser les fondations d'une amitié sans ombre.

6

— Je vous attends, fit simplement Esther en rejoignant le petit groupe dans la salle de jeu.

Fabrice remarqua l'intonation de sa voix, un peu plus rauque que tout à l'heure au dîner. Il s'aperçut aussi qu'elle s'était changée. Esther portait une longue robe de dentelle noire aux manches effrangées, très sobre, magnifique, qui lui donnait les allures d'une pasionaria. Les garçons interrompirent sur-le-champ leur partie. Fabrice avait un but à portée de tir, son avant-centre avait fixé le goal qu'il allait mortifier d'un coup de poignet. Djamel, qui gardait le but adverse, leva les yeux au ciel en guise de remerciement.

Tous s'engouffrèrent en silence dans le sillage d'Esther qui les précéda vers le grand escalier en chêne clair menant à ses appartements du premier étage. Fabrice repéra la chambre d'Esther dont la porte restée grande ouverte laissait voir une ravissante commode d'acajou veinée de sillons dorés, que surmontait un miroir moderne équipé, en plein centre, d'une petite loupe grossissante. Fabrice, l'espace d'une seconde, s'imagina Esther penchée sur cette loupe, apprêtant son visage, rectifiant un trait sur ses paupières, ajustant sa lourde chevelure. Il aurait donné beaucoup pour voir ses yeux d'aussi près, et sa bouche. Mais le moment n'était pas à la rêverie.

D'une niche creusée dans le mur, Esther avait retiré une grosse clé en fer forgé qu'elle fit tourner deux fois dans la serrure d'une porte damassée de tissu rouge et noir très épais. Le groupe entra d'un pas hésitant, car la vue des jeunes gens n'était pas encore habituée à l'obscurité qui régnait dans cette pièce. Esther, elle, semblait se diriger les yeux fermés. Elle fit quelques pas rapides sur la gauche. On entendit une crémone grincer, puis le son mat d'une poignée qui cède. Esther ouvrit les deux battants de la fenêtre et déplia les petits volets à fines lamelles sur lesquelles la main d'un artiste — Nina elle-même vers la fin de sa vie — avait peint de somptueux papillons. Nina, admiratrice inconditionnelle de Nabokov, avait imaginé attirer l'esprit du grand écrivain en figurant les êtres qu'il chérissait le plus au monde, ces papillons qu'il poursuivait muni de ses minuscules filets, comme autant de graals inaccessibles et plus légers que la vie.

— La chambre de ma grand-mère, dit Esther. Elle a vécu ici, jusqu'à plus de quatre-vingts ans. À la fin, elle ne devait pas peser davantage qu'une nuée de ses chers papillons. Asseyez-vous sur la banquette. Prenez aussi les fauteuils. Voilà. Ici Nina a vécu heureuse le jour, mais persécutée la nuit, en proie à de terribles cauchemars venus de sa jeunesse, de la funeste année 1942, alors que les nazis occupaient son Ukraine natale et traquaient les Juifs. Dans cette chambre, espérant conjurer les sortilèges de sa mémoire, elle s'était recréé son univers de petite fille, celui d'avant les années terribles, celles pendant lesquelles les barbares exécutèrent ses parents et aussi Noucenka, sa fillette de trois ans, je vous dirai comment.

L'atmosphère se fit soudain très lourde dans la chambre de cette grand-mère qu'aucun des membres du groupe n'avait connue. Les papillons peints sur les volets paraissaient maintenant incongrus ; toute grâce, toute insouciance avaient disparu, chaque objet qui meublait la chambre, destiné à effacer le souvenir du drame, ne lui en donnait que plus de présence. Les regards se portèrent sur les murs tendus de tissus colorés représentant des scènes de moisson dans les plaines d'Ukraine et le transport du blé vers un grand port de cargos, ce devait être le port d'Odessa, sur les bords de la mer Noire.

Nina y avait souvent accompagné son père Youri Babel, un des marchands de grain les plus importants de la Russie tsariste. En ce temps-là, avant la Révolution bolchevique, la grande Russie nourrissait le monde, exportant même vers l'Amérique et l'Europe occidentale ses surplus de céréales. Une période dorée qui prit fin très peu de temps après la naissance de Nina, en 1915. Les révolutionnaires estimèrent que la production nationale ne devait plus quitter la mère patrie, mais servir à nourrir la nouvelle élite du communisme, ou plutôt sa masse laborieuse, le prolétariat, l'ouvrier modèle, l'homme de fer. Les révoltes paysannes furent réprimées dans le sang, on collectivisa les terres et les tracteurs, et même les maillots de corps des moujiks ! Par chance, Youri Babel avait quelques accointances dans l'entourage du camarade Lénine. On lui permit de poursuivre discrètement le commerce des céréales, en quantités réduites mais encore fort honorables, à charge pour lui de placer les gains en devises sur un compte du parti des travailleurs. Il devint en quelque sorte salarié du communisme, tout en poursuivant son métier de négociant dans la meilleure tradition du capitalisme marchand. Nina avait souvent entrepris, pour sa petite-fille Esther, le récit de ces années troublées qui, avec le recul du temps et compte tenu des horreurs qu'elle avait dû subir à l'âge adulte, composaient finalement un souvenir heureux.

Sur un coffre de bois sculpté trônaient deux superbes samovars, l'un cuivré aux reflets de feu, l'autre argenté. Un jour qu'elles musardaient dans les salles d'exposition de Drouot en attendant une vente importante faite par un collectionneur allemand, Nina et Esther étaient tombées en arrêt devant ces pièces magnifiques. Tandis qu'Esther cherchait à se renseigner sur leur origine, Nina avait soudain chancelé sur ses jambes, pourtant encore solides. Elle approchait alors les soixante-quinze ans. On lui avait apporté un fauteuil — ou, plutôt, elle avait exigé de s'asseoir un moment devant ces samovars, sourde aux voix des huissiers qui, avec un rien d'impatience, lui faisaient remarquer qu'elle était en plein milieu du passage. Nina avait écarté leurs observations d'un revers de sa main gantée, entièrement absorbée dans la contemplation du samovar cuivré et de son double argenté, les yeux chargés de buée.

— Les samovars de mon père, avait soufflé Nina à sa petite-fille. Fais appeler le commissaire-priseur, veux-tu ?

Le cœur aux quatre cents coups, Esther était allée à la rencontre de l'officier chargé de la vente. Ainsi apprit-elle qu'on dispersait la collection d'un industriel de Düsseldorf décédé quelques semaines plus tôt, pour le compte de ses héritiers qui n'étaient pas représentés dans la salle des ventes. Un mandataire agissait pour eux, mais il serait là seulement le lendemain.

Esther se ruina presque pour acquérir finalement aux enchères les samovars de son arrière-grand-père, après avoir laissé Nina dans un salon de thé de la rue Richelieu. Mais la jeune femme se jura que c'était la première et la dernière fois de sa vie qu'elle dépenserait son propre argent pour racheter ce qui lui appartenait. Sans doute à cet instant, avait germé en elle le rêve de prendre sans payer à ceux qui font œuvre permanente de spoliation organisée. Quand Esther était réapparue auprès de Nina, les bras chargés des deux samovars emballés dans du papier cristal, elle les avait carrément déposés sur la table qu'occupait sa grand-mère dans le salon de thé de la rue Richelieu. Nina avait fondu en larmes et demandé sur-le-champ une bouilloire remplie d'eau frisée, comme elle disait.

Esther se tenait assise sur le petit lit de sa grand-mère — on aurait dit un lit d'enfant —, le buste bien droit. La ligne de sa nuque, longue et gracieuse, était soulignée par le mouvement aérien qu'elle avait donné à ses cheveux rassemblés en chignon.

— Je crois qu'ici, malgré les cauchemars qui l'assaillaient certaines nuits, Nina a retrouvé un peu de paix. Nous nous retrouvions souvent dans sa chambre en début d'après-midi. Elle laissait les volets entrouverts, comme si elle avait voulu donner à ses papillons une chance de s'échapper à l'air libre. Je m'asseyais sur ce pouf — elle désigna un gros coussin cylindrique enrobé de cuir fauve —, au pied de son lit, pendant qu'elle n'en finissait pas de démêler ses cheveux. Je sentais ses mains très sûres, le peigne de corne qui glissait. Pendant qu'elle répétait ces gestes très doux, elle me racontait sa vie, les plus terribles de ses tourments.

» Jamais je ne me suis retournée pour déchiffrer son visage quand elle me disait pour la centième fois comment les nazis avaient déchiqueté au couteau sa petite fille Noucenka, sous ses yeux et ceux de son mari, pour économiser les balles. Sa voix n'était pas gémissante, non, c'était autre chose. Je sentais toute son impuissance à faire payer ces lâches qui lui avaient arraché son enfant. Elle pouvait me dire par le détail l'agonie de sa fillette, et Dieu sait si le détail peut être insoutenable, sans jamais donner l'impression de chercher la pitié. Ce qu'elle aurait voulu par-dessus tout, c'était le châtiment des coupables. Et, bien sûr, personne ne paierait jamais ces actes ignobles de torture. Quand elle entendait parler de crime contre l'humanité, c'est toujours au petit visage apeuré de Noucenka qu'elle pensait, à ses cris d'animal traqué, maman, maman !, à la lame de boucher dans la gorge de son enfant qui avait succombé en râlant, comme noyée dans son propre sang.

Fabrice avait la gorge nouée. Marion, debout, pleurait en silence. Jackie et Coletta, qui avaient rejoint le groupe, se tenaient la main, ne quittant pas Esther des yeux. Tucky, tout noir qu'il était, paraissait avoir blêmi, quelque chose dans son expression était comme livide. Quant à Djamel, Fabrice le surprit qui fermait les yeux en secouant la tête, pendant que Giovanni fixait la pointe de ses mocassins.

— Je ne vous ai pas réunis pour vous apitoyer, reprit Esther d'une voix ferme. Je veux que vous sachiez combien Nina aimait la vie et combien, d'une certaine manière, la vie l'a aimée jusqu'au bout, longtemps après l'horreur de sa jeunesse. C'est cet amour plus fort que tout qui l'a aidée à continuer, à survivre à son enfant, et c'est cet amour qu'elle m'a transmis. Alors ne soyez pas tristes de ce que vous entendez. Si je vous raconte l'histoire de Nina, c'est pour que jamais ne sorte de votre esprit l'obsession de la justice, lorsque le moment sera venu pour nous d'entreprendre l'expédition. On dit parfois que les voies du Seigneur sont impénétrables. Peut-être trouverez-vous impénétrable ma manière à moi d'être juste. S'il vous arrive un jour de douter de mes méthodes — j'espère que ce jour n'arrivera pas —, pensez au destin de Nina. Je suis sûre que vous trouverez la force de mener à bien la tâche, et même que vous redoublerez d'ardeur.

Après avoir prononcé ces paroles, Esther fit un geste en direction de Coletta. La vieille femme, encore bouleversée par le récit qu'elle avait pourtant dû entendre souvent de la bouche même de Nina, disparut. Elle revint quelques minutes plus tard avec une bouilloire remplie d'eau et de minuscules tasses de thé en porcelaine. Le parfum de l'orange pekoe imprégna la pièce, et ce fut comme si tous les objets qui peuplaient la chambre de Nina reprenaient vie et consistance à mesure que l'eau couleur caramel assombrissait l'éclat laiteux de la porcelaine.

Esther, descendue du lit de sa grand-mère, avait pris place à même le sol, sur une fine courtepointe qui représentait une scène de chasse dans la taïga gelée, une traque au loup par deux chasseurs efflanqués, aux traits terribles de cosaques. Lorsque la jeune femme fut bien installée, le dos appuyé contre le bois de lit, elle entreprit de raconter comment

Nina aimait la vie, comment elle avait failli la perdre.

— Imaginez-vous la vie d'une fillette adorée par son père, marchand de grain, qui tressait des couronnes d'épis de blé pour sa chevelure blonde, et une mère née française qui avait quitté ses Landes natales, la Chalosse et les foies gras, pour enseigner sa langue aux enfants des familles nobles de la société tsariste. Nina savait le français aussi bien que le russe, puisque notre langue était à proprement parler sa langue maternelle. Souvent elle m'avoua que, jeune fille, quand elle rêvait du grand amour, c'est en français que se déroulaient ses affaires de cœur, en français que son prince charmant venait lui demander sa main. Détail qui devait avoir son importance, sa mère renouvelait régulièrement son passeport français ainsi que celui de sa fille.

Joignant le geste à la parole, Esther attrapa un mince sac de perles noires scintillantes d'où elle tira un très vieux document au cuir fripé : le passeport de Nina de l'année 1942, celui qui lui avait sauvé la vie. Le petit carnet passa de main en main, chacun le serrant à peine, comme un oiseau qu'on craint d'étouffer d'une trop forte pression, ou comme ces papillons qui perdent sur les doigts la poudre multicolore de leurs ailes. Fabrice, qui eut la chance de voir en premier le sésame de Nina, découvrit d'abord la page de garde, « République française », estampillée d'encre mauve, laissant apparaître des mots écrits en alphabet cyrillique. Puis, en haut à gauche de la page suivante, il fit connaissance avec une jeune femme de vingt-sept ans, au visage régulier éclairé d'un beau sourire doux, à la chevelure foncée. Son cœur battit fort dans sa poitrine. Quand il releva les yeux, il vit qu'Esther le regardait. Entre Nina Kravtsov, née Babel, et Esther, il y avait la ressemblance de deux gouttes d'eau. Un instant, Fabrice se demanda même si toute cette histoire n'avait pas pu être inventée par la jeune femme qui aurait collé sa photo sur un vieux passeport pour parfaire sa mise en scène. Mais l'expression grave d'Esther et le contenu même de l'histoire tragique qu'elle venait de raconter ne laissait place à aucune supercherie. Il fallait croire que la nature avait créé entre ces deux êtres, Nina et Esther, un lien de sang incomparable, visible trait pour trait.

Pendant que Djamel puis Tucky découvraient à leur tour le passeport de Nina, tandis que Marion et Giovanni s'étaient rapprochés d'eux, impatients de connaître le visage de Nina, sorti des ténèbres, Esther poursuivit le récit de la vie fracassée de sa grand-mère.

— Nina n'éprouvait pas une haine absolue contre les hommes, malgré ce qu'ils avaient fait aux siens. Elle considéra jusqu'au bout que l'inhumanité faisait partie de notre condition, qu'il fallait d'abord aimer les hommes, y compris leurs faiblesses, et elle tenait la cruauté pour une faiblesse. Ce discours d'extrême sagesse me révoltait et nous nous sommes bien des fois heurtées sur ce sujet. Je lui disais : « Mamouchka, comment peux-tu dire ça, pense à ta fille, à tes parents qu'ils ont exécutés dans votre petit village de Valtchoukov, pense à ton mari que tu n'as plus revu après le meurtre de Noucenka. C'est toi qui m'as dit que tu n'oublierais jamais les figures apeurées des vieux Juifs sur la place du village. » Elle hochait la tête : « Non, ma petite-fille, je n'oublie pas et jusqu'à mon dernier souffle je n'oublierai rien de ces souffrances insupportables. Mais je ne peux pas emporter avec moi toute la haine du monde, il faut une force que je n'ai pas pour haïr l'humanité au nom de ses crimes. »

Esther marqua une pause et but quelques gorgées de thé. Il régnait un silence impressionnant dans la chambre. Elle reprit :

— Je vous disais tout à l'heure que Nina aimait la vie autant que la vie l'aimait puisqu'elle l'avait miraculeusement épargnée. Je ne devrais pas dire miraculeusement car Nina haussait les épaules quand on lui parlait de Dieu, qu'elle tenait pour un créateur intermittent, voire un dilettante, si tant est qu'il eût créé quoi que ce fût.

» Revenons à ces jours de 1942. Trois années plus tôt, ma grand-mère avait épousé Ilya Kravtsov, un paysan des environs de Kiev, beau comme un prince avec sa longue chevelure noire qui lui descendait aux épaules et ses moustaches de Mongol. Il devait d'ailleurs avoir du sang asiatique, car ses yeux étaient légèrement bridés, comme ceux de leur petite Noucenka qui naquit à peine le mariage célébré. C'est dire si Nina se moquait des conventions religieuses de son temps. Le 20 août 1942, les Allemands se présentèrent dès l'aube à la ferme. Ils emmenèrent sans ménagement Ilya, Nina et la petite au bourg tout proche de Valtchoukov où étaient déjà rassemblés comme du bétail tous les Juifs raflés à cinquante kilomètres à la ronde.

» J'ai dit comment ils ont massacré l'enfant à l'arme blanche, soi-disant pour économiser les balles. Les nazis avaient séparé leurs futures victimes en trois groupes : les hommes, les femmes et les enfants. Après les petits, tués sous les yeux de leurs parents, ce fut au tour des hommes d'être alignés le long de fosses profondes. Eux furent abattus à bout portant par des soldats nazis qui plaisantaient en se moquant des hommes, jeunes ou vieillards, qu'ils voyaient trembler. Longtemps Nina entendit dans ses nuits sans sommeil les détonations des armes crachant leur feu sur ces hommes sans défense. Le bel Ilya mourut ainsi, dans la masse, et son sang se mêla au sang de sa petite fille.

» On entendait les cris déchirants des femmes, toutes mères, épouses ou sœurs. Nina se demandait bien pourquoi elle n'était pas déjà morte, elle aurait tellement voulu disparaître aussi. Je la revois ici, sur son lit, certains soirs, quand je venais l'embrasser avant la nuit, me fixer de son regard dévasté, murmurant : « Dire que je vis encore et pas eux... » Si elle aimait la vie, elle détestait son état de survivante.

» Toutes ces femmes furent conduites jusqu'au village de Yakouchintsky où venait d'être édifié un camp de concentration. La plupart, les belles comme les laides, les jeunes comme les plus vieilles, connurent de terribles humiliations plusieurs semaines durant. Nina ne s'est jamais épanchée sur ces jours et ces nuits de camp, mais elle était jeune et belle, vous pouvez imaginer que ses bourreaux s'en étaient aperçus.

» Puis, un début d'après-midi, un nouveau convoi de camions se présenta au camp. Derrière les ridelles se tenaient des dizaines de prisonnières, de la chair fraîche qui allait connaître le même sort que Nina et ses compagnes de cauchemar. Les nazis décidèrent qu'il fallait faire de la place. Ils alignèrent donc les « anciennes » par rangées de quatre au bord de la fosse commune. Il fallait encore et toujours économiser les balles. Tiré à bout portant, le projectile pouvait traverser plusieurs crânes, comme un fil invisible dans un collier de têtes. Ce fut un massacre. Les nazis enterrèrent aussitôt les corps.

» Mais certaines femmes n'avaient été que blessées. Nina, elle, n'avait pas même une égratignure. Elle s'était laissée tomber dans l'enchevêtrement des corps inanimés, par peur bien plus que par calcul. Quand bien même elle aurait voulu rester debout, le poids des femmes qui succombaient l'avait entraînée au fond de la fosse. Elle entendit le crissement des pelles dans la terre. On allait l'enterrer vivante ! Elle se retint de crier, essayant de trouver un filet d'air, la poitrine comprimée. Soudain, il y eut un bruit sourd de camion. Le pelletage cessa. C'était un nouvel arrivage de prisonnières. Les "manœuvres" de la mort accoururent au-devant de cette marchandise afin d'opérer leurs choix. Plus personne ne se soucia d'achever de recouvrir les cadavres. À la nuit, Nina finit par se dégager, à force de contorsions et de courage, comme si elle s'extrayait de la mort. Souvent, plus tard, elle me confia qu'elle croyait être morte, puis ressuscitée d'entre les morts, mais cette version lui faisait honte car elle ne voulait surtout pas laisser penser qu'elle croyait en Dieu et en ses miracles.

— Quelle femme ! ne put s'empêcher de lancer Too Much, captivé par le récit d'Esther.

Son intervention détendit un peu l'atmosphère et

fit même naître un sourire sur le visage de la petite-fille de Nina.

— Oui, confirma Esther, et je suis certaine qu'elle vous aurait tous beaucoup aimés.

— Et après, comment elle s'en est sortie? s'impatienta Giovanni qui ne lâchait pas la main de Marion.

Esther se tenait à présent sur la courtepointe, dans la position du lotus.

— Après? Nina a réussi à s'échapper du camp où les hommes ne s'intéressaient plus qu'aux corps des pauvres femmes du dernier arrivage. Malgré son état de choc, elle réussit à trouver le chemin du village de Braïlov où vivait Olga, sa meilleure amie. Par chance, si on peut parler ainsi, Olga n'était pas juive et n'avait pas été inquiétée par les rafles. Quand elle vit Nina apparaître en pleine nuit, maculée de sang séché et de terre, elle ne put réprimer un cri de surprise et d'effroi, tout en la serrant dans ses bras.

» Les deux femmes restèrent ainsi longtemps, mêlant leurs pleurs et leurs baisers. Olga conduisit Nina dans sa salle d'eau et la frotta longuement dans un bain brûlant. Sa maison était surveillée à cause des activités politiques de son jeune frère qui militait dans les Jeunesses communistes. Depuis la dénonciation du pacte germano-soviétique, la propagande communiste n'avait plus droit de cité et les nazis massacraient leurs anciens alliés de circonstance. C'est pourquoi, lorsque Nina fut remise d'aplomb, après quelques jours de repos, Olga s'arrangea pour lui faire quitter le pays. C'est là que son passeport français fit merveille.

» Après avoir pu embarquer sur un vraquier de la

mer Noire que commandait un ancien ami de son père, elle traversa en moins d'un mois la Turquie, la Grèce et l'Italie avant de gagner le midi de la France. Pour une jeune femme qui n'avait jamais quitté sa province auparavant, c'était proprement incroyable, d'autant qu'elle n'avait cessé de porter son nom de Babel, franchement sans équivoque ! Bien sûr, Nina était pleine de courage, d'intelligence et de ruse, et la chance était sans doute de son côté. Si elle ne voulait pas entendre dire qu'elle était miraculée, je pense qu'au fond d'elle-même, elle devait bien s'avouer que son destin avait quelque chose de surnaturel. À la fin de sa vie, elle écoutait beaucoup de musique religieuse, sans aller toutefois jusqu'à fréquenter les concerts dans les églises. Ce fut sa manière à elle de se rapprocher d'un Dieu qu'elle avait toujours tenu à distance.

Esther marqua un dernier silence. Puis se leva. Tous l'imitèrent. Elle sortit la dernière de la chambre après avoir pris soin de fermer à double tour la serrure, comme si, plus que chacun des objets de Nina, elle enfermait là les paroles qu'elle venait de prononcer. Le petit groupe descendit gravement les escaliers. Il faisait nuit noire. Nul n'eut le cœur de reprendre le jeu ni de parler. Et ils se dispersèrent sans un mot.

7

Comme s'il était attendu de longue date dans la maison d'Esther, le jeune homme découvrit avec étonnement qu'un certain nombre d'affaires de rechange avaient été préparées à son intention : deux tee-shirts et deux pantalons de toile, une chemise claire de coton à la bonne encolure et des pantoufles de cuir. Pris dans le tourbillon des événements, Fabrice n'avait pas réfléchi aux raisons qui avaient poussé Jackie à l'observer de façon un peu appuyée quand il avait pris un verre sur la terrasse avec Too Much. Il avait mis cet intérêt de l'intendant sur le compte de la curiosité, sans imaginer une seconde que Jackie agissait sur ordre d'Esther, et qu'il avait mission d'acheter discrètement quelques vêtements destinés au nouvel arrivant, une fois sa physionomie bien enregistrée par son œil qu'il savait infaillible à prendre ce genre de mesures, même à distance. Autrefois, Jackie avait travaillé dans la confection, et son regard ne le trompait jamais.

Fabrice comprit rapidement pourquoi les autres avaient manifesté un peu d'humeur en apprenant qu'il dormirait au fond du couloir où Esther avait elle-même sa chambre. En ouvrant ses fenêtres pour tirer les volets, il aperçut une lumière tamisée venant d'une pièce située sur sa droite. C'était la chambre d'Esther d'où sortait par moments, en ombre chinoise se mouvant sur le mur d'en face, le dessin très net de sa silhouette.

Elle était donc si proche ! Fabrice en eut la chair de poule et se mit à frissonner. Tout à coup la lumière s'éteignit chez Esther, il entendit la porte de sa chambre claquer, et l'écho de ses pas décroître dans l'escalier. Était-elle allée rejoindre les autres à la salle de jeu ? Avait-elle oublié de donner une consigne à Jackie et Coletta ?

Le jeune homme sentit la fatigue l'engourdir mais il était trop agité pour trouver le sommeil. Il se déchaussa et se laissa tomber en arrière sur le lit, les bras repliés sous la nuque. Il regarda le plafond qu'éclairaient de leur lumière douce deux appliques murales disposées de part et d'autre du lit. Le plus calmement possible, il essaya de revivre le film de tout ce qui lui était arrivé depuis le matin où il s'était fourvoyé dans ce Franprix, engagé dans une lamentable aventure qui ne lui aurait attiré qu'ennuis et moqueries si Esther n'était pas intervenue. Il s'imaginait son père dérangé en pleine opération, ou en consultation avec sa clientèle de premier choix, une flopée de banquiers, de chefs d'entreprise et de personnalités en vue dans le show-biz. Il s'imaginait la grimace de son père quand sa secrétaire lui aurait dit : « Monsieur Donge, c'est un policier, une affaire personnelle au sujet de votre fils, je vous le passe ? »

Il devinait le pli d'amertume se creusant aux commissures des lèvres paternelles, comme quand le mandarin découvrait ses bulletins scolaires, dans ses années de collège, et qu'il lui reprochait de briller dans les matières inutiles comme le français, alors que ses résultats en mathématiques, la seule colonne qui intéressât jamais son père, n'affichait que des chiffres proches du zéro. Il essayait de se représenter la scène qui n'avait pas eu lieu, qu'au fond de lui il avait probablement cherchée en faisant tout pour échouer dans sa malheureuse tentative de braquage : son père se serait excusé platement auprès de son patient, aurait pris la communication dans une pièce voisine où il aimait à écouter de la musique, le soir, avant de regagner son domicile. Il aurait montré une mine excédée, la seule que lui connaissait son fils mais, cette fois au moins, Fabrice lui aurait donné une bonne raison de l'être, peut-être même la première en ce qui le concernait.

Le fils du Pr Donge en garde à vue pour avoir menacé d'une arme la caissière d'un supermarché de banlieue, certains auraient fait des romans pour moins que ça et, en tout cas, la famille comme le voisinage se seraient dit ce que Fabrice ressentait confusément au fond de lui-même depuis l'enfance : le père Donge, avec ses mines de tout savoir, au fond, il a ce qu'il mérite. Quand on ne s'occupe pas des mômes pendant qu'ils poussent, pas étonnant qu'ils poussent de travers. A-t-on seulement vu une fois le père et son gamin se promener ensemble, jouer au tennis, faire un tour de vélo ou une partie de cartes ? Jamais.

Fabrice sentait remonter en lui cette colère qui l'avait poussé à agir de la sorte. Il se souvenait d'avoir vu un après-midi le film *L'Équipée sauvage*, avec Marlon Brando. Une bande de mauvais garçons, tout de noir vêtus, blousons de cuir chevauchant de pétaradantes motos, venaient semer la terreur dans un bar paumé des États-Unis. Le patron soufflait à un de ses habitués : « Ils créent des problèmes pour montrer qu'ils en ont. » Fabrice s'était souvent répété cette phrase avant de décider qu'à son tour il devait créer un problème.

Le jeune homme tendit l'oreille. Il n'entendait plus rien dans la maison, sauf l'écho lointain du carillon qu'il avait remarqué dans la salle à manger et qui sonnait tous les quarts d'heure. Il devait être près de 11 heures du soir. Il vérifia que la lumière n'était pas revenue dans la chambre d'Esther et décida, en se rallongeant, de l'attendre. Si elle ne lui parlait pas, c'est lui qui prendrait son courage à deux mains pour tenter d'obtenir une explication sans pour autant paraître inquiet. Pourquoi l'aurait-il été ? Ses parents devaient se ronger les sangs, au moins sa mère, et son père, passé un moment de colère contre ce petit saligaud qui n'avait de cesse de l'emmerder et de le faire banquer (c'était là quelques-unes de ses expressions), le père avait dû finir par se préoccuper un peu de son sort, au moins prendre une figure de circonstance.

Fabrice avait beau faire le tour de son existence sans joie, il n'y trouvait guère d'instants vraiment heureux. Ou alors il fallait remonter à la prime enfance, quand ses parents, craignant de le voir prendre de mauvaises habitudes au contact de ses petits contemporains, l'avaient tenu à l'écart de l'école, la républicaine autant que la religieuse, préférant lui administrer une éducation sur mesure. Mais à y regarder de plus près, ce qu'il avait pris longtemps pour un bonheur simple et tranquille était en réalité un profond ennui. Certes, son père s'en remettait aux professeurs particuliers pour assurer le développement de son esprit, mais l'amitié, la compassion, l'esprit de solidarité, le rire partagé, tout cela lui restait inconnu, sinon à travers l'étude de textes classiques, de Socrate à Montaigne. À vingt ans, Fabrice Donge était passé à côté de la vie sans vraiment s'en rendre compte.

Le jeune homme se releva pour aller boire. Il fit couler l'eau quelques secondes avant de joindre ses mains sous le robinet. Il venait de penser à sa vie d'avant, comme s'il lui paraissait évident, malgré l'inconnu où il était tombé, qu'il y aurait un avant et un après la rencontre avec Esther et sa bande. Après avoir bu plusieurs gorgées d'eau fraîche, il s'essuya à la serviette et découvrit au-dessus du lavabo de la mousse à raser, un rasoir, des lames et une brosse à dents neuve, ainsi qu'un tube de dentifrice non entamé, aux extraits de plante. Il trouva aussi un peigne de corne et une brosse à habits. Ces marques d'attention achevèrent de le troubler. Pourquoi avait-il bénéficié d'emblée d'un traitement de faveur aussi marqué? Lui qui cherchait à épicer son existence, il était servi. Mais qu'est-ce qui avait à ce point remué la jeune femme, lui dont la maladresse et l'inexpérience en matière de banditisme ou d'escroquerie étaient flagrantes?

Fabrice essaya de se remémorer les propos d'Esther lors de cette séance éprouvante dans la chambre de Nina. C'était difficile car elle avait évoqué tellement de choses, et qui lui paraissaient de surcroît si étrangères. Mais Fabrice avait le sentiment confus que dans les propos de la grand-mère d'Esther rapportés par sa petite-fille, il y avait un indice à glaner, un début d'explication à sa présence parmi eux, lui qui était si différent et n'avait à offrir que sa faiblesse, ses manquements et ses doutes. Il se rappela par exemple qu'Esther avait évoqué la nécessité d'aimer les hommes jusque dans leurs faiblesses, et ces mots retentissaient encore en lui comme une explication possible à l'intérêt de la jeune femme.

Où était-elle à présent ? En se penchant par la fenêtre, il constata que tout était éteint du côté de chez Esther. Sans qu'il puisse se l'expliquer — mais qu'était-il capable de s'expliquer à ce moment-là —, cette absence d'Esther le contraria, comme si elle avait commis à son encontre une sorte d'infidélité. L'idée l'effleura qu'elle était peut-être sortie, encore qu'il n'eût entendu aucun moteur, ni d'auto ni de moto. C'était donc qu'elle était allée rejoindre les membres de la bande, ou un des garçons en particulier. Avait-elle voulu se faire pardonner auprès de Djamel d'avoir ouvert son étage à un inconnu ? Dormait-elle avec lui ? L'idée déplut à Fabrice qui préféra penser qu'Esther mettait au point le programme des jours suivants avec Jackie et Coletta. Il en était là de ses supputations lorsque des claquements de talons pointus retentirent dans le couloir. Le bruit se rapprocha. Fabrice bondit de son lit et se précipita sur le palier de sa chambre. Esther le vit de loin et lui adressa un petit signe.

Comme il allait ouvrir la bouche pour lui parler, elle posa un doigt à la verticale de ses lèvres pour lui signifier le silence et, avec un sourire, elle lui recommanda fermement d'aller se coucher. « Il faut dormir. Demain, tu te réveilles très tôt. »

Fabrice obéit comme un gamin rassuré, avec le sentiment réconfortant qu'Esther veillait sur lui.

8

Quand Tucky vint frapper trois coups secs à sa porte, Fabrice eut l'impression qu'il venait juste de s'endormir. Trois autres coups le firent sortir de sa torpeur, ainsi que la voix de Tucky qui le menaçait en riant de le réveiller la prochaine fois au son du clairon.

— Quelle heure est-il ? demanda Fabrice en maugréant.

— L'heure des braves, la belle Marjorie Bokar ne saurait attendre, rigola de plus belle Tucky.

— Marjo qui ? fit Fabrice en bâillant.

— Allez, debout, fainéant, tu auras toutes les explications quant tu auras défroissé ton visage pâle et que tu l'auras montré dans la cuisine. Le thé non plus n'attend pas. Dépêche !

Il resta encore au fond de son lit quelques secondes en s'étirant. Au fond, malgré ses vingt ans, Fabrice était un gosse de bonne famille surprotégé, peu habitué à se lever tôt le matin. Son oisiveté était déjà une légende dans son quartier, et il n'avait jamais bien compris l'adage proclamant que l'avenir appartient à ceux qui se lèvent tôt. Jamais, avant l'épisode du Franprix, Fabrice ne s'était fait la moindre violence, et ce cocon qu'il avait fini par quitter le retenait encore dans ses fils lénifiants.

Quand il vit les chiffres phosphorescents du réveil indiquer 5 h 03, il eut la tentation de se rendormir pour de bon jusqu'au lever du jour. Mais son esprit tournait déjà. Il s'imagina être la risée du groupe qui en bas guettait sans doute au grand complet son entrée dans la cuisine. Peut-être Esther s'impatientait-elle ? Il fallait absolument se lever avant que Tucky ne soit envoyé cogner de nouveau à la porte de la chambre.

Au prix d'un véritable effort, Fabrice se dressa sur son lit et fila vers le lavabo se passer un peu d'eau froide sur le visage. Avec le peigne de corne, il mit un peu d'ordre dans sa tignasse, choisit un pantalon de toile bleu ciel et un tee-shirt crème. Il passa devant la chambre d'Esther. La porte était fermée sans qu'il pût savoir si elle dormait ou non. À la cuisine régnait une bonne odeur de pain grillée. Tucky était seul, attablé devant un gigantesque bol de café peint aux couleurs des Lakers de Los Angeles, l'équipe phare du championnat de basket américain. Le grand Black attaquait une sérieuse tartine beurrée dégoulinant de confiture de cerises. Cette tache rouge sur le visage ébène de Tucky produisait un effet saisissant qui laissa Fabrice comme hypnotisé.

— Allez, mon gars, assieds-toi et mange. Le privilège des petits matins, c'est de se remplir la panse généreusement. Tu as du jus de pamplemousse, de la mangue fraîche, café ou thé, pain, biscottes, confitures. Tu as une demi-heure pour te préparer. Départ de la villa Aurore à 5 h 45. L'avion de Bamako atterrit à 6 h 40 pétantes, et je ne veux pas le louper, à cause de la belle Marjorie Bokar.

Et Tucky fut repris de secousses d'hilarité qui laissèrent Fabrice perplexe sur son état.

— Et les autres, demanda-t-il un peu contrarié, ils ne viennent pas ?

— Non, mon gars. Esther t'a désigné pour m'accompagner. Elle a dit que ce serait instructif pour toi. Tu as envie de t'instruire, pas vrai ?

Fabrice ne répondit pas.

— Et Esther, enfin, je veux dire, elle ne vient pas avec nous ?

Tucky regarda Fabrice avec un sourire entendu.

— Esther ? Elle en fait assez comme ça. Laisse-lui un peu de répit. Quand on rentrera tout à l'heure, elle sera levée. Je te l'ai dit, on a rendez-vous avec la magnifique, l'unique, la somptueuse Marjorie Bokar, répéta Tucky en faisant tous ses efforts pour garder son sérieux.

— Jamais entendu parler, lâcha Fabrice renfrogné, comprenant que Tucky se payait gentiment sa tête.

— Sois cool, visage pâle, tu vas assister à un truc du tonnerre. Je suis sûr que tous ceux de la bande seraient heureux d'être à ta place ce matin, alors « cheese ».

Et Tucky fit un ample sourire si communicatif que Fabrice l'imita tout en enfournant une tartine de belle taille.

— Tu as bien fait de me parler d'Esther, reprit Tucky. Ça me fait penser que je dois aller épandre les feuilles de thé au pied des rosiers le long de la terrasse.

— Pour quoi faire ? demanda Fabrice.

— Une vieille habitude de la maison. Les pieds de rosier aiment bien le thé, Esther nous demande d'y penser quand on a fini le petit déjeuner. Je crois que sa grand-mère Nina faisait ça. Elle perpétue la tradition. Et c'est vrai que les roses sont magnifiques. Il y en a même dont les pétales sont couleur thé, elle te les montrera sûrement.

Ces dernières paroles eurent pour effet d'apaiser Fabrice. Il y aurait donc un après, d'autres rencontres avec Esther, puisque Tucky pensait naturel que la jeune femme montre à Fabrice ses plantations de roses. Ragaillardi, et finalement heureux de se trouver debout si tôt pour aller accueillir cette fameuse Marjorie Bokar, Fabrice acheva son déjeuner de bonne humeur. Il prit le temps de vider sa boule de thé mouillé au pied du rosier grimpant derrière la véranda, puis monta se préparer. En passant devant la chambre d'Esther, il veilla à ne faire aucun bruit pour ne pas la réveiller.

Le 4 × 4 filait à toute allure sur l'autoroute du Nord. Tucky avait mis l'autoradio à fond pour écouter le roi du rap Kat Luno à qui il vouait une admiration sans limites. C'est ainsi que Fabrice apprit que Tucky jouait lui-même dans l'orchestre de la vedette noire et qu'il lui arrivait parfois de lui écrire des textes.

— Au début, je n'osais pas lui montrer ce que j'écrivais. Je n'étais qu'un petit « musicos » de sa bande qui jouait toujours les mêmes accords de basse. Un jour j'ai pris mon courage à deux mains et je lui ai montré une des chansons que j'avais écrites ici, quelque temps après mon arrivée à la villa Aurore.

Et Tucky commença à fredonner en tapotant le volant de façon saccadée :

Si tu veux grandir
Et ne plus souffrir
Entre dans la danse
Des chasseurs de chance

Tucky jeta un coup d'œil à Fabrice.

— Une semaine plus tard, Kat Luno m'a fait une incroyable surprise en concert. Il s'est tourné vers moi, puis a lancé au public : « Vous voyez, ce grand Black qui croit qu'on ne le remarque pas parce qu'il se tient au fond à l'ombre des projecteurs. C'est mon ami Tucky et, si vous croyez qu'avec un sourire pareil on n'a rien dans la tête, alors écoutez bien, car voilà sa chanson. » Et il a commencé le premier couplet : *Si tu veux grandir/Et ne plus souffrir...* J'en aurais pleuré.

Soudain intéressé, Fabrice posa à Tucky mille questions sur le rap, lui qu'on tenait bien à l'écart de toutes ces formes d'expression jugées décadentes dans les quartiers où il avait grandi en marge de son époque. Tucky lui raconta que son surnom venait de Raping Tucky, une star du hip-hop vivant dans le Bronx.

— Maintenant, fit le géant noir, je me suis mis à « scratcher » les disques et ma réputation est en train de gagner toutes les boîtes de nuit. On me demande beaucoup, mais Esther insiste maintenant pour que la préparation de l'expédition passe d'abord.

Tout allait trop vite pour Fabrice : le 4 × 4 qui fonçait sur l'autoroute quasi déserte à cette heure matinale, et les mots de Tucky qu'il ne comprenait pas très bien.

— Ça veut dire quoi, « scratcher les disques » ? interrogea-t-il, comme un élève appliqué.

Tucky secoua la tête.

— Aïe, aïe, aïe ! fit-il en rigolant. Toute une éducation à refaire !

— À faire, corrigea Fabrice, riant à son tour.

— Écoute, mon gars, un de ces jours tu viendras avec moi en boîte et tu ne quitteras pas des yeux les trois platines qui tourneront devant moi avec des trente-trois tours vieux comme mes robes, façon de parler. Les gens croient qu'un disque tourne dans le sens des aiguilles d'une montre. Tu verras qu'il peut tourner dans tous les sens, s'arrêter et repartir, stop and go, tu comprends ?

— Un peu, fit Fabrice, sûr de rien.

Le 4 × 4 arrivait dans la zone de Roissy. Tucky s'engagea dans un parking souterrain. La voix de Kat Luno prit soudain une ampleur telle que tout le volume des sous-sols de l'aérogare résonna de la tchatche rauque et rythmée du rapeur. Tucky riait comme un fou. Quand il fut garé, et après qu'il eut coupé le contact puis baissé la musique, Fabrice jugea le moment propice pour lui demander quelques explications à propos de Marjorie Bokar.

— Je ne la connais qu'en photo, comme la plupart des gens qui sont venus l'attendre ici ce matin, dit Tucky. C'est le top model le plus en vogue du Mali, toutes les petites filles africaines veulent s'appeler Marjorie. Elle a un corps qui n'en finit pas, elle est longue et fine comme une gazelle, avec des yeux fendus en amande, une splendeur ! Une poitrine parfaite et des fesses, mon ami, tu sais pour nous, Africains, le canon de la beauté passe par les fesses fermes et rebondies, rondes à souhait, pas des fesses qui font pitié. En réalité, pas mal de ses admirateurs connaissent Marjorie par ses fesses, s'esclaffa Tucky en sortant de sa veste une photo éloquente de fesses nues et magnifiques, sombres comme l'ambre.

— Et toi, poursuivit Fabrice intrigué, elle te connaît ?

— Je crois qu'il est temps que tu t'instruises, fit Tucky en guise de réponse.

Sur le panneau géant des arrivées, les deux jeunes gens cherchèrent des yeux la ligne Bamako-Paris. Le vol était signalé sans retard, porte 12. Visiblement, ils ne seraient pas les seuls à accueillir la perle noire. Une petite foule composée exclusivement d'hommes se massait au-devant des passagers de l'avion en provenance du Mali. Fabrice remarqua que certains brandissaient une photo, toujours la même, représentant une superbe créature africaine. Il en conclut qu'il devait s'agir de Marjorie Bokar.

Une rumeur d'excitation monta quand les premiers passagers se présentèrent à la sortie. La petite foule des admirateurs avait encore grossi, toujours des hommes, tous endimanchés comme pour une fête ou un événement officiel, rivalisant d'élégance avec leurs complets sombres, leurs cravates de soie, leurs chaussures vernies. Certains portaient des feutres.

À l'impatience succéda un vent d'inquiétude. À mesure que le gros des passagers quittait les lieux, la foule des messieurs commençait à gronder. Marjorie avait-elle voulu ménager ses effets en apparaissant seule et bonne dernière pour être bien sûre que tous les regards, sans exception, convergeraient vers elle ? Fabrice ne comprenait rien à ce qui se passait sous ses yeux mais il flaira l'embrouille, et le sourire que Tucky ne réprimait pas le conforta dans son sentiment.

— Voilà Idrissa ! triompha soudain le grand

Noir. Idrissa, dans mes bras, viens, mon frère que je te serre ! Je saurai tout de suite l'épaisseur de ton portefeuille !

Un Africain d'une trentaine d'années, encore plus grand que Tucky, se frayait un passage dans la foule en direction de son ami qui continuait de l'appeler. Il était très élégant, autant que les admirateurs de la belle introuvable, mais, à la différence de tous les impatients, il ne manifestait aucun signe de mauvaise humeur, encore moins de dépit. Quand il fut parvenu à la hauteur de Tucky, les deux hommes s'étreignirent sous le regard stupéfait de ceux qui attendaient Marjorie Bokar. Il y avait donc dans cette meute un homme qui n'attendait pas la belle Arlésienne ?

Car Marjorie Bokar ne viendrait pas, pour l'excellente raison que Marjorie Bokar n'existait pas. Elle était pure invention, sortie de l'imagination des deux compères, Idrissa et Tucky, dans le but d'escroquer quelques riches Africains crédules établis en France.

— J'ai les billets, souffla discrètement Idrissa. La douane m'a laissé passer sans difficulté.

— Bon, parfait, il va falloir filer, répondit Tucky de même, car le cinéma va commencer !

Ils se retenaient de rire, car une scène étrange et irrésistible se produisait sous leurs yeux. Les élégants messieurs avaient tous sorti la photo de Marjorie Bokar et, apparemment, on allait assister à un gigantesque quiproquo.

— Comment, vous aussi vous attendez Marjorie ? Mais elle m'avait donné rendez-vous ce matin, à moi en particulier. On devait se marier, la fête est prête ! J'ai même versé... oh, mon Dieu... l'argent que je lui ai fourni pour son voyage : dix mille francs !

— Vous avez payé dix mille francs ! s'étranglait un autre. Mais il y a maldonne, monsieur. Je peux certifier sur l'honneur que je suis le futur époux de Marjorie Bokar. Voyez la lettre qu'elle m'a adressée : « Mon tendre Alphonse, etc. viens m'attendre le lundi 6 mai », etc.

— Je vous demande pardon, ajouta un troisième en tendant un troisième et identique exemplaire de la photo, personnellement dédicacée par la belle « à son Albert adoré ». Marjorie sera ma femme dès demain matin, aucun d'entre vous ne peut me montrer une photo dédicacée.

Un parfum d'émeute régnait devant la porte 12 de Roissy. Les compères estimèrent qu'il était temps de prendre la poudre d'escampette, car la tension montait. Environ deux cents Africains aussi endimanchés que mécontents criaient et gesticulaient en tous sens, chacun apportant la preuve irréfutable qu'il était bien le seul et unique amour de Marjorie — laquelle, indubitablement, avait un faible pour les messieurs.

— Tous cocus, même jour, même heure, même lieu ! s'écria un des dindons de la farce, la voix étranglée.

Un autre avisa la police de l'aéroport pour réclamer la livraison de Marjorie Bokar, comme un vulgaire bagage, un bagage imaginaire qui venait de rapporter plus de deux millions de francs à ses ingénieux imprésarios...

Entraînant Fabrice dans leur sillage, Idrissa et Tucky rejoignirent le parking sans attirer l'attention. Le jeune homme ne savait pas encore comment les lascars s'y étaient pris pour semer un tel désordre, mais force était de constater qu'ils avaient réussi leur coup au-delà de ce qu'on pouvait imaginer. Quand Idrissa, une fois dissimulé derrière les vitres teintées du 4 × 4, sortit d'une enveloppe kraft plusieurs liasses de billets de cinq cents francs représentant ce qu'il appelait la dot de Marjorie, Fabrice comprit qu'il avait affaire à de vrais pros qui, sous des dehors décontractés, avaient plus d'envergure qu'un minable braqueur de Franprix. Tucky remit à fond la musique de Kat Luno et la voiture démarra, puis déboucha en trombe du parking.

— La mariée était trop belle ! s'écria Idrissa en éclatant de rire.

— J'aimerais être une petite souris pour les voir s'étriper, ajouta Tucky. Ça leur apprendra à croire qu'on peut s'acheter une femme sur simple présentation d'une photo. J'espère qu'ils retiendront la leçon. Si tu veux te marier, tu payes rien, ou alors bien plus cher que dix mille francs, pas vrai, Fabrice ?

Fabrice n'avait pas d'opinion sur la question. Jamais l'idée de se marier ne lui était venue. Et avec qui, grand Dieu ?

9

L'autoroute du Nord était maintenant encombrée de tous les banlieusards qui se rendaient à leur travail dans la capitale, pare-chocs contre pare-chocs, perdus dans un rêve de vacances loin des embouteillages, écoutant leur horoscope du jour, les prévisions météo — de la grisaille pour quarante-huit heures — ou les pronostics du Quinté plus. Tucky et Idrissa, sans souci de ces tracas terre à terre, planaient littéralement en se frappant bruyamment le plat des mains à l'africaine, poussant des cris qu'un public non averti aurait qualifiés de sauvages.

— Racontez-moi tout depuis le début ! bouillonnait Fabrice. Je veux comprendre votre tour de passe-passe à deux millions !

— Dis-lui, toi, répondit Tucky avec un signe de tête vers Idrissa. Tu adores broder comme un griot !

Idrissa, qui occupait la place du passager, se retourna sur son siège, menton haut et regard dirigé vers le plafonnier, arborant un profil régulier d'empereur romain issu de la négritude.

— Voilà, fit-il doctement, comme si d'avoir été investi de la mission de raconter l'avait figé dans une posture soudain sérieuse. L'entreprise s'est révélée devoir marcher comme un jeu d'enfant — c'est ainsi, n'est-ce pas, que vous parlez vous autres Français ? Un jeu d'enfant ! Il a suffi de rédiger une petite annonce dans plusieurs quotidiens, signée de la dénommée par nos soins Marjorie Bokar, et je précise : par nos soins, car Tucky et moi sommes en réalité ses créateurs, et pour ainsi dire ses parents.

Tucky approuva bruyamment, lâchant le volant pour taper dans ses mains sur les rythmes syncopés de Kat Luno.

— Le texte de l'annonce précisait qu'à vingt-quatre ans, Marjorie recherchait pour une liaison sérieuse un homme d'expérience originaire d'Afrique, capable de lui faire découvrir la France et de la placer à l'abri du besoin, car son enfance avait été plus que pénible comme aînée d'une famille de dix-sept enfants. En écrivant « homme d'expérience », nous voulions toucher quelques-uns de ces Africains aisés qui ont prospéré à l'étranger en croquant l'argent de la corruption et en détournant tant de richesses qui auraient dû revenir à leur peuple. Ça nous faisait plaisir de gruger ces types qui se sont enrichis toute leur vie sur le dos de leur pays. Après tout ce n'était que justice, Marjorie Bokar est une bienfaitrice ! exulta Idrissa.

— Parfaitement, renchérit Tucky, une justicière, presque une sainte, insista-t-il, songeant qu'un jour il pourrait lui consacrer, pourquoi pas, un beau tibia de chèvre maquillé en relique.

— Vous avez reçu beaucoup de réponses à l'annonce ? demanda Fabrice qui ne voulait pas perdre le fil du récit.

— Plus de quatre cents ! s'exclama Idrissa triomphant. J'avais indiqué une adresse bidon qui correspondait à une de ces villas de la sécheresse construites par les dignitaires de l'ancien régime du Mali avec les fonds internationaux qui devaient financer une grande opération de développement des puits. Le dictateur Moussa Traoré avait utilisé le fric pour édifier de magnifiques villas au bord du fleuve, à Bamako, où loger sa famille et ses fidèles. Après sa chute, les villas ont été confisquées, puis divisées en appartements très modestes réservés aux familles dans le besoin. Plusieurs sont encore vides. Samba, mon cousin facteur, interceptait à ma demande toutes les lettres destinées à Mlle Marjorie Bokar, route du grand Caïlcedrat, à Bamako.

J'ignore s'il était là tout à l'heure parmi les prétendants de Roissy, ou s'il s'était fait discrètement représenter, mais une missive de l'ambassadeur de France au Mali est parvenue dans l'ancienne villa de la sécheresse.

— Tu as conservé les courriers? interrogea Fabrice, de plus en plus captivé par le récit d'Idrissa.

— Bien sûr. Surtout que la moitié a écrit une deuxième lettre pour envoyer le chèque de dix mille francs qui correspondait au prix du voyage et aux quelques habits décents dont la belle Marjorie voulait se vêtir pour ne pas apparaître à Roissy en pauvresse. C'est pourquoi nos messieurs endimanchés étaient si dépités : ils s'attendaient à voir descendre de l'avion quelqu'un qui ressemblait à une princesse !

— Je n'en reviens pas, fit Fabrice en se grattant la tête. Il suffit de quelques lignes bien tournées dans un canard pour toucher le gros lot?

— Tu oublies les photos, reprit Idrissa. Nous connaissons à Bamako une styliste très en vogue qui vend aux belles du Mali des pagnes imprimés en wax, qu'on appelle « mari capable ».

— Mari capable? Kesako? demanda le jeune Français de plus en plus intrigué.

Tucky s'esclaffa mais laissa Idrissa répondre.

— Un pagne « mari capable », c'est un signe extérieur de richesse. Si une femme le porte, c'est que son mari est capable de le lui acheter, car il s'agit de pièces très chères, dont le prix équivaut à plusieurs mois du salaire d'un fonctionnaire honnête.

Idrissa suspendit sa phrase, comme s'il méditait

sur la possibilité qu'il existe au Mali des fonctionnaires honnêtes, puis il continua :

— Donc, cette styliste de Bamako, très en vue dans toutes les capitales européennes et même aux États-Unis, vend aussi ses pagnes et ses robes sur catalogue. Nous avons choisi la photo d'une de ses plus belles pièces, je veux parler d'un mannequin splendide, un canon, quoi ! Il a suffi de faire reproduire le cliché autant de fois qu'il y avait de candidats au mariage avec Marjorie, et le tour était joué. Quand nous avons accusé réception des premiers courriers en renvoyant la photo de notre mannequin changée en Cosette par nos commentaires larmoyants, ces messieurs ont craqué. Certains ont proposé des sommes plus importantes pour s'assurer l'exclusivité de ses faveurs. Je leur répondais que le montant fixé suffirait tout en promettant au nom de Marjorie quelques élans érotiques qui les incitaient à payer dans les meilleurs délais...

Fabrice ne put s'empêcher d'applaudir tant la ruse des deux compères lui paraissait incroyable. L'idée que les prétendants qu'il avait vus si excités dans le hall de l'aéroport étaient des dignitaires de régimes corrompus menant grande vie en France au mépris de leurs frères africains, cette idée ouvrit des perspectives à Fabrice. Finalement, il ne regrettait pas son piètre hold-up manqué de Pantin, qui n'aurait rendu justice à personne. En rencontrant la bande d'Esther, il avait compris qu'un voleur peut agir par idéal, que les histoires de Robin des Bois n'étaient pas seulement des fables pour enfants. À leur manière, Tucky et Idrissa étaient des redresseurs de torts qui rendaient justice avec leurs moyens, avec leurs armes inoffensives, sauf pour l'amour-propre et le porte-monnaie des victimes. Mais, comme disait jadis la grand-mère de Fabrice, « plaie d'argent n'est pas mortelle ».

Le 4 x 4 avait quitté l'autoroute et filait à présent sur des départementales moins fréquentées. Une pluie épaisse et grasse s'abattait sur le pare-brise.

— Ça me rappelle la saison des pluies au pays, fit Tucky avec un brin de mélancolie.

Exprès, il arrêta le CD de Kat Luno pour écouter cette eau généreuse s'écraser sur la vitre. Il avait sorti une main puis tout l'avant-bras à l'extérieur de la portière pour sentir les gouttes sur sa peau.

— Tu as de la chance d'avoir passé ces dernières semaines là-bas, reprit Tucky en regardant Idrissa.

— Il fallait bien que Marjorie réponde à son courrier !

— Tu as raison, admit Tucky. Avoue aussi que ça te plaisait de prendre l'avion dans lequel Marjorie était censée voyager. Tu as pris ton pied en voyant toutes ces têtes d'enfarinés, pas vrai ?

— Ah ça ! lança Idrissa comme un cri du cœur. Certains faisaient une telle tronche que j'ai dû me retenir de tout révéler. Tu me vois en train de gueuler : « Mais vous ne me reconnaissez pas ? C'est moi, Marjorie Bokar. Vous avez vu ma photo pourtant. Vous ne la trouvez pas ressemblante ? »

— Ils t'auraient lynché ! fit Tucky.

— Sans doute, mais c'était tentant. J'avais envie aussi de leur demander les raisons de cet attroupement, quelle personnalité de marque ils attendaient. Je me suis abstenu, car je crois que je n'aurais pas gardé mon sérieux jusqu'au bout...

L'auto approchait d'Aubervilliers où Idrissa était

attendu chez une parente. Fabrice rêvassait, rempli d'admiration pour ces Africains qui, bien qu'exilés loin de leur pays, gardaient un moral à toute épreuve et suivaient une ligne de conduite bien à eux, une sorte d'éthique à usage des marginaux de la société mondialiste fondée sur le profit cynique, sans joie ni partage.

— Vous vous connaissez depuis longtemps ? demanda Fabrice.

Cette fois, c'est Tucky qui répondit.

— Idrissa et moi on a grandi dans la même cour, derrière le marché rose de Bamako. Nos mères lavaient leur linge ensemble et on s'est nourris des mêmes plats.

— Disons que nous mangions les mêmes plats, mais Tucky avait tendance à se resservir, persifla gentiment Idrissa en tapant bruyamment sur le ventre replet de son ami.

— On était aussi à l'école ensemble, poursuivit Tucky, mais je ne me souviens pas de grand-chose. Je sais qu'on se retrouvait souvent punis, alors on s'enfuyait dans la brousse et on pêchait des capitaines sur les rives du fleuve. Nos mères nous disputaient quand elles apprenaient qu'on avait été chassés de la classe. Elles le savaient forcément parce que l'institutrice habitait en face de chez nous. Mais quand on montrait notre pêche, la colère tombait. Nos mères disaient toujours qu'elles ne s'inquiétaient pas pour nous, qu'on s'en sortirait toujours dans la vie. Elles avaient raison, n'est-ce pas ?

Idrissa approuva. À quinze ans, les deux gamins avaient fait les mille petits boulots de la rue pour se payer de quoi vivre jusqu'au lendemain, marchands d'allumettes et de cigarettes à l'unité, sculpteurs de chambres à air de camion, cireurs de chaussures, manutentionnaires de riz. Ils s'étaient essayés à des combines peu avouables, comme enduire d'excréments de poule le pas de porte des hôtels pour salir les souliers de la clientèle huppée.

— La merde sur leurs godasses, c'était de l'or dans nos poches, confirma Idrissa.

Tucky avait le premier tenté sa chance à Paris avec un petit commerce de faux totems africains. Il avait essayé de fourguer un exemplaire de statuette guerrière à Esther, qui travaillait alors chez Christie's. La jeune femme avait vite repéré, à la dureté du bois, qu'il ne pouvait s'agir d'un objet ancien. Mais Tucky l'avait séduite par sa gouaille et son talent à convaincre d'acheter très cher une pièce dépourvue de la moindre valeur. Loin de le dénoncer, elle s'était liée d'amitié avec l'artiste faussaire. Elle entrevoyait déjà qu'un tel personnage lui serait précieux.

Dans une petite rue d'Aubervilliers, Idrissa prit congé de ses amis après avoir remis une grosse enveloppe à Tucky.

— Pour vos œuvres, mon cher frère, lui souffla-t-il en clignant ostensiblement de l'œil.

Sur la route du retour, Tucky et Fabrice n'échangèrent pas une parole. Et pour cause, le jeune homme s'était endormi sur un air de Kat Luno, où il était question de nostalgie.

10

Marion grimaça en ouvrant la porte de la villa Aurore. Elle tendit une main, la paume largement ouverte, pour vérifier ce que ses yeux voyaient : la pluie, cette même pluie qui réjouissait les Africains déracinés en France la faisait grimacer, elle la fille de l'Est, qui avait grandi sous les ciels gris de Roumanie et entendait bien un jour se faire une place au soleil.

Dans l'autre main, Marion tenait un gros sac en toile de jute chipé à l'administration des postes. C'était un drôle de courrier qu'elle transportait avec une nonchalance naturelle qui s'accordait à sa physionomie ronde et bonhomme. Dans ce sac ventru, il y avait largement de quoi acheter comptant une Rolls Royce, avec toutes les options dernier cri et la sono adéquate pour écouter Mozart — ou Kat Luno —, aussi bien qu'en concert. Marion ouvrit le coffre de sa vieille deux-chevaux et y déposa le butin du mois qu'elle devait répartir selon les instructions précises d'Esther. Le moteur de la « deux-pattes » s'ébroua, puis cala. Un deuxième essai fut aussi infructueux. Heureusement, Tucky venait d'entrer en trombe dans le jardin de la villa, à point nommé pour pousser le véhicule récalcitrant.

— Ça, ce n'est pas pour toi ! fit le géant noir pour provoquer Marion, leur « ministre des Finances », en sortant de sa poche l'enveloppe que lui avait confiée Idrissa.

— Au lieu de jouer les riches, aide-moi donc à pousser, coupa la jeune femme qui était pressée de faire sa tournée dans la banlieue nord, fief de

« ses » pauvres. J'ai peur que le moteur ne se noie. Quand il sera chaud, ce ne sera plus un problème, il tournera comme un moulin. Mais ces vieilles carcasses n'aiment pas le froid, un peu comme les Blacks chétifs dans ton genre, non?

Tucky, sans répondre, poussa la voiture avec sa force de colosse. La deux-chevaux prit de la vitesse et finit par démarrer avec une toux aiguë du moteur. Marion releva la vitre pour remercier d'un signe, mais Tucky était déjà entré dans la maison, à la recherche d'Esther, tandis que Fabrice continuait son somme dans le 4 x 4.

Comme si elle avait transporté un simple ballot de linge sale, Marion conduisait parfaitement décontractée. L'argent ne l'avait jamais impressionnée. Elle en avait tellement manqué dans son enfance à Bucarest qu'elle s'était juré de n'en jamais devenir l'esclave. Tant d'âmes s'étaient laissé corrompre pour quelques billets, au temps de la dictature des Ceaucescu... Elle ne manquait plus de rien depuis qu'elle s'était ingéniée à imiter la monnaie pour fabriquer des billets aussi vrais — ou presque — que les vrais. Mais elle n'avait jamais abusé pour son propre bénéfice de ses dons de faussaire, qui appartenaient au fond à un coin mal exploré de sa personnalité. Elle acceptait de frauder les établissements bancaires tout en se demandant ce qui l'avait poussée à entreprendre de telles tricheries — sinon ses qualités de graphiste —, elle qui se tenait pour une fille honnête et droite. Esther, d'ailleurs, la considérait comme telle, car l'argent qu'elle transportait chaque mois était du bel et bon argent dûment filigrané par la banque de France.

Esther savait que jamais Marion n'aurait songé à disparaître avec le magot.

En chemin, elle fit une première halte, rue de Téhéran, à deux pas du parc Monceau. Là se tenait l'atelier du peintre Bezoukhov, un vieil artiste russe qui avait connu Nina juste après la guerre. Le bonhomme attendait Marion sans l'attendre vraiment. Il n'avait pas tout à fait pris l'habitude de la voir passer en coup de vent au début de chaque mois.

— Votre quatrième acompte, de la part d'Esther, lui dit Marion en restant sur le pas de la porte. Je ne m'arrête pas, j'ai laissé tourner le moteur de la voiture, des fois qu'elle ne voudrait pas redémarrer.

Le peintre tendit la main, l'air dépité.

— Comme d'habitude, fit-il d'une petite voix pointue. Jamais de temps, rien que de l'argent...

— Plaignez-vous donc ! sourit Marion en l'embrassant.

— Promettez-moi que la prochaine fois vous vous arrêterez plus longtemps, pour que nous prenions un thé ensemble. Je vous raconterai comment j'ai connu Nina. C'était une drôle d'époque pour les gens comme nous : le nazisme et le communisme à digérer coup sur coup, il fallait de l'estomac. J'avais trouvé une place de taxi et...

— Plus tard, monsieur Bezoukhov, c'est juré, parole de Marion, nous prendrons le thé dans votre salon et nous parlerons de tout ça. À bientôt.

Le vieux peintre lui répondit quelque chose qu'elle n'entendit pas car déjà elle appuyait sur le champignon. Le vrai voyage chez les pauvres allait commencer, dans la cité de La Courneuve, par Lucia Tosca.

Marion réussit à se garer entre une carcasse de

voiture brûlée de fraîche date et un groupe de jeunes Beurs affalés sur les selles de leurs mobylettes aux carburateurs trafiqués, qui tournaient avec un bruit d'enfer. Parmi eux, elle reconnut Tonino, un des protégés de Lucia Tosca. Discrètement, Marion fit glisser la somme convenue dans un panier d'osier qu'elle recouvrit d'un coussin.

Lucia était encore « en cheveux » quand elle ouvrit sa porte. C'était une femme d'une cinquantaine d'années qui en paraissait dix de plus. Elle avait dû être belle dans sa jeunesse, mais sa jeunesse avait disparu et ne restait qu'un visage marqué par le passage des ans et des hommes, qu'elle choisissait toujours forts et violents, alcooliques aussi. Le dernier lui avait brisé la mâchoire. Cela remontait à sept ou huit ans et, depuis, Lucia avait décidé de ne plus accepter de mâle de plus de seize ans chez elle. Elle adoptait — en dehors des lois souvent trop rigides — des gamins malheureux qu'elle réconfortait de toute sa douceur et de sa chaleur, de ses petits plats qu'elle préparait comme nulle autre, et de ces prénoms italiens qu'elle avait distribués à chacun comme autant de bonbons : Tonino, Marcello, Sophia, en dépit de leurs diverses origines... On s'amusait, dans la cité, à l'entendre crier après un jeune Eurasien rebaptisé par ses soins Vittorio.

Bien sûr, à la manière d'Esther et de toute sa bande de marginaux au grand cœur, Lucia se moquait des règlements, surtout s'ils étaient l'expression ou la cause d'une injustice. Chaque année, il arrivait qu'un de ses petits « Ritals » soit emmené *manu militari* par les forces de l'ordre ou quelque juge des enfants, afin de régulariser une situation tordue. C'étaient alors larmes et déchirements, car jamais Lucia n'aurait soustrait le moindre petit à l'affection de ses parents. Elle agissait en conscience, en confiance. L'amour qu'elle donnait lui était rendu au centuple, et « ses » enfants étaient la plupart du temps des gosses apatrides dont les parents avaient disparu ou, pire, ne se souciaient plus de leur existence.

— Tu boiras bien un café, il est juste chaud.

Marion accepta, car elle savait que Lucia voyait peu de monde hormis ses petits protégés, que ça lui faisait du bien de parler un peu d'autre chose. Marion savait aussi que Lucia s'inquiétait un peu de l'avenir de Giovanni, « son » Giovanni, qu'elle avait laissé partir la mort dans l'âme à la Villa Aurore. En réalité, la mère adoptive s'inquiétait des activités réelles de ce fils prodigue qui avait déjà connu la prison. Voir Marion la rassurait car elle savait mieux qu'une mère que la jeune femme était profondément éprise de Giovanni.

— Giovanni est en pleine forme et il m'a bien répété de vous embrasser. Il passera bientôt dans la cité. Son travail est très discret, aucun risque qu'il ne soit repéré.

Lucia acquiesça d'un air résigné, ne sachant pas de toute manière dans quelle activité s'était réellement impliqué Giovanni. Même quand il avait fait quelques mois de prison, la pauvre femme n'avait pas saisi le chef d'inculpation.

Marion posa l'argent sur la table de la cuisine, une somme rondelette qui permettait à Lucia de tenir son petit monde hors des besoins qui éveillent chez les plus déshérités, quand ils ne sont pas satisfaits, des envies de tout casser et parfois de tuer.

Avec cet argent judicieusement réparti et dépensé, Marion savait qu'Esther éteignait des foyers de violence et de haine. Chez Lucia, les enfants se mettaient à travailler en classe, à faire des projets, à entrevoir un avenir plus prometteur que l'horizon haché de la cité.

— Je dois partir, fit Marion en avalant une dernière gorgée de café noir. Ma tournée commence à peine.

Elle se leva et embrassa plusieurs fois Lucia en la serrant contre elle. La jeune femme sentait bien que cette mère-née avait encore mille choses à demander, des choses aussi bêtes que savoir si Giovanni portait toujours la médaille de la Vierge qu'elle lui avait offerte pour sa communion, s'il n'avait pas maigri, s'il envisageait enfin d'arrêter de fumer. Toutes ces questions, Marion les voyait dans le regard insistant de Lucia. Elle y répondit de la plus douce des manières, par un de ces sourires irrésistibles et désarmants qu'elle décochait quand son cœur parlait, ce sourire qui avait fait fondre Giovanni, qui faisait oublier ses disgrâces physiques de jeune femme trop ronde à la peau rougie.

Esther ne dilapidait pas l'argent que sa bande rapportait. Les « dons » n'excédaient que rarement dix mille francs, sauf pour certaines institutions qu'elle soutenait particulièrement, ATD quart-monde, La Lanterne de la rue pour les sans-abri et quelques établissements réservés à l'enfance orpheline ou défavorisée, ou consacrés aux soins et à l'aide de personnes très âgées, abandonnées de tous, considérées comme inutiles non seulement par la société, mais aussi par leurs proches. C'est à peine si le sac de jute rempli par Marion semblait se vider à chacun de ses passages chez un des bénéficiaires de la générosité d'Esther. La jeune femme était sans doute la seule à connaître exactement, dans le moindre détail, ce qu'Esther appelait son « réseau de bienfaisance ».

Ce jour-là, la petite-fille de Nina avait ajouté un nom à la liste habituelle. Marion chercha un peu et s'égara plusieurs fois avant de trouver l'établissement Paul-Mazoyer, perdu à Moussy-le-Vieux, un village isolé à quelques kilomètres de Roissy, au beau milieu des champs de betteraves. Esther avait demandé à Marion qu'une fois toutes les sommes prévues distribuées aux uns et aux autres, le reliquat — plusieurs centaines de milliers de francs — soit donné au directeur de l'institut Mazoyer. Marion ignorait quelle activité abritait cette grosse bâtisse d'aspect austère entourée d'un immense jardin désert. Quand elle sonna, on la fit entrer dans un vestibule où elle attendit quelques minutes. D'étranges sons provenaient des étages : des grognements, des cris aigus, des mots incompréhensibles jetés comme des pierres dans le silence pesant de l'imposante demeure. Un jeune homme d'une trentaine d'années, le visage doux et souriant, vint à la rencontre de Marion.

— Pardon de vous avoir fait attendre. J'étais averti de votre visite, mais le matin est toujours un moment difficile. Les enfants sortent généralement de nuits très agitées, il faut les ramener à la réalité avec des gestes chaleureux et lents, sans aucune brusquerie, vous comprenez ?

Marion hésita.

— C'est-à-dire que...

— Esther ne vous a rien dit sur nos activités, n'est-ce pas ?

Marion n'aimait guère être prise au dépourvu, mais elle était bien obligée de reconnaître que, en effet, elle ne savait rien de l'institut Mazoyer.

— Je reconnais bien là sa discrétion, son admirable discrétion, fit l'homme pensif. D'abord je ne me suis pas présenté : Richard Mazoyer, petit-fils d'Albert Mazoyer, fondateur de cet institut pour enfants autistes. Cela ne m'étonne pas qu'Esther ne vous ait rien dit. Je la connais assez bien pour vous assurer que, si elle vous a envoyée ici, c'est qu'elle vous tient en grande estime, car elle ne dévoile pas facilement ses jardins secrets.

Marion nota les sous-entendus contenus dans les propos de Richard Mazoyer, mais elle songea aussitôt que si elle voulait un jour une explication, c'est auprès d'Esther, et d'elle seule, qu'elle l'obtiendrait. Sans rien ajouter, la jeune femme tendit le sac de jute au directeur.

— Je dois rentrer avec un sac vide, précisa-t-elle, tandis que l'homme osait à peine en regarder le contenu.

— Bien, venez avec moi.

Ils se dirigèrent vers le fond d'un long couloir, toujours accompagnés de ces cris sonores qui faisaient froid dans le dos tant ils semblaient exprimer un mélange de peur et d'animalité, de violence et de chagrin.

— Nous hébergeons aussi quelques jeunes handicapés mentaux, un rebut que la société ignore et dont il faut pourtant s'occuper. Nous les isolons des enfants autistes, et je peux vous dire que ce n'est pas simple tous les jours car nos locaux ne sont pas indéfiniment extensibles. Enfin, fit-il en regardant le sac de jute et en le soupesant avec un geste de connaisseur, je crois voir venir la fin de nos problèmes, au moins pour un bon moment.

Ils pénétrèrent dans un bureau baigné de lumière qui donnait sur le jardin. La pluie avait cessé. Marion aperçut de jeunes garçons et une fillette vêtus d'épaisses blouses grises, installés devant de grandes feuilles de papier posées sur de grossiers chevalets. À l'abri d'un préau, ils peignaient avec application, recueillis, comme les fidèles d'une église.

— On dit que la musique adoucit les mœurs, fit Richard Mazoyer en suivant le regard de Marion. La peinture, avec ses jeux de couleurs et le contact sensuel du pinceau, procure aussi une sorte d'apaisement aux enfants autistes.

Du doigt, il désigna quelques dessins accrochés au mur de son bureau réalisés par certains de ses petits pensionnaires.

— C'est étrange, observa-t-il, jamais ils n'emploient la couleur rouge. Ils s'arrêtent à l'orange ! Mais je ne vais pas vous prendre votre temps.

Il se leva et ouvrit un coffre d'acier dans lequel il vida le contenu du sac qu'il replia ensuite et tendit à Marion.

— Vous direz un seul mot à Esther : merci.

Elle regarda sa montre. Il était déjà midi passé et elle savait que sa mère allait s'inquiéter. Elle avait promis d'être à l'heure pour le déjeuner, qu'elle prenait une fois par semaine chez cette vieille Roumaine bigote qui lui avait donné la vie, mais c'était une autre vie ; sous un autre ciel, dans une autre langue. Marthe Zahan vivait dans un minuscule pavillon sur les hauteurs du Kremlin-Bicêtre, au milieu des échoppes et des ateliers à moitié abandonnés, régulièrement squattés par des bandes de jeunes paumés.

Marion aimait profondément sa mère, mais la vieille femme se plaignait sans cesse de tout et sombrait dans une déprime chronique qui ne l'avait pas quittée depuis la Roumanie, et s'était aggravée à la mort de son mari, l'année précédente, des suites d'un cancer généralisé. Malgré toutes ses prières, tous ces cierges allumés pour les saints et les saintes de la paroisse, en particulier pour la Vierge Marie, malgré ces heures de chapelets récités jusqu'à l'abrutissement, malgré enfin un voyage à Lourdes quand l'équipe médicale avait émis un diagnostic fatal, rien n'avait retenu Ilea sur cette terre où il n'avait connu que souffrances et humiliations.

Quand Marion parut dans l'encadrement de la porte, sa mère se précipita vers elle de son petit pas saccadé et nerveux, étreignant sa fille plus que de raison, comme si elle ne l'avait pas vue depuis des lustres. Elle la fit entrer dans sa chambre où elle gardait tous ses souvenirs, des photos d'elle avec Ilea le jour de leur mariage, des photos de Marion enfant, noyées parmi les images pieuses qui tapissaient les murs, têtes de Christ, vie des saints. Au-dessus de son lit trônait une icône représentant la vierge de Medjugorge. Marion songea en souriant que sa mère aurait fait une victime idéale pour Tucky et ses fausses reliques. Les deux femmes restèrent un moment à évoquer les choses de la vie, le temps qui passe et le temps qu'il fait. C'est que Marion se tenait toujours un peu sur ses gardes quand elle rendait visite à sa mère. Elle savait qu'à un moment ou un autre viendrait encore sur le tapis le fait qu'elle n'avait pas d'enfants, que ses activités avec Esther et sa bande risquaient de lui attirer de gros ennuis.

Un jour que Marthe avait suggéré de parler de sa fille à son confesseur, sous le sceau de la confidentialité, bien sûr, Marion était sortie de ses gonds, envoyant à la pauvre femme ses quatre vérités sur ces curés qui profitaient de sa crédulité pour diriger sa vie et la tenir confite dans le souvenir et la contrition.

— Je t'interdis de parler de moi à qui que ce soit de ton église, avait crié Marion, et sa mère s'était mise à pleurer, articulant à peine entre deux sanglots, essayant de faire comprendre à sa fille qu'elle voulait seulement son bonheur et craignait de la voir s'égarer sur un chemin sans retour qui l'éloignait à coup sûr du salut éternel.

Marion avait regretté de s'être emportée, se jurant de garder son calme, dorénavant, lorsque sa mère essaierait par petites touches de la culpabiliser.

Un peu plus tôt, avant de porter le sac de jute à Richard Mazoyer, la jeune femme avait soustrait quelques espèces pour sa mère. Celle-ci la remercia avec reconnaissance avant d'enfouir les billets dans un pot à tabac sculpté qui avait appartenu à son mari.

— Je t'ai préparé des lentilles tièdes et une côte de porc braisée, fit-elle, comme pour justifier l'argent que sa fille lui avait remis.

Elles mangèrent sans appétit, dans un silence chargé d'arrière-pensées, Marthe priant en silence pour le salut de sa fille, Marion ruminant sa rancœur contre ces hommes de Dieu qui prétendent faire le bien, mais n'éveillent chez leurs fidèles que des sentiments de crainte et de culpabilité.

Le dernier rendez-vous de la journée, Marion ne l'aurait manqué pour rien au monde. Si elle avait su qui sa fille se hâtait de rejoindre, Mme Zahan aurait « halluciné », comme disaient les jeunes de tous horizons. À peine avalée une part de clafoutis, Marion était partie sur les chapeaux de roues en direction de Nanterre, derrière le terrain des ferrailleurs rejoindre la paroisse à ciel ouvert du père Gilles Gontrand. À la différence du Gontrand des albums de Mickey, ce père-là n'en avait pas le ventre rond, ni le verbe qu'il lançait cru au visage de ses interlocuteurs. C'était un homme de Dieu, à sa manière, mais manière peu conventionnelle qu'il employait pour tirer les gosses de la mouise en leur donnant l'amour qu'ils n'avaient jamais reçu nulle part. Son parler abrupt tranchait avec la douceur de sa voix. Gilles Gontrand était un prêtre détaché du troupeau pour aller récupérer les brebis perdues, au risque, disaient ses détracteurs, de se perdre lui-même. Mais cet ancien marin avait le sens de l'orientation et les pieds habitués au tangage. Il aimait sans détour, sans calcul, savait ne pas juger sur les apparences, et, quand il lui arrivait de passer une aube immaculée sur ses vêtements de ferrailleur — mon bleu de travail, disait-il —, avec son visage buriné de cap-hornier et sa carrure terrible, il ressemblait plus que les autres à une créature divine.

Le QG du père Gilles Gontrand, où Marion avait pris l'habitude de venir se confesser, était une sorte d'auberge espagnole ouverte à tous les vents de la détresse. On y parlait les nombreux accents des pauvres et on savait y reconnaître ceux qui voulaient vraiment du bien. C'est ainsi que Marion était toujours accueillie avec des manifestations discrètes de sympathie de la part des pensionnaires. Elle avait connu le père quand elle était adolescente, à la suite d'une émission de télévision à laquelle il avait participé pour sensibiliser l'opinion sur le sort des gamines de l'Est, contraintes de se prostituer. Elle avait fait partie des équipes d'accueil constituées par Gilles Gontrand pour aider ces jeunes filles à redémarrer dans la vie. Marion s'était montrée si passionnée, si généreuse, que le père s'était beaucoup appuyé sur elle. Ils étaient restés proches et, quand la jeune femme voulait se confier, c'est lui qu'elle choisissait, certaine qu'il se montrerait toujours compréhensif.

Depuis qu'elle appartenait à la bande d'Esther, il assistait à ce combat intérieur où s'affrontaient chez Marion la crainte de décevoir ou de peiner sa mère, l'angoisse de trahir les vieux principes qu'on lui avait inculqués, et la force de ses élans, sa volonté chaque jour grandissante de faire le bien autrement, fût-ce dans l'illégalité. Certes, le père Gontrand bénéficiait de la générosité de Marion qui avait su aisément convaincre Esther du bien-fondé de sa cause. Mais elle savait que le prêtre, si insoumis fût-il, n'aurait pas accepté n'importe quel argent. C'est pourquoi elle s'assurait auprès de lui que sa conduite restait bonne, elle se rassurait, puisait de la force dans la tranquillité de cet homme pour qui la vie était un combat d'amour qu'il fallait livrer avec les armes que Dieu nous mettait entre les mains.

— Sois la bienvenue, s'écria le père Gontrand, une barre de fer à la main, s'escrimant avec ses petits gars à ouvrir les portes d'une vieille armoire de fer dont les clés avaient été perdues.

Pour la première fois de la journée, le visage de Marion s'illumina comme sous le feu d'un rayon de soleil. Le père empocha discrètement une liasse de billets de cinq cents francs, puis entraîna la jeune femme vers un cagibi croulant sous le poids des exemplaires de *La Croix,* preuve que sa marginalité se nourrissait de lectures raisonnables. Tous deux s'assirent face à face, sans séparation, sans résille de bois, sans pénombre, visage contre visage, les yeux dans les yeux, sans que Marion eût besoin de les baisser en signe de soumission. C'est ainsi que le père Gilles Gontrand entendait la confession, comme une communion où le péché de l'un venait justifier la bienveillante présence de l'autre.

— Je t'écoute.

Marion se souvenait des moments de son enfance qu'elle avait vécus comme des supplices, quand, s'agenouillant dans le noir confessionnal d'une église de Bucarest, elle entendait une voix grave et caverneuse, une voix sans visage, lui demander de dresser l'inventaire de ses mauvaises actions. Il lui arrivait même d'en inventer, de peur d'être traitée de menteuse si elle n'avouait aucun péché. Le père Gontrand, lui, semblait avoir pardonné d'avance la faillite humaine : sans doute savait-il mieux que d'autres combien l'homme est faible et seul face à sa condition.

— Je suis heureuse, père, car j'ai le sentiment de faire le bien, même si ce bien n'est rendu possible que par l'accomplissement de mauvaises actions, mauvaises aux yeux de la loi...

— As-tu entendu parler de Nicolas Machiavel? demanda le prêtre.

— Ce nom me dit quelque chose.

— Machiavel vivait à la cour des Médicis et rêvait d'un prince fort et juste, fort parce qu'il serait juste; juste parce qu'il serait fort. Machiavel a écrit des pages étourdissantes sur l'art de la politique; son maître mot, que nos élites contemporaines ont détourné de son sens, était celui-ci : la fin justifie les moyens. J'ai parlé de Machiavel à mes petits gars du terrain vague, ceux qui gagnent trois sous à désosser des bobines dans dix tonnes d'acier pour vendre un peu de métal. Ils ont compris : la faim justifie les moyens! Tu vois, un homme ne vaut pas par ce qu'il pense, mais par les calories qu'il a dans le ventre. À moins de deux mille calories, on pense avec son ventre, c'est ça, la condition sous-humaine. Moi, je trouve que c'est une vérité, la faim justifie les moyens, et la fin aussi. Continue, Marion, continue d'avoir faim pour les autres qui ont à peine le droit de manger, qui ne savent même plus s'ils sont encore en vie. Ceux-là ont tous les droits. Souviens-toi des Évangiles : heureux les pauvres, heureux les déshérités, heureux les faibles d'esprit. Continue, Marion, ce n'est pas ton obligé qui te parle. Si je n'avais pas ton argent, je ferais autrement, mais je ferais. Je te parle en homme de foi qui connaît les limites de la charité après le sermon et l'égoïsme sans limites de ceux qui n'ont jamais eu à souffrir de la faim.

— C'est que, cette fois, je crois qu'Esther est prête à autre chose.

Le père fronça les sourcils.

— Quel genre de chose?

— Je ne peux pas le dire précisément, mais il ne s'agit pas d'une intuition. Elle nous a réunis hier soir pour nous parler longuement de sa grand-mère Nina. Elle nous a demandé de garder à l'esprit ce qui nous anime depuis le début, l'esprit de justice, la nécessité de redresser les torts, même contre la loi quand la loi ne fait que protéger les puissants. En réalité, je sens qu'Esther veut nous entraîner sur le chemin d'une vengeance.

— Je te remercie pour ta confiance, répondit le prêtre. Il y a mille manières de se venger, justes ou non. Tout dépend de l'esprit qui anime celui ou celle qui se venge. Dis-toi que, quelquefois, la vengeance est seulement le nom que prend la justice quand elle est restée longtemps impuissante à se manifester. Si la cause est juste, et je suppose qu'elle l'est, tu ne verras là qu'un nouvel accomplissement de ton vœu : réaliser une vie meilleure sur cette terre. Aie confiance aussi en ton jugement. Je ne crois pas que jusqu'ici, dans ta vie, personne n'ait jamais réussi à t'entraîner sur une pente contre ton gré, c'est-à-dire contre ce que tu ressens comme légitime et vrai au plus profond de ton être. Écoute cette petite voix venue de l'intérieur et souviens-toi du mot du philosophe : le chemin n'est pas difficile, c'est le difficile qui est le chemin.

Marion se leva et prit congé, radieuse. Quand elle fut de retour à la villa Aurore, elle portait encore sur le visage la trace visible d'un état de grâce.

11

La journée s'était déroulée paisiblement pour Fabrice qui s'était remis de ses émotions matinales grâce à un copieux déjeuner préparé par Coletta. Il n'avait pas revu Esther, mais Djamel s'était vite proposé pour une revanche au baby-foot, et les deux garçons avaient passé une bonne partie de l'après-midi à s'exciter au-dessus de leurs joueurs en miniature figés frappant dans les balles de liège. Giovanni était resté quelques minutes à observer leur tactique, puis s'était éloigné en silence vers son laboratoire d'informatique discrètement installé dans une petite maison carrée au fond du jardin.

Vers 5 heures, Djamel proposa à Fabrice d'aller voir ce que le hacker maison fabriquait. Fabrice ne se fit pas prier, particulièrement intrigué par ce long échalas à la mine un peu triste, qui s'exprimait par monosyllabes et regardait Marion comme s'il avait eu devant lui une réplique vivante de la Joconde. Quand ils pénétrèrent dans l'antre de Giovanni, ils furent accueillis par une sonate pour clavier de Mozart qui peuplait le silence du lieu et couvrait agréablement le souffle permanent des ordinateurs. Combien y en avait-il ?

Fabrice, qui s'y connaissait un peu en informatique, découvrit les modèles dernier cri en vogue sur la côte Ouest américaine, des machines superpuissantes à mémoire pyramidale quasi illimitée. Giovanni n'était pas seulement un passe-muraille des réseaux informatiques, capable de surfer comme un poisson dans l'eau au milieu des programmes ultra-confidentiels de la défense nationale ou de la « piscine », les services secrets. Le jeune protégé de Lucia était un esthète en matière d'image. Quand il préparait une mission, il entendait localiser au mieux le théâtre des opérations. C'est pourquoi il avait mis au point des programmes d'images qui auraient rendu jaloux les directeurs artistiques des plus grands magazines, tant la qualité des plans et des clichés apparaissant sur son écran était remarquable. Il avait ainsi réalisé des copies saisissantes des œuvres de Picasso accrochées au musée de l'hôtel Salé. On aurait pu croire à de vraies toiles en miniature, tant le rendu était fidèle, y compris dans les plus infimes nuances de couleurs. À sa manière, Giovanni était un artiste.

Djamel et Fabrice le trouvèrent tout au fond de son laboratoire, entouré de fioles, de souris et d'écrans de tailles diverses. Le jeune homme les accueillit en silence, comme à son habitude, mais avec une étincelle dans le regard qui marquait son plaisir de les voir s'intéresser à autre chose qu'au baby-foot. Devant lui, sur un écran de très grande taille, Giovanni avait affiché la carte détaillée de la ville de Nice.

— Ouah ! s'écria Djamel. Qu'est-ce qui lui prend à lui ? Moi je suis né à Nice, exactement ici. (Il promena son doigt sur l'écran mais ne réussit à le poser nulle part.) Merde ! C'est vrai que je suis niçois mais tu n'as affiché que le centre-ville, moi je suis de la banlieue, au cas où ça se verrait pas ! Voyons ça. La baie des Anges, je connais par cœur, la promenade des Anglais et tout le toutim.

Giovanni avait poussé le détail jusqu'à bleuir la mer. Les rues et les avenues étaient dessinées de manière très nette, avec les sens uniques et même la signalisation des travaux prévus ou en cours pour les huit prochains jours. C'est que le jeune hacker avait piraté un réseau de guidage par satellite destiné aux taxis niçois. Djamel n'en finissait pas de vanter à Fabrice les incroyables qualités de Giovanni. Celui-ci, sourd aux compliments qui lui étaient indirectement adressés, se concentrait sur son affaire du moment : rendre aussi lisible et exploitable que possible une carte du vieux Nice contenant le trajet précis d'une prochaine mission, les parcours de contournement, les parcours de fuite, les temps moyens d'exécution. Pour Fabrice, c'était du chinois.

Djamel n'en comprenait pas beaucoup plus, sauf qu'il savait depuis quelques jours qu'il faudrait se transporter sur la Côte d'Azur. La perspective lui avait plu et quand il avait demandé s'il devait prévoir un costume spécial, Giovanni était exceptionnellement sorti de sa réserve pour lui recommander de porter des vêtements de déménageur, avec une grosse ceinture de cuir pour envelopper et maintenir ses reins. Il avait ri en s'imaginant en gros rat, mais rien d'autre n'avait filtré sur la nature de la mission : il s'agissait selon toute vraisemblance d'un déménagement. Tucky, lui aussi, s'était porté volontaire pour une descente au soleil, histoire de soigner son bronzage.

— Oui, tu peux rire, avait-il lancé à un Too Much hilare, même nous, les nègres, nous bronzons. La fréquentation des reliques m'a fait beaucoup pâlir, ces temps-ci. Je me sens spectral.

Giovanni parut satisfait de ce qui s'affichait à l'écran. Il lança un tirage papier qu'il tendit à Djamel.

— Voici l'adresse et le code de l'immeuble. Vous livrerez l'armoire dès que vous pourrez, dans les huit jours à venir, toutes les conditions de circulation sont consignées ici. Attention, pas question de trop tarder. Dans une semaine, ils ferment le cours Saleya pour travaux et mes données seraient à reprendre de fond en comble. Quant au propriétaire, il est en voyage. Je vous ai fait aussi une liste du matériel à acheter pour réussir l'opération. J'y ai ajouté le code de l'alarme, ça vous sera sûrement utile.

— Ça te dirait de venir avec nous? demanda Too Much en se tournant vers Fabrice.

Sans réfléchir, Fabrice acquiesça, plein d'enthousiasme. L'idée de faire un vrai coup avec ses nouveaux compères l'excitait beaucoup. De plus, quitter Paris le mettrait sans doute à l'abri des tracas liés à sa recherche qu'avait sûrement lancée la police à la demande de ses parents, tout au moins de sa mère, songea-t-il soudain.

— J'ai une dernière chose à te montrer, fit Giovanni en s'adressant à Djamel.

Il pressa plusieurs fois sa souris jusqu'à isoler un point précis du vieux Nice, un numéro de la rue Cassini. Quand le point se fut fixé sur le 27, l'informaticien continua de cliquer jusqu'à ce qu'apparaisse la photo plein écran de l'immeuble.

— C'est là qu'habite notre client, annonça Giovanni. Je suis entré sur le site des Agents immobiliers réunis de la baie des Anges et j'ai eu accès au fichier complet, y compris aux vues qu'ils ne montrent pas sur leurs catalogues ou sur les sites web. Voilà, comme si on y était. La façade de l'immeuble, le hall d'entrée. Vous devrez monter au troisième étage avec l'ascenseur. Voyez-en la largeur et la hauteur. Pas de problème pour une armoire de bonne taille, mais inutile de la prendre trop volumineuse.

Djamel n'avait jamais entendu Giovanni aligner plusieurs phrases d'affilée. C'était signe qu'il était tout entier à sa passion — le bonheur du hacker —, voyager dans un monde connu de lui seul, en pleine clandestinité, comme un explorateur qui aurait pénétré par effraction dans le tombeau des rois ou la pyramide de Khéops.

— Nous voici au troisième. Porte blindée, je peux vous dire la marque de la serrure, mais c'est inutile, le plan conçu s'appuie sur la ruse et non sur la force. Procédure habituelle : vous recevrez les instructions finales au dernier moment.

Avant de faire disparaître les détails du 27, rue Cassini, Giovanni imprima quelques vues en couleurs et les confia à Djamel.

— Maintenant, filez. Je dois aller à la Banque de France et ça demande de la concentration.

— Tu veux que je te conduise ? demanda Djamel.

— Où ça ?

— Eh bien, à la banque !

— Mais, ballot, comment crois-tu que je puisse me rendre à la Banque de France avec ma tête de faux-monnayeur et d'interdit bancaire ? J'y vais à saut de puce, fit-il en désignant son computer.

Djamel se frappa le front avec le plat de la main.

— J'aurais dû m'en douter, mais que veux-tu, moi, il me faut du concret, je ne me ferai jamais complètement à ces machins virtuels. Si tu me dis que tu vas à la banque, je ne peux m'empêcher de t'imaginer marchant comme tout le monde dans la rue et franchissant le sas de ton agence.

Tous trois se mirent à rire. La nuit était presque tombée. Mozart s'était tu. Djamel et Fabrice sortirent dans le jardin.

— Une dernière partie de baby avant le dîner? proposa le Beur.

— Allons-y.

Au moment d'engager, une balle cachée dans une main pour désigner qui donnait le coup d'envoi, Too Much fixa Fabrice.

— Alors, tu es bien sûr? On t'intègre au commando « emménagement-déménagement »?

— Je ne comprends pas bien de quoi il retourne avec cette armoire, mais vous pouvez compter sur moi, répondit Fabrice avec une belle assurance, comme s'il voulait effacer une bonne fois pour toutes le souvenir cuisant du Franprix.

— Très bien, fit Djamel, heureux d'avoir constitué un trio pour cette affaire niçoise. On part dès demain matin. Tiens-toi prêt : habits de déménageur.

Fabrice, aux anges, n'osa pas demander si l'opération présentait un réel danger. Il avait été question de ruse. Ni Giovanni ni Djamel n'avaient parlé d'armes. Il aimait mieux ça. Après le dîner, Tucky se rapprocha de lui pour lui dire combien il était excité à l'idée de réaliser ce coup avec lui.

— Les travaux pratiques continuent, fit le grand Noir. Après les cocus réunis, le coup de l'armoire. On peut dire que tu es verni!

Leur échange s'arrêta là. Esther avait convié la petite bande à monter dans la chambre de Nina.

12

Ce soir-là, Esther portait une belle robe de coton à motifs fleuris. Fabrice ne l'avait pas vue de toute la journée, et chacune de ses apparitions l'impressionnait. Il n'avait pas le souvenir d'avoir jamais vibré de la sorte, surtout pour une femme plus âgée que lui, et il se demandait si le mystère qu'elle dégageait par ses silences et encore plus par ses paroles, à moins que ce ne fût par ses regards posés sur lui, si ce halo de mystère n'exaltait pas irrésistiblement ses sens. Tous reprirent la même place que la première fois, mais l'ambiance était moins tendue, moins dramatique. Coletta avait déjà préparé le thé. Esther se tenait au pied du lit de Nina. Rien, dans son récit, ne pourrait atteindre l'intensité presque insoutenable de ces heures de mort et de sang, qu'elle avait évoquées la fois précédente. Chacun savait que Nina avait vécu longtemps, il n'y aurait donc pas ce soir de décès au programme, et chacun avait monté l'escalier comme on se hâte de suivre le nouvel épisode d'un feuilleton riche en émotions et en rebondissements.

— Grâce à son passeport français, Nina put passer la frontière de ce pays qu'elle ne connaissait pas, mais elle parlait le français sans faute, avec la préciosité de ceux qui ont appris la langue de leur mère alors en pleine nostalgie de sa famille. En exil, on essaie de préserver au mieux ce qu'on a en propre, à soi, et les mots de sa propre langue servent de racines. C'est pourquoi la mère de Nina s'était efforcée de la nourrir de son meilleur français comme elle l'avait nourrie de son lait. Nina conjuguait les verbes mieux que des Français de souche. On ne pouvait trouver qu'un seul défaut à sa diction, qu'en d'autres temps on aurait trouvé charmant, c'était cet accent de la Russie profonde qui lui faisait charrier les « r » comme des cailloux dans une rivière de montagne.

Les uns et les autres se mirent à sourire. Marion se demanda si elle-même parlait désormais le roumain avec l'accent de la banlieue parisienne. Elle croisa le regard de Djamel qui devait se poser la même question sur sa façon de s'exprimer dans la langue de ses origines, le berbère des sommets algériens. Quant à Tucky, il avait le sentiment que rien jamais ne pourrait altérer son dialecte bambara, et surtout pas la langue du colonisateur dont il se servait pour le business, mais jamais pour les choses du cœur.

— Nina a connu la France par sa meilleure partie, je ne dis pas ça parce qu'elle a trouvé refuge à Marseille, mais parce que le sud correspondait à la zone libre. C'est une vieille Russe qui l'a hébergée dans sa maison derrière le port. Mais on parlait beaucoup à Marseille, et Nina brûlait de retrouver des gens de son village qu'elle savait réfugiés à Paris.

» Dès la première occasion, elle a pris un camion, plein de résistants déguisés en paysans pour rallier la capitale. Le voyage fut long car ils empruntaient des routes secondaires pour échapper aux nombreux barrages installés par les Allemands. Au bout de quelques heures, les langues s'étaient déliées entre les occupants du camion. Nina avait bouleversé son auditoire en racontant les circonstances atroces qui avaient précédé sa fuite. Des résistants qui avaient attentivement écouté son récit lui décrivirent la rafle des Juifs au Vélodrome d'Hiver, convaincus que les convois qui partaient bondés vers l'Allemagne ou la Pologne étaient destinés à ne jamais revenir. Nina ne devait pas oublier cet étrange voyage effectué au milieu des résistants qui l'avaient adoptée comme une des leurs. Leurs chefs avaient été si marqués par son sang-froid et sa soif de vivre qu'ils ne tardèrent pas à lui proposer de l'enrôler pour des missions délicates au sein de leur réseau.

» Après ce qu'elle avait vécu, ma grand-mère avait besoin de s'engager corps et âme si elle ne voulait pas sombrer dans une terrible dépression qui l'aurait conduite, qui sait, à se supprimer. Je me souviens que, très vieille déjà, elle se rappelait combien ses compagnons admiraient son cran. Elle avait refusé le fameux comprimé de cyanure à utiliser au cas où elle serait prise par la Gestapo. « Je ne parlerai jamais », avait-elle dit au chef de son réseau, qu'elle appelait Décembre. Très impressionné par son assurance, il avait couru ce risque inouï de la lâcher dans Paris, chargée de tâches sensibles, sans lui imposer le comprimé que les autres, au contraire, réclamaient, si l'éventualité d'être torturés se précisait. Nina m'avoua qu'elle était consciente de ce danger, mais elle s'était juré, après avoir vu la mort de si près, de ne jamais porter sur elle le moindre gramme de cyanure, rien qui pouvait ressembler à la mort.

— Mais son accent russe ? coupa Fabrice, qui semblait se passionner plus que les autres pour le récit de Nina. C'était un danger mortel !

Esther posa sur le jeune homme son regard bienveillant, comme si elle le remerciait de manifester autant d'intérêt.

— Ah oui, s'écria-t-elle, le rouge aux joues, tant le rappel de cette histoire la travaillait au plus profond. Son accent était un problème, à condition qu'elle eût à parler. À tour de rôle, les membres de son réseau lui ont corrigé sa diction pour que, très vite, on ne puisse plus deviner l'origine de Nina. C'est drôle, je crois que Décembre, qui avait eu cette idée formidable, choisit de franciser l'accent de Nina en lui faisant lire à haute voix, jour après jour, quelques pages traduites d'un grand roman russe, *Guerre et Paix,* de Tolstoï. Un roman-fleuve que Nina n'avait jamais lu et qu'elle dévora littéralement, à haute voix pour les exercices de diction, mais aussi le soir dans son lit, en silence, tellement elle était captivée par l'histoire.

— Elle a réussi vite ? demanda Marion qui songeait que sa mère, après quinze ans passés en France, gardait un fort accent roumain, avec sans doute la volonté inconsciente de le conserver comme le seul vestige de ce qu'elle avait été dans sa jeunesse.

— Oui, et pas seulement grâce à Tolstoï. Peu après son arrivée à Paris, il s'était produit dans un magasin de prêt-à-porter un incident qui l'avait profondément humiliée. Le réseau avait donné un peu d'argent à Nina pour qu'elle puisse se procurer des vêtements neufs. À une vendeuse qui la voyait hésiter devant les tailles des jupes, elle avait demandé un renseignement, trois ou quatre mots, pas plus. La vendeuse, une femme d'un certain âge à l'air méprisant, l'avait toisée de la tête aux pieds avant de lui demander si elle avait les moyens de payer. Nina avait sorti ses billets. La femme avait eu alors cette réflexion : « C'est qu'avec les étrangers, par les temps qui courent, on ne sait jamais ! » Nina s'était alors juré de perdre tout ce qu'il lui restait d'accent russe pour ne plus être victime de cet ostracisme buté. À la fin de sa vie, elle parlait le français à merveille, et l'accent qu'elle avait conservé était indéfinissable. Il réapparaissait surtout quand elle était lasse ou, curieusement, quand elle évoquait des souvenirs de son enfance à Kiev, comme si elle ne pouvait explorer sa mémoire intime qu'en entendant sortir de sa bouche la musique de la langue russe.

Ce soir-là, personne ne vit le temps passer. Esther avait des talents de conteuse exceptionnels servis par une solide mémoire pour tout ce qui concernait l'histoire de sa grand-mère. Tucky, toujours prêt à saisir au vol un motif à sourire, lui demanda si elle n'était pas en fait Nina réincarnée, insistant sur l'incroyable ressemblance des deux femmes qu'avait révélée la photo sur le passeport français de la petite Russe. Ils finirent la pause en dégustant tous le thé que Coletta avait spécialement préparé dans le samovar argenté de Nina.

— Ma grand-mère s'est lancée dans l'action clandestine comme on se jette à l'eau. C'est peu dire, justement, qu'elle se sentait comme un poisson dans l'eau. Très vite, grâce à des cousins éloignés qu'elle avait retrouvés à Paris, d'anciens Russes blancs devenus chauffeurs de taxi, elle apprit le plan de la capitale et ses raccourcis. C'était devenu un jeu d'enfant, pour elle, d'emprunter les ruelles et les passages qui menaient aux grands boulevards sans tomber sur les postes de contrôle allemands. Elle était si rapide que Décembre l'appelait « la mouette », par référence à Tchekhov et surtout parce qu'elle semblait voler d'un point à l'autre de Paris où elle délivrait ses messages avec une efficacité sans pareille.

» Si d'aventure son moral faiblissait, si elle était tentée de se retourner vers son propre passé en apprenant par la radio de Londres les déportations massives, les pogroms et les massacres perpétrés sur le front russe, Nina trouvait toujours auprès des compagnons du réseau l'élan de l'amitié, du partage et du réconfort. Tous ces hommes et ces femmes brûlaient du même idéal : voir leur pays libre, débarrassé de la griffe de l'aigle hideuse ; tous avaient perdu au feu un frère, un mari, un enfant. On se comprenait sans le secours des mots et, s'il fallait parler, Nina trouvait des oreilles compatissantes.

» Mais, quand Nina entra dans le proche entourage du collaborateur le plus veule et le plus zélé de Paris, Hector Espiralier, ce ne fut ni par défi ni par bravoure. Décembre la voyait s'étioler un peu depuis quelques semaines, il sentait qu'il devait lui confier une mission hors norme, lui offrir une occasion de vengeance pour que le souvenir de Noucenka, de son mari et de ses parents, tous massacrés, lui devienne moins douloureux. Décembre avait remarqué que, plus il exposait Nina à ses possibles bourreaux, plus elle faisait merveille pour les berner.

— Ce salaud d'Espiralier, lâcha Jackie entre ses dents, mâchoires soudain serrées.

Coletta lui avait doucement pris la main. Ce nom avait sans doute ravivé de vilains souvenirs chez l'homme aux cheveux blancs.

Esther, qui avait entendu, lui adressa un tendre sourire.

— Oui, un beau salaud, de père en fils même. Mais je vais trop vite. Espiralier régnait en maître à la Kommandantur. La confiscation des biens juifs, de leurs appartements, de leurs bijoux, la razzia sur les œuvres d'art, les renseignements donnés à la Gestapo, les listes de présumés Juifs, communistes ou homosexuels, tout cela portait sa marque d'infamie. Il était de toutes les turpitudes, de tout ce que les juges de Lyon, au procès Barbie, ont appelé les « crimes de bureau ». Un rond-de-cuir anonyme avec une pierre coupante à la place du cœur. Mais cet homme fort avait son point faible : une femme à la faible santé, et un petit garçon, Lucien, à qui il fallait une gouvernante à domicile pour suppléer l'incompétence de l'école et des professeurs rouges, mais aussi les défaillances maternelles : Mme Espiralier quittait peu le lit tandis que son mari courait celui des femmes de petite vertu. Nina n'eut aucun mal à décrocher le poste. La mère de Lucien lui trouva d'emblée toutes les qualités, un mélange de douceur et de fermeté qui plurent aussitôt au petit garçon. Le premier contact avec Espiralier père fut concluant, même si un sixième sens, un sens de chacal ou de vautour, avait flairé chez la jeune femme un trouble d'étrangère, de Juive peut-être. Il lui avait suffi d'une allusion indirecte pour que Nina fût sur ses gardes et comprenne qu'il avait compris.

— Quel genre d'allusion? demanda Djamel.

— Une phrase du genre : « Chez moi, Nina, je

ne vous demande qu'une chose : veiller à l'éducation de Lucien. Si vous vous acquittez parfaitement de votre tâche, vous serez en sécurité. » Pourquoi lui aurait-il parlé de sa sécurité si elle ne risquait rien ? Mais Nina avait dissimulé l'essentiel : son appartenance au réseau de résistance, et je peux vous dire que, par son intermédiaire, des dizaines de vies ont été sauvées parmi les petits soldats de l'armée des ombres. Avec Lucien, Nina a aussi pu assouvir un peu ses élans maternels. Mme Espiralier laissait toute latitude à ma grand-mère non seulement pour l'apprentissage de la lecture et du calcul, mais aussi pour les promenades dans Paris. Quelquefois, Nina se laissait aller à chanter des comptines en russe, sachant que jamais Lucien ne serait en mesure de les répéter. Ce qui devait arriver arriva : à force, Nina s'attacha à Lucien, et l'enfant de son côté l'avait prise en affection de manière si intense qu'il s'était imaginé avoir désormais deux mamans. C'est ce qu'il avait dit un soir à table en présence d'Hector Espiralier et de quelques gradés allemands. Son père en avait conçu une certaine gêne, mais s'était senti touché par cet élan du cœur envers la jeune femme qu'il se mit à considérer avec le peu d'humanité dont il était capable.

» Malgré tout, Nina continuait de dormir dans une petite chambre vétuste située sous les toits, et ne percevait aucun autre revenu que les rares billets que lui faisait passer en catimini, à l'insu de son époux, Mme Espiralier. À deux reprises au moins, je crois qu'Espiralier eut un doute sur les activités réelles de Nina. Un soir il demanda à brûle-pourpoint si quelqu'un avait touché à des documents posés sur son bureau. Sans ciller, Nina avait répondu que Lucien et elle avaient fait une partie de cache-cache et que l'enfant s'était dissimulé sous le bureau de son père. Comme Nina avait tardé à le trouver, il avait fini par dessiner sur le bureau et elle avait retrouvé deux chemises en désordre. Elle s'excusa de ne pas les avoir replacées comme il fallait. Nina avait le chic pour mentir effrontément avec un regard candide.

Esther marqua une pause et reprit :

— Combien de fois elle m'a bernée en m'assurant que je lui avais déjà fait avaler ses médicaments pour la nuit ! Bref, Nina était devenue un personnage indispensable dans l'univers confiné des Espiralier, et l'affection que lui témoignait Lucien allait grandissant de jour en jour. Si bien qu'à l'heure des premiers combats dans Paris et de la Libération, comprenant que les résistants seraient sans pitié à son égard, Hector Espiralier choisit ma grand-mère pour lui confier ce qu'il avait de plus cher au cas où il leur arriverait malheur, à lui et à sa femme : Lucien.

À ces mots, le regard de Fabrice devint flou et son esprit se remplit de pensées douloureuses. Il se demanda si, en pareilles circonstances, son père aurait fait le moindre geste pour sauver son fils. D'autant que, raconta juste après Esther, le collaborateur ami des nazis avait remis à Nina une grosse somme d'argent en espèces, de quoi la tenir hors du besoin pour des années ainsi que des titres financiers. Pour Fabrice, cela ne faisait aucun doute : son père aurait tout fait pour sauver ses biens, eût-il dû sacrifier ses parents, sa femme et son fils.

— Espiralier n'avait pas seulement remis une petite fortune à Nina, poursuivait Esther. Dans une enveloppe qu'il hésita un moment à lui donner, il avait consigné tout un tas d'informations touchant une collection de tableaux très rares et prestigieux dont il s'était rendu frauduleusement propriétaire, ce qu'on allait appeler dans les journaux de l'époque la collection Goldberg. Samuel Goldberg était un Juif cosmopolite amoureux fou de peinture. Riche commissaire-priseur avant-guerre sur la place de Paris, il voyageait sans cesse entre Paris, Londres et New York. Espiralier lui avait promis, moyennant finances, qu'il ne serait pas inquiété en sa qualité de Juif, lui demandant toutefois, sous prétexte qu'il devait gagner les grâces de la Kommandantur, de lui laisser en dépôt ses plus beaux tableaux, en particulier des Picasso, des Renoir et des Monet, afin de les montrer au Führer lors de son passage dans la capitale. Goldberg s'était exécuté à contrecœur, préférant obéir face à cette menace à peine voilée. Mais Espiralier était tout, sauf un homme de parole.

» Quand la collection fut à peu près tout entière entre ses mains, il avertit la Gestapo qui, sur l'heure, arrêta Samuel Goldberg dans un restaurant des Champs-Élysées où il avait ses habitudes et se croyait en sécurité. Déporté à Buchenwald, il ne revint jamais. Espiralier avait protégé les tableaux dans l'abri souterrain où les avait placés Goldberg. Nina avait tous les détails nécessaires pour entrer en possession de ce butin extorqué à un mort. Quand elle me raconta cette scène, Espiralier seul avec elle dans son bureau, figé devant la porte ouverte de son coffre-fort, le visage aux traits accusés par l'angoisse d'une fin proche, Nina avait gardé intacte son émotion de l'instant. Cinquante ans après, elle s'en souvenait encore comme si elle l'avait ressentie la veille.

» De terribles rumeurs avaient couru sur Mme Espiralier. Les maquisards disaient que, si elle passait ses journées au lit, c'est qu'elle était une putain qui recevait à demeure les officiers allemands pour favoriser la carrière de son mari dans la hiérarchie de la collaboration. Certains prétendaient même que la blondeur de Lucien et son âge, cinq ans tout juste à la Libération, correspondaient aux premières étreintes d'Agnès Espiralier avec l'occupant. Il est vrai que Lucien était aussi clair que son père était brun, mais il avait pourtant dans l'expression du regard et le bas du visage cet air un peu veule qui démentait pareilles insinuations. Lucien était bel et bien le fils de son père, et la suite allait le prouver.

En prononçant ces derniers mots, Esther ferma les yeux quelques secondes. Imperceptiblement, sa main s'était remise à trembler, comme l'autre fois quand elle avait évoqué les massacres des siens sous les yeux de Nina. C'est Fabrice qui attrapa fermement la main d'Esther qui, aussitôt, s'arrêta de trembler.

— Nina était bouleversée, poursuivit-elle. Ce jour-là, quand Espiralier l'avait convoquée dans son bureau, elle avait craint d'avoir été démasquée ou dénoncée. Le collaborateur lui avait dit sèchement : « Nina, suivez-moi », et cette voix lui avait fait froid dans le dos, tant elle résonnait comme un ordre d'arrestation. Mais, quand ils furent seuls, Espiralier se décomposa littéralement. Ses derniers mots à Nina furent : « Occupez-vous de Lucien, je vous en supplie, promettez-le-moi. » En dépit de la haine profonde qu'elle ressentait pour cet homme sans courage, elle promit. C'était son attachement à Lucien qui lui dicta sa réponse. Puis elle sortit rapidement du bureau. On entendait des coups de feu tout proches, sur les toits des immeubles voisins, dans les rues. L'histoire venait tout à coup de s'accélérer. Des maquisards forcèrent la porte du luxueux appartement des Espiralier. Quand deux d'entre eux entrèrent dans le bureau, la vue du notable de la collaboration les emplit d'une joie intense mêlée de colère. Une heure plus tard, deux balles suffirent, place de l'Hôtel-de-Ville, pour conclure dans le sang l'existence du couple. Nina était déjà dans le quartier de l'Alma, chez son cousin liftier d'hôtel, en compagnie du petit Lucien.

Esther regarda sa montre et décida d'interrompre là son récit.

— Je sais que trois d'entre vous ont un rendez-vous d'affaires à Nice demain, il est temps d'aller dormir.

On se sépara. Sur son lit, Fabrice trouva un billet d'avion à son nom pour un vol Paris-Nice aller-retour, ainsi qu'une salopette de déménageur et un authentique « marcel », pliés à l'intérieur d'un sac de voyage léger. Le billet était accompagné d'un petit mot d'Esther, sans doute déposé là avant le dîner par la jeune femme. Il était écrit : « Tu pars demain pour Nice, mais je compte bien que tu reviennes. » Fabrice prit le mot et le respira, étourdi par le parfum d'Esther.

13

À 10 heures du matin, sortis sans bagages de l'aéroport Nice-Côte d'Azur baigné de soleil, Djamel, Fabrice et Tucky prirent place dans une fourgonnette de location qu'ils rebaptisèrent, adhésif à l'appui, aux couleurs de la maison Clairsol, déménagements. Sur le net, Giovanni avait fait réserver chez un antiquaire une belle armoire de style Biedermayer qu'ils partirent aussitôt charger à son dépôt, situé sur les hauteurs de Cimiez. Une fois le meuble bien arrimé dans le coffre, et protégé par d'épaisses couvertures bleutées, ils se mirent en quête de la rue Cassini. Avec le plan détaillé établi par Giovanni, ils ne risquaient pas de s'égarer. Djamel et Tucky avaient décidé de ne pas donner à Fabrice tout le détail de l'opération, histoire de lui ménager un petit suspense et de solliciter ses méninges. Fabrice accepta volontiers de faire le « candide » de l'opération, comprenant à l'allure décontractée de ses nouveaux amis que les risques encourus étaient assez limités.

— Tu vas voir que, pour des déménageurs, on en a pas mal dans le ciboulot ! ironisa Tucky qui avait laissé à Fabrice le soin de conduire la fourgonnette, prétextant que Djamel et lui avaient fortement besoin de se concentrer.

Quand ils pénétrèrent dans la rue indiquée après avoir fait un détour par la promenade des Anglais pour le seul plaisir de voir la mer, Tucky demanda à Fabrice de se ranger une minute sur le bord de la chaussée. Tous à tour de rôle passèrent leurs habits de déménageurs. Djamel, qui aimait les déguisements, avait soigné le détail jusqu'à se procurer une large ceinture de cuir qu'il se boucla autour des reins. Et, contre toute attente, il tendit à Tucky un appareil photo jetable.

— Ce gars-là est pire qu'une princesse, se moqua le géant noir. Chaque fois qu'il change de look, il se trouve un pigeon pour lui tirer le portrait. En prince arabe, en éboueur, en star du rock, je te dis pas le délire, fit-il en regardant Fabrice. Et ce salopard, tu crois qu'il me filerait une photo dédicacée, ou qu'il accepterait une seule fois de poser avec ce brave gros Tucky ? Des clous, oui.

— Pauvre pomme, si tu étais avec moi sur la photo, il n'y aurait pas de photos, car c'est toujours à toi que je demande. Tu es mon photographe attitré.

— Ouais, ouais. J'espère que mon nom y figurera quand tu feras la une de *Match* en déménageur à lunettes de soleil, façon Spaggiari.

— Je peux vous prendre tous les deux, proposa Fabrice.

Djamel secoua la tête.

— Tu vois bien qu'il veut te faire marcher. Il en a rien à faire d'être photographié en ma compagnie, des fois qu'on croirait qu'il est pédé. Les seuls clichés que je connais de Tucky, c'est avec des créatures de rêve qu'il dégotte je sais pas où, peut-être dans les raves parties.

— Ne dis pas n'importe quoi, Too Much. La techno, c'est pas mon truc. Moi, c'est le rap. Et d'ailleurs, c'est des conneries ce que tu racontes car je suis sur toutes les photos de Kat Luno et de son groupe. Et toi, l'artiste ? Je t'imagine quand tu seras grand-père avec tes petits-enfants sur les genoux.

Tu leur montreras tes albums de photos en leur disant : « Vous voyez, ici c'est papy quand il était milliardaire et là, avec la salopette, quand il vidait des appartements. »

Il n'y eut aucune réponse. À la grande surprise de Fabrice, Djamel avait disparu. Il regarda à l'arrière de la fourgonnette, descendit dans la rue, fit le tour du véhicule. Il fallait se rendre à l'évidence : il n'y avait plus personne.

— Bon, mon vieux Fabrice, faisons-nous une raison. Too Much doit être parti bouder. Ces Arabes, on peut rien leur dire sans qu'ils grimpent aux rideaux, c'est un monde quand même !

Le grand Noir remonta dans la camionnette, l'air courroucé, tandis que Fabrice faisait avancer le véhicule jusqu'au numéro 27 sans comprendre exactement ce qui venait de se passer. Par chance, un camion de transport de bière venait juste de libérer une place réservée aux livraisons, presque en face de l'entrée de l'immeuble. Tucky avait retrouvé sa bonne humeur et c'est avec un large sourire qu'il sonna à la porte de la gardienne, Berthe Videcoq.

— Laisse-moi faire, fit-il *mezza voce* à Fabrice.

Une fois la porte de la loge ouverte par une femme entre deux âges, en blouse, gants de caoutchouc dans les mains, il se présenta avec naturel :

— Bonjour, madame, nous venons livrer l'armoire de Jean-Paul Tessier. C'est bien ici, au troisième ?

— Oui, balbutia la gardienne prise de court. Mais... mais c'est que M. Tessier est en vacances pour une semaine, il ne revient pas avant mardi prochain, et il ne m'a pas parlé qu'on devait lui livrer un meuble.

— Peut-être pas à vous, mais à nous si, rétorqua Tucky. Et je peux vous dire qu'il avait l'air d'y tenir, j'entends encore notre patron promettre et jurer que ce serait fait dès aujourd'hui. Si on rentre au dépôt avec ça, j'ose à peine deviner l'accueil du boss. Il va nous traiter d'incapables et, tiens, je serais pas surpris qu'il nous fiche dehors, pas vrai ? s'exclama Tucky en se tournant vers Fabrice.

Le jeune homme, qui se prenait au jeu, hocha la tête d'un air penaud.

— Bon, bon, reprit Mme Videcoq. C'est que j'étais en pleine vaisselle, moi. Et après, j'ai déjà les serins du monsieur du dernier étage, faut que je leur change l'eau et tout. Laissez-moi cinq minutes, je suis à vous.

— Parfait, merci ! fit Tucky radieux. Juste le temps de déposer l'armoire dans le hall.

— Faites très attention à la peinture, recommanda la gardienne. On a tout refait il y a deux mois et certains locataires râlent déjà à cause de traces de coups dans la cage d'escalier.

— Soyez sans crainte, nous sommes des professionnels, intervint Fabrice.

Tucky lui envoya un coup d'œil complice.

Ils ouvrirent les deux battants arrière du fourgon. Au dépôt, c'est Djamel et Tucky qui s'étaient chargés de porter l'armoire. Cette fois, Fabrice dut s'y coller, mais ils soulevèrent le meuble sur un transpalette et l'ensemble roula sans difficulté.

— Putain ! Même vide elle pèse son poids, s'écria le protégé d'Esther en soufflant profondément.

Il regarda alentour pour vérifier que Djamel ne les guettait pas en se moquant d'eux, mais la rue était presque déserte à cette heure chaude où l'on prenait l'apéritif devant une coupelle d'olivettes et de tomates séchées.

— Ho hisse, on est partis ! encouragea Tucky.

Ils poussèrent l'armoire dans le hall, puis dans l'ascenseur et arrivèrent sans encombre sur le palier du troisième étage. Mme Videcoq enfonça la clé dans la serrure et ouvrit la porte en grand pour laisser la place aux déménageurs.

— Vraiment, il aurait dû me prévenir. Quelle tête en l'air, ce M. Tessier.

— Écoutez, fit Tucky, dans le doute, je préfère la laisser dans l'entrée de l'appartement, il verra lui-même dans quelle pièce il veut la mettre. Notre travail s'arrête là.

— Je comprends, fit Mme Videcoq en glissant un pourboire aux deux jeunes gens. J'expliquerai à M. Tessier.

Ils prirent congé en remerciant et dévalèrent l'escalier. Dehors, il faisait de plus en plus chaud.

— Ce doit être le pied de vivre ici. Du soleil toute l'année... et regarde ces filles, s'exclama Tucky en voyant passer deux beautés devant la fourgonnette.

— Ne me dis pas qu'on a fini, lança Fabrice, perplexe.

— Pour le moment, si, répondit Tucky.

— Et Djamel ?

— Laisse tomber cet enfant de salaud, il saura bien nous retrouver. En attendant, que dirais-tu d'un bon pastis sur une terrasse ?

— Je dis oui, abdiqua Fabrice, renonçant à comprendre.

Après avoir garé le véhicule sur la place Masséna, ils marchèrent jusque dans les petites rues ombragées qui bordaient le jardin Albert. Et comme il était aussi l'heure de déjeuner, les compères s'attablèrent devant une anchoïade qui leur donna l'eau à la bouche rien qu'à entendre prononcer le mot par le serveur venu prendre la commande. Un rosé de Banyuls servit à irriguer leurs agapes, et il ne fut plus question de Djamel ni de rien d'autre que du bonheur de prendre l'air sous ce ciel immaculé qui manquait tant à Paris.

— Ce serait super si l'expédition d'Esther avait lieu dans le coin, observa Fabrice après avoir vidé la moitié de son assiette.

C'était une manière de demander à Tucky s'il en savait davantage que lui sur ce qui semblait requérir maintenant toute l'attention d'Esther.

Le grand Noir termina d'enfourner un piment fort et, posant un regard malicieux sur Fabrice, il lança :

— L'inspecteur mène l'enquête, c'est ça ? Écoute, je ne peux pas te dire, je n'en sais pas plus que toi, même si je suis plus ancien dans la fonction. Il va se passer quelque chose, ça c'est sûr puisque Esther nous a mobilisés. Mais quoi et où ? Les femmes sont des animaux bien mystérieux. Une fois, je me souviens que je l'ai entendue parler d'Antibes avec Coletta, mais j'ignore s'il y a un rapport.

— Le dessert est prévu dans la note de frais ? plaisanta Fabrice.

— Et comment ! répondit Tucky. Sauf si tu

prends un nègre en chemise. Ça, ça se serait pour ta poche !

Ils commandèrent une farandole de sorbets maison en regardant les jambes déjà dorées des femmes en tenue légère.

— Quel est le programme, maintenant ? s'enquit Fabrice.

Son compagnon de manutention avisa sa grosse montre plaquée or.

— Lève tes fesses, visage pâle. On va faire un truc qui va te faire poiler.

— Raconte.

— Si je te dis qu'on va voir la mère Videcoq pour récupérer l'armoire.

— Oh non !

— Ouais, mec, en piste !

Durant le trajet qui les ramenait rue Cassini, Fabrice s'abstint de poser la moindre question. Comme l'indiquait l'écriteau accroché à la vitre de la loge, la gardienne était occupée dans l'escalier. Quand elle vit réapparaître les deux acolytes, elle poussa un cri de surprise.

— Qu'est-ce qui se passe donc cette fois ? Vous avez autre chose à livrer ?

— Non, madame, excusez-nous, c'est vous qui aviez raison, nous nous sommes trompés de M. Tessier.

— Ah ! triompha Mme Videcoq. Je me disais bien aussi...

— Nous sommes vraiment confus, répétait Tucky, déployant tout son charme d'Africain enjôleur pour s'attirer les bonnes grâces de la vieille femme. Cette armoire va bien chez un M. Tessier de la rue Cassini, mais il habite au 7, pas au 27. Tenez, continua Tucky, je vous rends votre pourboire.

La concierge empocha le billet et descendit sans un mot rechercher la clé du troisième.

— Je vous laisse faire, j'ai encore cinquante-deux marches à cirer, alors...

— Très bien, on vous a causé assez de dérangement comme ça. Je vous la rends dans cinq minutes.

Quand ils manipulèrent l'armoire, elle parut à Fabrice plus lourde que la première fois. Mais il se garda de faire la moindre réflexion qui lui aurait valu les risées de Tucky. Il pensa qu'il n'était pas un déménageur professionnel, qu'il manquait d'exercice et que le déjeuner bien arrosé l'avait avachi. Une fois la clé déposée à la loge et l'armoire rechargée, Fabrice se remit au volant avec résignation.

— On va où, cette fois ? Cette histoire de Tessier au 7, c'est du pipeau, non ?

— On dirait que le métier entre, mon garçon, fit Tucky hilare. Chauffeur, à l'aéroport ! On a deux petites heures devant nous avant le décollage.

— Et Djamel ? demanda Fabrice.

— Ce que tu peux être sentimental ! Bon, dis-moi si tu crois aux esprits frappeurs. Au trésor d'Ali *Baba* ?

— Qu'est-ce que tu me racontes là ?

Comme Tucky éclatait d'un rire qu'il avait dû contenir depuis le matin, des coups sourds résonnèrent en provenance de l'armoire.

— Gare-toi, ordonna Tucky en reprenant un peu son sérieux. Et viens avec moi.

Quand ils furent derrière la camionnette, l'armoire était redevenue silencieuse. Tucky ouvrit les portières arrière et frappa trois coups secs. L'armoire répondit par trois coups. Et soudain, alors que Tucky déverrouillait la serrure, Fabrice bondit en arrière. Djamel venait de surgir comme un diable, les bras pleins de bibelots et d'objets précieux, de statuettes, de lampes, de colliers et de figurines d'ivoire, la tête couronnée d'un lustre dix-huitième.

— Nom de Dieu, laissa échapper Fabrice. Vous m'avez bien eu !

— Tu n'es pas le seul, assura Tucky. J'aimerais voir la tête de la mère Videcoq quand le Tessier en question lui dira qu'on lui a tout piqué chez lui. Elle parlera de déménageurs, ça lui fera une belle jambe.

— Je comprends maintenant pourquoi cette armoire me paraissait si lourde, même prétendument vide, rigola Fabrice. Vous êtes vraiment des chefs. Jamais je n'aurais imaginé un coup pareil. Et dire que je m'inquiétais pour toi, Djamel. Si tu veux me porter sur tes épaules, je me laisserai faire sans protester !

— Allez, les gars, c'est pas le moment de moisir ici. On va emballer tout ça. L'air de rien, y en a pour quelques millions là-dedans.

— D'accord, Tucky, approuva Djamel, mais pas avant d'avoir fait ton boulot.

— Quel boulot ?

— Ne fais pas celui qui ne comprend pas, lança-t-il à son vieil ami en lui tendant son appareil photo jetable.

— T'es vraiment too much, toi, fit mine de grogner Tucky en s'exécutant...

Quand il eut regagné sa place dans le véhicule, ledit Too Much expliqua :

— L'appartement était exactement comme l'avait décrit Giovanni. Les vases de Sienne, les statuettes équestres de la période Ming, les masques africains, les soieries persanes, les ivoires, tout.

— Pas étonnant, répliqua Tucky. Giovanni n'est pas pour rien l'as des hackers. Il s'était introduit sur le circuit de vidéosurveillance des objets, installé à l'intérieur des murs de l'appartement de Tessier. Mieux que ça, il avait même déconnecté l'alarme à distance en neutralisant l'interrupteur par un virus bloquant. Il m'avait expliqué qu'il introduisait dans le système une sorte de curare informatique aux effets paralysants. Un vrai génie, notre Giovanni.

Djamel hocha la tête. Comme il suivait la route de l'aéroport, il avisa un parking ombragé et mit le clignotant.

— Ça devrait aller, ici.

Tucky approuva.

— Que fait-on ? demanda Fabrice.

— De la manutention d'art, répondit Djamel. Si tes blanches mains ne sont pas trop fatiguées par les différents transports de la journée, tu peux te joindre à nous.

Tous trois sautèrent hors de la fourgonnette dont l'arrière était garé à l'abri des regards indiscrets. Tucky sortit une pile de vieux journaux, des exemplaires de *Nice-Matin* et de *Paris-Turf* mis de côté par un de leurs amis niçois.

— Les journalistes sont souvent amers de voir leur prose finir dans l'emballage du poisson, ironisa Djamel. S'ils nous voyaient, ils trouveraient qu'il y a de la promotion dans l'air. Une page de faits divers pour protéger un vase de Sienne, c'est luxueux pour un canard, ou je ne m'y connais pas !

En moins d'une demi-heure, tout était soigneusement emballé. S'il ne s'y connaissait pas beaucoup en art ancien, Fabrice avait remarqué le poids des chandeliers et la finesse des traits du cavalier montant le cheval de pierre. Quant aux différents bracelets d'or et d'argent, aux colliers de perles fines, aux camées gravés de profils féminins, ils devaient valoir leur pesant de lingots.

Comme s'il avait lu dans le regard de Fabrice, Djamel prononça laconiquement :

— Dix millions.

— Dix millions ?

— De francs, oui. Au bas mot. Et nous avons un fourgue de Bruxelles pour reprendre le tout pour les deux tiers de la somme. Il écoule la marchandise dans les royaumes d'Europe du Nord. Ces souverains ne sont pas très regardants sur l'origine de leurs joyaux. Ils connaissent les aléas et les bonnes fortunes du commerce. Il ne faut pas oublier que leurs ancêtres couraient les mers sur de terrifiants drakkars. Un bien leur appartient dès qu'il entre en leur possession ! Ça valait le coup d'investir dans une armoire de soixante mille francs, tu ne trouves pas ?

— Et comment ! Vous me bluffez vraiment, les gars. Et la suite des opérations ?

— Tout ce qu'il y a de plus simple, répondit Tucky. Toi, on te droppe à l'aéroport direction Paris. Nous, on file avec la came sur Roubaix où nous attend notre passeur. Il fait son affaire de passer à la frontière sans éveiller l'attention des douanes. On a rendez-vous demain à midi. Après, on se rapatrie avec l'oseille à la villa Aurore pour une partie de baby.

— Vous voulez dire que je ne viens pas avec vous à Roubaix ?

Djamel sourit.

— Nous, on n'a pas reçu de billet d'avion de retour de la main d'Esther.

Fabrice rougit. Djamel le mit à l'aise en lui assenant un coup sur l'épaule.

— Allez, sans rancune, bel innocent aux mains pleines. Goûte ta chance et ne te fais pas de bile pour nous, on n'est pas à plaindre.

Deux heures plus tard, un taxi en provenance d'Orly déposait Fabrice à la villa. La maison était déserte, c'était l'heure de la sieste. Le jeune homme monta à l'étage. Il aurait aimé trouver Esther assoupie sur son lit. Alors il aurait osé la respirer de près, jusqu'à effleurer la chair pâle de son cou. Il frappa à la porte de la chambre. Aucune réponse ne parvint. Il tourna la poignée de la porte et s'aperçut aussitôt qu'il n'y avait personne. Il se dirigea, un peu déçu, vers sa propre chambre pour enlever ses habits de déménageur et prendre une bonne douche. « Pourquoi m'a-t-elle fait revenir si elle n'est pas là à m'attendre ? » se demandait Fabrice, mesurant soudain à quel point comptaient désormais pour lui les faits et gestes d'Esther. Il se rassura en se disant que la jeune femme était probablement absorbée par la préparation de l'expédition.

Il retrouva une humeur guillerette en constatant qu'un petit bouquet de fleurs avait été déposé en son absence sur sa table de chevet, ainsi qu'une édition ancienne de *Guerre et Paix*. Après s'être frotté vigoureusement, Fabrice resta de longues minutes dans la baignoire, laissant le jet de la douche couler sur son visage et sa poitrine. Puis il sortit et, enveloppé d'une serviette de coton, s'allongea un moment sur son lit. Il entreprit de lire les premières pages du pavé russe mais au bout d'à peine cinq minutes il s'était assoupi, le dos en marmelade et les biceps endoloris. Déménageur, ce n'est pas un métier.

La nuit était tombée quand il entendit cogner à sa porte. C'était Giovanni qui venait le chercher pour le dîner.

— Entre ! dit Fabrice.

Le long garçon décharné pénétra dans la chambre et resta debout au pied du lit. Malgré l'obscurité, Fabrice perçut un véritable éclair de satisfaction dans le regard de Giovanni.

— J'ai eu Djamel au téléphone, expliqua-t-il, je suis heureux que tout ait marché comme sur des roulettes. Il faut dire que je n'avais rien laissé au hasard.

— C'est ce que j'ai pu constater, fit Fabrice en se redressant sur son lit. Pirater un système de vidéosurveillance, chapeau !

Le jeune homme apprécia le compliment.

— C'est que j'étais particulièrement motivé.

— Je te comprends. Dix millions de camelote récoltés en toute sécurité. Tu devrais étudier la salle des coffres de la Banque de France !

— Ah oui, la valeur de tout ça, bien sûr, c'était une belle carotte, mais dans ce cas précis, la motivation était ailleurs.

Fabrice se rendit compte que ce n'était pas la première fois que, sans le chercher, il provoquait les confidences de gens qu'il ne connaissait pas toujours. Il ne savait pas pourquoi, sinon peut-être par l'effet de cette candeur qui se dégageait naturellement de lui, une sorte de chaleur naturelle qui l'emportait sur sa volonté de se montrer froid et dur.

— Tu veux parler de l'usage de ces sommes pour les plus démunis ? demanda Fabrice, sachant très bien qu'il ne s'agissait pas de ça.

— Non, répondit Giovanni, hésitant. En réalité, je suis un enfant naturel, disons adopté mais sans vrais papiers officiels. Et puis, il y a six mois, j'ai su par une indiscrétion qui était l'homme qui avait toujours refusé de me reconnaître. J'ai mené mon enquête et, de fil en aiguille, j'ai découvert qu'il s'agissait d'un riche industriel de la chimie doublé d'un homme politique assez véreux qui joue sur la Côte un rôle de parrain, une sorte de passeur entre les truands et les notables. Quand j'ai mis la main sur ses coordonnées privées, j'ai concentré tous mes efforts sur l'immeuble du 27, rue Cassini à Nice. C'est là que je me suis aperçu de l'existence d'un circuit de vidéosurveillance au troisième étage, précisément là où il habitait. Je me suis dit qu'il ne se payait pas un système aussi coûteux pour rien. J'ai identifié huit caméras reliées à un central d'images que je me suis empressé de détourner par le biais de mon modem.

» Comme dans *Loft Story,* je l'ai suivi jour et nuit pendant une semaine. Au fond de moi, j'espérais trouver quelque chose qui m'aurait rapproché de lui, qui m'aurait fait penser à un moment ou à un autre : « Tiens, oui, c'est mon père. » Je n'ai vu aucune ressemblance. Il ne marche pas comme moi, il ne sourit pas comme moi. Il ne fait rien comme moi. Sur une commode, j'ai pu voir un cadre garni de photos. En adaptant un zoom, j'ai repéré le visage d'une femme d'environ trente ans, entourée de deux enfants blonds et souriants, sans doute ses propres enfants, ceux qu'il a reconnus, qui portent son nom, même s'ils ne vivent pas avec lui mais à Zurich, si mes renseignements sont bons. Il doit être du genre à choisir ses amours dans les villes d'argent comme d'autres choisissent leurs villégiatures dans les villes d'eaux.

» Un jour j'ai voulu entendre sa voix, à la recherche d'un ultime élément de ressemblance. Comme je n'arrivais pas à brancher de micro assez puissant, j'ai tout simplement appelé son répondeur. J'ai écouté trois fois le message en raccrochant avant la fin, veillant bien à appeler quand je ne le voyais pas dans l'appartement. Il a une voix atroce, une voix de fausset, répugnante. Je l'ai encore regardé vivre dans son grand appartement, seul, en égoïste, au milieu de ses richesses matérielles sans doute acquises sans gloire, j'ai regardé ce rat qui est mon père et, là, j'ai décidé de lui enlever les seules choses auxquelles il semblait tenir.

Fabrice n'avait pas bougé. Il observait Giovanni avec respect et admiration, n'osant pas lui avouer que lui aussi souffrait d'une blessure paternelle, et qu'il valait sûrement mieux ne pas connaître un salaud de père plutôt que de partager son quotidien et de subir jour après jour son écrasante indifférence.

— Un jour, je te parlerai de mon père, déclara-t-il, la gorge serrée. Lui, je crois qu'il ne tient à rien du tout, pas même à ma mère, pas plus à des objets. Je crois qu'il ne tient qu'à lui, à son image, à sa réputation. Pour l'atteindre, il faudrait le tuer.

Il y eut un silence entre les deux jeunes gens, une sorte de gêne pour s'être ainsi livrés l'un à l'autre.

— Je vous rejoins dans cinq minutes, finit par dire Fabrice. Juste le temps de passer un pantalon et un sweat.

— J'oubliais, ajouta Giovanni. Esther m'a prié de l'excuser. Elle a dû partir pour Londres en début d'après-midi pour récupérer un livre d'art consacré à Nicolas Poussin. Je ne sais pas pourquoi elle était soudain si pressée. Je lui ai dit que je pouvais tenter de le pirater avec mon ordi si elle me donnait les références de l'éditeur, mais elle a préféré avoir le volume en main propre. Je n'ai pas insisté. Allez, dépêche-toi, les plats de Coletta n'aiment pas attendre.

14

Le lendemain, lors de la troisième soirée passée dans la chambre de Nina, se précisèrent les enjeux de l'expédition, sans qu'à aucun moment pourtant Esther fasse apparaître ses motivations profondes. Il sembla clair pour chacun que le nœud se situait autour de la collection Goldberg dont elle parlait avec un mélange de fascination et d'horreur, au point que Fabrice se demanda si elle évoquait bien des œuvres d'art signées du Caravage, de Watteau, Poussin ou Vélasquez.

Djamel et Tucky étaient revenus de Roubaix en milieu d'après-midi, après un détour par les champs de courses de Chantilly. Tombant sur un des vieux numéros de *Paris-Turf* qui enveloppait un vase de porcelaine, les deux amis avaient trouvé amusante l'idée de parier sur des numéros de chevaux qui avaient couru sept ans plus tôt sur d'autres hippodromes, histoire de vérifier si le hasard avait de l'humour. Ainsi avaient-ils joué pour cinq cents francs la combinaison gagnante d'un tiercé, quarté, quinté plus, dans l'ordre et dans le désordre. Quelle n'avait pas été leur surprise d'empocher les gains de la troisième, une somme certes modeste de cinq mille huit cent cinquante-trois francs. En se présentant au bureau des gagnants, ils exhibèrent fièrement la coupure antique du journal hippique, suscitant chez les parieurs étonnement et perplexité.

— Voyez, exultait Tucky, quand les nouvelles sont trop fraîches, il faut les laisser décongeler quelques années. Les pronostiqueurs finissent toujours par avoir raison. Le tout, c'est de trouver la bonne course !

Les compères racontaient leurs exploits à Giovanni et à Marion, après en avoir fait profiter Fabrice, puis Jackie et Coletta, lorsque Esther, rentrée de Londres dans la matinée, les convia à monter prendre le thé chez Nina, comme elle disait désormais. Ils grimpèrent en procession l'escalier qui menait à l'étage, puis s'installèrent à leurs places habituelles pendant que Coletta procédait à la cérémonie. Esther poursuivit le récit de la vie de sa grand-mère.

— Au printemps 1945, Nina fut décorée de l'ordre des Compagnons de la Libération pour tous les services rendus à la Résistance. Mais elle n'était pas quitte avec la souffrance. Je ne parle pas du souvenir des siens qui maintenant la brûlait comme une déflagration à retardement. Elle avait loué pour Lucien et elle un petit appartement confortable et clair situé rue de Babylone.

» Chaque jour, elle se rendait à l'antenne d'accueil des rescapés des camps de la mort qui arrivaient par centaines dans les locaux du Lutétia où suintaient encore la présence et les fantômes de la Gestapo. Nina fut témoin de scènes insupportables, comme l'arrivée d'Auschwitz d'un jeune homme de vingt ans qui succomba sous ses yeux sur la moquette du grand salon, après avoir ingéré un morceau de banane. Les regards de ces gens qui avaient vu la mort étaient pour Nina une épreuve terrible qui la ramenait quelques années plus tôt, dans son village, face au cadavre sanglant de sa petite fille. Il lui arriva de rencontrer des rescapés russes qui devinaient instinctivement en elle une compatriote, signe que malgré tous ses efforts pour devenir française, quelque chose en elle, irréductiblement, demeurait étranger, russe. Ce fut un choc terrible le jour où elle reconnut deux hommes de sa région. Leurs traits étaient si creusés qu'elle n'aurait sans doute pas réagi s'ils ne s'étaient mis à parler russe entre eux. Cela faisait déjà longtemps qu'elle n'avait plus utilisé la langue de son enfance, et le seul fait de l'entendre prononcée par d'autres, et pas par n'importe qui, par ces morts-vivants revenus de l'enfer, la bouleversa au-delà de tout. C'était comme si elle tenait la preuve que la Russie était moribonde, puisque ses enfants de vingt ans ressemblaient à des vieillards débiles aux dents déchaussées qui chuintaient d'une haleine infecte ce qui avait été son mode d'expression quotidien, sa mémoire intime. Cet instant fut comme une rupture pour elle. Souvent elle me disait : “J’ai cessé d’habiter la Russie en 1945, quand je n’ai plus habité ma langue. Avant, j’étais une Russe exilée en France capable de s’exprimer en français tout en rêvant de retour. Quand j’ai vu ces fantômes parlant russe, j’ai eu envie plus que tout d’être non pas du côté des vainqueurs — sur le papier, mon peuple et l’odieux Staline en étaient —, mais plutôt du côté des vivants. La vie était en français, la mort était en russe.” C’est drôle, ma grand-mère pensait à ça dès 1945, alors qu’on ne savait encore rien du goulag ni des crimes du stalinisme.

Esther s’interrompit pour tremper ses lèvres dans sa tasse de thé. Fabrice remarqua qu’elle avait fardé ses yeux de manière à rehausser leur éclat émeraude. Il eut la faiblesse de penser que c’était pour lui. Il n’avait peut-être pas tort.

— Un jour qu’elle se rendait au Lutétia, poursuivit Esther, Nina a rebroussé chemin. Tout d’un coup, sur le trottoir, sur ce même trajet qu’elle empruntait depuis des semaines, elle ne s’est plus senti le courage ni la force. C’est arrivé simplement. Elle me disait, quand elle me rappelait ce moment de sa vie : « Mes jambes n’ont pas voulu, elles ont décidé à ma place. » C’est ainsi qu’elle s’est retrouvée à quelques mètres du Lutétia, dans les travées déjà fastueuses du Bon Marché, à se choisir des robes légères — on était au milieu de l’été —, à s’offrir des friandises comme une gamine privée de tout depuis une éternité. L’envie soudain lui était venue d’un peu de frivolité, de légèreté. Peut-être aussi avait-elle besoin de séduire. Veuve et en deuil de son enfant, elle n’en était pas moins une femme ravissante et désirable, même si elle se trouvait laide, trop pâle, trop maigre.

— Elle n'est plus jamais allée au Lutétia ? interrogea Marion.

— Si, encore une fois, sûrement une fois de trop, mais c'était sans doute le destin. Ces hommes qui parlaient russe... Leur souvenir ne la laissait pas en paix. Elle a fini par prendre son courage à deux mains pour retourner les voir quelques jours plus tard. Ils avaient retrouvé un peu de couleur, un peu de joues, leurs traits étaient moins tirés. Ils avaient rajeuni de dix ans, mais en paraissaient encore quatre-vingts. Quand Nina s'approcha d'eux, l'un la salua d'emblée en russe. Elle se présenta, dit son nom de femme mariée, puis son nom de jeune fille, Babel. L'autre homme lui fit répéter. Babel ? Oui, bien sûr, il avait connu un Piotr Babel. "C'était mon père ! s'écria Nina. Qu'est-il devenu, est-il encore vivant ?" Nina avait subitement senti le sol la soulever comme un immense espoir jailli du plus profond d'elle. Car, si elle ne pouvait se faire aucune illusion sur son mari et sur sa fille, elle n'avait jamais été sûre du sort réservé à ses parents.

» Les deux hommes se concertèrent du regard. Un voile de tristesse passa dans leurs yeux. Chacun semblait supplier l'autre de parler. Le plus jeune, du moins celui qui paraissait le plus jeune, lui dit que Piotr était avec eux à Auschwitz et qu'il parlait souvent de sa fille Nina. "Il vous aimait plus que tout, continua l'homme. On l'encourageait pour tenir bon, mais de jour en jour ses forces déclinaient. On avait beau lui dire que les Alliés allaient écraser les Boches, il n'a pas résisté à la dysenterie." Nina explosa en sanglots et n'eut pas le courage de rester. Elle se dit après qu'elle ne leur avait même pas demandé la date de la mort de son père, mais, après tout, elle préférait ne pas le savoir, comme si elle voulait effacer du calendrier la moindre page noire.

Après avoir repris sa respiration et regardé son auditoire avec un sourire un peu forcé, Esther songea qu'il fallait aborder le vif du sujet. C'est ainsi qu'elle entra dans le détail de la collection Goldberg, avec une appréhension qui se lisait sur les traits tendus de son visage.

— Je vous ai dit qu'Espiralier avait feint de protéger Goldberg, mais qu'il l'avait tout de même fait cueillir par les Allemands une fois la fameuse collection en sa possession. La réalité est plus complexe que ça. Il n'y a pas d'un côté le bon Juif ami des arts et de l'autre le méchant collabo gestapiste profitant de l'aubaine pour s'enrichir du malheur des autres à la façon d'un Thénardier. En réalité, les deux hommes avaient lié leur destin dans les années d'avant-guerre, au début du Front populaire. Espiralier, qui dirigeait un cabinet prospère d'avocats d'affaires, ne cachait pas ses préférences politiques : c'était un homme de la droite autoritaire, partisan de l'ordre, défenseur de la propriété privée. Mais avec un Blum à Matignon, il avait trouvé judicieux de s'associer avec son « bon Juif » qui avait gelé sa charge de commissaire-priseur pour entrer dans les affaires d'Espiralier.

» Samuel Goldberg était un drôle de lascar. Il vouait un véritable culte à la peinture des XVIIe et XVIIIe siècles, persuadé que ces périodes avaient marqué l'apogée de l'art avant son inexorable déclin, au XIXe siècle, sous l'emprise d'une culture bourgeoise racornie et stupide. Espiralier et Goldberg semblaient se rejoindre autour de cette analyse. Par sa profession initiale, ce dernier était en contact avec les marchands de tableaux du monde entier. Il avait su acquérir, à des prix qu'on pourrait qualifier de scandaleusement bas, de véritables chefs-d'œuvre de maîtres incontestés, parmi lesquels Watteau, Poussin, Vélasquez, Fragonard, Caravage ou Goya. J'en oublie : il y avait aussi des toiles du Lorrain et de Georges de La Tour, que sais-je encore ? Cependant, Goldberg ne montrait rien. S'il se disait amoureux de l'art, c'était pour son seul et unique plaisir, qu'il n'entendait partager avec personne. C'est pourquoi nul ne sut vraiment de quoi était constituée cette collection devenue au fil des ans considérable. Seuls quelques marchands répartis dans le monde entier pouvaient en avoir l'idée, mais la plupart devaient se dire que, en bon spéculateur, Goldberg achetait sans doute des tableaux qu'il avait déjà revendus par anticipation à des clients encore plus fortunés.

» Si bien que, lorsque le vieux Juif disparut de la circulation, seul Espiralier savait exactement de quoi il retournait, ayant déjà capté l'essentiel des œuvres. Espiralier ne s'était pas contenté de reprendre à son nom toutes les activités du cabinet, y compris la branche « artistique ». Par ses accointances auprès de l'occupant, il eut ainsi loisir de s'assurer que Goldberg n'aurait plus aucun héritier. Les camps avaient fait leur œuvre d'extermination. En mettant la main sur les dossiers personnels de son associé, il tomba immanquablement sur la chemise la plus secrète et la plus juteuse : l'état détaillé de la collection, tableau par tableau, assorti des cotes, des prix évalués avant-guerre, des prix d'acquisition.

» Figuraient aussi les coordonnées précises d'une ferme située près de Dreux, dans un hameau caché : Les Christophe, tenue par un paysan esthète, Vincent-Emmanuel Grégoire. Là, un abri souterrain protégeait la collection des regards. Un plan d'accès et la clé des cadenas étaient joints au tout.

» En lisant l'inventaire de la collection Goldberg, Espiralier se rendit compte que ce vieux bandit de Goldberg l'avait manœuvré : lui qui croyait avoir déjà en sa possession l'essentiel des tableaux constata avec stupeur que plus de la moitié des références lui étaient inconnues. Dans les semaines qui suivirent la disparition de son associé, il se rendit lui-même aux Christophe pour se rendre compte *de visu* de sa bonne fortune. Puis, en quelques voyages, il rapatria les tableaux qu'il possédait dans cet abri souterrain. Puisque personne d'autre que le fidèle Grégoire et lui n'avait connaissance de son existence, il pensa avec raison que c'était la cachette idéale. C'est le plan d'accès à la ferme et aux tableaux qu'Espiralier remit à Nina une heure avant d'être fusillé.

— Tu veux dire que, si nous grattons un peu les croûtes accrochées dans la maison, on tombera sur des Watteau et des Poussin en pagaille ? risqua Djamel.

— Mon bon Too Much, tu n'as pas usurpé ton surnom, répliqua Esther en arborant un air faussement sévère. La collection a été vendue par Nina, et je dirai comment, ce soir ou un autre jour. En attendant, sache que les « croûtes », comme tu dis, représentant de petites scènes bucoliques du bord de Marne disposées ici et là dans la maison ont été peintes par Nina à plus de quatre-vingts ans. Je ne dis pas que ce sont des chefs-d'œuvre, Nina elle-même n'aurait sans doute pas accepté de les voir accrochées aux murs, c'était son côté Goldberg... Voilà pour la mise au point ! D'autres questions ou je continue ?

Le silence accueillit la proposition d'Esther, qui reprit son récit.

— La première fois que Nina se rendit aux Christophe, elle fut subjuguée par ce petit peuple de personnages rassemblés par Goldberg sous le pinceau des meilleurs artistes. C'était une profusion de madones et de gentilshommes, de courtisanes, de garçons de rue, de libertins et d'infantes. Mais un grand malaise s'empara d'elle quand elle réfléchit au destin de ces tableaux, enfermés ici comme dans un bunker pour le plaisir égoïste de Goldberg, puis détournés par cet assassin rapace d'Espiralier. On ne peut pas dire que Nina ressentait de bonnes ondes, et chacun de ces visages braqués sur elle dans leur éternel silence la mit très mal à l'aise. À l'évidence, elle devrait se débarrasser de ces figures qui, quoique belles et délicates, étaient à jamais marquées par le mal et la mort. Leur histoire était une négation de l'art et de la vie.

— Alors elle en a fait quoi, des tableaux ? demanda Tucky, formulant la question que tous se posaient.

Esther consulta sa montre.

— Shéhérazade est fatiguée, calife Tucky. La suite une autre fois.

Ils descendirent tous, à l'exception de Fabrice qui traînait un peu en espérant capter l'attention d'Esther pour rester un moment de plus avec elle. Il lui sembla qu'ils ne s'étaient pas retrouvés en tête à tête depuis très longtemps. Mais Djamel montrait des signes d'impatience. Visiblement, l'idée d'un aparté entre Esther et Fabrice n'était pas à son goût, et il lançait au jeune homme un regard noir, comme il n'en avait plus décoché depuis son arrivée quelques jours plus tôt en apprenant qu'il occuperait une chambre à l'étage d'Esther. Celle-ci ne parut pas comprendre les raisons de la lenteur de Fabrice à bouger. À contrecœur, il descendit l'escalier en direction de la terrasse. Djamel ne l'avait pas quitté d'une semelle. C'était comme la scène finale d'un western, quand les adversaires ont retardé jusqu'au bout l'instant de l'affrontement. Sauf que Djamel et Fabrice n'étaient pas ennemis, même si au fond le nouveau locataire de la villa Aurore n'était sûr de rien ni de personne.

15

Le début de l'entretien fut plutôt tendu. Fabrice était sur ses gardes et Djamel donnait l'impression de chercher la bagarre, animé par un sentiment qui ressemblait fort à de la jalousie.

— Je serais curieux de savoir ce qui se passe quand vous vous retrouvez seuls là-haut, commença-t-il.

— Tu serais déçu, rétorqua Fabrice du tac au tac. Esther, contrairement à ce que tu crois, je ne la vois pas plus que toi, on ne se parle jamais. Depuis qu'elle m'a amené ici après une mésaventure assez cuisante pour moi, je n'ai pas passé une minute seul avec elle. Je t'assure, Djamel, tu peux hausser les épaules, on ne se dit pas un mot !

Djamel riposta :

— Il n'y a pas que parler dans la vie. Les corps aussi se parlent. Ne me dis pas que tu couches à côté d'elle et que tu ne lui as jamais fait l'amour ?

— C'est pourtant la vérité, fit Fabrice, qui ébaucha un sourire, sentant la tension baisser du côté de Djamel. S'il s'était passé quelque chose entre Esther et moi, je crois que cela se lirait sur mon visage sans que j'aie besoin de prononcer un seul mot. Évidemment elle m'a tapé dans le cœur, mais je ne confonds pas le rêve et la réalité.

Les deux hommes se tenaient debout l'un en face de l'autre. Coletta entra dans leur champ de vision. Djamel en profita pour lui demander une bière.

— Deux ! cria Fabrice, qui se tourna vers Djamel : On va trinquer à nos rêves, même s'ils se ressemblent.

— S'agissant d'Esther, rassure-toi, lâcha mystérieusement Djamel, je n'ai pas le même rêve que toi. Je m'inquiète seulement de ce qui peut lui arriver. Esther, fit-il après quelques secondes de silence pendant lesquelles il semblait chercher les mots appropriés, Esther, c'est un peu une sœur pour moi, et je n'ai pas de penchants incestueux.

Ils s'assirent dans les fauteuils profonds disséminés sur la terrasse et chacun prit le grand verre de bière blonde que venait d'apporter Coletta.

— Excuse-moi, commença Djamel, c'est plus fort que moi. Dès que je sens le regard d'un homme sur Esther, je ne me raisonne pas, j'ai peur pour elle.

— Elle me paraît assez forte pour se défendre elle-même, réagit Fabrice.

— Ne crois pas ça, lâcha-t-il pensivement.

— Tu la connais depuis longtemps ?

— C'est une histoire assez longue et mouvementée. Disons que je suis le premier de la bande à avoir posé mon sac à la villa Aurore, il y a presque un an maintenant.

Djamel se mit à compter les mois sur le bout de ses doigts.

— Oui, je suis arrivé tout début septembre, et nous sommes en juin. Bientôt dix mois. Mais moi non plus, je n'en sais pas plus sur elle que le premier jour de mon installation.

— Tu vois bien que nous sommes logés à la même enseigne ! s'écria Fabrice.

— Après tout, oui, admit Djamel, si je mets de côté cette affaire de premier étage...

Ils trinquèrent.

Sans que Fabrice lui eût rien demandé, Djamel se

mit à parler de sa famille d'origine kabyle, installée à Nice depuis la répression du printemps berbère à Tizi-Ouzou, au tout début des années quatre-vingt.

— Je suis né de ce côté-ci de la Méditerranée, expliqua Djamel avec une pointe d'amertume. J'aurais préféré voir le jour dans nos montagnes, mais le pouvoir d'Alger était intraitable et mon père avait préféré nous mettre à l'abri en France. La police du FLN l'avait à l'œil à cause de son engagement politique pour la cause de notre peuple et...

Fabrice était gêné par le tour que venait de prendre la conversation. Ses parents l'avaient tellement isolé du monde extérieur que son savoir se limitait à la connaissance de quelques auteurs classiques et de bribes d'histoire sorties des manuels scolaires. Il ne regardait jamais la télévision, ne voyait jamais les gros titres des journaux, comme si sa mère, au contraire de l'indifférence de son père, avait voulu enfermer Fabrice dans une bulle de protection lui dissimulant les horreurs du monde.

— Pardonne-moi, Djamel, précisa pourtant Fabrice, surmontant sa peur du ridicule. Je suis ignare et je ne sais rien de ce que tu appelles le printemps berbère.

— Ce n'est pas ta faute, répondit le jeune Beur sans acrimonie. Même les journaux télévisés sont incapables d'en rendre compte sans mélanger les thèses kabyles ou les principaux leaders des formations militantes. Et puis la réponse à ta question est à la fois très simple et très complexe, puisque le sang qui coule régulièrement ne suffit pas à le régler. Disons qu'il en va de notre identité et de notre culture. Les Berbères ne sont pas des Arabes, ils étaient sur place avant les Arabes. Nous avons notre propre langue, nos propres valeurs, des traditions très anciennes, des figures légendaires, comme saint Augustin qui était des nôtres. Après l'indépendance, le FLN de Boumédiène nous a pris dans sa nasse arabophone. On devait parler l'arabe ou mourir. Nous avons failli mourir. Puis, il y a vingt ans, les rescapés de la culture kabyle ont violemment réagi car ils se sentaient comme les derniers des Mohicans. C'est à ce moment que nos ennuis ont vraiment commencé. Le pouvoir d'Alger est devenu irrespirable pour qui contestait son centralisme. Mon père est parti, la mort dans l'âme, mais ma mère était enceinte de moi et il craignait pour nos vies à tous.

— Quelle est votre langue, à vous les Berbères ? demanda Fabrice.

— Le tamazight, répondit Djamel avec un accent de fierté, flatté au bout du compte de trouver auprès de Fabrice un auditoire réceptif. Mon père me l'a enseigné en cachette de ma mère. C'était notre secret d'hommes, comme il disait, le premier secret entre nous car nous en avons partagé bien d'autres.

— Ta mère n'était pas kabyle ?

— Si, jusqu'au bout des ongles, justement. Son propre père était le premier universitaire à avoir reçu une chaire d'enseignement du tamazight à l'université de Tizi-Ouzou. Mais, quand les choses ont dégénéré avec le pouvoir, l'armée a pris d'assaut l'université. Les soldats sont entrés dans l'amphithéâtre occupé par mon grand-père et ses étudiants, fusils et pistolets-mitrailleurs à la main. Ce fut un bain de sang. Et mon grand-père, qui avait voulu s'interposer entre les soldats et ses jeunes étudiants a pris une décharge de plomb en pleine poitrine. Il n'était pas identifiable. Ma mère, d'après ce qu'on m'a raconté, dut aller reconnaître le corps. On l'avait allongé sur une sorte de civière sans aucune dignité, les membres en charpie, posé comme un tas de fumier.

» Quand j'étais enfant, à Nice, ma mère pleurait souvent, et je croyais que c'était ma faute. Mon père venait me prendre discrètement au milieu de la journée et nous partions marcher au bord de la mer. Sur la promenade des Anglais. Entre nous, je me demandais pourquoi on l'appelait la promenade des Anglais car mon père et moi n'étions pas anglais, mais passons ! Dans ces moments, mon père me parlait une autre langue que le français et que l'arabe, une langue que je ne connaissais pas, mais qui me donnait des frissons dans le ventre, comme une caresse de l'intérieur. C'est plus tard que j'ai su que c'était le parler de Kabylie pour lequel était mort mon grand-père et qui terrifiait ma mère à l'idée que je puisse l'apprendre à mon tour et risquer ma vie. Mes parents lisaient beaucoup de livres. Sur la table de chevet de ma mère, je me souviens de deux volumes aux couvertures vert pâle qui devaient avoir été beaucoup lus car les pages se détachaient toutes seules. Le premier n'était pas très épais, c'était un recueil d'articles de l'écrivain français Albert Camus dans le journal *Alger républicain.* Le titre m'avait sauté aux yeux, ça s'appelait : *Misère de Kabylie.* L'autre était plus volumineux, il avait été écrit par un auteur « de là-bas », comme disait ma mère, un certain Mouloud Mammeri, et le titre était *La Colline oubliée.* C'était mon pays, notre pays. Je crois que ma mère ne s'en est jamais remise, d'avoir perdu son pays, son père, tout ce qui la rattachait à la vie.

— Mais tu étais là, avec elle, coupa Fabrice.

— Tu as raison, mais les enfants ont des réflexes vitaux. Je recherchais surtout la compagnie de mon père qui me semblait beau et fort, invulnérable même. Alors que maman... à la rigueur je l'aurais protégée, mais elle transportait avec elle son malheur, et les petits se tiennent toujours à distance du malheur par une sorte de protection inconsciente. Tout ça pour dire que ma mère est morte l'année de mes neuf ans et je me suis retrouvé seul avec mon père. Je ne savais pas bien ce qu'il faisait de ses journées car il passait son temps à la maison, à regarder la télé ou à lire, lui aussi. Je me souviens qu'une phrase d'un livre l'avait fait beaucoup rire et qu'il la répétait à tous ses amis. J'ai oublié le détail. C'était un bouquin d'Émile Ajar, mais ce n'était pas le vrai nom du gars, je crois. Le personnage disait : « Madame Rosa, je vous informe que les Juifs ne sont plus les seuls à avoir le droit d'être maltraités. Les Arabes aussi ont ce droit ! » Mon père, ça le faisait marrer...

Fabrice était loin de se douter qu'à vingt ans tout juste, des jeunes gens avaient vécu des vies aussi douloureuses, qui leur donnaient une maturité, une conscience du monde, une profondeur qu'il était loin de posséder, lui qui s'était construit dans le vide d'une existence froidement calibrée, prenant son père comme source de son mal-être en exagérant probablement l'indifférence avec laquelle il le considérait, pour justifier son histoire d'enfant délaissé.

— Et ton père, reprit Fabrice, que fait-il maintenant ?

Djamel haussa les sourcils.

— Mon père, c'est un poème. Ce que je vais te raconter nous ramènera à Esther.

— À Esther ?

— Tu vas comprendre. Comme je te l'ai dit, mon père ne me donnait pas l'impression de travailler beaucoup. Quand je lui demandais son métier, il me disait qu'il jouait très bien aux cartes. Je répondais que ce n'était pas un métier et il n'insistait pas. J'ai appris depuis combien mon père est un personnage plus complexe qu'il n'y paraît. À l'époque, je voyais un Méditerranéen séducteur, aimant rire et embobiner les belles femmes de la Côte, me les présentant sans trop de pudeur, sans doute pour me donner le goût des belles créatures.

» Puis un beau jour, coup de théâtre, une de ces belles est venue me chercher devant l'école, elle s'appelait Farida Tayeb. Je l'avais déjà vue deux ou trois fois, elle tenait un excellent restaurant marocain dans le vieux Nice. Elle m'a dit : “Ton père est aux Baumettes, à Marseille.” J'avais quinze ans et j'ignorais ce qu'étaient les Baumettes. D'autant qu'elle m'avait annoncé la nouvelle sur un ton neutre, comme si mon père était parti en voyage. “Ton père est aux Baumettes” pouvait, dans mon esprit, vouloir dire : “Ton père est aux Seychelles ou aux Bahamas, enfin, un pays lointain.” Quand j'ai su de quoi il retournait, je ne me suis pas inquiété. Je savais qu'il se sortirait de là.

» Un samedi matin, nous sommes partis pour Marseille, Farida et moi. Mon père me demanda devant elle si elle était gentille avec moi, et j'ai vu la jeune femme rougir un peu. Puis il m'expliqua les véritables raisons de sa présence derrière les barreaux. Je crois que jamais je n'ai été aussi fier que ce jour-là. Sous ses dehors de flambeur dilettante, mon père avait organisé un système de racket des riches pourritures du milieu varois pour financer un réseau d'entraide des Maghrébins immigrés en France. Il aidait aussi au financement d'écoles clandestines berbères en Kabylie, obéissant à la demande que lui avait un jour formulée mon grand-père maternel au cas où il lui arriverait malheur.

— Je comprends, coupa Fabrice. Le principe de « soulager » les riches au profit des déshérités, Esther l'a trouvé chez ton père ?

Djamel hocha la tête.

— Tu anticipes un peu sur la suite, mais tu es dans le vrai. J'y viendrai tout à l'heure. Mon père vivait très bien sur ce système de redistribution des richesses, au moyen d'une commission qu'il prélevait au passage sur ses transactions d'un genre un peu particulier. Les Baumettes, il y est allé à cause d'un accroc politique. Le gars qu'il avait plumé bénéficiait de protections au plus haut sommet de l'État et il dut purger une peine de trois mois, ce qu'il fit d'assez bonne humeur avant de reprendre ses activités.

» Entre-temps, j'ai vécu des moments merveilleux chez Farida Tayeb. J'avais table ouverte midi et soir dans sa salle de restaurant mais, à la différence des clients, je pouvais aller directement en cuisine choisir mon plat. Je ne te dis pas le nombre de tajines aux abricots et de pastillas de pigeon que je me suis envoyés ! Un jour, par jeu, j'ai pris les habits blancs et la toque du cuisinier et je suis venu moi-même servir un couscous d'agneau aux clients. Ils ont cru qu'ils avaient affaire à un jeune cuisinier prodige et je suis ressorti de la salle sous les applaudissements. Tu vois que j'avais des dispositions pour la mise en scène et le travestissement !

» Mais bon, revenons à la première visite à la prison des Baumettes. J'avais beau ne rien montrer, j'étais quand même ébranlé de voir mon père dans cette citadelle pleine de barreaux, et je commençais à être moins rassuré. Mon père avait la peau bien mate et je craignais qu'on trouve des raisons pour ne plus le laisser sortir. Si bien qu'une fois dehors, je n'ai pu retenir mes larmes. Farida m'a consolé comme elle pouvait en me serrant contre sa poitrine. Elle sentait bon, un parfum d'ambre et de musc. J'étais presque aussi grand qu'elle et à mon tour je l'ai prise contre moi. Pour me changer les idées, elle m'a emmené dîner dans un restaurant de poissons du Vieux-Port. Comme il était tard pour rentrer à Nice, d'autant qu'on avait un peu abusé du rosé de Provence, elle a préféré rester dormir à Marseille. Une de ses cousines avait un appartement dont Farida gardait les clés quand la cousine rentrait au Maroc, chaque été. Nous y sommes allés.

» Je ne savais plus bien ce que je faisais, mon chagrin et mon inquiétude pour mon père avaient laissé place à une incroyable euphorie, sans doute alimentée par les effets de l'alcool et des parfums ensorcelants qui se dégageaient de la peau de Farida. Elle a commencé par enlever son chemisier puis a guidé ma main sur ses seins avant de l'entraîner doucement entre ses cuisses. Elle dirigeait les opérations en poussant de petits gémissements, en m'embrassant dans le cou. J'ai cru que j'allais exploser de désir. Nous nous sommes retrouvés nus l'un contre l'autre sur un grand lit blanc, dans l'obscurité presque complète. L'éclairage d'une petite lampe de coin me laissait juste deviner les courbes sensuelles de ses hanches et de ses seins pendant que je la pénétrais. Comme dans la chanson de Sardou, j'étais si content de moi que j'ai fait l'amour dix fois, et je ne dis pas ça parce qu'on était à Marseille ! Farida, la belle maîtresse de mon père, m'avait donné le meilleur d'elle, l'amour physique dans ce qu'il a de généreux. Inutile de te dire que j'étais consolé.

Tout le temps où Djamel avait évoqué le corps torride de Farida, Fabrice avait imaginé Esther se donnant à lui et, quand le jeune Beur en eut terminé de son récit suggestif, son confident était entièrement chaviré.

— Et ton père, qu'a-t-il dit quand il a su ? finit par demander Fabrice pour essayer de penser à autre chose.

— Je ne savais pas si je devais lui en parler, mais à la visite suivante aux Baumettes, je n'ai pas pu m'en empêcher. Je me demandais quelle serait sa réaction, mais je n'étais pas trop inquiet. Et j'avais raison. Mon père et moi avions toujours tout partagé — souviens-toi du secret de la langue kabyle, quand j'étais petit. Dans son esprit, ma mère une fois disparue, il était logique que nous partagions aussi les femmes qui nous donnaient de la chaleur et du plaisir. Quand je lui ai avoué avoir fait l'amour avec Farida, il a explosé de joie. Pour un peu, il aurait ameuté les gardiens et les autres taulards ! Je crois qu'au fond il était fier de moi et aussi fier de lui, une manière de se dire que bon sang ne saurait mentir, tu comprends ? À ses yeux, c'était le signe que j'étais vivant et bien vivant, que les forces des ténèbres qui rongeaient notre peuple, de l'autre côté de la Méditerranée, ne m'avaient pas emporté.

» Farida raconta à mon père l'épisode du restaurant, comment je m'étais déguisé en cuistot, et je me souviens qu'il n'avait rien dit, mais que cette histoire avait troublé son regard, comme s'il s'était mis à réfléchir intensément à mon sujet. J'ai compris après sa sortie de prison ce qui avait dû se passer dans sa tête. Je n'étais pas encore majeur qu'il m'a pris à part entière comme son associé, son double, il m'appelait son "mieux que moi". Je suis devenu pareil à ces enfants de cirque qui apprennent tous les tours du jongleur et du trapéziste, toutes les grimaces gaies ou tristes des clowns, les vertus de calme et de sang-froid des dompteurs. J'étais un enfant de la balle, et notre cirque à nous, c'était la triche, le paraître et le faux-semblant, le pastiche et le postiche. Mon père m'a fait jouer tous les rôles compatibles avec le teint mat de ma peau. Finalement il y en a pas mal, de l'éboueur au prince du pétrole, du terroriste au producteur de cinéma...

» J'ai fait mes gammes à Nice et sur toute la Côte, y compris sur la Riviera. J'ai écumé quelques casinos, avec le plaisir de voir que mes gains grappillés sur des fortunes colossales viendraient soulager le quotidien de gens qui n'avaient pas eu la chance d'avoir quitté l'Algérie au bon moment. Nous n'étions pas des escrocs, mon père et moi, nous étions des héros.

— Et Esther dans tout ça ? s'inquiéta soudain Fabrice.

Djamel plissa les yeux en allumant une cigarette. Il en proposa une au jeune homme, qui déclina.

— Esther, pauvre Esther, commença-t-il. Voilà qui nous ramène à de terribles souvenirs. Nous sortions du casino de Nice, mon père et moi. La nuit était froide, c'était le mois de février, je crois qu'il avait plu. Nous marchions le long de la baie des Anges pour nous laver les poumons de toute cette fumée de cigares qu'on avait respirée pendant la nuit. Nos gains étaient considérables, on avait écumé une table où mon père avait introduit plusieurs repères sur les cartes à jouer, invisibles même pour les connaisseurs, un truc que je peux pas dire, c'est comme les tours de magie.

» On marchait en regardant la mer, comme toujours, la nuque un peu endolorie à force de la tourner dans la même direction. Je me souviens très bien de cette nuit, car j'avais dit à mon père que j'aimerais quand même bien un jour fouler le sol de mon pays. Qu'on avait tout partagé jusqu'à présent, y compris les souvenirs, mais que l'Algérie restait un mystère et creusait un manque au fond de moi. La veille, dans l'édition de *Nice-Matin,* il était encore question d'un commando qui avait égorgé nuitamment des centaines de villageois dans le Hoggar. Rien que des Kabyles. Il ne faisait pas bon être originaire de Tizi-Ouzou il y a encore deux ans. Le pouvoir mettait ses crimes sur le dos des islamistes, mais on avait compris que c'était une manière de couvrir les exactions des militaires. En marchant cette nuit-là, imaginant que les lumières qui pointaient au loin, très loin sur l'horizon, étaient celles d'Algérie, on s'est dit que, pendant que nous marchions tranquillement, des femmes, des enfants, des vieillards subissaient sans doute quelque part le fameux “grand sourire”, cette entaille au couteau qui leur ouvrait la gorge d’un côté à l’autre.

» La plage était déserte. Les cabines de bain rayées bleu et blanc attendaient l’aube naissante. Un peu de vent soufflait de la mer, c’est sans doute à cause de cela que les gémissements nous sont parvenus aussi nettement. On essayait de distinguer leur provenance. Les cabines étaient éloignées d’une cinquantaine de mètres.

» Sans nous concerter, nous avons couru dans le sable, chacun suivant une rangée de cabines. C’est moi qui l’ai trouvée. Recroquevillée, roulée en boule comme un hérisson blessé, une tache très sombre, du sang, à hauteur du ventre. Ses gémissements étaient en réalité des pleurs. Elle se tenait la tête dans les mains, dissimulant son visage et étouffant sa douleur comme elle pouvait. Ce fut ma première vision d’Esther.

Fabrice accusa le coup. Il ne s’attendait pas à ce qu’il venait d’entendre. Les révélations du jeune Beur ne cadraient en rien à l’image qu’il s’était construite d’Esther, l’image d’une femme forte, quasiment invulnérable. Il essayait de se représenter la même Esther exsangue dans le sable froid d’un petit matin à Nice, et se répétait tout bas : « Ce n’est pas possible, ce n’est pas possible. »

— Si, malheureusement, compatit Djamel qui ne pouvait s’arracher cette vision de l’esprit. Mon père et moi l’avons amenée chez nous. Un médecin est venu. On n’a rien osé lui demander, il nous a simplement dit qu’elle avait reçu un sacré choc et qu’elle avait surtout besoin de repos. Alors on l’a gardée. Farida Tayeb nous apportait des plats du restaurant, on s'est mis à lui préparer des poissons, des salades. Tous les matins je lui demandais ce qu'elle voulait manger. Au début, elle répondait : "Rien." D'office je lui préparais des jus de fruits et de bonnes grillades pour le déjeuner, de quoi la remettre sur pied. Je me souviens que, les trois premiers jours, elle n'a pas dit un mot. On l'avait installée au rez-de-chaussée, dans une chambre qui donnait sur le jardin, au milieu des palmiers et des parterres de fleurs. C'était une chambre très calme, sans trop de lumière. Elle passait ses journées allongée, la porte-fenêtre ouverte sur l'extérieur, dans la seule compagnie des oiseaux qui venaient chiper les cerises. On se gardait bien de lui poser la moindre question, et je crois qu'elle appréciait notre discrétion.

» Puis un soir, mon père et moi terminions de dîner, on s'apprêtait à aller lui dire bonsoir avec une tasse de verveine quand elle est venue d'elle-même dans la salle à manger. Elle portait une longue chemise de nuit bleue prêtée par Farida. Elle s'est assise entre mon père et moi et nous a regardés un moment sans rien dire, mais ses yeux, son visage, tout en elle exprimait la reconnaissance et l'apaisement. Je lui ai demandé si elle avait faim. "Non, a-t-elle répondu, je voulais seulement vous dire merci d'être ce que vous êtes." On ne m'avait jamais parlé comme ça, et à mon père non plus, il ne savait plus où se mettre.

» C'est terrible, ces gens qui vous bouleversent par leur silence et qui vous bouleversent encore plus en prononçant deux ou trois mots sans doute banals, mais dits de telle manière qu'ils provoquent en vous des émotions nouvelles. Esther, c'est ça. Il suffit qu'elle te dise bonjour pour que tu bascules dans un autre monde, un monde à elle. Ce soir-là, elle est repartie dans sa chambre sans rien ajouter, mais, dès le lendemain, elle a tenu à m'accompagner au marché pour les courses, et c'est elle qui a préparé le repas.

» Pour nous, Esther était un de ces animaux sauvages qu'on recueille quand ils sont blessés, qu'on soigne avant qu'ils reprennent leur route sans avoir rien livré de leur mystère. Notre protégée aimait beaucoup écouter les histoires d'arnaques de mon père sur la Côte. Parfois même, elle éclatait de rire car mon père a le don bien méditerranéen d'embellir ses récits à l'infini, pour peu que le public soit bien disposé. Et de jour en jour, Esther se montrait de plus en plus disposée à écouter les coups fumants qui, sans doute, l'aidaient à effacer de sa mémoire des images trop sombres. On aurait bien aimé qu'elle se confie à nous.

» Un après-midi que j'étais rentré exprès à la maison pour lui porter des sorbets, j'ai cru qu'elle allait me dire quelque chose. Elle écoutait à la radio un flash d'info, où il était question de l'amnistie possible pour les détenus de plus de quatre-vingts ans, demandée en l'occurrence par l'avocat de Papon. Je l'avais vue blêmir. Elle répéta que la justice des hommes était de la foutaise, que certaines personnes ne changeaient jamais au fond d'elles-mêmes quand le mal les dominait. Elle avait cette voix rauque que nous lui connaissons parfois quand elle parle de Nina, dans la chambre du haut. Puis elle s'est tue, m'a regardé avec des yeux interrogateurs... et m'a réclamé les sorbets que je lui avais promis.

Fabrice, qui ne tenait plus en place, pressa Djamel

de questions. Que savait-il ? Quelles étaient ses hypothèses ? Quelle était la cible présumée de l'expédition ?

— Je t'ai tout dit, répéta Djamel. Je n'en sais rien. Je te jure que, depuis que j'ai trouvé Esther complètement abattue sur la plage de Nice, je n'ai rien appris de plus. Elle a gardé entier son secret. C'est quelqu'un qui refuse de se livrer, qui doit considérer que parler est un signe de faiblesse. Nous, comparés à elle, on est des tendres. On a besoin de s'épancher.

— Mais comment t'es-tu retrouvé ici, à la villa Aurore ? insista Fabrice.

— Mon père et Esther s'appréciaient beaucoup, sans que mon coureur de père ait jamais eu la moindre visée sur elle. Je t'ai dit que j'éprouvais pour Esther un sentiment fraternel, je crois que, pour mon père, elle était devenue la fille qu'il n'avait jamais eue, il avait envie de la protéger, je sentais qu'il se faisait de la bile pour elle. Quand elle a émis le souhait de retourner à Paris, la question est venue tout naturellement à son esprit : « Si tu emmenais Djamel ? » C'est comme ça qu'en septembre dernier, je suis arrivé à la villa Aurore. Grâce aux leçons de mon père, j'étais devenu un mythomane efficace, capable d'entrer dans la peau de dizaines de personnages, de prendre leurs manières et leurs expressions, un Fregoli beur, ou un Arturo Brachetti, tu sais, cet Italien qui change d'apparence plus de cent fois dans son spectacle.

— Même depuis ton arrivée ici, tu n'as rien appris de plus ? dit Fabrice d'une voix insistante.

— Je te promets, non. D'une certaine manière, c'est bien ça qui m'inquiète. Il faut que ce soit quelque chose de très grave, de très profondément enfoui en elle pour que sa résolution soit aussi forte, sa froideur à installer ses filets, sa manière d'avoir besoin de nous sans nous mettre vraiment dans la confidence.

— Ça viendra peut-être à mesure que nous avancerons dans l'histoire de Nina.

— Possible, répondit Djamel sans conviction. En attendant, tu comprends mieux les motifs de mon hostilité. Quand je t'ai vu rappliquer, puis t'installer comme une fleur à l'étage, j'ai pensé que tu l'avais comme ensorcelée, qu'elle allait te dire ce qu'elle nous tait depuis le début. Avoue que j'aurais eu de quoi fulminer, non?

— Je te l'accorde, répondit Fabrice en souriant.

— C'est drôle, lâcha soudain Djamel.

— Quoi?

— Elle ne nous a rien dit et ça fait plus d'une heure que nous parlons d'elle.

— Tu as raison, approuva Fabrice, sans compter toutes les heures que nous passons à penser à elle!

Ils se séparèrent en riant. Tout était éteint dans la villa Aurore.

16

Esther, de la fenêtre de sa chambre qui donnait sur la terrasse, n'avait rien perdu de la scène entre ses deux protégés. D'autant que par un conduit d'aération qu'il lui suffisait d'ouvrir comme le petit hublot d'une cabine de navire, fixé à la hauteur de sa coiffeuse, elle pouvait entendre les propos qui se tenaient en bas. C'était un subterfuge qui datait de l'époque de Nina, lorsque la vieille dame n'avait plus très envie de rencontrer « le monde » mais que sa curiosité la poussait à savoir ce qui se disait à table, au salon ou sur la terrasse, les soirs où Esther recevait des amis. Pour sa grand-mère, elle avait détourné l'usage d'une voie d'aération aménagée en écoutille. Il ne manquait plus qu'un périscope pour donner la sensation à la vieille dame qu'elle naviguait à bord d'un sous-marin.

Parfois, au milieu du repas, Esther prenait momentanément congé de ses convives et disparaissait à l'étage sans donner d'explication. Elle rejoignait Nina, confortablement assise devant sa coiffeuse, le « hublot » ouvert, toute à la conversation qu'elle écoutait d'une oreille attentive, un plaid sur les genoux et, dans ses mains, un magazine ouvert à la page des mots croisés, au cas où l'intérêt des propos tenus aurait faibli. D'autant que, si plusieurs personnes parlaient à la fois, l'effet de « grosse caisse » rendait les propos plutôt inaudibles. Esther entrait sans bruit dans sa chambre et observait quelques secondes sa grand-mère installée comme autrefois les vieux devant le poste à galène trônant au milieu des salles à manger.

Au profil de son visage, elle savait si la soirée lui semblait attrayante ou ennuyeuse. Dès qu'elle apercevait sa petite-fille, Nina faisait librement ses commentaires : celui-ci est assommant, pour qui se prend celle-là qui coupe la parole à tout le monde, est-ce que je connais ce Lucas qui semble, à la voix, t'aimer beaucoup? Esther repartait rejoindre ses invités après avoir embrassé le front du vieil enfant terrible qu'était devenue sa grand-mère, avec le sentiment d'avoir pu lui offrir, sur la fin de sa vie, un peu de l'insouciance dont elle avait été privée dans sa jeunesse.

À la mort de Nina, Esther avait songé à faire obturer cette voie sonore, mais elle avait fini par y renoncer, préférant aussi conserver dans sa propre chambre le souvenir de Nina qui peuplait toute la chambre voisine. Ce soir-là donc, lorsqu'elle aperçut Djamel et Fabrice en grande conversation sur la terrasse, les gestes de Djamel témoignant de son agitation, Esther ouvrit d'abord sa fenêtre pour essayer de saisir des bribes de ses propos, inquiète de ce que pouvaient se dire les deux jeunes gens. Mais on entendait mal les voix à cause de l'auvent. C'est alors qu'elle eut l'idée d'ouvrir le fameux petit hublot et là, comme par enchantement, elle put assister au déroulement de la conversation aussi bien que si elle s'était assise entre eux sur la terrasse, comme un être invisible et surnaturel.

D'emblée elle fut touchée par la manière douce, dépourvue de la moindre agressivité, avec laquelle Fabrice essayait de rassurer Djamel sur ses liens présents avec elle. Elle apprécia que, à aucun moment, il ne cherche à attiser la jalousie de Too Much en exagérant l'intimité qu'il avait pu créer avec elle sous prétexte qu'il dormait à son étage. Alors que bien des hommes auraient pu tirer avantage d'une telle situation en prétendant qu'ils avaient obtenu plus qu'aucun autre, Fabrice s'était contenté de décrire la simple réalité de leur relation sans jamais se donner le beau rôle. Tout cela conforta Esther dans son sentiment premier.

Pendant que les voix des deux protagonistes s'étaient radoucies, signe que l'entente et la cordialité avaient dissipé la tension de Djamel, Esther revit les images de sa première rencontre avec Fabrice. Contrairement à ce que croyait le jeune homme, elle l'avait observé bien avant qu'il ne la voie devant la caisse du Franprix, où il semblait s'être pétrifié comme une statue de Pompéi. Ce matin-là, elle avait rendu visite à un minotier des Grands Moulins de Pantin, un vieux Russe blanc qui avait connu jadis le mari de Nina. Peu avant sa disparition, sa grand-mère avait reçu une lettre de lui dans laquelle il se présentait succinctement et lui parlait de feu son mari, un homme qui, dans la mémoire de Nina, aurait toujours vingt-sept ans. Nina avait longtemps repoussé le moment de le voir, redoutant d'entendre parler d'Ilya trop longtemps après l'avoir perdu dans des conditions si tragiques. Elle s'était fait une raison de sa douleur et peu lui importait désormais de connaître des détails supplémentaires sur ce mari enseveli dans les limbes d'un souvenir inexorablement arrêté comme une pendule, au milieu d'une journée de sang et de larmes. Nina avait finalement chargé sa petite-fille d'aller au-devant de ce Michka qui, en France, s'appelait tout simplement Michel.

Mais le temps avait passé, Nina avait rendu son dernier soupir, et Esther avait oublié le vieux Russe des Moulins de Pantin. Jusqu'au jour où une nouvelle missive était arrivée au nom de Nina qu'il ne savait pas décédée. Esther, le cœur battant, avait ainsi appris que l'homme possédait un petit tableau qui avait appartenu à Ilya, une représentation du port d'Odessa encombré de navires dont les dockers remplissaient le ventre de sacs de blé. Esther avait répondu en apprenant à Michka la disparition de sa grand-mère, mais en proposant aussi de lui rendre visite à Pantin pour faire sa connaissance et voir le fameux tableau. Elle avait une idée à propos de cette petite toile, mais il fallait qu'elle la voie. Quand elle fut à Pantin, elle songea qu'elle arrivait les mains vides chez son hôte. Le vieil homme serait sûrement heureux de trinquer avec la petite-fille de sa compatriote devant une bouteille de vodka, dans la bonne tradition des Russes exilés quand ils se retrouvent sous des cieux d'emprunt.

Avisant un Franprix dans la rue principale de Pantin, elle avait garé sa moto pour y acheter une bouteille de Maroskaia. Comme elle parcourait des yeux le rayon des alcools installé le long de la vitrine, son attention fut attirée par un jeune homme d'une vingtaine d'années qui faisait les cent pas dehors, jetant des regards apeurés et nerveux vers l'intérieur du magasin. Il semblait tellement absorbé par ses pensées ou son émotion qu'il ne vit pas Esther, mais elle ne vit que lui. Oubliant pourquoi elle était entrée dans le Franprix, elle ne l'avait plus quitté des yeux, son intuition lui disant que ce jeune gars était sur le point de faire une bêtise. Ce qui frappa d'emblée la jeune femme, c'était l'incroyable candeur qui se lisait sur le visage de Fabrice, une douceur insondable que la tension précédant son acte n'avait pas entièrement dissipée. Fabrice, elle le sentait, était incapable de faire le mal, elle le devina d'instinct, et la suite allait le prouver de manière éclatante, bien que cuisante pour le jeune homme. Esther avait fini par choisir une bouteille de vodka tout en suivant Fabrice du coin de l'œil. Elle aurait pu décrire par avance ce qui allait se passer, tant l'apprenti braqueur faisait montre de nervosité et surtout d'impréparation, plus encore d'une inaptitude presque comique à s'encombrer d'un ridicule revolver.

Elle dut prendre sur elle pour garder son sérieux quand il pénétra dans le magasin, non par moquerie ou dérision, mais simplement à cause de cette gaucherie naturelle qui devait s'exprimer chaque fois qu'il s'essayait à jouer les durs impitoyables et sans cœur. Car, plus que son visage, plus que le nez au milieu de la figure, Esther avait senti le cœur, le grand cœur de Fabrice, un cœur pur qui cognait fort et venait soudain d'entraîner le sien à battre la chamade. Mais l'instant n'était pas aux épanchements. Esther, d'un rapide coup d'œil, avait bien contrôlé l'endroit où elle avait garé sa moto sur sa béquille. Discrètement, elle avait déposé sa bouteille de vodka sur le tapis roulant de la caisse, et pris dans sa main droite les clés de contact de la moto. Libre de ses mouvements, l'œil sur le bout de ses souliers pointus, elle se tenait prête à neutraliser quiconque s'approcherait de Fabrice pour le maîtriser. Sans le savoir, le jeune homme, dépassé par la machination naïve qu'il avait imaginée, disposait dans la place d'un ange gardien, ou plutôt d'une fée bienveillante nommée Esther. Évidemment, le rendez-vous avec Michka était à l'eau, et la petite-fille de Nina n'y pensait même plus. Elle quitta d'ailleurs le Franprix dans une si grande précipitation que la bouteille de vodka resta devant la caisse.

Pendant le trajet, agrippé à la jeune femme, le jeune homme était si remué qu'il n'avait pu s'empêcher de parler abondamment, un vrai moulin à paroles. Le bruit du moteur couvrait l'essentiel de ses propos, mais Esther, qui lui avait laissé son casque, avait tout de même saisi par bribes ce que lui confiait son drôle de passager. Il avait été question, dans le désordre, d'un père autoritaire, cynique et absent, d'une mère adorable mais faible, d'une ribambelle de nurses anglaises ou suisses qui l'avaient élevé dans la méfiance des enfants de son âge, jamais assez « comme il faut » pour les fréquenter. À un feu rouge, sans qu'Esther lui ait posé aucune question, il avait confié qu'il avait grandi avec un terrible sentiment de solitude, ignoré de son père à un point tel qu'il se demandait s'il avait même à ses yeux une existence corporelle, une tête, des bras, des jambes. Il avait ensuite évoqué le choc de sa vie quand, inscrit en première année de droit à la faculté d'Assas, il avait été confronté brutalement à la présence de centaines d'étudiants, lui qui n'avait connu que des précepteurs, jusqu'au bac qu'il avait passé et obtenu en candidat individuel. C'est en fréquentant le ciné-club de la fac qu'il avait été fasciné par les films noirs et le monde des mauvais garçons. Là avait germé son envie et peut-être son besoin de faire un coup d'éclat, d'enfreindre les règles de l'ennui et de la bienséance, de choquer ce père qui l'ignorait avec une morgue accablante, de l'obliger à le voir, même à contrecœur.

Quand ils furent en vue de la villa Aurore, Esther avait ralenti, puis s'était arrêtée pour se retourner vers le drôle de garçon qu'elle avait transporté sur sa moto. Elle l'avait regardé longuement, avec beaucoup de douceur et de sollicitude dans les yeux, puis s'était contentée de caresser sa joue après avoir ôté un de ses gants de cuir. Elle avait redémarré en trombe puis l'avait laissé entre les mains de Too Much avant de monter dans sa chambre, heureuse et bouleversée.

La jeune femme remuait tout cela dans son esprit pendant que Djamel et Fabrice posaient tranquillement les fondations de leur amitié. Quand ils eurent quitté la terrasse, elle s'allongea sur son lit et éteignit les lumières, guettant le pas du jeune homme dans l'escalier. Elle eut envie d'ouvrir sa porte au moment où il passerait à la hauteur de sa chambre, mais elle se retint de le faire. C'était trop tôt.

17

Le lendemain matin, la maison fut réveillée par des éclats de voix et des bruits de vaisselle qu'on casse, à l'heure d'ordinaire paisible des retrouvailles dans la cuisine autour d'un café fumant et de tartines grillées. Esther fut la première à entendre ce chahut composé de deux voix distinctes, l'une féminine qui montait dans les aigus, l'autre assez mâle qui résonnait comme la corde d'une basse. Esther ne fut pas longue à reconnaître la musique, et pas seulement parce qu'elle avait laissé entrouverte l'écoutille du hublot de Nina.

Cela faisait des années que Jackie et Coletta s'aimaient d'un amour exclusif et intense qui relevait encore de la passion. Mais une passion semée d'orages lorsque, d'après ce que confiait Coletta à

Esther, l'intendante se refusait à son homme qui, malgré ses presque soixante-dix printemps, était aussi vert qu'un jeune chêne et si rempli de désir que c'en était attendrissant. D'après ce que savait Esther, la guérilla s'allumait parfois dans l'intimité du lit conjugal. Coletta, pour un motif approximatif, faisait la grève du sexe, agaçait Jackie en lui disant que ce n'était plus de son âge et qu'il n'était plus qu'une vieille guenille. Le sommeil agité, Jackie sentait le sang lui monter au cerveau et, dès les premières tentatives du jour pour déloger la nuit, sa main se faisait de nouveau pressante là où Coletta, en d'autres temps, avait montré si peu de résistance. Mais dans ces moments-là, pas plus que le soir, elle ne cédait, se calait sur le ventre et résistait par des grognements qui avaient le don de rendre Jackie encore plus furieux. Il lui parlait alors d'émissions qu'il avait vues à la télévision sur la sexualité des couples du troisième âge, d'articles lus dans la presse pour « seniors » sur la libido après soixante ans, et toutes ses enquêtes convergeaient dans le même sens : l'amour physique restait une source de jeunesse quasi inépuisable. Coletta s'étonnait d'apprendre qu'il avait le temps de regarder la télévision ou de lire des magazines.

— Chez le coiffeur ! répliquait-il pour justifier ses lectures.

— Et la télé ? faisait Coletta suspicieuse.

— À l'hôpital, quand je vais voir la cousine Lucienne. Tu sais bien qu'elle ne dit pas un mot, alors je mets une pièce dans la télé et on regarde un programme.

— Drôle de programme, maugréait Coletta sans insister, car Lucienne était une vieille cousine en phase terminale du cancer qu'ils se relayaient pour visiter une ou deux fois par semaine.

Mais Coletta ne renonçait pas pour autant à asticoter son homme, et elle finissait toujours par mettre sur le tapis la question de son âge. Elle soulignait son incapacité à monter des coups fumants comme autrefois, quand on les tenait pour les Bonnie and Clyde du Val-d'Oise, bien qu'ils n'aient jamais fait couler le sang, seulement les larmes de leurs victimes détroussées. Quand Esther, encore en robe de chambre, arriva dans la cuisine, Coletta avait pris l'ascendant sur Jackie dont on n'entendait plus la voix depuis un petit moment. C'est que Coletta avait touché au point sensible. Pas le sexe que son mari, on l'a compris, avait fort et doué de tempérament, mais les braquages, les coups, les bonnes affaires.

— Tu n'es qu'un vieil escroc rouillé, bon pour la casse, mais plus pour les casses ! persiflait Coletta, heureuse de sa trouvaille.

Et elle se gargarisait, oui, plus de casses pour monsieur qui ne pense qu'à la gaudriole, la casse directe !

De colère, Jackie s'était emparé des deux poignées d'une soupière qu'il brandissait au-dessus de sa tête comme un trophée païen.

— Nom de Dieu, Bijou (il appelait sa femme Bijou, même dans les moments de rage absolue, ce qui donnait à leurs disputes une couleur tout à fait intime), nom de Dieu, si tu la fermes pas tout de suite, je te balance cette soupière sur la gueule !

— Essaie un peu, pour voir, feulait Coletta tout en cherchant un abri de circonstance au cas où son vieux joindrait le geste à la parole.

— Tu n'es qu'une pie bavarde, cria Jackie qui n'osait pas encore lâcher la porcelaine mais rougissait à vue d'œil, congestionné de rage.

— Et toi un petit bras doublé d'un pleutre, lâcha Coletta qui avait appris le mot la veille dans une grille de mots croisés laissée vierge par Nina dans un magazine de tricot.

Cette fois, la soupière vola à travers la cuisine pour s'écraser contre les carreaux de fausse faïence du mur.

— Hé là! intervint Esther pour calmer le jeu, tandis que Djamel et Tucky, alertés par les cris, avaient fini par descendre assister en spectateurs à la fin du récital.

Mais des mots les protagonistes passèrent à l'empoignade, et ils ne furent pas trop de trois pour séparer Coletta tout en griffes et en morsures, de Jackie agrippé à ses cheveux et tirant dessus comme sur une corde dans les concours de bûcherons. Si bien qu'il y eut ce matin-là dans la cuisine de la villa Aurore une ambiance voisine de celle du marché de Brive-la-Gaillarde à l'heure des marchandes d'oignons et des crêpages de chignons.

— Vous êtes vraiment incorrigibles, de vrais gamins! fit semblant de tempêter Esther, pendant que la bande au complet — Marion et Giovanni étaient arrivés dans la cuisine, suivis par Fabrice — mesurait l'étendue des dégâts.

Marion et Fabrice commencèrent à balayer les éclats de la soupière qui constellaient le sol tandis qu'Esther, Djamel et Tucky tenaient les deux bagarreurs à distance l'un de l'autre, comme dans ces combats de boxe où les deux athlètes se toisent et font mine de s'affronter de nouveau, au moins par le regard, éructent et menacent en vérifiant bien qu'on les retient de faire un malheur.

On assit les deux héros de cette furieuse matinée le plus loin possible l'un de l'autre, à la grande table ovale de la cuisine, et pendant qu'Esther réussissait à ramener un peu de calme dans les esprits agités de ses « têtes blanches », les autres s'occupaient à leur remplir le ventre, heureuse diversion qui termina de les apaiser, tartines de miel et bols de café au lait à l'appui. Tucky et Djamel détendirent l'atmosphère en racontant des histoires de blondes qui arrachèrent un sourire à Jackie. Giovanni, puisque l'ambiance était aux histoires, se fendit de son histoire belge.

Soudain, se dressant sur ses jambes, la serviette de table à carreaux rouges nouée autour du cou, faisant s'envoler les miettes de pain, Jackie proclama devant l'assistance, sans un regard pour Coletta :

— Cette fois, mes petits gars, on va se le faire, le coup de la place Vendôme. Et sans elle, par-dessus le marché, fit-il à l'adresse de Coletta. Marion, tu peux déjà inscrire cinq cent mille balles à mon crédit, ce sera une formalité !

Tous se regardèrent avec étonnement et un rien d'embarras, ne sachant s'il fallait ignorer le propos ou montrer de l'intérêt. Coletta avait haussé les épaules, mais Jackie n'y prêta pas attention. C'était décidé : il ferait son coup. Sans qu'on lui demande rien, il se mit à exposer son plan à la bande des cinq pendant qu'Esther et Coletta sortaient faire le marché. Ce n'était plus la guerre, mais il n'y eut pas de paix entre ces amants terribles. En partant, Esther fit un clin d'œil aux jeunes, l'air de dire que, dès ce soir, au creux du lit, Jackie serait redevenu un héros aux yeux de Coletta qui déjà s'inquiétait secrètement de voir l'amour de sa vie réitérer le coup mythique de la place Vendôme.

Alors que Jackie exposait avec minutie son plan incroyablement au point, comme s'il y avait pensé depuis des années, Fabrice observait les mains du vieil homme, de longues mains encordées de veines violettes, calmes et posées maintenant que la colère s'en était retirée. À coup sûr, pensait Fabrice, Jackie avait dû être une « tête » dans sa spécialité d'escroc. Il était capable de montrer une assurance à toute épreuve, un sang-froid hors du commun dès lors qu'il ne s'agissait pas pour lui de satisfaire ses fantasmes érotiques. Le fric, c'était autre chose, surtout le fric des riches, de ceux qui en avaient trop, ça lui démangeait les mains, à Jackie, ça lui faisait comme des picotements quand il se mettait à y penser. Et depuis une heure, il ne voyait plus danser devant ses yeux brillants que l'argent du cheikh Hocine Mohamed, l'usurier le plus redoutable pour son âpreté au gain du quartier de la Goutte-d'Or, son ancien associé qu'il avait quitté huit ans plus tôt, écœuré par ses méthodes destinées à piller les pauvres gens, en se jurant qu'un jour viendrait où il taperait dans le tas d'or de cet Harpagon.

18

Trois jours plus tard, Giovanni et Fabrice, élégamment vêtus de costumes sombres de bonne coupe, se présentaient devant l'un des très rares immeubles cossus de l'avenue de Rochechouart et pénétraient dans le hall tapissé de marbre blond et d'immenses miroirs. Au réceptionniste installé derrière un petit bureau de faux acajou, ils déclinèrent leur identité : Pierre Louvois et André Saulnier, des éditions Ciel et Siècle. Une minute plus tard, on les introduisait solennellement dans les appartements feutrés du cheikh Hocine Mohamed dont la grande affaire, maintenant qu'il s'était frauduleusement enrichi sur le dos des humbles, était de gagner tout de même son paradis en s'attirant les grâces célestes. À soixante-dix-neuf ans, ce fils de bédouin saoudien ne pensait plus qu'à préparer un prochain pèlerinage à La Mecque, destiné, disait-il à ses proches, à purifier son âme. Il s'appliquait à répéter chaque jour des passages entiers du Coran, en particulier les sourates de repentir et d'affliction, se prosternant malgré son grand âge sur d'épais tapis de prière orientés vers la ville du Prophète.

— Je vous attendais, fit le vieil escroc sans se lever d'un divan tendu de soieries.

Il tendit négligemment une main grossièrement baguée, comme les souverains habitués à se voir rendre les honneurs par leurs sujets. Si la partie n'avait été si délicate, les deux jeunes gens auraient été pris d'un fou rire, mais il convenait d'être vigilant : derrière ses allures tout miel, le cheikh était d'une méfiance maladive et plus d'un qui avait voulu le rouler dans la farine avait eu tôt fait d'être démasqué et roué de coups par ses hommes de main qui rôdaient toujours à proximité. Mais, quand il s'agissait de prière et de salut, le bonhomme écartait ses sbires, honteux peut-être de jouer soudain les agneaux, et ne souhaitant pas de témoin à ses faiblesses. Jackie savait cela, c'est pourquoi il avait garanti à ses jeunes amis qu'ils pourraient opérer sans danger, sauf imprévu.

Fabrice et Giovanni furent invités à s'asseoir sur d'énormes poufs de cuir cousus de fils d'or et décorés de somptueuses arabesques. Ils purent remarquer aussitôt, sur des rayonnages, une collection inouïe de volumes anciens du Coran. C'était précisément une édition rare du texte sacré qu'ils venaient offrir à la convoitise de cheikh Hocine Mohamed. Djamel n'avait pas eu de mal à se faire prêter l'un des exemplaires conservés à la grande mosquée de Paris où un de ses cousins dirigeait le salon de thé et le restaurant jouxtant ce grand lieu de prière.

— Pas plus d'une journée, Djamel, avait précisé son cousin Mourad.

— À peine une matinée, avait répondu Too Much avec assurance.

Il aurait aimé faire partie de la délégation envoyée chez l'escroc de la Goutte-d'Or, rien que pour le plaisir de voir ce vieux brigand se faire berner, mais Jackie s'y était catégoriquement opposé. « Si tu y vas, avait-il expliqué, le cheikh va tout de suite se méfier. C'est terrible pour un Arabe, mais ceux dont il se garde le plus, ce sont ses frères de sang, et les sang-mêlé façon beur, comme toi, c'est encore pire : ils ne peuvent pas les sentir. S'il te voyait, il mettrait aussitôt ses gros bras en alerte et le coup serait compromis. » Djamel s'était rendu avec regret aux arguments du sage Jackie. « Dommage, avait-il simplement lancé, on aurait été comme les trois Rois mages ! »

— C'est un exemplaire rarissime du Coran que nous vous proposons, commença Giovanni qui, pour la circonstance, s'était préparé une antisèche à toute épreuve sur l'histoire du texte sacré, puisant sur la toile aux meilleures sources disponibles.

Avant de défaire l'emballage du volume qu'il tenait sur ses genoux, le jeune hacker se lança dans une merveilleuse histoire qui captiva d'emblée le cheikh. C'était le but. Après quelques minutes de ce récit, Fabrice aurait toute latitude pour demander les toilettes et exécuter le plan prévu.

— Figurez-vous que ce volume a été découvert il y a moins de six semaines dans une « tombe de papier » de Sanaa, la capitale du Yémen. Les ouvriers d'un grand chantier de travaux publics faisaient avancer leurs bulldozers et leurs pelles mécaniques quand un des engins a brutalement disparu pour s'écraser trente mètres sous terre. Vous imaginez la catastrophe ! Eh bien, pas du tout, à croire qu'il y avait dans cette chute quelque chose de miraculeux. Le conducteur de l'engin s'en est tiré avec de très légères blessures, et quand les travaux de dégagement ont pu être effectués, les équipes de secours se sont rendu compte que l'engin avait été piégé par une grotte caverneuse creusée il y a près de quinze siècles et qui contenait de vieux parchemins que, selon l'évolution des croyances, on avait dû ensevelir, puisqu'il est interdit de détruire purement et simplement les textes saints.

— Prodigieux ! s'écria le cheikh. Continuez vite. Voulez-vous du thé ou du café ?

— Non, merci, firent en chœur Giovanni et Fabrice, craignant que le vieil Hocine convoque un domestique, futur témoin du piège qu'ils lui tendaient.

Leur réponse le surprit un peu, mais l'histoire le captivait, et il décida qu'il se passerait lui aussi de boisson chaude.

— Ce texte du Coran est une véritable révolution, affirma Giovanni pendant que son interlocuteur jetait sur le paquet des yeux de plus en plus remplis de convoitise. Comme vous le savez, on a toujours cru que le texte coranique avait été écrit une fois pour toutes, né de l'inspiration du prophète Mahomet sous la dictée éclairée de Dieu. L'histoire officielle raconte comment Mahomet se vida comme une outre de ses versets, sourate après sourate, auprès de ses fidèles qui les consignaient sur des supports aussi variés que des tessons de poterie, des lambeaux de cuir, des nervures de palme ou même, tenez-vous bien, des omoplates de chameau. Or ce manuscrit que nous vous apportons est la preuve irréfutable que le Coran a été écrit et réécrit, qu'il n'existe pas de version unique gravée dans l'éternité. Les versets de cet exemplaire ne sont pas rigoureusement semblables à ceux des éditions postérieures, signe que ce texte a évolué, qu'il fut soumis à interprétation.

Giovanni marqua une courte pause pour sortir son volume de sa gangue de papier cristal.

— Par exemple, reprit-il, si vous prenez certaines pages du milieu, les signes diacritiques, ces points situés sous les lettres, ou au-dessus, pour distinguer le « b » du « n » ou le « t » du « y » ne figurent nulle part. C'est donc qu'il fallait un savoir de l'oralité préalable pour le déchiffrer correctement.

Le cheikh Hocine Mohamed était rien de moins que fasciné.

— Faites-moi voir cette merveille, supplia-t-il sans cacher son impatience.

C'est à cet instant, pendant que Giovanni s'apprêtait à tendre l'objet convoité à son hôte, que Fabrice demanda d'une voix neutre, presque inaudible, où étaient les toilettes. Absorbé par le volume qu'il venait d'attraper, le cheikh ne répondit pas aussitôt. Puis, négligemment, il indiqua un couloir d'une main imprécise en lâchant un faible « là-bas ». Il n'en fallait pas plus à Fabrice pour passer à l'action. Trois jours plus tôt, dans la cuisine de la villa Aurore, au moment de la grande répétition, Jackie avait dessiné d'une mémoire incroyablement fidèle l'intérieur de l'appartement du cheikh. Par chance, à l'extrémité du couloir coudé, la porte de la chambre du pieux escroc et la porte des toilettes étaient en vis-à-vis, de telle manière qu'au pire des cas, vu le peu de précisions données à Fabrice par le maître des lieux pour trouver les toilettes, il aurait pu sans trop de difficulté expliquer qu'il s'était trompé d'entrée.

Le jeune homme partit d'un pas tranquille, sans se retourner vers Giovanni, assez sûr de lui et ne trahissant, au moins de l'extérieur, aucun signe de nervosité. Tout se déroula en moins de trois minutes, et selon les prévisions exactes de Jackie. Dans l'antichambre du cheikh se trouvait un petit canapé de cuir et une table basse, le tout dominé par un magnifique portemanteau sculpté en bois de palissandre, authentique celui-là. Jackie savait que le cheikh laissait toujours son manteau là, de peur de se le faire voler par d'éventuels visiteurs attendant dans le vestibule. Et dans la poche de gauche, lourd et épais, se trouvait le portefeuille du bonhomme, avec sa collection de cartes bancaires. Il sentit passer un frisson d'excitation en dérobant ce butin, convaincu de surcroît de son bon droit, tant le cheikh Hocine méritait d'être puni par là où il continuait de fauter, l'argent, l'argent des autres, l'argent des plus démunis dont il exploitait sans vergogne la crédulité.

Quand Fabrice reprit sa place comme si de rien n'était, le cheikh tournait respectueusement les pages de ce vieux Coran, surpris de ne pas y trouver les somptueuses enluminures présentes sur les manuscrits traditionnels.

— C'est tout à fait normal, lui expliqua Giovanni d'un ton docte. À cette époque, on s'en tenait d'abord à la force de l'écrit dans sa forme la plus rudimentaire, sans aucune fioriture pour que l'esprit soit frappé par le fond avant de l'être par la forme.

Le cheikh hocha la tête, visiblement un peu déçu par l'ouvrage qu'il tenait entre ses mains, surtout après la merveilleuse histoire qu'il lui avait été donné d'entendre.

— Et quel est votre prix ? finit-il par demander comme au sortir d'une longue réflexion.

— Un million, répondit Giovanni du tac au tac.

— Vous voulez dire ?

— Un million de francs, payables en liquide ou par chèque certifié, compte tenu de l'ancienneté du document, sans doute le VIIe siècle, et de son extrême rareté. Je vous précise, insistait Giovanni, que les tombes de papier où figurent ces manuscrits religieux des temps reculés ne sont quasiment jamais repérées. Disons qu'on en trouve au grand maximum une par demi-siècle, et encore, les documents y sont le plus souvent grignotés par les rats et l'humidité.

— Je comprends, je comprends, admit à contrecœur le cheikh Hocine, hésitant devant l'importance de la somme et flairant sans oser le dire qu'on forçait un peu la dose. Pour cela, le bonhomme était d'ailleurs doté d'un flair puissant, ayant lui-même si souvent pratiqué l'arnaque et menti comme il respirait.

Il se leva et disparut quelques instants. Les deux jeunes gens craignirent soudain qu'il ne soit parti chercher sa veste et qu'il s'aperçoive que son épais portefeuille avait disparu. Mais le cheikh Hocine était simplement parti se désaltérer et il reprit rapidement sa place, mettant fin aux tourments des imposteurs qui se tenaient face à lui.

— Écoutez-moi, fit-il. Vous connaissez ma dévotion religieuse et mon amour des beaux documents coraniques, illustré par les pièces de valeur rassemblées derrière moi. J'ai beau regarder minutieusement ce Coran dont vous me narrez le fabuleux destin, je n'y trouve guère l'émotion, la fantaisie, la luxuriance même d'autres documents en ma possession qui, je vous le dis au passage, m'ont coûté beaucoup moins cher que le prix demandé pour votre pièce. Je ne cherche pas à comparer, on ne fabriquait sans doute pas de tels livres de la même manière au VIIe siècle et au XVIIe. Mais enfin... si vous acceptiez de réduire la valeur de moitié, cela pourrait commencer à m'intéresser. Je dis bien « pourrait » car ce serait encore cher pour ce que cela semble être.

— Ne vous fatiguez pas, cheikh Hocine, coupa

vivement Giovanni. J'ai compris. Votre foi ne va pas jusqu'à vouloir récupérer les manuscrits des premiers âges de la religion arabe. Libre à vous, on nous la demande aux quatre coins de l'Europe pour un prix très élevé, merci de me la rendre.

Le cheikh Hocine se défit du Coran, visiblement soulagé de voir que ses interlocuteurs n'entamaient pas de longues palabres pour se débarrasser de l'ouvrage. En les raccompagnant à la porte d'entrée, il leur serra chaleureusement la main en leur souhaitant bonne chance, ajoutant, ce qui ne l'engageait guère :

— Si vous ne trouvez vraiment personne, venez, on en reparlera.

Et le vieil escroc prit congé, se sentant soudain très léger. Mais pas aussi léger que son manteau.

19

Si Djamel n'avait pu se montrer chez le cheikh Hocine, il eut rapidement l'occasion de se consoler en parachevant la machination mise au point par Jackie, et dont Fabrice et Giovanni avaient si adroitement amorcé le succès. Deux heures après leur retour à la villa Aurore, Too Much prit sa plus belle voix d'épicier arabe et, d'une cabine téléphonique du cœur de Paris, appela l'usurier.

— C'est monsieur le cheikh Hocine?

— Lui-même, répondit l'homme qui ne s'était encore aperçu de rien.

— Qu'Allah soit loué puisque je peux vous parler aussi vite, commença Djamel en prenant l'humble accent de ces petits marchands de légumes marocains dont étaient truffées les rues de la capitale, serviables et aimables, toujours ouverts tard dans la soirée pour dépanner les retardataires, les noctambules et les solitaires, ceux qui ne pouvaient pas faire leurs courses comme tout le monde. Je suis Ali ben Youssef, continua Djamel, vous m'avez prêté de l'argent il y a longtemps pour m'aider à m'établir, et je vous en suis toujours reconnaissant. Croyez-moi, votre nom est béni dans ma maison et vous êtes chez moi comme chez vous.

Le cheikh Hocine Mohamed se délectait : c'était si rare qu'un de ses débiteurs lui adresse des louanges. Mais il ne parvenait pas à mettre un visage sur ce nom, tout en se disant qu'il avait « secouru » tant de centaines de gens qu'il ne pouvait pas se souvenir de tous. « Tant pis, songea-t-il, je vais voir ce qu'il me veut, sans doute une rallonge pour s'agrandir, ces gens sont insatiables et la folie des grandeurs leur vient rapidement une fois qu'ils ont vendu plus de tomates et de bières en une journée que pendant tout un mois dans le bled. »

— Quel bon vent t'amène, Ali ? demanda d'une voix suave le cheikh Hocine. As-tu de nouveau besoin de mes services ? Dis-moi donc où tu es installé au juste...

— Pas loin, monsieur le cheikh, près du métro Barbès, en face du Tunisien qui fait le couscous au poisson que c'est un régal, je mange tout là-bas, même les arêtes !

— Je vois bien, répondit le cheikh. Et alors ?

— Voilà, maître....

Le mot « maître » eut pour effet de flatter le cheikh qui sentit son corps s'épanouir à mesure que la voix inconnue le gonflait d'importance. Il songea qu'après tout il devrait prélever davantage d'intérêts, si ses anciens « clients » lui vouaient une telle affection.

— Voilà, maître, répéta Djamel, je n'ai à vrai dire rien à vous demander pour le moment. Mais je dois vous avertir que tout à l'heure, comme je fumais le narguilé avec mon neveu Rachid, deux hommes de forte taille et visiblement pas commodes sont entrés dans mon épicerie pour acheter quantité de bouteilles de champagne et des cargaisons de chocolat. Une grosse Mercedes était stationnée sur le trottoir, gênant le passage des piétons et des landaus, mais, visiblement, cela n'avait pas l'air de les émouvoir. Ils ont rempli le coffre et mon Dieu, cheikh, vous n'imaginez pas ce que ça contient, un coffre de grosse voiture comme ça. J'ai cru que tout mon stock allait y passer. Remarquez, moi, je ne suis pas hostile aux achats dans ma boutique comme dans un hypermarché. Il restait un peu de place, alors ils ont acheté des cerises à 69 francs le kilo, vous savez, ces burlats extraordinaires, grosses et juteuses, très rouges. Les coquins, ils savent toujours ce qui est bon.

Le cheikh commençait à s'impatienter : où son interlocuteur voulait-il en venir ? À ce moment-là, Djamel choisit de porter l'estocade.

— Quand est venu le moment de payer, l'un des deux hommes a ouvert un gros portefeuille en cuir de crocodile, d'un vert pâle translucide comme je n'en avais jamais vu auparavant. Et là, j'ai aperçu un assortiment insensé de cartes bancaires, une farandole de Visa, de Gold et d'American Express. Le type m'a dit d'un ton sec : « Tu prends la carte bleue, bien sûr. » Je n'aime pas trop qu'on me tutoie, surtout si on me connaît pas, tu comprends, cheikh, moi je te tutoie car on a été en affaires ensemble, très bonnes affaires vraiment, mais ces gars-là, non. Bref, il y avait tellement de menace dans leur regard que j'ai dit que oui, je prenais la carte bancaire. Comme pour jouer avec moi, son acolyte m'a dit alors : « Choisis la carte que tu veux, allez, à toi de jouer. » J'étais troublé par ce ton inhabituel, ces gens sont sûrs d'eux, arrogants à cause de leur argent, comme si ça leur donnait tous les droits, y compris celui de se croire supérieur aux autres. Alors, dans ma précipitation, j'ai tiré au hasard une carte du milieu, la Gold justement, sûrement parce que j'aime bien la couleur de l'or. Je l'ai passée dans la machine et j'ai vu votre nom inscrit en lettres noires phosphorescentes. Je me suis écrié : « Mais, vous n'êtes pas du tout le cheikh Hocine Mohamed, c'est mon ami, je le connais très bien, ce n'est pas vous. » J'étais si ahuri que je suis resté immobile, sans réaction quand il m'a repris la carte des mains. Le temps de crier, ils avaient déjà démarré à bord de la Mercedes et, à l'heure qu'il est, je crains qu'ils ne soient déjà en train de vider votre compte.

Djamel, en prononçant ces mots, avait le sourire d'un enfant qui fait une blague au téléphone. Le jeune Beur aurait donné beaucoup pour voir ne fût-ce qu'une seconde le visage de l'usurier apprenant qu'il était en train de se faire détrousser.

— Attends ! s'écria le cheikh Hocine.

Il se précipita vers son antichambre et se mit à

fouiller fébrilement dans son manteau. Il était certain d'avoir tenu son portefeuille entre ses mains la veille au soir, juste avant d'aller se coucher, car il avait dû y chercher un carnet de timbres pour affranchir du courrier urgent. Mais il eut beau passer toutes ses poches en revue, il fallait se rendre à l'évidence : aucune ne contenait son portefeuille en peau de crocodile.

— Ali, c'est une catastrophe ce que tu m'annonces là ! Je ne retrouve rien.

— Évidemment, puisque c'est le type qui avait tout, insista Djamel pour remuer le couteau dans la plaie. Mais je vais te donner un numéro de téléphone qui te permettra de stopper immédiatement la casse. Je le connais, j'ai eu à subir la même mésaventure il y a quelques mois.

— Tu aurais dû commencer par ça, s'étouffa l'usurier au bout du fil.

— C'est que... il fallait bien que je te raconte ce qui arrivait.

— Bon, ça va, je t'écoute.

— C'est très simple, tu composes ces dix chiffres, 06 70 00 90 00, c'est celui d'un centre de vigilance pour tout le réseau des cartes à puce. Aussitôt prévenu, il déclenche l'opposition et les voleurs n'ont plus en leur possession qu'un morceau de plastique inutile.

— J'appelle immédiatement ! s'écria le cheikh Hocine d'une voix fébrile, comme s'il y allait de sa vie.

Très vite, Djamel composa le numéro du téléphone fixe de la villa Aurore. C'est Jackie qui décrocha.

— Alors ? fit le vieil intendant avec impatience. Tu l'as paniqué ?

— Il est mort de frousse. J'espère que Marion est prête, il doit déjà faire le numéro de son portable.

À peine avait-il fini sa phrase que, dans le salon, la sonnerie d'un téléphone cellulaire résonna.

— Ça y est, triompha Jackie, on le tient, il va tomber tout cuit !

Marion s'était confortablement installée dans le canapé du grand salon pour recevoir l'appel. Sans même attendre le premier mot de son interlocuteur, elle prononça sur un ton plein de calme et d'assurance :

— Service des oppositions, cartes Gold, à votre service.

En moins de trente secondes, l'usurier de la Goutte-d'Or, le plus goulu qu'on ait connu sur la place, se fit définitivement hara-kiri : il communiqua consciencieusement les chiffres des codes confidentiels de toutes ses cartes bancaires, avec le soulagement de celui qui croit avoir échappé au pire.

— Je vais avertir votre banque, mais dès maintenant on ne peut plus réaliser la moindre transaction avec vos cartes, assura Marion. Vous pourrez disposer d'une nouvelle carte d'ici quatre jours avec un nouveau numéro confidentiel. Tout risque est désormais écarté.

— Merci, mademoiselle, soupira le cheikh. Un immense merci.

— De rien, monsieur, je ne fais que mon métier.

Toute la bande, à l'exception de Djamel encore dans Paris, s'était rassemblée autour de Marion.

Quand ils entendirent ses derniers mots, Tucky et Fabrice ne purent s'empêcher de s'esclaffer.

— Un drôle de métier, reprit Tucky, une fois la communication achevée. Je ne sais plus si je te croirai quand tu me diras quelque chose, Marion, et je serais à la place de Giovanni, je m'inquiéterais. Tu mens si naturellement, on dirait que tu as fait ça toute ta vie !

Quand Djamel fut de retour, la bande au grand complet recommença à se congratuler. Il régnait soudain une atmosphère légère et fraternelle, tandis que Coletta ronronnait comme une vieille chatte près de son Jackie qui méritait le surnom de « cerveau ».

— Chapeau, l'artiste ! s'écria Fabrice. Le portefeuille était rangé exactement où vous l'aviez prévu, dans la poche intérieure droite de la doublure, à croire que vous auriez pu le voler cent fois sans notre aide.

— Ne crois pas ça, gamin, fit le vieil homme sur un ton modeste, il faut de la maîtrise et du sang-froid, de la rapidité d'exécution aussi, autant de qualités qui ne sont plus miennes. Coletta a raison : l'âge est passé par là.

Djamel se tourna vers Fabrice :

— Tu as droit aussi aux félicitations, voilà ta première grande affaire réussie, fit-il sans ironie. Tu as fait des pas de géant, depuis ton Franprix de Pantin. Avant, une arme ne te rapportait pas un sou. Là, sans pétoire, tu ramasses le gros lot. Et d'ailleurs, décida-t-il avec l'assentiment silencieux d'Esther, voyons voir ce gros portefeuille. Voilà, tiens, Fabrice, à toi de choisir la carte qui te plaît.

Le jeune homme marqua une hésitation. Il

regarda Tucky, qui affichait un visage hilare. Puis Esther, qui l'observait avec une tendresse qui n'échappa à personne. Après s'être assuré que tous attendaient son geste pour commencer la distribution, il plongea une main décidée dans le portefeuille du cheikh Hocine Mohamed.

— Il y a assez de cartes pour chacun de nous, précisa Giovanni. Il y a même des cartes provisio, des cartes affaires, et c'est commode : toutes crachent le fric avec le même code. À nous son sale pognon !

Les complices se répartirent les cartes sans vergogne et se précipitèrent vers tous les distributeurs de liquide qu'ils rencontraient sur leur chemin pour assécher les comptes de leur victime. La richesse considérable du cheikh avait conduit son banquier à lui accorder un plafond de retraits en liquide de plusieurs millions. Djamel ne put résister à l'appel de Fauchon, où il avait depuis longtemps repéré un foie gras au parfum époustouflant, lors d'une réception donnée au sein de l'épicerie fine de la place de la Madeleine en l'honneur d'un magnat du pétrole. Too Much, ce soir-là, s'était fait passer pour un prince de la branche cadette des monarques de Riyad. Marion, qui n'oubliait pas son rôle essentiel de ministre des Finances, rappela à ses ouailles dépensières leur habitude de partage en faveur des plus déshérités. Chacun obtempéra. Le soir même, les cartes avaient rapporté cent mille francs de liquidités, et les achats d'appareils ménagers, de vêtements et de souliers pour tous les protégés d'Esther, des orphelinats aux associations pour femmes battues, avaient atteint un montant de plus de quatre cent mille francs. Jackie avait raison : le coup était une opération à un demi-million de francs. Et c'était loin d'être fini. Il restait l'opération de la place Vendôme.

Le soir, le champagne coula à flots, à la santé du cheikh Hocine Mohamed, Allah ait son âme puisque les occupants de la villa Aurore avaient, eux, son portefeuille.

— Voilà un partage plus équitable ! avait conclu Djamel en tartinant des toasts de foie gras.

20

Le lendemain était un jeudi. Et c'était l'Ascension. Non que la bande de la villa Aurore eût spécialement l'esprit de famille ni l'âme portée sur les choses de la foi, sauf, évidemment, si tout cela avait été susceptible de rapporter quelque argent, mais le soleil insolent qui brillait ce jour-là incita les uns et les autres à ne pas se quitter pour partager un bien précieux et gratuit : la bonne humeur. Avec l'aide assidue de Jackie, signe que la nuit avait dû lui plaire, Coletta dressa une grande table recouverte de la traditionnelle nappe blanche au milieu du jardin. Comme le vent se levait un peu, Jackie érigea au-dessus une belle tente rayée ouverte à l'avant, de manière que l'assistance puisse continuer de profiter du soleil sans les inconvénients des courants d'air. Marion et Esther s'étaient levées tôt pour aller au marché forain acheter quelques belles volailles à griller et des légumes de saison, les premières fraises et des cerises importées du Chili, hors de prix — mais rien n'était vraiment hors de prix pour ces oiseaux-là.

Fabrice, quant à lui, avait ouvert les yeux très tôt, réveillé par les pépiements des moineaux excités par ce généreux soleil. Avant de se lever, il avait paressé un long moment dans son lit, revivant la scène de la veille chez le cheikh Hocine pour mieux en déguster chaque instant, tentant d'éprouver de nouveau le frisson de peur et de joie mêlées qu'on ressent quand le butin est à portée de main, caché dans la maison d'un inconnu. Fabrice songea qu'à présent il était devenu quelqu'un à ses propres yeux. Pas un voleur, car il s'était vite convaincu de la juste cause défendue par la bande. Non, s'il était enfin quelqu'un, c'était grâce au cran qu'il avait eu, face à un puissant, de ne pas renoncer à la mission confiée par le groupe. Rétrospectivement, il se demandait quelle aurait été la réaction d'Esther s'il avait échoué, si l'appréhension l'avait paralysé au point de le laisser figé sur le fauteuil face au cheikh Hocine, pendant que Giovanni essayait de détourner son attention. Il ferma les yeux. C'était fini, il avait réussi. Il se dit que, désormais, plus rien n'importait puisqu'il existait enfin à ses propres yeux et dans le regard attentif de ses nouveaux amis. C'était comme s'il lui avait été permis de naître une deuxième fois.

Quand il se décida à rejoindre le groupe, vêtu d'un pantalon de toile et d'un polo bleu dont il se demandait parfois si ce n'était pas Esther en personne qui les avait choisis pour lui, car ils lui allaient à merveille, Fabrice s'aperçut qu'il était le dernier. Comme dans ces fins de sommeil, quand l'esprit se projette en boucle des scènes marquantes de l'existence, le jeune homme n'avait pas senti le temps filer. En réalité, des heures s'étaient écoulées entre son réveil et l'instant où il s'était dit, entendant les préparatifs du déjeuner dans le jardin, qu'il était sûrement temps de se lever.

Il trouva réunis tous les habitants de la villa Aurore, très détendus autour d'un apéritif géant. Le champagne coulait déjà à flots, mais aussi le cheval-blanc et le meursault pour ceux dont le palais réclamait des vins *sérieux,* comme le répétait Giovanni. Esther avait opté pour un blanc d'Alsace qu'elle dégustait en attrapant des crevettes roses, qu'elle avait rapportées vivantes du marché pour les ébouillanter dans une casserole remplie d'eau, de thym, de laurier et de gros sel marin. Une recette que lui avait apprise Nina du temps où elles faisaient ensemble des pérégrinations le long de l'Atlantique, de la Bretagne aux Landes, quand la vieille dame russe avait encore ses jambes et bon appétit.

C'est Tucky et Djamel qui lancèrent le concours de toasts. Il s'agissait de se lever, de lever son verre sans trembler en tendant le bras très loin, puis, avec un absolu sérieux, de boire à la santé des victimes de la bande. Cette généreuse pratique eut pour effet d'accroître singulièrement la consommation, tant était longue la liste des pigeons de la bande à Esther. Furent ainsi cités sous des tonnerres d'applaudissements les noms du cheick Hocine Mohamed, les noms imaginaires de tous les prétendants malheureux de la belle, ravissante et à jamais invisible Marjorie Bokar, dont Tucky se présenta comme le parent le plus proche, les noms encore de cette pauvre Mme Videcoq, laquelle avait dû essuyer les froides réprimandes du sieur Tessier, « soulagé » de ses plus beaux spécimens d'art ancien par deux déménageurs qui, de prime abord, ne payaient pas de mine et semblaient plutôt honnêtes.

Depuis le début, Jackie et Coletta se tenaient l'un à côté de l'autre, mains et regards enlacés comme deux tourtereaux de la dernière saison. C'est alors que, de sa main libre, Jackie leva son verre généreusement rempli de vodka en saluant la mémoire de victimes très anciennes parmi lesquelles beaucoup de monseigneurs, abbés et cardinaux, mais aussi d'une certaine demoiselle Meurdesoif (l'assistance éclata de rire), et d'un joaillier nommé, ça ne s'invente pas, Pierreaucou.

— Après tous ces coups fumants, on ne risque pas d'aller au ciel, observa Tucky en feignant l'abattement.

— Détrompe-toi, répliqua Esther, le ciel nous est acquis. Je suis sûre que, le moment venu, on nous y accueillera avec les honneurs qui nous sont dus. Et je ne serais pas étonnée qu'en arrivant au paradis, on découvre saint Pierre sous les traits de notre Jackie, et que l'intendance soit assurée par Coletta en personne.

— Arrête, Esther, tu vas me faire rougir, minauda soudain la vieille escroque reconvertie dans la vie domestique.

— C'est pourtant la vérité. Écoutez-moi tous, demanda la jeune femme à son assistance échauffée par les premiers effets de l'alcool que venaient renforcer les rayons du soleil. Il est temps que vous appreniez à qui vous avez affaire dans cette maison, jeunes gens, et je trouve votre curiosité bien limitée.

Et, se tournant vers Djamel :

— Toi, le Fregoli de l'Orient, le roi du masque et des mascarades, sais-tu qu'en présence de Jackie et de Coletta, tu te trouves devant deux êtres surnaturels, je veux dire d'essence divine ? À toi, Coletta. Raconte-leur à ces ignorants, d'où vient la moindre de tes paroles.

Fabrice, qui n'avait encore trempé ses lèvres dans aucune substance alcoolisée, s'étonnait de la tournure prise par les événements. Surtout quand Coletta, après s'être fait un peu prier — mais n'était-ce pas la moindre des choses pour un être à caractère... céleste —, se mit à raconter les circonstances de sa rencontre avec Jackie.

— Nous nous sommes connus grâce au paradis, commença-t-elle, sûre de son effet.

Combien de fois avait-elle raconté cette histoire pour atteindre ce stade de fausse improvisation où tout paraissait naturel, chaque parole, chaque silence, chaque fausse hésitation, jusqu'à la voix d'abord faible et timide, puis, crescendo, autoritaire et ne souffrant aucune contestation : oui, cette femme ici présente avait bel et bien vendu des terrains à bâtir au paradis, et il y avait eu des croyants pour la croire, des fidèles pour signer des contrats, des fous de Dieu et de ses dépendances pour signer des chèques, ordonner des virements, détourner les fonds du foyer, des vacances et du collier de perles promis pour les noces d'argent en échange d'un « p'tit coin de paradis », comme disait la chanson. En réalité, et c'est là que la force de persuasion de cette femme avait été redoutable, elle n'acceptait ni chèque ni virement ; rien que du cash, du bel et bon argent frais en coupures visées et garanties par la

Banque de France, et comme les créanciers du paradis n'étaient pas sectaires, Coletta acceptait les dollars et les marks, mais pas les tickets-restaurant, car elle tenait à ne pas briser le rêve.

C'est ainsi que, plusieurs mois durant, dans la France du début des années soixante où la réclame envahissait les téléviseurs et la croissance portait les ménages au nirvana de la consommation, Coletta fit fortune en vendant aux esprits aussi pieux que crédules de quoi vivre plus chichement ici-bas afin de s'assurer une éternité de luxe et de grands espaces sans vis-à-vis — car, on le sait, l'enfer, c'est les autres.

— Comprenez-moi, mes enfants, fit Coletta sur le ton de la confession. Après la guerre, mes parents décédés, je me suis trouvée seule à seize ans dans la ville de Caen entièrement détruite par les bombardements. Je ne pouvais pas dire que, jusque-là, ce qui tombait du ciel était béni. Dans une bande dessinée à trois sous, j'avais lu l'histoire d'un petit personnage malin qui vendait aux personnes riches mais un peu faibles d'esprit des monuments incroyables, la tour Eiffel, l'Arc de triomphe. C'était génial, mais je m'étais dit que forcément le vendeur se ferait pincer quand ses clients viendraient réclamer leur bien. Alors j'ai songé à autre chose de moins risqué.

» J'avais en tête ce que disait ma grand-mère, une vieille paysanne normande qui menait ses vaches au pré. "Plus qu'c'est gros, plus ça passe." Je ne sais pas à propos de quoi elle disait ça, mais ces mots m'avaient profondément marquée. Alors j'y suis allée franco : j'ai pensé qu'en vendant des biens immatériels sis au paradis, personne, sauf Dieu s'il existe (et, par prudence, elle se signa), personne ne pourrait venir me demander des comptes. J'ai foncé tout droit. Je me suis procuré un plan de New York car, si je n'avais pas beaucoup d'instruction, je savais que cette ville d'Amérique était bâtie selon un plan commode, avec des avenues parallèles et des rues perpendiculaires. Je l'ai redessiné sur du papier calque et j'ai rebaptisé les avenues du nom des douze apôtres.

Elle s'arrêta un instant pour reprendre son souffle.

— À vrai dire, j'avais supprimé Judas, car ça ne faisait pas terrible de se dire qu'on possédait outre-tombe un pavillon avenue Judas. Puis j'ai loti l'ensemble de milliers de petites maisons sans prétention, censées donner plein ciel sur la demeure éternelle. Croyez-moi, il y avait affluence, et Tucky doit comprendre ce que je veux dire, lui qui vend des os d'agneau pour de saintes reliques : la foi est un commerce, et ce n'est pas pour rien que le Christ a chassé les marchands du temple, il savait d'où venait le danger ! À mes généreux clients, je remettais une simple clé de mousse ou de papier mâché que je comparais, dans sa texture, à l'hostie de l'eucharistie. Certains la faisaient même sertir dans un écrin de métal, de verre ou de résine, comme de gros insectes. D'autres la plaçaient immédiatement au coffre, en lieu et place des liasses de billets qu'ils m'avaient remises pour paiement ! Souvent, allez savoir pourquoi, c'étaient des femmes qui faisaient ce genre d'emplette, en me chuchotant, au moment de sortir leur magot : « Surtout, pas un mot à mon mari, pas tout de suite, je lui fais la surprise, et pour la maison à Ajaccio, il attendra. De toute façon, ça saute tout le temps en Corse ; au paradis, on n'aura pas à craindre les terroristes, n'est-ce pas ? » Cette réflexion m'avait donné une idée : lancer un journal du paradis, rempli de bonnes nouvelles et d'appels aux souscriptions volontaires... Mais j'ai dû renoncer.

» Après une période faste qui m'avait sans doute imprudemment incitée à redoubler d'activité, je possédais des "succursales" du paradis dans plusieurs villes. Un mari suspicieux découvrit que vingt ans d'économies étaient passées dans un trois-pièces avenue Saint-Jacques, Paradis, avec plan à l'appui. Il s'en fallut de peu qu'il n'envoyât directement sa femme à l'adresse indiquée après avoir découvert l'étendue des dégâts. Son épouse eut beau lui répéter mes arguments, que ce n'était pas si cher comparé à l'éternité, que l'avenue Saint-Jacques était très bien placée à la droite du père, enfin, toutes sortes de sornettes que j'inventais à foison pour embobiner ces dames et les faire rêver, bref, il a giflé sa légitime et décidé de porter l'affaire devant la justice terrestre et temporelle. On m'a dépêchée *manu militari* et sans attendre devant un tribunal pénal, jusqu'aux assises. Je n'avais tué personne, mais on m'a traitée comme une criminelle, d'autant que, entre-temps, d'autres victimes s'étaient réveillées. Ce coup-ci, j'aurais bien filé dare-dare dans une de mes bicoques du paradis. C'est qu'à la longue je finissais par y croire, moi aussi, à mes "menteries".

L'assistance était hilare, et dans les yeux de Jackie qui buvait du petit-lait, on pouvait lire tout l'amour d'un ancien jeune homme pour cette aventurière au grand cœur qui détroussait les corps pour sauver les âmes.

— Ce fut un procès à sensation et je regrette un peu, fit-elle en gloussant, que la télévision ne l'ait pas couvert. Mais en 1962, il n'y avait que la radio et la presse écrite. Le célèbre Frédéric Pottecher était venu m'interviewer pour la TSF, mais mes avocats m'avaient conseillé de ne pas me prêter au jeu de ses questions qu'ils jugeaient « diaboliques ». J'avais répondu que, justement, ça m'intéressait de croiser le fer avec un diable ! Le premier jour du procès, avant que s'ouvre la séance, on me comparait à Marie Besnard, la « sorcière de Loudun », comme si j'avais empoisonné les gens... Le jour même, j'ai renvoyé mes avocats en criant haut et fort que je n'avais rien fait de répréhensible. Le président du tribunal lut l'acte d'accusation dans un silence de catacombes, si j'ose dire. Puis, de sa voix de stentor, il me demanda en me fixant : « Qu'avez-vous à répondre ? »

» Sans me démonter, j'ai dit : “Rien, puisque tout cela est vrai. Mais veuillez m'écouter : j'ai vendu ces maisons au paradis sous l'emprise d'un esprit supérieur qui me les a décrites avec une précision stupéfiante. Personne ne pourra prétendre le contraire car je défie quiconque d'affirmer qu'il est déjà allé au paradis, et surtout qu'il en est revenu. Votre tribunal m'accuse d'avoir vendu des biens sans réalité, mais qu'en savez-vous ? S'il n'est pas permis de commercer sur la base d'inconnu ou d'inexistant, il faut sur-le-champ condamner l'Église qui accepte les dons pour le repos des âmes.” J'ai senti que j'avais marqué des points, l'assistance bruissait. J'ai essayé de pousser mon avantage : “Et les curés, le dimanche, après le sermon, pourquoi alors ont-ils le droit de faire la quête ? Les enfants qui sont envoyés dans les paroisses pour la charité, sur quel fondement s’appuie-t-on pour leur permettre de lever ainsi — car les petits ruisseaux font les grandes rivières — des sommes considérables ?” Je crois que j’ai cité Jeanne d’Arc et ses voix, Bernadette Soubirous et toute la clique. Le tribunal était si ébranlé que je finis par être acquittée.

Et Coletta répéta en regardant Jackie :

— Acquittée, mais prisonnière de l’amour !

— Vous connaissiez déjà Jackie ? demanda Fabrice, curieux de savoir comment ces deux-là avaient uni leurs destins.

— Non, répondit spontanément Coletta, et ce fut, comment dire, une sorte de révélation. J’avais vu son visage parmi tous ces gens venus à l’audience. Il me semble même me souvenir que, de jour en jour, il s’approchait du box où j’étais assise entre deux gendarmes. Mais, évidemment, je ne pouvais songer sérieusement à l’amour en le voyant, je sentais seulement mon cœur battre un peu plus fort.

— Pourquoi ne pouvais-tu pas penser à l’amour en voyant Jackie ? s’étonna Marion. Je suis certaine qu’il devait déjà avoir ce sourire ravageur, et ce regard...

— Ah ça, pour être ravageur, il l’était, sans l’ombre d’un doute, s’amusa Coletta. Non, ce qui freinait les élans, vous comprendrez sans peine, c’était...

Puis, se retournant vers Jackie :

— Après tout, dis-leur, toi, ce n'est pas un secret, et encore moins une honte.

— Tu as raison, approuva Jackie, qui reprit le fil du récit sur le mode énigmatique. Ce qui arrêtait Coletta, c'était mon habit.

— Quel habit ? demanda Djamel qui semblait s'éveiller d'une longue somnolence alcoolisée.

— On dit que l'habit ne fait pas le moine, mais je peux vous affirmer que la soutane fait le prêtre ! s'écria Jackie en essayant de mesurer l'impact de son propos sur les visages qui l'entouraient.

— Tu veux dire... commença Tucky.

— Eh oui, mes amis, c'est la vérité : j'étais prêtre dans une vie antérieure, qui me paraît maintenant si loin que je me demande quelquefois s'il s'agit de la même personne qui fréquentait le séminaire, qui reçut son ordination un matin de l'hiver 1954 dans une chapelle d'Emmaüs sous le regard si bon, si pénétré, de l'abbé Pierre, et le vieux grigou que je suis aujourd'hui.

— Le vieux beau grigou, corrigea Coletta en prenant la main de son mari.

Visiblement, les deux « têtes blanches » s'étaient réconciliées avec ardeur et Jackie avait accordé son pardon à Coletta pour ses débordements récents.

— Ne croyez pas que j'étais un de ces drôles de paroissiens pilleurs de troncs et détrousseurs de pauvres bigotes plus crédules que fortunées. Dans ma famille, nous étions dix enfants élevés par une mère courageuse mais bien seule, car notre père avait succombé dans un coup de grisou à la mine 4 de Forbach, en Lorraine. On n'avait pas tous les jours du pain sur la table, et je ne vous parle pas de la viande, juste un peu de lard un dimanche sur deux. Ma mère se tuait la vie en ménages chez les riches qui la méprisaient autant qu'ils l'exploitaient. La pauvre vieille mourut usée jusqu'à la corde, elle n'avait pas soixante ans. C'est vous dire si on l'avait fait trimer comme un cheval de labour. On avait toujours des habits impeccables, de vieux pantalons, des chemises devenues trop petites pour les bourgeois aisés, que ma mère récupérait par l'intermédiaire d'associations de charité. Je me souviens, quand les ballots d'habits arrivaient à la maison, qu'on étalait le tout sur la grande table de la salle à manger. On se disputait les plus belles pièces. Le soir ou très tôt le matin, le jour n'était pas encore levé, ma mère reprisait, remettait des boutons, ajustait les ourlets. Moi, j'admirais le courage de ma mère et, avant d'aller me coucher, je priais la Vierge Marie pour qu'elle la reçoive à ses côtés.

» En grandissant, j'ai découvert le faste des chapelles de la région, ces ors partout, et les curés gros et gras de nos patelins qui faisaient bombance le dimanche, après la messe, chez les riches de leur paroisse. On se disputait leur présence à table les jours de fête carillonnée. Naturellement, j'étais devenu enfant de chœur, et il arrivait qu'un des curés, le père William, me prenne par la main, certains jours fériés, pour que je l'aide à donner ses sacrements chez les riches.

» Dès qu'on arrivait, je ne pouvais plus quitter des yeux la table garnie de cochonnailles, de fromages, de tartes chaudes et de gâteaux au chocolat, de biscuits à champagne de couleur rose, le tout pris dans le reflet des verres en cristal, des coupes et des carafes. Jamais n'avait germé en moi l'idée de dérober quelque chose, puisque tout était offert, facile, à portée de main. Au contraire, on me gavait jusqu'à plus faim, et je rentrais à la maison le ventre prêt à éclater.

» C'est ainsi que je suis devenu prêtre, par le ventre plus que par la foi, à vrai dire. Mon entrée au petit séminaire signifiait une bouche de moins à nourrir pour ma mère. Je m'efforçais même de ne pas manger tout mon pain pour le lui donner le soir, discrètement, quand elle passait à la chapelle à l'heure des complies et que nous chantions le *Salve Regina.* Je sortais de dessous ma soutane, enveloppées dans un mouchoir propre, quantité de tartines que ma mère prenait comme un don du ciel, et, rigolez si vous voulez, pratiquant ce don sous le regard du Christ sur sa croix, j'avais le sentiment humble et glorieux à la fois d'être Jésus ressuscité procédant à la multiplication des pains.

Pendant qu'il racontait son histoire d'une voix claire et légèrement marquée d'un accent indéfinissable qui aurait pu venir aussi bien de l'Est que du Sud de la France, Coletta envoyait des coups d'œil furtifs à la cantonade, l'air de dire : « Voyez comme il est extraordinaire, mon Jackie... » Et c'est vrai que, dans l'assistance, tous le regardaient soudain d'un œil nouveau, se demandant comment cet enfant né dans la foi et la misère avait pu devenir un escroc de haut vol. Pas un criminel, certes, mais un voyou stylé à qui il aurait été imprudent sinon suicidaire d'accorder la moindre confiance.

— Je vous l'ai dit, reprit Jackie, fier d'avoir capté l'attention de ses jeunes ouailles, c'est l'abbé Pierre qui me conduisit à la prêtrise au début du terrible hiver 1954, où le froid fit mourir des dizaines de sans-abri pendant que la France des beaux quartiers, la France des rentes Pinay, du franc fort et des vacances à Courchevel se moquait bien de cette souffrance au seuil de sa porte. Je n'ai pas rechigné à tendre la main à tous les malheureux, mais il me semblait que la tâche n'était pas seulement ingrate et épuisante, elle était vaine aussi car la seule chose qu'on pouvait obtenir des riches, c'était un peu de compassion, de la bonne conscience à peu de frais. Il s'agissait surtout de ne plus les déranger avec le spectacle de l'extrême misère une fois qu'ils avaient déboursé un peu d'argent, si peu d'ailleurs, vu leurs moyens. Les semaines passant, j'en ai conçu, je dois l'avouer sans fierté, un sentiment qui confinait à la haine pour ces gens que l'argent semble avoir mis au-dessus des autres, qui en tirent une supériorité, une morgue inacceptables. Je ne pouvais m'empêcher de songer à mon père descendu dans la mine alors que les ingénieurs, je l'appris bien plus tard, avaient déconseillé l'activité en raison des risques d'explosion de gaz. Et je songeais à ma mère, toute menue, toute petite, vieillie dans la fleur de l'âge, exploitée que c'en était une honte par de vieilles biques bijoutées et peinturlurées comme des sapins de Noël, à qui elle devait rendre mille services gratuits sous prétexte qu'on la payait, paraît-il, largement. Voyez, mes enfants, quand on a eu mal pour les siens, on estime avec un peu de cynisme sans doute que la fin justifie les moyens.

» C'est ainsi qu'après ce fameux hiver, ma décision était prise : je renonçai à ce vœu de pauvreté qui empoisonne les hommes d'Église en les rendant envieux des biens d'autrui, les obligeant même, s'ils veulent manger quelques miettes de ces richesses, à pactiser avec une population hautaine et méprisante, à dépendre de ces seigneurs sans cœur qui confondent charité et hygiène. Je ne voulais être l'obligé de personne, et surtout pas de ces gens-là. C'est comme ça que je suis entré dans une carrière de filou et de monte-en-l'air, sans violence, mais par manipulation mentale et psychologique, en choisissant mes proies parmi les plus aisés, mais aussi les plus crédules ou les plus craintifs, ceux qui sont prêts à tout pour acheter le salut de leur âme, conscients sans doute de n'être pas irréprochables. Je le confesse, j'ai pratiqué un peu le chantage auprès d'industriels bien en vue, parfois candidats à la députation ou mieux encore. La confession de jeunes maîtresses m'avait renseigné sur leurs infidélités conjugales.

» J'ai commencé par monnayer mon silence, le système a duré une bonne paire d'années. Jusqu'au jour où l'évêché, mis au parfum de mes pratiques par je ne sais quelle indiscrétion, me fit changer d'air pour m'affecter à Rouen. On ne me demanda d'ailleurs aucun compte sur mes pratiques, mais je compris qu'il n'y avait pas qu'en Italie ou en Colombie qu'on retrouvait des ecclésiastiques une pierre au cou. Le message était d'une grande clarté. Lorsque je me suis installé à Rouen, j'ai laissé tranquilles les huiles de la politique, préférant me concentrer sur les rombières et dames patronnesses tremblant pour le salut de leur esprit une fois qu'il aurait quitté leur pauvre enveloppe charnelle.

» Je dois avouer que j'avais pris goût à un certain raffinement en cours chez les riches. Je m'offrais un grand voyage par an, généralement sur les lieux saints d'Israël et de Palestine, sans doute pour m'arranger avec ma conscience et croire plus facilement que mes détournements servaient à me rapprocher des origines de la foi. Chez moi, je donnais des dîners fins auxquels je conviais des orchestres de chambre et des cantatrices. Bref, j'étais un curé ami des arts, raffiné, qui prétendait tenir sa fortune d'un vignoble virtuel situé dans le Bordelais. Mais puisqu'il fallait bien vivre, maintenir les apparences, je cultivais l'amitié intéressée de familles opulentes et j'agissais lorsqu'une de mes « clientes » allait passer de vie à trépas. Très vite, je devins spécialiste en extorsion de dons *in fine,* profitant de la dernière heure pour laisser apparaître les feux de l'enfer. Que ne m'a-t-on donné pour ne plus les voir, pour fermer les yeux sur une promesse de paradis, promesse que je faisais sans me faire prier, c'est le cas de le dire, pour peu qu'on se soit montré généreux.

» Sans doute les héritiers, quand ils apprenaient les dons effectués *in extremis* par leur chère aïeule, trouvaient-ils la note un peu salée, mais il m'appartenait aussitôt de donner le change en promettant qu'un cierge brûlerait à perpétuité, que la tombe bénéficierait d'attentions redoublées, que des messes seraient dites et redites à la gloire de la généreuse défunte. Dans l'Église, on appelle ça, tout simplement, un trafic d'indulgences. J'avais renoué sans le savoir avec des pratiques moyenâgeuses qui avaient eu cours dans des temps où la foi se vendait au plus offrant. D'une certaine manière, j'étais fidèle à la tradition...

— Au fond, coupa Tucky, sans le savoir, Coletta et toi, vous étiez si on peut dire dans la même branche.

La formule du grand Noir déclencha les rires.

— Exactement, Tucky, renchérit Jackie. Tu ne crois pas si bien dire. Un jour, dans la presse, j'ai découvert qu'un procès allait bientôt avoir lieu à Rouen, où l'accusée était une agente immobilière d'un genre très spécial, puisqu'elle vendait des maisons au paradis. L'écho était accompagné d'une photo de la jeune femme — toujours jeune, fit Jackie en se tournant vers sa dulcinée. Ce jour-là, mon sang n'a fait qu'un tour. J'avais peut-être trouvé dans le même temps l'amour de ma vie et une associée en puissance ! Il faut vous dire qu'en plus du vœu de pauvreté, celui de chasteté me pesait beaucoup, et bien des fois j'avais péché par la pensée en voyant s'approcher de mon confessionnal des poupées assez girondes qui me racontaient leurs dévergondages. Je n'ai pas manqué une minute du procès. Et là, mon Dieu, ce fut comme une révélation, la beauté de Coletta, son intelligence, sa bouleversante candeur pour justifier des actes qui pourtant tombaient sous le coup de la loi. Jusqu'au dénouement final : Coletta acquittée, adulée, plébiscitée ! Dès que j'ai pu m'approcher d'elle, j'ai aussitôt sollicité un rendez-vous, son premier rendez-vous de femme redevenue libre.

— Et elle a accepté ? demanda Fabrice d'un air rêveur.

— Oui, mon garçon, et pas n'importe où. Je lui avais demandé si elle était prête à me concéder une aile de son château céleste contre le salut de son âme. N'oubliez pas que je portais une soutane. Elle a dit oui à tout et, deux jours plus tard, on se retrouvait à Paris, sur le parvis de Notre-Dame, au kilomètre zéro de notre amour. Ce n'est pas beau, ça ?

— C'est magnifique ! s'écria Esther qui, bien

qu'elle connût depuis longtemps cette histoire par cœur, ne se lassait pas de la réécouter, avec les inévitables variations dues à l'humeur des récitants.

Ils levèrent tous leur verre pour célébrer cet amour venu de l'au-delà. Subitement une sonnerie stridente résonna. On se regarda en silence. Personne n'était attendu. Coletta, qui avait bu moins que la moyenne, trouva l'énergie d'aller voir qui était à la porte.

21

Un cri de surprise et d'émotion accueillit le visiteur qui se présentait à la grille. Chacun tendait l'oreille, tandis que Coletta semblait ravie d'avoir été le premier témoin de cette arrivée-surprise. De loin, Fabrice distingua l'élégante silhouette d'un homme âgé, vêtu d'un costume en lin avec une cravate couleur sable, qui marchait d'un pas alerte dans l'allée de graviers, donnant le bras à Coletta.

— Fred ! annonçait-elle à tue-tête de sa voix aiguë, c'est Fred. Esther, viens vite.

Au sourire d'Esther, ils comprirent tous que ce Fred, c'était « quelqu'un ». Mais qui ? Esther se leva la première, les autres l'imitèrent en tapotant leurs habits pour avoir meilleure allure face à l'inconnu qui apparaissait comme un parangon du raffinement. Mais aucun n'emboîta le pas d'Esther qui seule avançait à la rencontre de Fred. Et dans les quelques mètres qui la séparaient de ce visiteur dont elle avait déjà accroché le regard pétillant de malice et d'humanité, elle eut le sentiment de revivre une vie entière, une vie d'autrefois si souvent racontée par Nina, quand Nina aimait Fred et que Fred aimait plus encore Nina.

Dans la prime enfance d'Esther, Fred était déjà une ombre reléguée au rayon des souvenirs heureux dans le cœur de Nina. Mais il apparaissait de temps à autre, les bras encombrés de cadeaux pour celle qui à jamais resterait l'amour unique de sa vie. Un après-midi, Nina avait raconté à sa petite-fille un voyage à Cabourg auquel Fred l'avait autrefois conviée. Ils avaient passé l'essentiel du temps enlacés dans une vaste suite du Grand Hôtel posé devant la mer, comme rescapés d'un massacre. C'était l'après-guerre et, pour Nina, le début d'une autre vie. Comment la vieille dame avait-elle pu se laisser aller à conter des détails aussi intimes de sa vie ? Sans doute avait-elle perçu chez Esther une maturité hors du commun, une capacité immense à comprendre les autres, à comprendre sans juger les raisons de leurs actes ?

C'est ainsi que Nina avoua avec des mots simples que, pour la première fois depuis la mort tragique d'Ilya, pour la première fois aussi depuis l'assassinat de son enfant, elle avait accepté qu'un homme la touchât, lui fît l'amour doucement, la prît plusieurs nuits de suite dans ses bras et l'embrassât jusqu'à l'étouffer. Le premier soir, Nina s'était mise à pleurer quand elle s'était retrouvée nue contre Fred. Elle avait éteint les lumières, mais c'était une nuit de pleine lune qui éclairait malgré tout la chambre, réfléchissant sur leurs peaux un éclat pâle qui redessinait leurs corps. Bien sûr, elle avait eu le sentiment de trahir, de tromper ceux qu'elle avait aimés. Mais elle s'était consolée comme elle pouvait, en se disant qu'on ne peut trahir, qu'on ne peut tromper que des vivants. Or son mari était sous la terre, et sa petite fille aussi. Fred resterait à jamais ce premier amour d'après le cataclysme, un être pur et charmant qui eut la délicatesse de ne pas s'attarder quand son heure fut passée.

Quand Esther fit sa connaissance, elle avait une quinzaine d'années. Dès son arrivée, elle avait perçu chez Nina une émotion contenue mais profonde, de celle qu'on réserve à ceux qui nous ont fait battre le cœur. L'homme était resté quelques jours, on lui avait préparé une chambre au rez-de-chaussée, près de la terrasse. Avec Nina, ils avaient évoqué des souvenirs anciens, et c'est sans doute là que, pour la première fois, Esther avait eu vent de la collection Goldberg. Nina avait froncé les sourcils, comme pour dissuader Fred d'en dire davantage en présence de sa petite-fille, mais Esther avait une mémoire infaillible, surtout si son intuition lui soufflait qu'il s'agissait de choses importantes.

Comme elle s'approchait de Fred qui ne la quittait plus des yeux, la jeune femme se livra à un rapide calcul mental. Quel âge pouvait donc avoir l'ancien amant de Nina, lui qui avait déjà soixante-cinq printemps bien sonnés quand elle en avait quinze ? « Ce n'est pas possible ! » songea-t-elle en s'apercevant qu'en dépit de sa silhouette de gravure de mode, Fred allait sur ses quatre-vingts ans. En réalité, Fred Vigo, ce « très vieil et cher ami », comme répétait Coletta essoufflée, ne s'était jamais appelé Frédéric mais Hubert, un prénom qu'il avait détesté depuis l'enfance. Était-ce sa passion pour

Fred Astaire ou encore son goût immodéré pour le répertoire des Compagnons de la chanson menés par la belle voix et le sourire inoxydable de Fred Mella ? Toujours est-il qu'il s'était très vite fait appeler Fred. Il avait même réussi à faire inscrire ce diminutif sur son permis de conduire et sur son passeport, ainsi que sur d'autres papiers administratifs de moindre importance. Toute sa vie, Nina avait parlé de Fred, et jusqu'au bout il avait gardé dans son cœur une place à part, même si la vieille Russe avait connu dans sa vie d'exil bien des amours.

Quand ils furent face à face, Esther se laissa tomber dans les bras de Fred qui ne s'attendait pas à pareille fête. Fabrice, qui ne perdait pas une miette de la scène, se prit à envier cet ancêtre à qui il suffisait d'appuyer sur la sonnette pour voir Esther l'étreindre tendrement.

— Ma petite Esther, quel bonheur ! répétait Fred Vigo sous les regards émus de Jackie et de Coletta. Il y avait si longtemps que je me promettais de venir jusqu'ici pour vous faire la surprise. Mais je remettais toujours à plus tard. Le soleil de la Méditerranée me retient par ses sortilèges, et venir de Marseille me paraissait une expédition. Mais maintenant que le TGV nous met Paris à trois heures de la gare Saint-Charles, je n'avais plus d'excuse, n'est-ce pas ?

Au coin des yeux d'Esther, Fabrice crut voir briller une larme que la jeune femme sécha d'un geste furtif. Il n'était pas question de se laisser aller à pleurer un jour pareil.

— Nous allions déjeuner, fit Esther, assieds-toi, je vais te présenter mes amis. Tiens, Tucky, remplis un petit verre de pastis, pour ne pas trop dépayser Fred...

À tour de rôle, ils tendirent la main à Fred tandis qu'il prenait place dans une chaise de jardin rehaussée d'un épais et confortable coussin à rayures.

— Je me sens rajeunir à vous écouter, dit l'ancien habitué de la villa Aurore, en souriant.

Djamel et Tucky avaient trouvé auprès de lui une oreille complaisante, bien qu'inexpérimentée, pour écouter le récit de leurs escroqueries. Parfois le regard de Fred se perdait en direction d'Esther, comme si derrière l'apparence juvénile de la jeune femme il retrouvait quelque chose de Nina, une attitude, l'ébauche du sourire, à moins que ce ne fût les yeux, ou d'autres détails indéfinissables qui devaient donner au vieil homme le sentiment confus, délicieux et cruel, d'avoir remonté le temps. Quand elle s'en apercevait, Esther semblait un peu gênée, devinant probablement ce qui se passait dans la tête de Fred. Elle abaissait alors les yeux ou cherchait le regard de Fabrice qui, invariablement, lui souriait.

Fred parla de sa retraite active à Marseille. Il possédait un cabanon en bord de mer, près des calanques où il continuait d'assouvir sa passion de la plongée sous-marine. Il lança une invitation à la cantonade pour ceux qui voudraient venir goûter le soleil du Midi et l'atmosphère très jeune de la cité phocéenne.

— Nous aurons sans doute une occasion prochaine de descendre dans la région, remarqua Esther qui semblait soudain pensive.

Tucky et Djamel s'adressèrent un clin d'œil : l'expédition tant attendue se déroulerait-elle au bord de la Méditerranée ? Esther n'en dit pas davantage. Jackie et Coletta prirent le relais et se mirent à entretenir Fred de la végétation de leur jardin. Commença une discussion de jardiniers sur la précocité des mimosas et la fragilité plus grande que l'on croit des plantes grasses.

— Vous resterez bien dormir, Fred ? s'informa Coletta.

— Hélas non, pas cette fois-ci. Je dois être ce soir aux floralies de Courson où figurez-vous que le châtelain m'attend : j'ai promis de lui apporter quelques pousses de ficus et de thym aromatique avant sa grande fête champêtre de mai. Je dois vous laisser bientôt, répondit-il avec une pointe de regret dans la voix.

En réalité, Fred aurait aimé rester, mais il avait pris ses dispositions pour ne pas être tenté, au cas où le souvenir de Nina se serait imposé à lui de façon trop violente. Il n'était plus venu à la villa Aurore depuis la disparition de son unique amour, et il le redoutait. Finalement, il se sentait bien parmi ces jeunes gens regroupés autour d'Esther, mais il avait promis et n'aimait pas manquer à ses engagements.

— La prochaine fois, répéta-t-il. Je m'annoncerai à l'avance et je viendrai vous envahir deux ou trois jours.

— Très bien, approuva Esther.

Après un déjeuner plus que copieux, Fred se dressa sur ses jambes comme un jeune homme pour prendre congé. Cette fois, tous le raccompagnèrent à la grille de la maison. Une vague lueur de tristesse passa dans ses yeux, que Fabrice fut sans doute le seul à remarquer. Il se demanda si le vieux Fred ne se faisait pas plus de mal que de bien en venant chercher ici, l'air de rien, ce qu'il ne pourrait plus jamais trouver : la présence d'une femme disparue qui, de surcroît, avait cessé de l'aimer comme les hommes attendent que les femmes les aiment. Il parut que Fred voulait retarder l'instant de se séparer. Deux ou trois fois il se retourna pour constater que tel massif avait poussé, que le grand chêne n'avait pas souffert de la tempête, que quelque chose d'immuable restait malgré tout à la villa Aurore, malgré le temps et la mort.

En regardant Esther une dernière fois, il songea qu'il était vieux et que la petite-fille de Nina avait la vie devant elle.

22

Ce soir-là, tous avaient compris, sans même qu'elle le dise, qu'Esther ouvrirait la chambre de Nina pour aller y cueillir les souvenirs comme dans un champ les fleurs d'arrière-saison, celles qui compensent la pâleur des tons par la persistance des parfums. C'est bien de parfums que parla la petite-fille de Nina quand elle évoqua cet automne de l'année 1947, où la France commençait à revivre, à sortir peu à peu des privations, des pénuries et des rationnements, où les femmes endeuillées s'apercevaient souvent qu'elles étaient encore jeunes et que, si elles le voulaient, une existence nouvelle s'ouvrait à elles.

Nina avait raconté à Esther comment un matin d'octobre, traversant le Pont-Neuf et, voyant le reflet pénétrant du soleil sur la Seine, elle s'était dirigée tout droit vers l'imposant magasin de la Samaritaine où jamais elle n'était entrée depuis son arrivée dans la capitale. Elle s'était alors livrée à une série d'achats, de jupes, de robes, de chemises et de dessous féminins, pour finir au rayon des parfums. Là, elle était tombée en extase en respirant un flacon de Chanel, c'était le numéro 5, le fameux chiffre de la « grande mademoiselle », et en emplissant ses poumons de cette fragrance, elle avait senti au plus profond d'elle, en des territoires insoupçonnés, si bien dissimulés sous sa chape de douleur, l'envie d'exister pour elle, d'être une femme, de plaire, d'aimer.

C'est pourquoi lorsque, à l'occasion d'une cérémonie de remise de médailles à plusieurs membres de son réseau de résistance, dans les salons de l'Hôtel de Ville, elle rencontra quelques jours plus tard un très beau jeune homme aux fines attaches, le teint cuivré, qu'on lui présenta comme « le prince du maquis basque », elle fut aussitôt éprise et n'eut de cesse de le revoir.

Il s'appelait Fred Vigo, s'était battu à la frontière espagnole où il avait connu André Malraux avant que celui-ci ne regagne les réseaux du centre de la France. Grâce à Vigo, des trains d'armements n'étaient jamais arrivés à bon port. Spécialiste des explosifs, il avait passé deux ans à faire sauter des ponts et des trains, puis s'était illustré en décimant une compagnie de l'infanterie espagnole dépêchée par le *caudillo* Franco pour venir appuyer l'armée nazie le long du mur de l'Atlantique. Vigo répugnait à parler de ses exploits guerriers, répétant qu'il n'avait fait là que son devoir. Mais deux de ses amis, le soir de la cérémonie de l'Hôtel de Ville, avaient en aparté raconté à Nina cette fameuse nuit où il était rentré dans leur planque, tailladé au cou et dans le dos après un corps à corps sanglant avec deux soldats allemands qu'il avait fini par achever. « C'était un mort-vivant quand il est revenu cogner à la porte. Sur le coup, on a cru que c'était une bête sauvage qui cherchait quelque chose à manger », avait dit un des camarades de Fred. Ces quelques mots ajoutés au charme naturel que dégageait Fred Vigo avaient ouvert en grand le cœur de Nina : c'était exactement l'homme dont elle avait besoin à ce moment de son existence, un ancien mort-vivant qui avait basculé du côté de la vie.

Esther avait pris place sur la courtepointe au pied du lit de sa grand-mère, et jamais elle n'avait paru se glisser si complètement dans le personnage de Nina, comme si tout à coup la petite Russe au destin fracassé par la guerre avait pu s'exprimer directement par la bouche d'Esther. Tous avaient repris leur place habituelle dans la chambre, Marion et Giovanni à côté l'un de l'autre, Jackie ne quittant plus Coletta, et Fabrice près d'Esther.

— Pourquoi ne se sont-ils pas mariés ? demanda le jeune homme dont les préoccupations semblaient toujours porter l'écho de ses propres tourments.

Esther soupira.

— Je crois qu'ils se sont plu comme s'ils avaient été frère et sœur. Comme ils ne l'étaient pas, comme ils avaient envie ou plutôt besoin de renouer avec un sentiment qui ressemblait à l'amour, la force des choses les a poussés l'un vers l'autre. Au fond, Nina était une femme trop libre, trop aventurière dans l'âme pour un homme comme Fred qui, une fois passées ses actions héroïques nées de la nécessité, n'aspirait plus qu'à une forme de tranquillité, presque d'effacement. Quand Nina l'a connu, il rayonnait d'une lumière qui s'éteignait, celle de la Résistance, du courage face à l'ennemi. Bientôt la vie allait reprendre son cours et Fred n'était pas homme à briller pour le seul plaisir de paraître. Il n'était pas fait pour le rôle de héros que Nina lui aurait volontiers assigné. C'est pourquoi ils ne furent que brièvement amants, mais amis toute leur vie, des amis durables, très chers, irremplaçables.

Tucky, qui ne perdait jamais le sens des choses concrètes, demanda :

— Mais ils ont quand même fait des coups ensemble ?

Esther adressa un coup d'œil complice à Jackie et Coletta pour qui cette histoire était familière.

— Bien sûr, au moins un gros coup lié à la collection Goldberg. Mais d'abord, il faut que vous sachiez que c'est après avoir rencontré Fred Vigo que Nina acheta le lieu où nous sommes aujourd'hui. On peut dire que la villa Aurore, c'est l'enfant de Fred et Nina, de Nina et Fred, comme vous voulez.

» À cette époque, Nina vivait dans un bel appartement donnant sur les jardins du Palais-Royal, et je crois qu'elle avait fait la connaissance de l'écrivain Colette dont un des chats, un soir, avait fugué pour se retrouver dans la cuisine de Nina. Nina élevait le petit Lucien Espiralier qui ne supportait la présence de personne de sexe masculin dans l'environnement proche de sa « tutrice ». Les deux seules fois où Lucien avait aperçu Fred, il lui avait réservé un accueil glacial, comme s'il avait eu l'intuition que ce beau jeune homme était de l'espèce qui avait combattu son père.

» C'est pourquoi Nina avait acheté la villa Aurore qui abrita l'idylle des nouveaux amants. À cette époque, Fred Vigo était devenu l'intendant du marquis de la Sablonnière, un aristocrate ami des arts qui s'était enrichi pendant la guerre sans que nul sût exactement quelles étaient les véritables origines de sa fortune. Lorsque Nina s'ouvrit à Fred de l'existence de la fameuse collection Goldberg, celui-ci songea aussitôt à son marquis pour "éponger" ces œuvres d'art en toute discrétion et verser à Nina l'argent qui la mettrait à l'abri du besoin jusqu'à la fin de ses jours. Il fallut plusieurs semaines de négociations entre les avocats du marquis, Nina et Fred Vigo qui, à aucun moment, ne se montra intéressé financièrement par la transaction en cours. Ils tombèrent finalement d'accord sur la somme de cinquante milliards d'anciens francs, une somme colossale en cette époque de vaches encore maigres, que Nina sut placer judicieusement pour préserver au mieux les intérêts de Lucien Espiralier jusqu'à sa majorité.

Elle s'arrêta un instant, la gorge sèche, comme si le seul fait de prononcer ce nom lui inspirait douleur et dégoût. Coletta avait préparé du thé. Esther plongea dans sa tasse une cuiller de miel de ronce, s'éclaircit la voix et continua. Personne n'avait songé à lui poser de questions, voyant bien que la jeune femme était partie sur la lancée du souvenir.

— Pendant toutes les semaines où dura la négociation, Nina et Fred se retrouvaient ici, à la villa Aurore. Je crois qu'ils y ont passé des moments heureux et tendres, même s'ils furent brefs. Il suffisait de voir Fred, cet après-midi, s'attardant sur les massifs de fleurs, pour deviner qu'un jour il avait créé une rose pour Nina, peut-être l'une d'elles portait-elle son prénom. Mais d'après ce que me révéla ma grand-mère, l'état amoureux s'évanouit comme il était venu quand le sort de la collection Goldberg fut scellé. Je vous l'ai dit, Fred rêvait d'une vie paisible, peut-être d'une famille avec des enfants. Nina, elle, n'était pas prête. Ils se sont quittés sans heurt, même si je pense que Fred garda toujours la nostalgie de ces semaines d'amour sans entrave.

» Mais déjà un autre homme était apparu dans la vie de Nina, un aventurier, un vrai, qui entendait continuer tous les combats de la liberté. Il s'appelait Alfonso Carillo, c'était un combattant espagnol originaire de Murcie, un antifranquiste de la première heure qui avait combattu aux côtés des républicains avant de se lancer dans la guerre contre les nazis. Quand la France fut libérée, il repartit poursuivre sa lutte contre l'armée de Franco et trouva la mort du côté de Valence, pendant l'hiver 1948. Il avait eu le temps de faire un enfant à Nina, une petite fille qu'elle appela Rosa, qu'on surnomma très vite Rosita la petite gitane. C'était ma mère.

Comme un grand silence accueillait les propos d'Esther, elle eut un sourire mutin pour tenter d'alléger l'atmosphère lourde qui baignait maintenant la chambre de Nina.

— Vous voyez que j'ai de qui tenir, question tempérament. Du sang espagnol coule dans mes veines, mêlé au sang russe de ma grand-mère. Vodka-sangria, un fameux mélange, non ?

Ils se déridèrent, au diapason d'Esther, qui continua.

— Lucien ne vit pas d'un très bon œil ce bébé arriver au foyer de Nina, c'était un rival. Il entrait dans l'adolescence et posait de plus en plus de questions sur son père, sur ce qui était arrivé à ses parents. Plus le temps passait, plus il sentait bien que notre lien était artificiel, pour ne pas dire contre nature. Il se mit à fréquenter une jeunesse dorée nostalgique de Vichy et du nazisme, et Nina le sentit progressivement s'éloigner d'elle, plein d'une haine terrible dont seuls sont capables les enfants. Quand il voyait ma mère, sa peau mate de petite Espagnole, il l'appelait la métèque.

» Un jour, il devait avoir dix-huit ou dix-neuf ans, il se disputa pour un rien avec Nina. On aurait dit qu'il cherchait exprès la querelle avec elle pour lui envoyer à la face un mot qu'il venait d'apprendre et qu'il utilisa comme une injure : "Tu n'es qu'une sale koulak ! lui cria-t-il. Une sale koulak !" Nina encaissa sans broncher, elle avait compris que ce gosse, qu'elle avait pourtant élevé dans des principes de tolérance et de paix, était un fauve qui portait en son sein la violence paternelle. Depuis qu'il fréquentait la jeune Marie-Liesse de Kerhor, une fille de famille qui était nostalgique de l'ordre et avait encore le Front populaire en travers de la gorge, Lucien était devenu pédant, snob, antipathique et surtout antisémite, tout le portrait de feu son père collabo.

» Après la mort d'Alfonso, Fred Vigo montra une fois de plus ses immenses qualités de cœur. Il avait compris que Nina avait senti de nouveau le sol vaciller sous ses pieds. Certes, elle était mère d'une petite fille mais se retrouvait seule avec ce cadeau, lourd à porter. D'autant plus que Lucien Espiralier se montrait sournoisement cruel et que la petite gitane se sentit très vite victime de ses ondes négatives, à tel point qu'il lui arrivait de fondre en larmes dès qu'elle le voyait. C'est ainsi que se produisit un étrange partage des rôles : le temps que Lucien Espiralier atteigne l'âge de sa majorité, Fred partit s'installer à la villa Aurore en compagnie de la petite gitane pendant que, progressivement, Nina cédait à Lucien l'appartement du Palais-Royal. C'est ainsi que la fille de Nina crut longtemps que Fred était son père et lui voua un amour comparable à un amour filial. Je l'avoue, ajouta Esther, ce sentiment me gagna des années plus tard, quand je prenais Fred pour mon « papy ». Dans cette période, poursuivit-elle, Nina se perdit un peu, passant d'homme en homme à la recherche de sensations passagères qui n'étaient que l'écume des jours ou plutôt des nuits, mais dont elle avait besoin sans doute pour continuer d'exister. Quand Lucien Espiralier atteignit enfin l'âge fatidique de vingt et un ans, il put prendre connaissance de ce qui lui revenait, et là, ce fut terrible.

— Ce devait être un beau salaud, celui-là, risqua Djamel, comme pour effacer dans le regard d'Esther les souvenirs sombres qui semblaient soudain affluer.

— Tu peux le dire, confirma la jeune femme. Mais restons dans le fil de la chronologie, ce sera plus simple. Devant un notaire, Nina informa Lucien des circonstances dans lesquelles elle était devenue dépositaire et exécutrice du testament de ses parents. À cette occasion, elle n'hésita pas à révéler au jeune adulte, avec des mots destinés à blesser le moins possible, que le comportement de son père avait été loin d'être exemplaire, comparé à celui des patriotes, et qu'en tombant sous les balles de la Résistance il avait finalement payé sa dette.

» Lucien Espiralier avait bondi : "Quelle dette ? Mon père a bien fait de virer tous ces youtres qui polluent notre espace national, mon père était un héros et c'est vous avec vos histoires de camps et de chambres à gaz qui avez perverti les esprits." À ces mots, le notaire avait indiqué à Espiralier fils que ses propos tombaient sous le coup de la loi mais, visiblement, le jeune excité — bon sang n'aurait su mentir — n'avait que faire des lois.

» Quand Nina et le notaire abordèrent la question de la collection Goldberg, Lucien fut à deux doigts de suffoquer. À ses yeux, compte tenu des chefs-d'œuvre en présence, il estimait que Nina aurait pu sans difficulté tirer le double de la somme, voire le triple. Suspicieux, il accusa même Nina et le notaire d'avoir réalisé la transaction sur son dos, profitant du fait qu'il était mineur, et d'avoir établi de faux actes de vente pour empocher au passage un dessous-de-table signalé nulle part.

» "On voit que vous avez beaucoup d'imagination ou que votre père vous avait bien éduqué à la méfiance dès votre plus jeune âge", avait observé le notaire avec beaucoup d'aigreur et de véhémence car il tenait ma grand-mère pour une véritable sainte. Ce en quoi il exagérait mais, en matière d'argent, elle était plus « réglo » que je ne l'aurais été. Les parents Espiralier avaient tenu à doter convenablement leur fils. Ce fut fait, grâce à Nina, bien au-delà du minimum.

» Quand il fut maître de ses biens et des lieux, Lucien Espiralier donna vingt-quatre heures à Nina pour faire ses bagages et dégager le plancher, ce fut son expression. Heureusement, ma grand-mère avait prévu que cette histoire pourrait mal finir. La villa Aurore lui appartenait, et elle avait pris soin de placer la part qui lui revenait dans l'héritage Espiralier pour conserver une rente satisfaisante, pour peu que la Bourse fût bonne, et elle le fut pendant les trente glorieuses qui précédèrent la crise pétrolière de 1973. C'est ainsi que prit fin cette période de sa vie où elle avait aidé une graine de petit facho à grandir dans le monde des hommes, sans réussir à lui inculquer la moindre notion, même relative, d'humanité, d'altruisme, de curiosité pour ceux qui sont différents.

— Des gars comme ça, y a que le flingue, affirma froidement Giovanni pendant que les autres approuvaient en silence.

Esther ne releva pas, encore échauffée par ses pensées. Coletta lui fit signe qu'il était tard, que certains devaient essayer des costumes pour l'affaire du lendemain, dont ils avaient à peine eu le temps d'évoquer le déroulement entre le farniente, la visite de Fred et les dernières révélations d'Esther. Djamel dressa l'oreille car il se savait concerné au premier chef. Cette fois, il pourrait faire son numéro. On n'attendait même que ça de lui.

23

L'animation des grands jours régnait dans la chambre de Tucky transformée pour l'occasion en salon d'essayage. Pendant que Marion et Coletta s'activaient à déballer de belles boîtes en carton les costumes taillés sur mesure par des artisans italiens, Djamel se transformait activement en cheikh Hocine Mohamed. Il n'y avait pas de temps à perdre, car le vrai cheikh ne tarderait pas à recevoir des relevés de comptes assez salés. Et Djamel était bien décidé à alourdir l'addition.

Installé devant une coiffeuse (« Comme la Pompadour ! » plaisanta Esther), Djamel venait de se coller minutieusement une moustache et une barbiche, puis il huila son front et le sommet de son crâne. Il passa à son cou une chaîne en or assez voyante au bout de laquelle sautillait une main de Fatma. Le poignet gauche qu'il tendait dans le vide fut rapidement ceint par Coletta du bracelet argenté d'une magnifique Rolex. Il passa ensuite un costume très sombre puis des bottines de chez Berlutti, le chausseur du pape et de Roland Dumas, entre autres célébrités. On le fit avancer devant le grand miroir de l'armoire pour qu'il puisse s'admirer de pied en cap. Il se sourit d'un sourire carnassier, ses dents très blanches ressortant d'autant plus qu'il portait un postiche anthracite. Il ajusta enfin des boutons de manchette en or, se parfuma, veilla à couper les ongles de ses mains au plus près de la pulpe des doigts.

— Tu es magnifique ! s'écria Coletta en l'admirant.

Il accueillit le compliment d'un geste modeste en baissant les yeux, mais le roi, ou plutôt le cheikh, n'était pas son cousin.

La séance d'essayage de Tucky se révéla un peu plus laborieuse. Dans l'aventure qui se préparait, le géant noir tiendrait le rôle du chauffeur chic au volant d'une Rolls, vêtu d'une livrée crème et de souliers de cuir noirs. Il était prévu pour lui un costume de tweed léger au cas où il devrait quitter ses habits de chauffeur pour un imprévu sur le lieu même des opérations. C'est ce costume qui posait quelques problèmes. Tucky avait juré ses grands dieux que, depuis les débuts de son régime, il avait perdu quelques kilos et que le XL était désormais bien trop large pour lui. Un débat s'était instauré sur la réalité de ce régime et sur le nombre de kilos effacés. Avec sérieux, Tucky avait prétendu que si son amaigrissement ne sautait pas aux yeux, c'était en raison de la couleur de sa peau.

— Chez nous les Noirs, plaida-t-il, il est aussi difficile de deviner notre âge que notre poids. C'est comme ça.

L'argument parut faible, surtout lorsque Tucky tenta d'enfiler le pantalon de son costume neuf. Il eut beau se contorsionner, élargir la braguette au maximum, ça coinçait au niveau des fesses et du ventre, bref, de tous les côtés. Les femmes de la villa Aurore vinrent à la rescousse. Sentant trois paires de mains le tripoter, Tucky les exhorta à insister, mais rien n'y fit. Il fallait se rendre à l'évidence : ça ne rentrait pas. Quant à la veste, elle lui engonçait les épaules, et il n'était pas question d'attacher les boutons. La livrée, elle, était parfaite, donnant à Tucky une classe folle de chauffeur de maître. Finalement, au bout de longues palabres, on décida que Tucky passerait un de ses vieux costumes dans lequel il se sentait à l'aise plutôt que de se serrer dans un vêtement ridicule qui lui aurait interdit le moindre geste en cas de repli rapide. Il garderait en tout état de cause la livrée crème sur le dos. Les souliers neufs, un peu justes — Tucky s'était décidément vu moins monumental qu'il ne l'était —, feraient l'affaire, d'autant que l'opération n'était pas prévue pour durer indéfiniment.

— Ce sera notre « Tempête du désert », ironisait Djamel. On raflera tout au pas de charge.

Jackie aussi avait reçu un très chic costume croisé qui lui allait comme un gant. Mais il le replia soigneusement après le premier essayage, car le temps n'était pas encore venu pour lui d'entrer en scène. La séance terminée, les trois compères se rendirent avec la voiture d'Esther dans un garage isolé de Clamart où les attendait le père Boudrelot, un vieux fourgue rangé des voitures qui, précisément, lorsqu'il s'était reconverti dans les tâches honnêtes, s'était installé comme garagiste. « C'est la profession régulière la plus proche de l'escroquerie, aimait-il à dire. De cette façon, je ne suis pas trop dépaysé ! »

De temps à autre, pour de vieux amis, il maquillait une voiture. Le vieux Boudrelot faisait dans la classe. Il avait des Bentley et des Rolls. Pour Jackie et ses copains, ce serait une Rolls argentée du plus bel effet, garantie fausses plaques et faux papiers, faux numéro d'immatriculation, mais vrai moteur douze chevaux capable de détaler en moins de deux au cas où toute cette petite plaisanterie sentirait le roussi. Quand ils se présentèrent devant les portes du garage, le père Boudrelot était justement en train de bichonner l'engin. Il leur fit signe d'approcher et leur montra l'intérieur. Djamel s'y voyait déjà. Avec les vitres fumées, la sellerie en cuir, l'espace immense pour étendre ses jambes à l'arrière, le bar encastré dans le dos du siège du chauffeur, l'écran de télévision, la musique en quadriphonie, il pouvait sans peine se mettre dans la peau de son personnage.

Quant à Tucky, il resta un long moment l'œil rivé sur le volant gainé de cuir, le tableau de bord en loupe, l'incroyable simplicité de ce luxe qu'il n'avait vu jusqu'ici que dans un film de James Bond, *Goldfinger* ou *James Bond contre Dr No*. Il n'était d'ailleurs pas loin de la fiction mettant en scène le fameux agent secret de Sa Très Gracieuse Majesté, car le père Boudrelot, sur ses vieux jours, s'était passionné pour toutes sortes de gadgets aussi insolites qu'utiles à des cambrioleurs cherchant le cas échéant à prendre la poudre d'escampette une fois commis leurs forfaits. Si la Rolls ne disposait pas de siège éjectable, elle comprenait en revanche une manette libérant pleins gaz un fumigène opaque qui écartait toute poursuite pendant plusieurs minutes. Elle était en outre équipée de gyrophares d'urgence qui pouvaient faire leur effet en cas d'embouteillages. Même si les ambulances étaient rarement des Rolls, l'effet de surprise pouvait jouer à fond.

Forts de ces assurances tous risques, Djamel alias cheikh Hocine et son chauffeur de couleur prirent place dans leur luxueux carrosse tandis que Jackie rentrait comme prévu à la villa Aurore, attendant son heure.

— Cocher, place Vendôme! commanda Too Much d'une voix de maître.

Nul doute que le jeune homme parfaitement grimé ressemblait à s'y méprendre à un riche héritier de ces royaumes lointains de l'Orient où l'or et l'argent semblent couler autant que le pétrole. La célèbre place des bijoutiers annoncée par sa majestueuse colonne était inondée d'un beau soleil printanier. Les habitués du Ritz sortaient à peine de leur petit déjeuner, digérant croissants et mignardises en faisant quelques pas devant les vitrines affriolantes de chez Chaumet. C'est précisément devant cette grande maison que stoppa la Rolls, non sans attirer l'attention curieuse et très respectueuse des messieurs à gros compte en banque et non moins gros cigares qui flânaient, nez en l'air.

— Un coup de fil nous a annoncé il y a quelques minutes l'arrivée du cheikh du Qatar, fit un vendeur stylé de chez Chaumet en s'avançant vers la somptueuse berline.

Djamel acquiesça en tendant sa main que couvrait, sur le majeur, un énorme rubis sang de pigeon. Il envoya un discret coup d'œil à Tucky : Marion avait bien prévenu que l'éminente personnalité du monde arabe qui allait se présenter chez Chaumet tenait à la plus grande discrétion en raison du climat politique qui régnait en Europe depuis les terribles attentats terroristes survenus récemment aux États-Unis. Très vite, les vendeurs les plus huppés de la vieille et célèbre maison française entourèrent le cheikh qu'ils firent asseoir dans un fauteuil très confortable placé tout à côté d'une table de vue, une de ces *sight tables* composées d'un plateau de verre transparent pour mieux mettre en valeur les pierres pressenties pour la transaction. Dès les premières paroles de Djamel, on comprit autour de la table que les sommes en jeu seraient considérables, et que la commission pour celui ou ceux qui réussiraient à écouler un diamant serait en conséquence.

— Je voudrais vous parler de Yasmina, ma troisième épouse, commença Djamel en plissant les yeux comme si un lointain soleil du désert l'empêchait de les ouvrir en grand.

L'air pénétré, il expliqua comment, s'étant marié pour la troisième fois, il n'en éprouvait pas moins un bonheur immense qui surpassait tous les précédents, sans doute parce que cette femme l'emportait en beauté et en grâce sur celles qui l'avaient précédée dans sa couche. Son auditoire se montra respectueux de chacune de ses paroles, dont personne n'aurait osé relever la vulgarité. Il apparut rapidement aussi que ce jeune prince savait ce qu'il voulait. Il s'agissait d'un connaisseur, à tel point que, découvrant les pierres qu'on lui apportait sur des plateaux d'argent, il savait en reconnaître la provenance et distinguer dans quel centre de taille, Tel-Aviv, Anvers ou New York, elle avait été affinée pour prendre son éclat définitif.

— Comprenez-moi bien, précisa le faux cheikh Hocine en adoptant une diction très lente et un rien affectée, je ne veux pas d'émeraude ni de perles. La plupart des émeraudes sont fausses, excepté peut-être quelques pierres trouvées à Madagascar. Quant aux perles, les plus belles viennent d'un archipel d'Indonésie que le pouvoir musulman maltraite de manière éhontée. J'ai beau être un fils du Coran, je ne veux d'aucune manière verser de l'argent qui servirait à la répression contre ces pauvres populations. Car ne croyez pas que les pêcheurs de perles voient la couleur de cette richesse : elle est confisquée par le pouvoir de Djakarta !

Cette petite leçon de géopolitique et d'économie administrée, le cheikh en vint au but qu'il poursuivait.

— Peu m'importe le prix, vous savez que la démesure est la seule mesure de l'amour. Voilà, il me faut un diamant vert qui s'accorde aux yeux de ma princesse. Je sais que les plus beaux du monde proviennent des cheminées latéritiques de Kimberley en Afrique du Sud. Si mes renseignements sont exacts, votre maison a acquis quelques-uns de ces joyaux grâce aux liens étroits que certains d'entre vous entretiennent avec la Central Selling Organisation, je veux dire la filière commerciale de la De Beers.

Les vendeurs se regardèrent, surpris par la précision des informations données par le cheikh.

— J'ajoute, insista-t-il, que je tiens à une couleur pure, c'est-à-dire presque transparente, ou vert d'eau. Pas question que la pierre ait subi un processus de colorisation aussi stupide que celui qu'on inflige aux vieux films en noir et blanc.

Il y eut des sourires, mais aucun commentaire. S'engagea alors un ballet d'allées et venues de vendeurs affairés, chacun cherchant dans ses réserves la pierre qui pourrait combler celle qu'il appelait avec des trémolos dans la voix sa « gazelle du désert ». En réalité, rien de ce qu'on lui présentait ne semblait assez beau. C'est que Djamel, qui demandait chaque fois « combien ? », estimait toujours le prix insuffisant. Quand on finit par lui proposer un diamant taillé chez les meilleurs orfèvres de Pelikanstraadt pour une somme avoisinant les cinq cent mille francs, il hocha la tête avec intérêt, demanda une loupe, puis exigea qu'on éteignît toutes les lumières du magasin pour apprécier le rayonnement naturel de la pierre. Confondus devant un tel professionnalisme, les hommes de l'art de chez Chaumet ne purent que s'exécuter, dans un état d'excitation indescriptible.

Volontairement, Djamel laissa planer un long silence durant lequel il fit mine de prier. Chacun respecta ce recueillement. Puis, quand il rouvrit les yeux, il sortit sa carte Gold et déclara solennellement qu'il achetait cette merveille. Discrètement, le directeur commercial de la maison, René Charles, entra en contact avec le centre de contrôle Gold qui confirma dans la minute que le compte du cheikh Hocine Mohamed était bien pourvu, assez pour supporter pareil achat.

— C'est parfait, déclara M. Charles avec un sourire en rendant sa carte bancaire au faux cheikh.

— Quelle joie, quelle joie, répétait Djamel en regardant l'hôtesse empaqueter délicatement le diamant vert. Mais cependant...

À ces mots, les vendeurs se précipitèrent autour de leur si riche client, le front barré par une soudaine inquiétude. Quelque chose lui avait-il déplu ? Ils furent rapidement fixés.

— Cependant, reprit Djamel qui avait laissé sa phrase en suspens, je serais plus comblé encore si je pouvais trouver un deuxième diamant, identique à celui-ci.

— Vous voulez dire une pierre jumelle, taillée dans la même proportion et avec une finesse rigoureusement comparable ? demanda René Charles.

— Oui, approuva le cheikh, exactement. Mêmes proportions, même finesse. Dans ce cas, je pourrais envisager de faire monter pour ma douce de magnifiques boucles d'oreilles.

— L'idée est excellente, approuva M. Charles. Il n'est pas impossible de trouver ce que vous recherchez. Mais je préfère vous prévenir tout de suite : le prix n'aura rien à voir. Une pierre jumelle vaut généralement trois fois le prix de la première. Même si nous faisons un effort commercial pour récompenser votre geste de confiance envers notre maison, je pourrais difficilement trouver à moins d'un million trois cent mille francs.

— Peu m'importe le prix ! répéta Djamel. Qu'y a-t-il de plus cher, de plus précieux que l'amour d'une femme, je vous le demande ?

— Vous avez raison, fit René Charles en baissant les yeux.

Djamel, qui était bien renseigné sur le personnel de la maison, savait pertinemment que le directeur commercial avait plutôt un faible pour les jeunes hommes, et cela l'amusait de lui faire dire des choses qu'il ne penserait jamais.

— Alors très bien, coupa vite le responsable des ventes. Avec un peu de chance, nous trouverons votre bonheur en activant sur le net le réseau des grands tailleurs et bijoutiers du monde. La pierre que vous venez d'acquérir, comme tous les diamants de cette valeur, a un véritable pedigree. Elle est connue de toutes les places et nous allons pouvoir diffuser sur la toile des clichés pris sous tous les angles. Si sa jumelle est sur le marché, elle ne pourra pas nous échapper.

— C'est fascinant, ce que vous me racontez là,

monsieur. Permettez-moi de voir comment vous lancez de telles recherches.

— Volontiers, répondit René Charles, heureux de ne plus avoir à acquiescer aux âneries sur le bonheur procuré par les femmes. Suivez-moi.

Les deux hommes s'installèrent devant l'écran d'un iMac que René Charles connecta sur le web. Il inscrivit rapidement le nom d'un site que Djamel eut mentalement le temps d'enregistrer. Sa mémoire était infaillible, tant il était habitué depuis son plus jeune âge à retenir les chiffres et les codes lorsqu'il prêtait main-forte à son père dans leurs innombrables opérations de filouterie. À douze ans, non content d'être capable de se grimer, d'imiter des voix masculines ou féminines, ou encore des accents britannique ou marseillais, Djamel pouvait de mémoire réciter plusieurs pages de l'annuaire et reproduire quasiment les yeux fermés, sur une feuille de papier, des itinéraires complexes qui lui étaient indiqués une seule fois. C'est pourquoi ce fut pour lui un jeu d'enfant de suivre les parcours virtuels qui menaient aux sites des bijoutiers du réseau Chaumet. Chemin faisant sur la toile, il retint donc les noms de toutes les enseignes afin de ne pas commettre d'impair, ensuite, quand il devrait inventer une fausse officine de diamantaire.

— C'est assez simple, lui expliqua M. Charles. Nous avons en mémoire numérique la pierre dont vous venez de faire l'acquisition. Nous alertons nos partenaires sur notre besoin d'en trouver une similaire en affichant ses caractéristiques de volume et de poids, en montrant un cliché en trois D ainsi qu'un dessin de coupe. Eux-mêmes disposent de données semblables sur les pierres qu'ils possèdent en stock. Ensuite, c'est la même chose que pour la police lorsqu'elle rapproche un portrait-robot du véritable suspect.

Djamel, tout cheikh qu'il était, ne goûta que modérément la comparaison. Il opina cependant du chef et demanda si la recherche prendrait beaucoup de temps.

— Je ne peux pas vous répondre, Votre Altesse. On dit que chacun d'entre nous a son sosie quelque part dans le monde. Il en va de même des diamants qui ont devant eux l'éternité. En tout cas, je puis vous assurer que, si la pierre jumelle est sur le marché, elle ne pourra pas nous échapper, et vous pourrez faire plaisir à votre femme. Et puis, sait-on jamais, il existe des rabatteurs qui savent où se trouve telle ou telle pierre, sur quelle main de duchesse ou de super-woman. Ensuite, c'est une question de prix, nous sommes sur un marché de fantasmes où tout s'achète et tout se vend.

— Je comprends, fit le faux cheikh en se levant.

Il tendit une main nonchalante que René Charles serra de manière appuyée.

— Nous ne manquerons pas de vous tenir au courant, lança-t-il en raccompagnant son riche visiteur sur le seuil du magasin.

Tucky s'était précipité au-devant de son maître dans sa somptueuse livrée crème qui ne faisait que mieux ressortir, en contrechamp, les lignes argentées de la Rolls dont le moteur ronronnait. René Charles, qui aimait plus que tout les voitures de luxe, resta ébahi un long instant, la bouche ouverte, incapable de prononcer un mot.

— Vous permettez, demanda-t-il au cheikh en approchant de la merveille.

— Mais faites, approuva Djamel pendant que Tucky gardait un sérieux d'empereur, le menton levé, l'air altier.

René Charles fit lentement le tour du véhicule, apprécia l'allure, le toucher presque soyeux de la carrosserie, l'éclat de la peinture, et ce souffle léger du moteur qui cachait sa puissance sous le capot comme le diamant ses feux dans son écrin.

— Une bien belle chose, murmura-t-il pour lui, vraiment très belle.

— Vous me feriez plaisir, un de ces jours, en m'accompagnant à la présentation des yearlings de Deauville, je m'y rends chaque année. Si cela vous chante, je vous réserve une place dans mon auto pour que vous fassiez plus ample connaissance. Vue de l'intérieur, je ne vous mens pas, c'est un bijou encore plus exceptionnel.

— Je vous crois, roucoula René Charles qui laissa percer dans sa voix un peu de ses manières, sous l'effet du plaisir et de la flatterie. Mais je ne vous retarde pas, à très bientôt.

Quand ils eurent rejoint la rue de Rivoli, Djamel et Tucky partirent dans un immense éclat de rire pendant que le grand Noir s'essayait à imiter les intonations de René Charles.

— S'il te trouve pas la pierre que tu veux, il sera tout prêt à te consoler en nature, s'esclaffa le pseudo-chauffeur.

Djamel regarda sa belle Rolex.

— Mon vieux Tucky, dit-il, je vois qu'il est l'heure de déjeuner. Que dirais-tu d'un saut léger à la Maison du caviar ? C'est à deux pas, et pour une fois que nous sommes habillés...

— Vos désirs sont des ordres, maître, vous

m'infligez là une rude épreuve, mais je dois m'incliner. Et d'ailleurs, toutes ces émotions m'ont creusé l'appétit.

— J'aime à t'entendre parler de la sorte, reprit Djamel. C'est vrai que l'habit fait le riche ! Alors, en route pour la route du caviar Beluga, nous voilà !

Il glissa la main dans la poche de son costume pour s'assurer que la carte Gold du cheikh Hocine était bien de la partie.

24

Au fond du jardin de la villa Aurore, dans le laboratoire de Giovanni, Jackie et Djamel regardaient depuis une heure, avec une fascination évidente, les tours de passe-passe du hacker de génie. Il avait suffi à Djamel d'indiquer les références des sites diamantaires pour que, en un clin d'œil, Giovanni vienne introduire un léger grain de sable dans le beau mécanisme. D'abord, il s'arrangea pour annuler la demande de Chaumet concernant la pierre jumelle sur tous les sites susceptibles de la recevoir, ceci afin d'éviter que d'autres vendeurs potentiels ne se manifestent. Après quelques manipulations connues et sans doute compréhensibles de lui seul, il fit en sorte que le portrait-robot de la pierre s'efface sans que M. Charles ne soit en mesure de s'en apercevoir.

— Maintenant, passons à la deuxième étape,

décida Giovanni, sûr de son fait et heureux de pouvoir exercer son art.

Cela ne lui prit pas beaucoup plus de temps d'accéder au fichier des immatriculations et de forcer en douceur le code d'accès lui permettant d'inscrire la raison sociale d'une nouvelle société de négoce diamantaire en se faisant passer pour l'organisme public seul habilité à procéder à ce type d'enregistrement. Il y avait belle lurette que Giovanni connaissait les références secrètes, sur le web, du ministère du Commerce et de l'Industrie. C'est ainsi que dans la liste des diamantaires agréés vint s'ajouter comme par enchantement la société « Cœur d'or ». Djamel avait imaginé « Cœur de pierre », avant de se rendre compte que ce n'était pas très heureux pour une officine liée au plaisir d'offrir... Cela prit un peu plus de temps pour confectionner un véritable site professionnel à l'image des autres. Cœur d'or se vit rapidement affublé d'une identité sud-africaine et d'un réseau d'échanges mondial, de Johannesburg à la Sibérie en passant par le Congo. À l'aide d'un album consacré aux plus beaux diamants du monde, Giovanni élabora un catalogue très convaincant après avoir rédigé un historique de la société en bonne et due forme, précisant même l'identité du fondateur, son combat pour l'émancipation des mineurs noirs en Afrique du Sud, le tout accompagné d'articles de presse bidonnés chantant la louange d'un certain James Heart, catapulté P-DG de la firme imaginaire. Suivait même son curriculum vitae, une photo de lui à sa sortie d'un site minier du Transvaal, puis en famille. Bref, en moins d'une heure, Giovanni avait inventé une histoire et des personnages en partant de rien.

— Tu n'es pas un magicien, tu es un dieu ! assura Djamel subjugué, pendant que Jackie se voyait déjà dans le rôle enviable de James Heart.

Une heure plus tard, d'un portable jetable, Jackie téléphonait chez Chaumet et demandait à parler à M. René Charles. C'était important et assez pressé, ajouta-t-il. On ne le fit pas attendre.

— René Charles à l'appareil.

— Bonjour, monsieur. Ici James Heart, de la société Cœur d'or. On peut dire que vous avez de la chance. Mes bureaux de Johannesburg m'ont signalé posséder en coffre une pierre rigoureusement identique à celle dont vous avez mis les caractéristiques sur le net.

— Vraiment ? glapit René Charles.

— Je peux en témoigner. Si vous voulez bien vous connecter sur notre réseau confidentiel dont je vous donne le code, vous pourrez en juger par vous-même.

Le directeur commercial de Chaumet s'exécuta et, comme l'avait voulu Giovanni, il dut passer par l'historique impressionnant de la firme avant d'arriver au scan du diamant qui n'était autre que celui déjà vendu par René Charles, mais affublé d'un numéro gravé distinct.

— Ça alors, s'exclama-t-il, c'est inouï, une telle ressemblance. On dirait vraiment la même pierre.

— N'est-ce pas ? répondit « James Heart » d'une voix assurée, sûr de son fait. Alors voilà ce que je vous propose. La pierre sera à Paris d'ici quarante-huit heures.

— DHL ? risqua René Charles.

— Nous avons nos propres réseaux de transport, coupa un peu sèchement Jackie pour décourager toute question trop précise. Vous comprenez, c'est affaire de discrétion. Des diamants de ce prix, on ne sait jamais ce que cela peut provoquer comme réaction irresponsable chez de petits esprits.

— Je vous comprends parfaitement, admit M. Charles. J'attends votre appel ?

— C'est ça. Quarante-huit heures maximum.

Et Jackie raccrocha en se frottant les mains.

Pendant quelques minutes, René Charles songea à appeler le cheikh Hocine, mais il se ravisa. Il voulait attendre d'avoir vu la pierre, de l'avoir tenue entre ses doigts avant de l'alerter. Il craignait trop de lui faire une fausse joie qui aurait altéré la si bonne relation que les deux hommes avaient entamée. Il attendit donc et se connecta de nouveau sur le site de Cœur d'or, une société dont il n'avait jamais entendu parler à ce jour, mais la présentation du P-DG James Heart ne pouvait qu'attirer la confiance. Il calcula la plus-value qu'il pourrait réaliser sur cette transaction, et ce calcul lui tira un grand sourire pensif qu'un de ses employés prit pour une avance...

25

Trois jours plus tard, ce fut au tour de Jackie d'entrer en scène. Vêtu d'un costume trois-pièces qui n'avait rien à envier à celui de Djamel, alias cheikh Hocine Mohamed, le mari de Coletta faisait un joaillier de la jet-set très convaincant.

Le matin, à la villa Aurore, il avait tranquillement imprimé les données inventées par Giovanni sur sa société Cœur d'or pour ne pas risquer d'être pris en défaut par René Charles qui se targuait d'être toujours au courant des affaires du monde et ne manquerait sans doute pas, tenant devant lui un authentique sujet sud-africain, de l'interroger sur l'état du pays. À une époque, Jackie avait passé deux ans aux États-Unis, où d'ailleurs son prénom de Jacques avait subi cette transformation « yankee ». Aussi était-il capable de prendre sans effort un accent anglo-saxon tout à fait crédible, qui conviendrait en tout cas au directeur commercial de la maison Chaumet.

Giovanni, qui se passionnait pour l'industrie du diamant et l'Afrique du Sud, avait briefé son « élève » au cours des jours précédents sur la situation générale du pays, le maintien des tensions raciales, la relative pénurie de grosses pierres — comme celle qu'il lui vendrait, d'où son prix exorbitant... —, mais la surabondance de pierres moyennes et petites qui expliquait l'effondrement du marché mondial et l'inquiétude des successeurs de Nelson Mandela sur le maintien de l'ordre dans l'ancien pays de l'apartheid. Jackie avait appris ses leçons comme un gamin et c'est avec impatience qu'il attendait de passer son oral dans les murs prestigieux de chez Chaumet, sur cette place Vendôme qui le faisait rêver depuis si longtemps.

La veille, accompagné de Tucky et de Fabrice, il avait troqué la Rolls contre une Bentley très chic, préparée pour l'occasion par le garagiste de Clamart. Celui-ci avait donné les directives d'usage si jamais le coup tournait mal : la luxueuse auto était elle aussi équipée de gadgets fort utiles en cas de poursuite, dans le genre fumigènes et lacrymogènes... Tucky aurait donné cher pour accompagner Jackie place Vendôme. Mais il admit qu'il ne pouvait cumuler les rôles de chauffeur, même s'il ne se montrait pas. René Charles était assez amateur de ces berlines pour sortir de nouveau sur le pas de la porte et faire le tour de la voiture. Le grand Noir les laissa partir à regret tandis que le sieur James Heart essayait son accent british sur Fabrice, qui le jugea tout à fait honnête.

Quand il s'annonça chez Chaumet quelques minutes avant d'arriver, Jackie savoura à l'avance ce moment où on allait lui ouvrir en grand les portes de cette caverne d'Ali Baba. Le diamant qu'il transportait sur lui était un ersatz du premier, fabriqué dans un carbone artificiel utilisé dans l'industrie des semi-conducteurs. Giovanni avait pris soin de graver au laser un numéro à trois chiffres censé authentifier sa valeur et son origine. Cette pièce valait au maximum mille francs. Elle allait en rapporter plus de mille fois davantage... Jackie avait de quoi se lécher les babines.

— Soyez le bienvenu, fit René Charles en tombant en arrêt devant la Bentley.

Fabrice, qui portait une livrée beige à col vert, venait d'ouvrir la portière à son prestigieux passager qui ne tarda pas à entrer sur le théâtre des opérations.

— Nous avons un client très exigeant, commença le diamantaire de la place parisienne. Quand il m'a acheté un magnifique diamant vert, j'étais déjà comblé. D'autant qu'il n'a demandé aucun délai de paiement. Nous avons débité sa carte bancaire sans aucune difficulté. En moins de deux minutes, la transaction était faite. Mais lorsqu'il m'a demandé si par hasard je disposais de la « sœur jumelle » de cette pierre, j'ai vraiment pensé qu'il serait difficile de lui donner satisfaction, ce qui me contrariait profondément car je sais la valeur d'une double pierre. Autant vous dire, mister Heart, que votre offre est venue à point nommé. Voyons un peu.

Jackie ouvrit délicatement une petite boîte carrée de carton épais recouvert de velours bleu nuit en forme de cœur, délimité par un discret fil d'or.

— À l'image de notre société Cœur d'or, précisa le pseudo-patron sud-africain.

Avec un véritable recueillement, René Charles se saisit de la pièce qu'il porta aussitôt devant son œil, dans la lumière du jour qui provenait des grandes vitrines. Ce fut le seul instant où le palpitant de Jackie s'accéléra. René Charles était un expert reconnu, pas commode à berner. Il fallait une imitation irréprochable pour le piéger. Celle-ci l'était, grâce aux manipulations chimiques effectuées par Giovanni.

— Remarquable, répéta René Charles tout en rapprochant de cette pièce providentielle une photo représentant celle vendue au cheikh Hocine. C'est étrange, fit-il en se tournant vers Jackie, si la vôtre ne portait pas une immatriculation différente, je jurerais qu'il s'agit des mêmes.

« James Heart » arbora un grand sourire en la remettant dans son écrin de carton. Il était heureux que son apport fût aussi opportun.

René Charles comprit que la discussion devait maintenant porter sur le prix. Au-delà du million de francs, sa commission passait de 12 à 20 % de la valeur de l'objet, c'est pourquoi il avait tout intérêt à ce que le vendeur se montrât un peu gourmand, dès lors qu'il signerait une facture en bonne et due forme. Plus ce serait cher à l'achat, plus la revente au cheikh Hocine serait mirobolante.

— Comme vous le savez sans doute, commença Jackie en devançant les questions qui pourraient lui être posées, notre industrie sud-africaine souffre d'un enchérissement des coûts de production. Il faut aller chercher les pierres toujours plus loin et toujours plus profond. Le secteur de la gemme est aussi sinistré par la contrebande de diamants venus d'on ne sait où, sûrement de l'ancien Empire soviétique dans les poches des mafieux, et qui contribuent à l'effondrement des cours. C'est pourquoi notre marge bénéficiaire ne subsiste que sur les grosses pierres, les plus rares et les plus belles, comme celle que je vous ai apportée. Je vous fais grâce du coût de transport depuis Johannesburg. Je vous la laisse à un million cinq cent mille francs, moitié dollars, moitié marks. Ce n'est pas que nous n'avons pas confiance dans votre monnaie, mais, comprenez-vous, nos liquidités doivent être conformes à la configuration actuelle des rapports de force monétaires.

— Ne vous justifiez pas, admit René Charles, c'est tout à fait normal. Je vais de ce pas appeler notre client qui se chargera lui-même de vous verser la somme en liquide, dans les devises que vous souhaitez.

Le patron de Chaumet composa le numéro du

téléphone portable laissé par Djamel. Ce fut Marion qui prit la communication, disant que le cheikh s'apprêtait à partir pour Roissy où il devait accueillir son épouse dont l'avion atterrissait une heure plus tard.

— Ne quittez pas, fit-elle en feignant la précipitation, je vais voir s'il n'est pas encore dans l'immeuble.

Elle couvrit le récepteur du portable avec sa paume et laissa passer quelques longues secondes pendant que Djamel, assis à côté d'elle, souriait d'avance du coup qui allait bientôt trouver son accomplissement.

— Vous avez de la chance, monsieur, reprit Marion d'une voix faussement essoufflée. Je l'ai rattrapé *in extremis,* il entrait dans sa voiture. Ne quittez pas, je vous le passe immédiatement.

Il y eut encore un silence calculé. Au bout du fil, René Charles bouillait d'impatience d'annoncer à Son Altesse la bonne nouvelle.

— Quel bon vent, monsieur Charles ? demanda Djamel. Dois-je espérer de votre appel si rapide une bonne nouvelle concernant nos affaires ?

— Une nouvelle excellente, Votre Altesse, quelque chose qui, je vous l'avoue maintenant, me semblait presque impossible.

— Par Allah, rétorqua Djamel, j'étais sûr, en m'adressant à vous, que rien n'était vraiment impossible. Dites-moi vite.

— Voilà, j'ai devant moi la réplique exacte de la pierre que je vous ai vendue il y a trois jours, certifiée authentique, gravée selon les normes internationales, une pure merveille que je tiens d'un confrère sud-africain, M. James Heart.

— Heart, dites-vous ? N'est-ce pas le patron de cette firme qui a soutenu durant de longues années le combat de Mandela quand il était encore considéré comme un terroriste ?

— Je crois bien, fit René Charles hésitant, craignant d'avoir commis un impair.

— Alors c'est parfait, renchérit aussitôt Djamel. Vous avez devant vous un personnage d'une éthique à toute épreuve que je serais heureux de rencontrer, tant j'ai partagé à distance ses combats contre le racisme. C'est d'accord, et votre prix est le mien.

— Libre à vous de venir tout de suite conclure l'affaire, répliqua l'homme de chez Chaumet, radieux. Nous sommes tombés d'accord sur un prix de deux millions de francs.

— Ce serait avec plaisir, cher monsieur, mais comme mon assistante vous l'a peut-être dit, je file à Roissy chercher mon épouse, et vous savez ce que c'est, mon absence pourrait l'inquiéter ou, pire, lui laisser croire que ma flamme vacille. Je vous en prie, cher monsieur, au nom de la confiance qui nous lie depuis notre affaire d'avant-hier, et de l'amitié que je sens poindre entre nous, soyez assez aimable d'acheter la pierre à M. Heart, je serai dans vos bureaux demain matin à la première heure pour vous régler la somme cash, évidemment.

René Charles s'était isolé dans son petit bureau, situé derrière les vitrines latérales, pour pouvoir parler discrètement du prix, à distance de James Heart. Le chiffre ayant été fixé avec le Sud-Africain à un million et demi de francs, il ne souhaitait pas que ce dernier entendît que sa commission atteignait le chiffre exorbitant de cinq cent mille francs. Il réfléchit un quart de seconde et accepta l'offre du cheikh dont il avait de toute manière les références bancaires depuis son paiement avec sa carte Gold.

— C'est entendu. Je vous attends demain matin.

La minute d'après, à l'abri des regards, il ouvrait le coffre de la maison Chaumet pour en sortir des liasses de marks et de dollars selon un montant calculé, au cours du jour, à un million cinq cent trente-quatre mille francs.

Jackie aurait payé cher pour que Coletta et leurs amis puissent assister à cette scène unique en son genre : un éminent dirigeant de la maison Chaumet se faisant fourguer un faux diamant pour une somme gigantesque payée en lieu et place d'un « cheikh en bois », comme Tucky appelait Djamel, l'affaire valait son pesant d'or. Car à l'évidence, une fois Jackie parti à bord de sa Bentley, René Charles eut beau multiplier les appels sur le numéro de portable laissé par le cheikh Hocine Mohamed, plus jamais il ne mit la main sur lui. En croyant mettre dans sa poche une « plus-value » d'un demi-million de francs, il venait de perdre le triple de la somme et, quand l'examen du diamant révéla qu'il s'agissait de carbone synthétique d'une pureté confondante, René Charles comprit qu'il venait d'être le jouet d'une terrible supercherie qui allait lui coûter sa place et sa réputation. Sans compter qu'il pourrait attendre longtemps avant d'espérer faire un tour en Rolls...

Il faisait presque nuit quand le héros sud-africain de la journée rentra à la villa Aurore, les poches pleines à craquer. Les compliments se déversèrent sur lui, mais d'abord ceux de Coletta qui n'en croyait pas ses yeux.

— Un sacré cerveau, mon Jackie, pas vrai ?

Ils firent ripaille une partie de la nuit, Jackie répétant cent fois la scène où René Charles l'avait entretenu sur le sort des Noirs en Afrique du Sud. La bande d'escrocs au grand cœur ressemblait à une compagnie de potaches inoffensifs portés par une même joie de vivre et l'appétit de la jeunesse que partageaient encore, à leur manière, Coletta et Jackie.

Seul Fabrice semblait un peu mélancolique. La distribution des rôles lui paraissait encore trop floue, en particulier son propre rôle face à la toujours mystérieuse locataire du premier étage. Il but abondamment, au-delà des quantités qu'il lui était déjà arrivé d'ingurgiter par le passé. Isolé en bout de table, il n'avait guère adressé la parole à ses voisins, le regard perdu, ou plutôt posé sur le seul objet de sa convoitise et de ses tourments, la belle, touchante, bouleversante Esther, qu'il souffrait de sentir parfois un peu indifférente, en tout cas loin de lui.

26

Quand la fatigue commença à gagner les joyeux convives de cette mémorable soirée, chacun se retira pour un sommeil réparateur. Coletta et Jackie, qui avaient sans doute beaucoup de choses à se dire après ces journées qui les avaient replongés dans leur tumultueuse jeunesse, furent les premiers à prendre congé, rapidement suivis par Marion et Giovanni.

— Voilà les couples qui nous quittent ! s'écria Tucky. Lâcheurs ! fit-il, avec un brin d'envie, lui qui restait toujours discret sur ses conquêtes.

Djamel le prit par le cou en mimant un baiser.

— On s'en fiche nous, on est bien entre garçons, reprit Too Much d'une voix efféminée.

Tucky le repoussa sans ménagement.

— Je préfère être seul qu'accompagné par un cheikh folle ! persifla le grand Noir.

Il chercha du regard la complicité de Fabrice, mais celui-ci, fermé comme une huître, semblait remuer de sombres pensées. Il avait regardé Esther se lever puis monter l'escalier en direction de sa chambre, en même temps que Jackie et Coletta, et, de la voir s'éclipser de la sorte, sans plus qu'un petit signe lointain à son adresse, lui avait serré le cœur. À vrai dire, le jeune homme était à cran, et les émotions fortes vécues les jours précédents, d'abord chez le véritable cheikh Hocine quand il lui avait subtilisé son portefeuille, puis cet après-midi même en accompagnant Jackie, alias James Heart, devant chez Chaumet, tout cela avait provoqué chez lui un état d'excitation qui l'avait chauffé à blanc. Au fond, Fabrice se rendait compte que, sans en avoir jamais pris conscience dans le passé, il était un romantique, une sorte de cœur fragile qui s'était composé un personnage de dur pour mieux répondre à l'indifférente dureté de son père. Et, alors qu'il avait cru au début percevoir chez Esther l'envie d'une liaison amoureuse, chaque jour qui passait désormais, chaque heure même, semblait l'entraîner loin de l'univers intime d'Esther. Il ruminait son dépit en silence, mais l'absorption exagérée d'alcool l'avait plongé cette fois dans un marasme noir, à l'évidence excessif, sans commune mesure en tout cas avec l'attitude de la jeune femme à son égard.

Tucky et Djamel finirent par se lever pour disputer une partie de baby-foot.

— Tu nous prends ? demanda Djamel. Deux métèques contre un bon Blanc, ça te va ?

Fabrice répondit par un signe négatif de la tête et laissa partir ses deux compagnons. Quand il fut seul dans la nuit fraîche, il termina le fond d'une bouteille de scotch et continua de remuer ses pensées moroses. Pourtant, se disait-il, j'ai passé le baptême du feu. J'ai réussi la mission qu'on m'avait confiée, j'ai même été félicité. Esther m'a installé dans la chambre la plus proche de la sienne, bon, mais si c'est pour ne plus m'adresser la parole, j'appelle ça du sadisme. C'est ça, du sadisme, elle joue à me faire souffrir, et elle prend du plaisir à contempler ma souffrance. Ah ! ils peuvent être jaloux, les Djamel ou les Tucky... Je ne l'ai pas même embrassée, et je ne parle pas de l'avoir caressée. Pourtant, ce corps, cette peau, oh, mon Dieu comme j'ai envie d'elle... Sans s'en apercevoir, Fabrice s'était échauffé tout seul à tel point qu'il parlait maintenant à haute voix. Tout y passait, les saloperies de son père à l'enfant qu'il avait été, les faiblesses de sa mère, la cruauté supposée d'Esther...

Quand il eut vidé une première fois son sac pour lui-même, comme pour se donner de la force et de la conviction, il se mit à appeler Esther. Comme personne ne lui répondait, il grimpa l'escalier d'un pas hésitant, manquant plusieurs fois les marches, accroché à la rampe comme un noyé à une bouée. À la porte d'Esther, il tambourina si fort que la jeune femme, occupée à visualiser une carte du vieux Nice préparée par Giovanni, vint à sa rencontre.

— Qu'y a-t-il ? demanda-t-elle d'une voix très douce, le regard inquiet.

— Ah ! bravo, madame ! Chapeau bas pour vos belles manœuvres. On appâte en douceur, puis on laisse mariner, j'imagine que mon heure ne tardera pas avant que vous ne me jetiez comme une vieille chaussette une fois que vous aurez vu que vous êtes capable de me mettre le cœur dans tous les sens.

— Mais, Fabrice...

Esther s'était approchée de lui. À son haleine chargée, elle comprit rapidement que le jeune homme à la sensibilité exacerbée par l'alcool faisait une crise de déprime et peut-être une crise nerveuse. Elle était prête à appeler un médecin, mais Fabrice, qui parut tout à coup retrouver ses esprits, l'en dissuada.

— Je comprends ton jeu, commença-t-il, car c'est bien ça n'est-ce pas, je suis ton jouet. Tu t'ennuyais avec tes virtuoses de la zone, tes Robin des Bois, alors t'as déniché le petit fils de famille propre sur lui mais un peu déséquilibré, t'as vu la faille tout de suite, j'avais pas la gueule de l'emploi, ni les gestes, alors tu t'es dit, tiens, c'est amusant, comme un jouet qu'on n'a pas encore dans son coffre et qu'on voit dans la vitrine. Et quand on est gâtée comme toi, on se le prend, on joue un peu avec lui, on touche un peu partout, moi c'était au cœur, puis tout lasse, tout casse, alors justement, on casse le jouet. Moi, je dis stop, pouce, basta ! Dès demain je fous le camp, et t'inquiète pas, j'irai pas dénoncer le phalanstère de voyous de la villa Aurore, l'autogestion de l'escroquerie. Je saurai tenir ma langue, ce sera mon remerciement pour m'avoir fait rêver, et arrête d'entrouvrir les lèvres comme ça parce que, tu vois, Esther, quand je vois la pointe de ta langue, ta bouche pulpeuse que j'imagine tiède, je meurs d'envie de te serrer dans mes bras et de t'embrasser.

Esther s'était approchée doucement de Fabrice qui perdait peu à peu de sa véhémence, au bord des larmes, la voix brisée.

— Fabrice, Fabrice, répéta la jeune femme. Où as-tu pris que je me moquais de toi, que tu étais un jouet ? As-tu oublié dans quelles circonstances nous nous sommes connus ? Ne va pas plus vite que notre histoire, ne gâche pas tout en te montrant trop pressé, trop impatient. Si tu es là, c'est que je l'ai voulu. Je comprends que tu sois dérouté par cette vie dans laquelle je t'ai entraîné. J'imagine que tu attendais quelque chose de plus calme, en tout cas de plus classique, un homme et une femme...

— Je n'attendais rien, coupa froidement Fabrice.

Sans tenir compte de sa remarque, Esther fit tranquillement asseoir Fabrice sur le gros fauteuil tendu de velours beige installé devant sa coiffeuse, tandis qu'elle s'asseyait sur le rebord de son lit.

— Fabrice, poursuivit-elle, je voudrais que tu comprennes une chose au lieu de te mettre dans des états pareils et d'échafauder je ne sais quelle histoire à dormir debout. Je ne suis pas une femme libre. Mais ces mots n'ont pas le sens que tu crois. Il n'y a pas d'homme dans ma vie et il ne pourra pas y en avoir tant que je n'aurai pas réglé un compte du passé qui m'empêche d'aimer comme tout le monde, de vivre comme tout le monde, d'exister tout simplement. Tout ce dont tu es le témoin depuis ton arrivée à la villa Aurore doit te paraître incongru, décousu, sans queue ni tête. Je suis la seule à savoir exactement où je vais et pourquoi j'agis. C'est une question de sécurité et de concentration, de responsabilité aussi. Je suis la seule responsable et je tiens à assumer jusqu'au bout chacun des actes qui seront entrepris.

— Parle plus simplement, supplia Fabrice, je comprends à peine la moitié de ce que tu dis.

— C'est déjà pas mal, vu ton état, s'amusa Esther qui avait pris les mains du jeune homme dans les siennes.

Il se laissa faire. Les effets de l'alcool commençaient à s'estomper et il sentit brutalement une chape de fatigue tomber sur ses épaules et sur ses yeux. Peu à peu, il prenait conscience qu'il avait probablement dit à Esther beaucoup de choses qui dépassaient sa pensée, et cette idée le contraria. Bien sûr, il se morfondait d'être chaque jour si près d'elle, de n'obtenir que des sourires et des semblants de promesses. Mais c'était ainsi, il ne devait pas se montrer impatient ni revendiquer quoi que ce soit, encore moins trahir une faiblesse de caractère qui, loin d'attendrir Esther, l'aurait plutôt éloignée. Dans la confusion de son esprit, il parvint à réunir ses pensées. La jeune femme serrait ses mains, en continuant de lui sourire.

— Je suis désolé, fit-il d'une voix nettement radoucie. Je comprends ce que tu veux me dire, en réalité, et, s'il y a des choses que je ne pige pas, je devine que tout cela dépasse ma petite personne. Tu sais, c'est terrible d'être un fils qui n'est rien aux yeux de son propre père. On finit par croire qu'on n'est rien aux yeux de tous, et pour l'homme que je suis...

Il hésita, resta silencieux, comme Esther quand elle racontait la vie de Nina et qu'elle abordait un moment pénible qui la remuait au plus profond.

— ... Pour l'homme que je suis, reprit-il, je vis dans la hantise qu'aucune femme jamais ne me remarque.

— Je t'ai remarqué, moi ! protesta Esther.

— C'est vrai. Mais depuis... C'est ça qui me mine, au fond. Ce n'est pas toi, c'est l'absence de toi, ce que je ressens comme ton absence, même si nous sommes très proches...

— Tu es injuste, Fabrice. D'emblée je t'ai installé à l'étage, là où aucun des membres de l'équipe n'a jamais dormi. Tu as même suscité quelques petites jalousies, sans conséquence, mais qui devraient te rassurer sur mes sentiments envers toi.

— Esther, je fais sans doute partie de ces gens qui éprouvent une angoisse permanente tant qu'ils n'ont pas eu la preuve que, oui, on veut bien d'eux, on ne veut qu'eux...

— Ma parole, il te faudrait des garanties d'exclusivité, fit Esther sans se moquer, ayant compris que Fabrice souffrait sincèrement. Alors regarde-moi bien : demain, tu viendras avec moi à Paris, nous irons dans un endroit que tu seras le premier à découvrir et, surtout, je te montrerai une chose, un objet incroyable, dont je n'ai jamais parlé à personne. Ça, c'est pour la confiance.

Elle exerça une pression sur ses mains avant d'ajouter :

— Pour le reste, Fabrice, pour ce que tu me dis

et que j'entends, que je comprends, ne va pas plus vite que les battements de mon cœur. Quand je t'ai vu la première fois, j'ai pris conscience qu'il pouvait battre. Maintenant, laisse-le accélérer à son rythme qui ne dépend ni de toi ni de moi, mais des circonstances de la vie, de cette liberté que j'attends depuis si longtemps.

— Tu ne veux vraiment pas me dire ce qui te retient, le nom de ce mal, que j'aille le combattre là où il est ? demanda Fabrice, reprenant espoir.

— Patience, nous allons y venir. Va dormir maintenant. Là où je t'emmène demain, ce serait bien que tu ouvres grands tes yeux, tu ne le regretteras pas.

Et elle le reconduisit jusqu'à la porte de sa chambre puis déposa un doux baiser dans son cou. Fabrice gagna docilement son lit. Cette fois, il était dégrisé. Il se demanda quel genre de surprise lui réservait Esther. Il avait compris en tout cas que, si leurs âmes communiaient, le corps de la belle lui échapperait encore, au moins un certain temps. Il prit la résolution d'attendre et, autant qu'il le pourrait, de garder une apparente sérénité.

27

Tôt le lendemain matin, sitôt avalé le petit déjeuner, Esther demanda à Jackie d'avancer son Alfa Romeo dans le jardin. Sous l'œil goguenard des garçons de la bande, Fabrice prit place à côté de la jeune femme dans les profonds fauteuils de cuir. Coletta avait ouvert le portail et attendait le passage du bolide. Dans un nuage de poussière blanche, Esther envoya un salut et accéléra, direction Paris. Fabrice s'empressa de boucler sa ceinture de sécurité. À la radio, sur une station de la bande FM, un groupe de rap ajustait ses rimes. C'était Kat Luno et ses musiciens qu'Esther reconnut aussitôt.

— Tucky t'a dit ? demanda-t-elle. Nous sommes tous invités au concert ce soir.

— Quel concert ?

— Ils se produisent au Bambi's, une nouvelle scène branchée derrière Tolbiac. Tucky m'a suppliée qu'on rentre à l'heure ce soir pour venir les écouter.

— Cool, sourit Fabrice, sûr qu'on ira, je serai curieux de voir ça. Au début, j'y croyais pas à ses histoires de musicos. Mais quand il m'a montré les pochettes de CD où on le voit juste derrière Kat Luno, j'étais bluffé.

— Ça, c'est rien, déclara Esther. Giovanni aurait très bien pu truquer une pochette pour y ajouter Tucky. Si tu voulais, il pourrait même y mettre ta bobine !

— Tu veux dire que...

— Mais non, c'est une blague, juste pour t'expliquer que les choses qu'on n'a pas soi-même vues ou entendues peuvent toujours relever de l'intox. Mais en l'occurrence, pour Tucky, tout est vrai. Tu pourras vraiment t'en rendre compte ce soir. En attendant, filons, les portes ouvrent à neuf heures.

L'Alfa Romeo glissait à travers les routes de banlieue sans jamais pouvoir prendre sa vitesse de croisière, tant la circulation était déjà dense. Où Esther l'emmenait-elle ? Il se retint de poser des questions qui auraient pu trahir sa nervosité. Quand ils arrivèrent à hauteur de l'Opéra, Esther ralentit et se mit en quête d'une place sur le boulevard des Capucines. Elle poussa jusqu'à l'avenue du Quatre-Septembre et finit par se garer à deux pas du Club Méditerranée qui proposait, sur un affichage lumineux, des séjours en amoureux dans des bungalows sur des plages de sable blanc.

— J'ai trouvé, fit Fabrice d'une voix enjouée. Tu m'emmènes aux Seychelles. Tu trouves qu'on a le teint trop pâle et tu as raison. La seule chose qui m'ennuie, c'est que je n'ai pas de maillot de bain sur moi, ni de serviette. Quant à la crème solaire, car ça tape terriblement là-bas à cette saison... Bah, je suppose que tu as tout prévu et que...

Esther posa délicatement un doigt sur les lèvres du garçon pour l'inviter à se taire.

— Nous n'allons pas aux Seychelles mais à Cythère, proclama-t-elle sérieusement. Suis-moi.

— C'est quoi, ça, Cythère ?

— Ignare, répliqua-t-elle du tac au tac, je vois que tu as encore des leçons à prendre en matière d'amour.

— Je veux bien, oui, des leçons particulières si tu es disponible.

Ils poursuivirent sur le mode badin jusqu'au moment où Esther prit la rue de la Chaussée-d'Antin et entra dans le hall imposant de marbre et de pierre de la banque Ferrière.

— C'est ça que tu appelles Cythère ? s'étonna soudain Fabrice. Moi, je dis que c'est une banque, et une sacrée par-dessus le marché.

— Gagné, Columbo. Maintenant, deuxième

question : qui allons-nous braquer et quels sont les modes opératoires? fit-elle à voix suffisamment basse pour que seul Fabrice pût entendre.

Le jeune homme n'eut pas le temps de blêmir ni de s'affoler.

— Joke! fit Esther. Ne va pas te mettre en tête des idées héroïques. On descend au coffre, le mien, un monsieur très gentil nous attend avec la clé, on va le suivre et tout va bien se passer, tranquillement, entre gens honnêtes et bien élevés, compris?

Fabrice approuva et sentit quelque chose se détendre en lui. L'espace d'une seconde, il avait vraiment cru qu'Esther l'entraînait dans un casse éclair, et cette perspective l'avait soudain ébranlé. Au lieu de cela, un homme distingué au sourire très professionnel attendait Esther comme on attend un gros client qu'il ne faut pas incommoder.

— Monsieur Raynaud, commença Esther, je vous présente Lucas, mon jeune cousin, il prépare les Beaux-Arts et n'a pas résisté à l'envie de m'accompagner quand je lui ai dit que je passais au coffre ce matin.

— Comme c'est compréhensible, mademoiselle Esther.

Il salua Fabrice d'une poignée de main vigoureuse et son regard se porta de nouveau sur la jeune femme.

— Permettez-moi de vous dire, et prenez-le pour un compliment, que je ne peux m'empêcher de revoir en vous votre grand-mère. Toute la jeunesse qui perdurait chez elle malgré son grand âge, cette jeunesse est, comment dire, littéralement tombée sur vous. C'est un vrai cadeau de vous regarder, mademoiselle.

Esther rougit. Fabrice, qui avait envie de faire de l'esprit, s'empêcha de répondre qu'on se lassait un peu de ce cadeau quand il fallait se contenter de regarder sans jamais être autorisé à toucher.

Michel Raynaud était un des plus jeunes fondés de pouvoir de la banque Ferrière. Après de brillantes études à Harvard, qu'il avait intégré au sortir de HEC, il s'était intéressé de près aux ventes d'objets d'art, effectuant un stage d'une année chez Christie's. Il faisait partie de ces nouveaux financiers établissant des passerelles entre l'art et l'argent, convaincu que, mieux que les réserves en lingots d'or ou en bons d'État, un établissement financier avait de gros atouts pour lui s'il disposait « en portefeuille » d'œuvres cotées impérissables, appartenant au patrimoine mondial et reconnues comme telles. C'est ainsi que la banque Ferrière avait commencé à intervenir sur le marché de l'art au début des années quatre-vingt, profitant de la flambée des prix qui avait suivi pour réaliser d'incroyables plus-values sur des œuvres anciennes et modernes.

Le goût personnel de Michel Raynaud le portait sans nul doute vers les classiques du XVIIIe siècle, mais il savait repérer les talents contemporains, ce qui lui permettait d'investir dans des artistes encore méconnus mais dont les cotes grimpaient à vue d'œil d'année en année. C'est pourquoi sa direction lui faisait une confiance absolue quand il décidait d'appuyer des crédits sur tel ou tel tableau d'un peintre encore au stade des promesses. Toute la place financière, en Europe comme aux États-Unis, avait salué l'audace et l'intuition de Michel Raynaud lorsque, fin 1981, de retour de New York, le jeune banquier avait incité sa direction à utiliser les ressources de sa fondation pour acquérir des œuvres d'un certain Jean-Michel Basquiat. Ce jeune peintre d'origine haïtienne s'était taillé une belle réputation en décorant des pans de mur de gribouillis sous forme de rébus et de lettres indépendantes, redevenues libres de voler de leurs propres ailes. Alors que la France entrait dans l'ère du socialisme la rose au poing, Basquiat semait sa folie poétique, belle et endiablée, sur les murs de Brooklyn et de Manhattan. Nul n'y prêtait guère attention, sauf quelques galeristes en vue de New York dont une, Annina Nosei, était devenue l'amie de Michel Raynaud. C'est elle qui avait raconté au jeune Français la formidable énergie créatrice de Basquiat, ses descentes en ville armé de bombes de peinture pour redessiner la « grosse pomme » selon ses fantasmes, mais aussi son idylle avec Madonna, ses frasques avec la chanteuse du groupe Blondie, sa dévotion pour Jimi Hendrix et James Dean.

Un soir, Michel Raynaud avait participé à un dîner en petit comité en présence du peintre illuminé. Les deux hommes s'étaient aperçus qu'ils étaient nés le même jour d'août, Basquiat en 1960, Raynaud en 1954, et les racines haïtiennes du premier faisaient qu'il parlait français. C'est ainsi que le futur fondé de pouvoir de la banque Ferrière avait convaincu ses supérieurs qu'il fallait investir sur cet artiste qui révolutionnait le monde de l'art comme avant lui Andy Warhol et peut-être même Picasso. Le directeur de l'époque, Jean Hautin de la Coturbière, avait l'esprit ailleurs, car les socialistes étaient sur le point de nationaliser sa banque, ce qui le mettait d'humeur morose et semblait l'avoir coupé des réalités du monde qui n'avaient pas à voir avec la stratégie la plus efficace pour contrer ces traîtres enfants de la vague rose.

« Après tout, faites ce que vous voudrez », avait conseillé le grand patron à Michel Raynaud, qui avait pris cet accès de fatalisme désabusé pour une autorisation d'acheter du Basquiat et s'était précipité sur plusieurs dizaines de tableaux et de collages sur bois, acquérant aussi des centaines de dessins de l'artiste pour des sommes rondelettes, mais au final infiniment modestes par rapport à leur future valeur.

Car huit ans plus tard, lorsque Jean-Michel Basquiat succomba à une surdose de drogue après avoir brûlé sa vie par tous les bouts, abusé de LSD et de nuits sans sommeil pour construire son œuvre avec fièvre comme s'il avait senti le temps compté, à ce moment-là, sa cote explosa littéralement. Même les œuvres achetées quelques milliers de francs par Michel Raynaud atteignirent une valeur supérieure au million de francs. Bien des marchands se disputèrent la dispersion de ses toiles et dessins qui, de son vivant, n'avaient jamais connu une telle poussée. Mais Michel Raynaud était resté le premier, celui qui avait cru en lui avant les autres, et pour qui l'artiste avait gardé une affectueuse fidélité. C'est lui qu'il appelait pour aller le chercher à l'arrivée de Concorde, pour partager ses folies du Crillon, pour récupérer des toiles exécutées pendant ses nuits blanches contre un peu d'argent de poche.

Lorsque, à l'automne 1998, Christie's avait adjugé pour plus de dix-huit millions de francs un autoportrait de Basquiat lors des enchères qui ouvraient la saison new-yorkaise, le banquier ami des arts et de Basquiat s'était fendu d'une libre opinion au *Figaro*, dans laquelle il dénonçait la pusillanimité du musée national d'Art moderne Georges-Pompidou qui n'avait pas cru bon de l'acheter. Depuis ses années américaines, Michel Raynaud était devenu un expert incontesté, capable de satisfaire sous son autorité les exigences de l'art et celles de la finance. Sa direction l'avait chaudement félicité pour ses achats, à commencer par Jean Hautin de la Coturbière qui s'était très vite passionné pour cet univers, une fois obtenue l'assurance que sa banque ne serait pas nationalisée et que son statut de président-directeur général demeurerait inchangé.

Voilà pourquoi Michel Raynaud avait pu offrir à Nina une solution idéale pour gérer son patrimoine. Celle-ci avait conservé au coffre quelques tableaux magnifiques de la collection Goldberg, deux petits La Tour, un Fragonard et surtout une merveille de Watteau, un tableau intitulé *Les Amants de Cythère*, chef-d'œuvre du peintre de la douceur et de la sensualité. Il avait maintes fois représenté des « embarquements » pour Cythère, l'île idyllique de l'amour et du plaisir pour les Grecs, mais on ne connaissait de lui aucun tableau où il s'était laissé aller à représenter une scène suggestive de l'amour charnel.

En réalité, Nina avait longtemps caché à ses proches, y compris à sa petite-fille, une rencontre qu'elle avait faite avec un homme tourmenté qui n'avait eu de cesse de la coucher non pas dans son lit mais sur sa table, un Russe en exil qui s'appelait Nicolas de Staël. Ce dernier avait réalisé plusieurs croquis de Nina au début des années cinquante, quand son visage, jeune encore malgré l'approche de la maturité, pouvait susciter chez un artiste de la trempe de Nicolas de Staël une irrépressible envie de le représenter. Souvent Nina était venue à la banque Ferrière en compagnie de sa petite-fille et, chaque fois qu'il l'avait vue, Michel Raynaud avait été touché par la grâce naturelle de cette jeune femme. Sans qu'il fût à proprement parler amoureux d'elle, il se disait, quand il la voyait, qu'elle faisait partie de ces êtres mystérieux et inaccessibles qui vous donnent envie de leur dire sans réfléchir que vous les aimez et que vous aimeriez les emmener au bout du monde pour partager une passion voluptueuse et égoïste, loin du regard des hommes. Esther déclenchait ce type de folie passagère et, tout banquier qu'il était, Michel éprouvait cette pulsion presque sauvage.

Le banquier fit le meilleur accueil à Fabrice, alias Lucas, quand elle lui eut dit qu'il s'agissait de son cousin. Comme pour éblouir les deux visiteurs, il raconta par le détail le contenu d'une exposition Watteau qu'il avait eu l'occasion de découvrir récemment à Potsdam, où avaient été rassemblés non seulement les tableaux acquis jadis par Frédéric II de Prusse, mais aussi quelques tableautins merveilleux représentant des scènes érotiques malicieuses et gaies. Michel Raynaud trouva auprès de Fabrice un public réceptif, tandis qu'Esther semblait se fermer en écoutant ses explications sur la ligne des seins ou des croupes.

— Bon, Michel, nous sommes un peu pressés, à vrai dire. S'agissant de Watteau, justement, j'aimerais que vous nous sortiez mes « amants de Cythère ».

L'homme s'exécuta avec mille précautions, une fois qu'ils se furent enfermés dans la salle des coffres. Jusqu'au bout, Fabrice resta sur ses gardes, comme s'il avait craint ou attendu que la petite-fille de Nina, dans un geste imprévisible, décidât d'assommer le banquier érudit et de fracturer tous les coffres à portée de main. Mais rien ne se produisit, et c'est en toute quiétude que *Les Amants de Cythère* s'offrirent à leurs regards, dans un silence et un recueillement de cloître.

— Quelle splendeur, murmura Esther. Je ne m'en lasse pas.

Fabrice frémit devant cette scène de corps mêlés s'aimant sans détour. Il aurait donné cher pour jouer le soir même, dans la chambre d'Esther, la répétition de ces gestes, de ces regards, de ces caresses qui promettaient aux deux personnages une manière de passion éternelle, de jeunesse sans fin, de douce volupté.

Pendant que Michel Raynaud soupirait en silence, Esther serra discrètement la main de Fabrice d'une pression à laquelle il répondit aussitôt. Puis elle lâcha sa main sans le regarder, s'adressant au banquier.

— Michel, vous vous souvenez lorsque ma grand-mère Nina vous avait laissé les dessins de Nicolas de Staël comme caution aux crédits que vos prédécesseurs et vous-même lui aviez accordés.

— Bien sûr, Esther, comment oublier? Je dois vous dire que les admirateurs du peintre russe ont été les premiers surpris quand ces dessins sont devenus publics. Lui qui peignait des formes et des idées avait peint au moins un visage, et quel visage!

— Vous avez raison. Si j'avais été en âge de le faire, j'aurais empêché Nina de s'en séparer, mais je crois qu'elle ne voulait pas thésauriser quelque chose qui n'était à ses yeux qu'un brouillon d'artiste. Je crois qu'elle a été surprise du prix qu'elle en a tiré sans attribuer à ces œuvres une quelconque valeur sentimentale. Ce n'était pas le peintre qui était en cause, elle l'avait beaucoup aimé et le respectait vivement. Non, c'était l'idée que son visage, justement, pût avoir une valeur, ça la dépassait... Si je vous raconte ces choses, c'est que je pense devoir me séparer du Watteau.

Michel Raynaud eut l'air surpris.

— Vous parlez sérieusement ?

— Oui, c'est décidé. Je dois acheter une maison ces jours-ci dans le Luberon. Une affaire qui me tient terriblement à cœur. Il faut choisir, dans la vie, entre la représentation de la vie et la vie elle-même, vous ne croyez pas, monsieur le banquier ? demanda-t-elle avec un petit sourire narquois.

— Vous avez raison, fit-il en lui rendant son sourire. Mais, qui se chargera de la vente ? s'enquit-il aussitôt, preuve que, en bon banquier, il ne perdait jamais le sens de l'argent, même quand l'émotion atteignait son comble.

— Vous imaginez bien que j'y ai pensé... Voilà, c'est assez simple. Mon crédit chez vous est de quatre millions de francs. Si vous m'avancez une trentaine de millions de francs supplémentaires, je m'engage par écrit à vous assurer l'organisation de la vente aux enchères de cette œuvre par le biais de votre succursale chargée de ce type de transactions. Le tableau est estimé au bas mot à cinquante millions de francs, si je me base sur des indications de chez Christie's. Il me semble que le marché est honnête, n'est-ce pas ?

L'homme garda le silence quelques secondes, le

temps de se livrer à ses calculs de commission et de retombées pour son établissement. Il hocha la tête. C'était d'accord, dix fois d'accord. Il demanda s'il pouvait remettre le tableau dans sa protection de toile. Esther acquiesça. Il lui sembla alors que Michel Raynaud mettait un zèle inaccoutumé pour protéger *Les Amants de Cythère*, comme si soudain l'œuvre de Watteau était devenue sienne.

— Ce sera une vente magnifique, pronostiqua le banquier, faites-moi confiance. On fera pâlir d'envie les magnats de chez Christie's. C'est mon patron qui sera content. Avec une telle œuvre gardée au coffre d'un particulier depuis un demi-siècle, on va avoir tous les critiques d'art.

Et il commença à énumérer les titres de journaux qui consacreraient des premières pages et des dossiers à cette affaire. Dans son for intérieur, il aurait bien vu un portrait de lui en dernière page de *Libération* : « Michel Raynaud, l'homme qui a sorti Watteau d'un coffre-fort ». Cette envie de paraître en pleine lumière aurait satisfait ses envies secrètes d'être une star, d'illustrer le propos d'Andy Warhol selon lequel tout un chacun a le droit de connaître dans sa vie un quart d'heure de célébrité. Ce rêve de gloire, il l'avait caressé dans ses jeunes années quand il s'était lui-même essayé à la peinture, mais il avait rapidement compris que l'art était une discipline injuste qui récompensait le talent plus que le travail. Ses propres toiles trahissaient l'effort et la transpiration, assez peu l'inspiration, et il avait eu l'intelligence de le comprendre avant qu'on lui en fît trop douloureusement la remarque.

À la mort de Basquiat, il avait répondu à quelques interviews de la presse spécialisée, mais la réputation de l'artiste était encore trop faible en France pour qu'il pût tirer avantage de sa complicité avec le jeune peintre disparu. Depuis, il avait étudié les mécanismes qui font sortir la presse de son train-train quotidien. Il savait qu'en alertant quelques spécialistes de l'art triés sur le volet et ayant pignon sur la grande presse parisienne, il ferait parler de lui en faisant parler de Watteau. Une vente qui pourrait, si l'enchère était bonne, approcher les cent millions de francs. C'était de l'explosif, et il s'apprêtait à être le grand artificier de ces réjouissances.

L'aventure lui semblait d'autant plus excitante qu'Esther lui avait demandé une pleine et entière discrétion sur son identité, ses activités, sa personnalité. Nul doute que la véritable histoire de ce tableau au cours des cinquante dernières années aurait passionné bien des reporters, mais Esther n'aurait voulu pour rien au monde que le nom de Nina, puis le sien fussent associés de près ou de loin à des collaborateurs des nazis.

En quittant la salle des coffres, alors qu'ils étaient encore dans le sas de sécurité, Esther répéta ses recommandations au banquier : surtout, elle ne voulait avoir affaire à aucun journaliste. C'était à lui, Michel Raynaud, de prendre à son compte le dossier concernant le tableau et ses origines, sans mentionner le moindre nom de particulier.

— Vous savez, avait ajouté la jeune femme, *Les Amants de Cythère* peuvent très bien avoir été acquis par le baron de Ferrière au lendemain de la guerre. Souvenez-vous qu'il fut l'exécuteur testamentaire de nombreuses fortunes de la Troisième République qui lui faisaient confiance en raison de ses liens avec de Lattre de Tassigny. Il était au-dessus de tout soupçon pour mener ce genre de transactions. Qu'un Watteau lui eût échu n'aurait rien de surprenant.

Michel Raynaud approuva.

— Je vais faire préparer les papiers dès ce matin. Comptez sur moi, cette opération sera menée avec la discrétion qui fait aussi la renommée de cette maison. Merci de votre confiance, mademoiselle Esther.

Il raccompagna les deux visiteurs jusque dans la rue et les regarda s'éloigner avec perplexité. Il nota qu'Esther regardait son cousin Lucas de manière bien soutenue.

L'Alfa Romeo prit rapidement de la vitesse et se dirigea vers la place des Victoires. Ils passèrent devant la poste du Louvre, connue de tous les amoureux de Paris car elle ne fermait jamais ses portes et permettait d'adresser des courriers jour et nuit aux êtres chers. Après avoir trouvé une place sur un périmètre de livraison — mais elle était pressée de se retrouver seule dans la rue avec Fabrice —, Esther entraîna son compagnon dans les magasins de prêt-à-porter pour hommes les plus chics du quartier. Pour la première fois, comme ils marchaient sur le trottoir, Fabrice l'entendit fredonner une vieille chanson de Diane Dufresne, « Si j'étais un homme ».

Je t'offrirais de beaux bijoux
Des fleurs pour ton appartement

Je suis femme
Et quand on est femme
Ces choses-là
Ne se font pas.

Fabrice, qui connaissait un peu les paroles, chanta à son tour, et c'est ainsi qu'ils se présentèrent dans une des nombreuses boutiques pleines de tenues dernier cri vantées par les publicités, très belles et très chères, parfois excentriques mais si bien coupées qu'elles faisaient une impression folle sur ceux qui se risquaient à vouloir les porter. Fabrice se choisit un magnifique costume saumon et un autre, écossais, qui le faisait ressembler à une sorte de détective façon Sherlock Holmes. Il fit le plein de chaussettes pur fil grimpant par-dessus ses chevilles, de caleçons très confortables et de sweet-shirts cent pour cent coton frappés des effigies de héros de bande dessinée, de Tintin à Black et Mortimer.

Quand ce fut au tour d'Esther, qui avait repéré une boutique où l'on remettait au goût du jour les jupes-culottes et les saris, elle devint tour à tour Shéhérazade et Mata Hari sous le regard de plus en plus ému de Fabrice. D'autant que la jeune femme n'hésita pas à le faire participer à ses séances d'essayage, et c'est ainsi que, pour la première fois, il découvrit Esther à demi nue, en culotte et soutien-gorge. Il avait souvent imaginé son corps quand elle se tenait près de lui, mais jamais il ne lui était apparu vraiment. Ce fut un choc lorsque, répondant à l'invitation pressante d'Esther de tirer le rideau de la cabine d'essayage pour qu'il juge de son allure, il tomba sur cette silhouette à la fois fine et ronde là où les femmes sont des femmes... Il remarqua son ventre parfaitement plat, ses hanches délicates, ses épaules fines, et surtout le grain de sa peau qui semblait d'une extrême douceur, qu'une fois encore il devait se contenter de regarder — c'était déjà mieux que de seulement le deviner sans oser le toucher.

— Tu es très belle, fit-il en laissant s'établir un court silence avant de terminer sa phrase... avec ces vêtements.

— C'est pour te plaire, fit-elle, offrant pour la première fois à Fabrice un visage détendu de jeune femme espiègle qui s'essayait dans l'impunité au seul jeu de l'amour qu'elle pouvait se permettre à ce moment, un jeu sans risque, sans danger, un jeu où les mots n'entraînent pas les gestes.

Intérieurement, Fabrice était en ébullition. Bien sûr, tout cela le ravissait, et il n'était pas hostile à un brin d'insouciance, surtout après les journées qui venaient de s'écouler, riches en tensions et en péripéties. Mais, en croyant lui donner un gage de sa confiance et de son attachement, Esther avait un peu plus tourneboulé son chevalier servant.

D'abord, pourquoi voulait-elle se débarrasser de ce tableau et acheter une maison dans le Luberon ? C'était sérieux, ce motif? Ou s'agissait-il d'un nouveau leurre ? Quand Fabrice lui posa la question en l'aidant à nouer une cordelette dans son dos, lui demandant si elle ne regretterait pas ses *Amants de Cythère,* elle se retourna vers lui et lui répondit d'un air gourmand que peu lui importait cette représentation ancienne puisque, en sa compagnie, elle se sentait comme à Cythère. Ces mots avaient chauffé à blanc le jeune homme qui, tant qu'à faire, aurait bien aimé imiter sur-le-champ les personnages figés mais ravis de Watteau dans leurs préparatifs amoureux. Fabrice aurait voulu à cet instant avoir l'audace d'enlever Esther, de l'emmener dans un hôtel calme pour entamer enfin les jeux de l'amour. Mais une voix lui recommanda de ne pas céder à ses impulsions, et il se contenta de prendre dans ses doigts les boucles de cheveux de son aimée.

« C'est bien qu'elle se lâche un peu, songeait le jeune homme, mais pourquoi tant de détours si nous devons aborder un jour ensemble à Cythère ? » Il cessa de se poser trop de questions et quand Esther, qui avait repris le volant de l'Alfa Romeo habillée en Indienne, décida de l'emmener déjeuner au Grand Véfour, il se laissa faire comme un homme ayant admis que les femmes, faute de faire le premier pas, ont souvent le dernier mot.

Visiblement, Esther avait ses entrées dans le restaurant cossu du Palais-Royal où régnait l'animation des plus beaux jours. Une batterie de garçons s'était déployée en salle, la silhouette courbée sur les carnets de commandes ou au-dessus des plateaux roulants sur lesquels fumaient les cassolettes, les homards et les entrecôtes cuites à point.

— Je venais là avec Nina, glissa Esther, comme pour couper court à une interrogation muette de Fabrice fondée sur la pure jalousie.

Cette précision obtenue sans rien demander eut pour effet de détendre Fabrice. Si Esther tenait à dire que c'était en compagnie de Nina qu'elle avait connu ces lieux, c'était qu'elle voulait préserver chez lui cette sensation qu'il était, qu'il serait le premier.

— Nous vous avons gardé la table de l'Empereur et de Joséphine, indiqua le maître d'hôtel, assez fort pour que les personnes déjà installées puissent jeter un regard de bienveillante curiosité sur ce jeune couple qui semblait aimer la vieille histoire, l'histoire glorieuse du temps où la France construisait des empires.

— C'est très aimable à vous, Robert, fit Esther, en habituée.

Ils s'installèrent à la table ronde située dans un petit salon du restaurant, aux murs de tissu rose tendre décorés de tableaux représentant les batailles victorieuses de l'Empereur. Sur le marbre d'une cheminée où couvait un feu, une horloge au socle recouvert à la feuille d'or était arrêtée à six heures moins dix, l'heure de la mort de Napoléon.

— Nous venions souvent ici avec Nina. Avec son âme russe, elle n'aimait pas thésauriser. Ce n'était pas une fourmi, ma grand-mère, et quand Lucien Espiralier est parti voler de ses propres ailes avec le mépris brutal que l'on sait, je crois qu'elle avait envie de voir la vie, le monde, de respirer là où respiraient des gens élégants et raffinés. En plus, ce qui prouve qu'elle n'était pas spécialement une patriote russe, Nina nourrissait depuis sa prime enfance une passion pour l'Empereur. La campagne de Russie, tous les massacres perpétués au nom de l'esprit des Lumières et du droit, tout cela la laissait indifférente, et je me souviens qu'elle volait dans les plumes de quiconque aurait osé en sa présence comparer le petit Corse à Hitler.

» Quand elle apprit que le Grand Véfour avait fait l'acquisition de mobilier Empire, en particulier d'une table de souper autour de laquelle Napoléon et Joséphine s'étaient retrouvés pour des échanges tendres ou orageux — je crois qu'elle avait lu ça dans une édition du *Figaro Madame* —, son sang n'avait fait qu'un tour. Je me souviens encore de sa voix enjouée quand, un soir, elle m'avait annoncé triomphalement : “Ma petite Esther, passe ta plus belle robe en l’honneur de l’Empereur, je t’emmène au Grand Véfour.” Dans ma grande naïveté, je m’étais imaginé qu’un empereur en visite officielle à Paris donnait une réception dans un somptueux endroit.

» Je passai donc ma plus belle toilette et me laissai conduire par Nina qui, elle aussi, était resplendissante. Les lieux étaient comme tu les vois maintenant, charmants, magiques. Quand nous fûmes installées et qu’on nous donna la carte, je m’inquiétai de ce fameux empereur. Nina éclata de rire en me parlant de Napoléon, et je crus un instant qu’elle avait perdu la tête avant qu’un maître d’hôtel interrogé par ma grand-mère nous explique l’origine des couverts, de la table et même de la nappe brodée au chiffre de Napoléon Bonaparte. Ensuite, quand il nous arrivait un événement important, quand nous étions à la veille d’une grande décision, c’est au Grand Véfour que nous venions, comme pour nous placer sous la protection de l’Empereur, dans le souffle de sa légende. Nous avons soupé ici, Nina et moi, après le jour de mon bac, puis de ma maîtrise d’histoire de l’art. Je me souviens que nous étions installées comme toi et moi aujourd’hui, à la veille de mon départ pour New York l’année où j’ai travaillé chez Christie’s. Cette table, Fabrice, est toujours associée dans mon esprit à des moments heureux, et le déjeuner d’aujourd’hui, tous les deux, ne dépare pas, comparé à tous les autres.

— Merci, fit le jeune homme, touché.

Lui qui s’inquiétait dans son for intérieur de savoir si Esther était venue dans ces lieux en compagnie d’un soupirant ou même d’un amant, trouva dans ces paroles de quoi se rassurer. Incapable de prononcer une parole à propos — peut-être trop d'émotion ou le poids que faisait peser le lieu majestueux —, il plongea le nez dans la carte et fit son choix.

— Pour moi, ce sera un menu de la mer, décida Esther. Cassolette de langoustines et dorade dans son jus.

— Pour moi aussi des langoustines. Mais après je bifurque vers l'entrecôte aux morilles, histoire de ne pas te copier. J'ai ma personnalité, tout de même !

Esther sourit devant cette petite manifestation d'indépendance. Le repas se déroula dans un silence complice et léger, comme un ciel vide de nuages mais rempli de ses promesses de beau temps. Esther ne parla plus ni d'elle ni de Nina, et Fabrice avait décidé de ne plus monter à la charge sur les intentions de sa compagne à son égard. Ils étaient là ensemble, que demandait-il de plus ?

Vers la fin du repas, après le sorbet de poire enveloppé dans une tulipe de biscuit fin, le sommelier s'approcha d'Esther et lui glissa quelques mots à l'oreille. La jeune femme sourit et approuva ce qu'elle venait d'entendre.

— Que se passe-t-il ? demanda Fabrice.

— Une petite surprise, répondit Esther en clignant de l'œil.

En effet, le maître d'hôtel s'approchait de leur table, portant un plateau rond en argent, sur lequel brillaient, tels deux bijoux ambrés, de petits verres à pied visiblement très anciens, remplis de cognac.

— Pas n'importe quel cognac ! fit Esther enthousiaste. Du Hennessy, la cuvée de l'Empereur. Il en reste encore quelques barriques frappées du N impérial dans les chais de ces vieilles maisons de Cognac qui bordent la Charente. Une année, c'était le printemps, Nina m'avait emmenée dans ces douces régions où les rues des villages sentaient l'eau-de-vie. Nous en avions profité pour nous rendre sur l'île d'Aix où l'Empereur avait passé ses trois dernières nuits avant le départ vers Sainte-Hélène. Pour se remettre de ses émotions devant certaines reliques conservées dans cette petite île, ma grand-mère avait souhaité terminer son périple par la visite des chais. Un souvenir inoubliable. Nous avions déjà goûté des eaux-de-vie contemporaines de Napoléon. L'alcool avait quasiment disparu, ne restait qu'un parfum de fleur et de miel, un goût légèrement acidulé qui restait longtemps en bouche après qu'on avait avalé la précieuse gorgée...

— Vous en parlez en très fin connaisseur, fit le maître d'hôtel en se permettant d'interrompre Esther.

Il déposa devant chacun un verre rempli de ce nectar magique qu'il leur conseilla de respirer avant de le boire.

— Mais mes recommandations sont superflues, ajouta-t-il aussitôt, vous savez tout cela, dit-il à l'intention d'Esther.

La jeune femme apprécia le compliment.

— Quel millésime, Robert ?

— 1801, mademoiselle, un des plus fameux, le temps l'a littéralement sublimé.

— Deux siècles ! s'étrangla Fabrice incrédule.

— Oui, confirma Esther, deux siècles et une éternelle jeunesse. Il n'y a pas que les hommes qui ont envie de vivre longtemps, les eaux-de-vie, comme leur nom l'indique, ont trouvé quelque chose de cette éternité.

Ils burent en silence, les yeux mi-clos, appréciant chaque ton, chaque effluve de ce cognac impérial. Et, quand ils se retrouvèrent quelques minutes plus tard marchant main dans la main sous les arcades du Palais-Royal, chacun eut le sentiment d'avoir échappé à la vie terrestre pour connaître l'allègre apesanteur des instants privilégiés où l'amour semble prendre le pas sur toute chose. Il n'y eut pas de mot, pas de geste autre que leurs mains rapprochées. Fabrice avait compris que les affaires du cœur sont volatiles et fragiles, qu'il faut les laisser vous gagner sans brusquerie, sous peine de tout perdre. Il se souvenait de ce que lui disait une tante à propos des oiseaux qu'il prenait dans sa main : les serrer bien afin qu'ils ne s'envolent pas ; ne pas les serrer trop fort pour éviter qu'ils étouffent. Sa flamme devait avoir cette intensité pour ne rien compromettre avant qu'Esther se mette au diapason de ses élans amoureux.

Vers six heures, les deux jeunes gens décidèrent de rentrer à la villa Aurore. Tucky avait sûrement terminé tous ses préparatifs au Bambi's et les autres devaient se demander quand Esther et Fabrice allaient revenir. Au bruit des pneus de l'Alfa Romeo qui crissèrent sur le gravier de la cour d'honneur, devant la villa, Djamel fut le premier à sortir. Un voile de tristesse passa dans son regard quand il aperçut Esther et Fabrice encore dans leur bulle à deux, comme inaccessibles au monde. Djamel avait beau prétendre qu'il n'était pas amoureux de la jeune femme, ça lui pinçait toujours le cœur de la voir en compagnie d'un autre homme que lui, ce qui expliquait son attitude en dents de scie vis-à-vis de Fabrice, tantôt chaleureuse et tantôt distante, presque hostile.

— Vous voilà? Où étiez-vous? On allait partir sans vous, fit-il sans hausser la voix, veillant à ne pas manifester sa mauvaise humeur.

Esther répondit en déposant dans ses bras deux gros paquets de vêtements.

— Ça, dit-elle, c'est pas pour te déguiser en jeune femme fatale, ce sont mes habits new look et si tu veux qu'on parte à l'heure, va vite porter ces sacs dans la maison. Je suis fatiguée, on n'a pas arrêté de marcher, fit-elle en souriant.

Djamel s'exécuta sans maugréer. Esther semblait parfaitement heureuse, c'était le principal.

— As-tu pensé aux pellicules adaptées au flash, pour photographier Tucky pendant le concert? demanda-t-il les bras si chargés que son visage disparaissait derrière les sacs.

Esther se mit la main devant la bouche comme une petite fille prise en faute.

— Mon Dieu! Complètement oublié. Je crois que ce sera encore ouvert chez le photographe de la place Sévigné, sinon, je connais un épicier qui vend de tout, même des pellicules sensibles pour la nuit.

C'est que Djamel y tenait, à prendre le grand Tucky aux côtés de Kat Luno. L'événement était de taille et il devait bien ça à son ami, lui qui le harcelait avec son appareil chaque fois que les circonstances le conduisaient à changer d'allure. Si Tucky apprenait qu'il n'avait pas pu l'immortaliser dans son habit de lumière faute de pellicule, il aurait trouvé à juste titre que son pote était un bel égoïste et Djamel pourrait courir pour obtenir de lui d'autres séances photo attestant de ses métamorphoses.

Une grande Renault Espace vint se garer juste derrière l'Alfa Romeo d'Esther, conduite par Jackie. Celui-ci portait déjà une belle chemise fluo qui le rajeunissait de quelques bonnes années, d'autant qu'il avait chaussé ses anciennes santiags pour paraître dans le coup parmi ces blancs-becs qu'il allait côtoyer une bonne partie de la nuit. Le concessionnaire Renault lui avait loué le véhicule équipé d'une sono d'enfer. C'est toutes vitres ouvertes, le lecteur de CD à fond la caisse, qu'il fit son entrée remarquée à la villa Aurore. Des éclats de rire l'accueillirent, d'abord ceux de Djamel qui ressortait les bras libres de la maison et semblait avoir retrouvé toute sa bonne humeur. Quand le petit convoi s'ébranla, tous chantaient à tue-tête un vieux rap de Kat Luno, « À la nuit, à la mort », son premier grand succès.

28

Si la scène du Bambi's était de belle taille, elle n'était quand même pas immense. Les rangées de fauteuils montaient très haut, comme dans une arène de corrida, ce qui permettait au public de véritablement communier avec ses idoles. Plus de deux heures avant le début prévu du concert, toutes les places avaient été prises d'assaut par des fans de tous âges, tant Kat Luno avait su séduire aussi parmi les quadras généralement hermétiques au rythme répétitif du rap.

C'est que la nouvelle star ne s'était pas contentée de reprendre les thèmes philosophico-contestataires de ses aînés. Il les avait adossés à une musique aux rythmes moins répétitifs, adoucie de jazz et de swing. Kat Luno se voulait une synthèse de la musique sans synthétiseur, comme il se plaisait à le dire dans ses interviews à *Rock and Folk* ou encore tout récemment dans un numéro des *Inrockuptibles* où il posait en compagnie de son groupe au grand complet. Tucky y avait les joues gonflées à l'embouchure de sa trompette cuivrée, son instrument de prédilection quand il ne « scratchait » pas les disques avec une vigoureuse dextérité.

Ce soir devait être un soir exceptionnel car Kat Luno avait décidé d'interpréter pour la première fois deux nouveaux titres écrits par son ami noir. La première était un retour sur le black-blanc-beur qui avait fait fureur dans les années quatre-vingt, avant de passer de mode. Tucky avait intelligemment repris les noms des champions du monde de football en les associant à des images adaptées à une musique entraînante et gaie qui restait dans les mémoires sitôt entendue. La veille, Tucky en avait donné la primeur à ses amis réunis sur la terrasse de la villa Aurore. *A cappella,* sa voix flûtée avait chanté :

Zidane
Je suis fan
Karambeu
Roi des bleus
Henry

Il inscrit
Barthez
T'es à l'aise
Un, deux, trois buts...
Pas de peur
Pour black-blanc-beur...

On l'avait applaudi à tout rompre.

L'arrivée de la bande ne passa pas inaperçue au Bambi's. Esther s'était habillée en bimbo affriolante, jupe courte et collant noir, chemisier très échancré et casquette à longue visière tournée vers l'arrière. Quant aux autres, ils ressemblaient à des rappeurs américains, en particulier Djamel qui s'était une fois de plus surpassé pour entrer dans la peau d'un autre.

Le public réserva aux héros une ovation cataclysmique quand ces derniers se risquèrent à soulever un pan du rideau de scène. Ils apparurent les uns après les autres, Tucky ouvrant la danse, Kat Luno se réservant d'arriver le dernier. D'emblée ils lancèrent leur tube « Sous les pavés, la page », une chanson terriblement subversive qui empruntait à Rimbaud et Apollinaire — « Sous le pont Mirabeau coule la haine ».

Deux heures durant, ce fut une dénonciation en règle des exploiteurs de la société moderne, des marchands de sommeil et patrons à stock-options, de tous les parasites qui donnent la gueule de bois. Régulièrement, l'orchestre s'arrêtait et seule la voix de Kat Luno meublait la salle du Bambi's pendant que Tucky enchaînait de vibrants solos à faire pleurer des meutes de crocodiles. Le public averti réservait d'ailleurs au copain de Djamel de bruyantes ovations qui le transportaient de joie, même s'il n'en laissait rien paraître, concentré sur ses petits disques argentés qu'il faisait grincer harmonieusement selon des rythmes improvisés par lui seul.

— Il a vraiment le rythme dans la peau, notre Tucky, vibrait Djamel. Voyez comment Kat Luno le regarde, il est aussi bluffé que nous.

— Tu as raison, fit Giovanni, intrigué. Lui qui me dit ne rien comprendre à l'informatique et aux logiciels de programmation, j'aimerais bien savoir comment il tire des sons intelligibles et plaisants de ce qui est d'abord un chaos sonore.

Pendant que les garçons s'étourdissaient sur place en écoutant cette musique venue d'ailleurs, les filles s'avançaient près de la scène où déjà des jeunes s'étaient mis à danser. L'ambiance était chaude, une belle nuit commençait qui, par la magie des mots accolés aux notes, transportait les fans de Kat Luno dans un univers apaisé. Il avait beau avoir glissé ses colères et sa violence dans ses chansons, il avait beau hurler dans le micro pour réclamer l'avènement d'un monde meilleur, nul n'aurait qualifié le rappeur de chanteur engagé ou militant. Ce qu'il ressentait, l'angoisse des fins de mois, la crainte des violences gratuites, le désespoir qui vient avec la perte d'un ami ou d'un amour, tout le monde pouvait l'éprouver sans pour autant militer.

Certains critiques lui avaient reproché d'avoir écrit une chanson en l'honneur des héros de l'antimondialisation, qui disait « Attac, attaque, À Gênes, sois sans-gêne ». Les militants qui avaient eu maille à partir avec les forces de l'ordre à l'occasion du sommet des pays les plus riches avaient tous ces paroles aux lèvres au moment d'affronter les policiers. Si bien qu'au lendemain de ces événements douloureux qui avaient fait un mort parmi les jeunes antimondialisation, la formule « sans-Gênes » était passée dans le vocabulaire courant et le titre de Kat Luno avait voyagé jusque dans les endroits le plus reculés d'Amérique du Sud où s'activait le sous-commandant Marcos.

La tournure que prenaient les événements déplaisait à Kat Luno qui ne faisait guère de politique. C'est pourquoi il avait décidé de retirer ce titre de son tour de chant et de le remplacer par les deux nouvelles chansons de Tucky. En plus de celle qui exaltait les champions du monde de foot, le géant noir s'était fendu d'un texte bouleversant sur l'amour, auquel une musique tonique mais douce donnait son écho. Dès les premières mesures de cette création, le public sentit que le rap aussi était capable d'inventer ses slows, et la foule envahit non seulement le pied de la scène, mais l'espace qui séparait les musiciens du bord de la scène. Prévu pour durer sept minutes, le morceau fut prolongé avec mille variantes pendant près d'une demi-heure, et lorsque Tucky apporta enfin une transition en scratchant un disque de hard-rock mâtiné de rythm and blues, un « oh ! » de désolation accueillit son initiative. Les musiciens finirent par quitter la scène sous un tonnerre d'applaudissements renouvelé sans cesse pour les faire réapparaître.

Esther et ses amis avaient les paumes en feu à force de taper dans leurs mains, et ils n'étaient pas les seuls. Au final se produisit ce que Djamel attendait depuis le début : Kat Luno vint saluer une dernière fois en tenant Tucky par l'épaule. Des flashs crépitèrent. Djamel cadra au mieux et déclencha l'appareil au moment où les deux hommes arboraient un sourire radieux, les yeux levés vers le ciel des projecteurs.

Pendant le « slow » de Tucky, sous les éclairages crépitants, Fabrice avait pu danser un peu avec Esther, sans jamais se coller à elle. Il lui sembla qu'un peu de leur intimité de la journée s'était évaporée, que le charme était rompu, malgré les sourires qu'elle continuait de lui adresser. Quand ils rejoignirent les musiciens dans leur loge, Tucky fit les présentations. Une joie communicative se lisait dans ses yeux de grand enfant.

— Le temps de se changer, nous filons à Sarcelles finir la soirée avec de jeunes amis rappeurs qui mettent le feu dans un hangar désaffecté. Vous êtes de la partie ?

— Et comment ! répondit Esther.

C'est ainsi qu'après avoir connu ce jour-là le calme pesant de la salle des coffres de la banque Ferrière, puis la table impériale du Grand Véfour, Fabrice termina la nuit dans un lieu dont il n'aurait jamais soupçonné l'existence, où les gens de son âge et d'autres encore plus jeunes se trémoussaient avec conviction.

Quand toute la bande se retrouva à six heures du matin devant les grilles de la villa Aurore, chacun avait la sensation d'avoir une boîte à rythmes à la place du cœur. Coletta et Jackie, pourtant aussi fatigués que les autres, se précipitèrent à la cuisine pour faire réchauffer la soupe à l'oignon préparée la veille au soir avant de sortir au concert. On mangea en silence, Marion chantonnant encore le texte de Tucky sur les amours belles et impossibles. Après cette nuit de folle agitation, le silence était le bienvenu, que seuls troublèrent quelques oiseaux accompagnant la levée du jour de leurs pépiements. Une odeur de soupe chaude et de café noir se répandit. Les gestes étaient gourds et imprécis. Giovanni renversa la moitié de son café sur son pantalon blanc.

— C'est pas comme ça que tu vas me ressembler, plaisanta Tucky. Veux-tu qu'on essaie avec toute la cafetière ?

Fabrice se demandait comment le chanteur fétiche de Kat Luno pouvait avoir encore une telle énergie alors que lui tombait littéralement de sommeil. Esther mangeait sans un mot la croûte de fromage grillée qui enveloppait la soupe à l'oignon. Le jour persistait à vouloir se lever, un jour clair salué par un ciel sans nuages où le soleil n'allait pas tarder à pointer ses rayons.

— Paris se lève, je vais me coucher, lança Esther en reprenant un vieux succès de Dutronc.

— Tu crois que les boulangers font des bâtards ? ironisa Djamel.

— J'en sais rien, mais quelle que soit l'heure à laquelle je me lèverai dans la journée, j'aimerais bien du pain frais, genre baguette très cuite, sans trop de mie. Compris ? fit-elle en prenant le faux air d'une marie-j'ordonne.

— J'irai, réagit Fabrice.

Esther lui envoya un baiser de la main avant de monter s'étendre. Tous l'imitèrent, désireux de reprendre des forces. Il y avait un temps pour s'amuser, un autre pour travailler. L'expédition finirait bien par avoir lieu et, ce jour-là, il ne faudrait pas avoir sommeil.

— Ce soir, vers neuf heures, rendez-vous à l'étage, dans la chambre de Nina, ajouta Esther.

29

Fabrice fut le premier de la maisonnée à s'éveiller, vers deux heures de l'après-midi. Comme promis, il fila acheter du pain frais pour la collectivité, dont une baguette craquante à souhait pour Esther. Il lui prépara tranquillement un petit déjeuner complet de tartines, confiture et jus d'orange qu'il transporta sur un plateau, avec un bol de thé fumant. Il cogna quelques coups brefs contre la porte d'Esther. Aucune réponse ne parvint. Il finit par déposer doucement le plateau par terre et tourna la poignée le cœur battant. Dormait-elle encore ? Les volets fermés, les rideaux tirés, une obscurité complète régnait encore dans la chambre.

Il avança de quelques pas vers le lit et découvrit à sa grande stupéfaction qu'il était vide. En réalité, il n'avait pas été défait. Fabrice sentit son corps se vider. La bouche sèche, il regarda partout autour de lui pour trouver un signe d'Esther, après avoir ouvert en grand les volets. Aussitôt des pensées terribles traversèrent son esprit. Et si on lui avait menti depuis le début, si Esther était en réalité la maîtresse de Djamel ou d'un inconnu qu'elle rejoignait ailleurs, le soir venu, quand tout le monde la croyait dans sa chambre ? Du bruit parvint d'en bas. Fabrice laissa le plateau fumant au pied du lit d'Esther et dévala l'escalier quatre à quatre. Dans la cuisine, il trouva Tucky, Jackie et Coletta qui le remercièrent chaleureusement pour le pain et les croissants.

— As-tu déjeuné ? demanda Coletta en découvrant l'air chaviré de Fabrice. Ça n'a pas l'air d'aller.

— Oh, c'est le décalage, je dors moins bien quand on se couche si tard.

— Esther n'est pas descendue ? fit Tucky.

— J'allais vous demander la même chose, murmura Fabrice.

Jackie fit « non » de la tête en se coupant une longue tartine qu'il beurra avec application.

— Elle a tellement dansé, je crois qu'elle tombait de sommeil. Si ça se trouve, on ne la reverra pas avant ce soir, pronostiqua Coletta.

Quand Djamel arriva, douché et rasé de frais, Fabrice fut tenté de l'interroger, mais il y renonça. Il pensa que, malgré leur complicité, le jeune Beur serait trop content de le voir s'inquiéter à propos d'Esther.

Après avoir bu un café sans sucre, Fabrice décida de remonter dans sa chambre pour faire un brin de toilette. Sur le palier, il ne put s'empêcher de pousser la porte d'Esther. Il constata de nouveau que la chambre était vide, ce qui le plongea dans une sorte de panique. Il reprit peu à peu ses esprits, essaya de se rassurer en se disant que, ne trouvant pas le sommeil, elle était peut-être allée marcher sur les bords de Marne. Après tout, il faisait un soleil radieux, l'air était léger, il n'y avait pas de vent. Fabrice songea que la veille, à la même heure, ils étaient tous les deux assis l'un en face de l'autre à la table du

Grand Véfour, et il aurait donné beaucoup pour remonter le temps, maintenant qu'elle avait disparu.

Il se dirigeait vers sa chambre quand son regard s'arrêta sur la porte de la chambre de Nina. Il lui sembla qu'un rai de lumière passait sur le plancher. Il hésita, puis finit par actionner la poignée. Un petit grincement se produisit. Il poussa la porte et, aussitôt, ce fut comme un immense soulagement. Elle était là, allongée sur le dos, les bras écartés, le drap descendu à hauteur des seins, les cheveux en bataille, une mèche lui cachant un œil. Fabrice approcha de la belle endormie sur la pointe des pieds. Il s'assit au bord du lit et pendant quelques minutes, la contempla. Pas mal de choses passèrent dans sa tête pendant qu'il veillait sur elle. Spontanément il entendit la voix un peu traînante de Francis Cabrel quand il chantait :

Moi je n'étais rien
Et voilà qu'aujourd'hui
Je suis le gardien
Du sommeil de ses nuits,
Je l'aime à mourir.

Lui aussi, Fabrice, devinait bien que cet amour qu'il avait senti grandir en lui pourrait le faire mourir si Esther choisissait un jour de se passer de sa présence. Il eut envie de caresser ses cheveux et ses bras, il eut envie de poser sur ses lèvres un tendre baiser qui, comme dans les histoires de prince charmant, aurait réveillé la princesse assoupie. Mais quelque chose le retenait. Pas de la timidité. Au contraire, il se sentait capable de toutes les audaces. Non, plutôt la crainte de commettre des gestes que la jeune femme jugerait irréparables, même s'il ne s'agissait que d'un baiser anodin et chaste. Esther avait dormi volets et rideaux ouverts, ce qui expliquait le rai de lumière qu'avait aperçu Fabrice. Il retourna dans la chambre d'Esther et revint avec le plateau du petit déjeuner qu'il posa devant elle. L'odeur du thé finit par effleurer ses narines et elle ouvrit un œil en poussant de petits grognements venus du sommeil qui signalent qu'on va bientôt se réveiller, doucement mais sûrement. Fabrice lui sourit pendant que son regard encore embrumé essayait de s'ajuster sur le visage du jeune homme.

— C'est toi ? fit simplement Esther.

— Qui, moi ? demanda Fabrice pour s'assurer qu'elle l'avait bien reconnu, que le cauchemar entrevu peu auparavant s'était bel et bien dissipé.

— Eh bien, toi, Fabrice.

— Le déjeuner de l'impératrice est avancé, enchaîna le jeune homme aux anges.

Esther se redressa et prit appui contre ses oreillers pour faire un sort au plateau préparé par Fabrice.

— Je t'ai cherchée pour t'apporter ton déjeuner. J'ignorais que tu dormais ici, commença Fabrice d'un air dégagé, tous ses tourments effacés d'un seul coup.

— Oui, répondit Esther, les yeux dans le vague. Au dernier moment, ce matin, quand je me suis retrouvée devant ma porte, j'ai eu envie de me fondre dans l'univers de Nina, ses taies, ses gravures de mode des temps anciens, cette ambiance de datcha qu'elle avait su reconstituer. Et puis je me suis dit que vous alliez me rejoindre ici tout à l'heure, que cela m'éviterait de me transporter de ma chambre à la sienne, je me sentais si lasse.

— Ce n'est rien, affirma Fabrice, rien du tout, et d'ailleurs, décida-t-il de mentir, cela ne m'avait pas inquiété.

Esther parut en douter, voyant les traits encore crispés de son front et un peu de perplexité logée dans son regard, que son sourire serein ne parvenait pas à chasser totalement.

— Où sont les autres ? demanda Esther. Ils dorment encore ? Quelle heure est-il ?

— Trois heures de l'après-midi environ, déclara Fabrice. Tout le monde est maintenant debout, mais je ne suis pas sûr que Tucky et Djamel tiennent jusqu'à ce soir. Ils m'ont paru bien fatigués. Je crois que tu ne devrais pas tarder à les faire venir avant qu'ils retombent en léthargie.

Esther essuya les miettes de pain autour de sa bouche et attrapa le combiné de la ligne intérieure. Coletta prit note des recommandations. Un quart d'heure plus tard, tous avaient repris leur place dans la chambre de Nina, où Djamel remarqua que Fabrice était arrivé le premier. Il fit comme si de rien n'était et vint s'asseoir près d'Esther. La jeune femme les remercia et s'excusa de les recevoir encore en chemise de nuit.

— C'est ta faute, Tucky. Je me suis tellement amusée cette nuit que je ne voulais plus rentrer me coucher ! Vous savez, je suis sûre que Nina vous aurait étonnés si elle avait encore été de ce monde. Elle serait venue danser avec nous et aurait été la dernière à rentrer chez elle. Malgré toutes les épreuves qui avaient marqué sa vie, elle avait conservé en elle une part d'enfance. Ici, à la villa

Aurore, je crois qu'elle coula des jours paisibles, en particulier grâce à Jackie et Coletta qu'elle recruta comme intendants lorsque Rosita, ma mère, fêta ses six ans. La petite gitane était très éveillée, très curieuse de la vie, de son père disparu. Nina décida de l'élever dans la religion catholique, d'abord parce que le judaïsme se semblait guère porter chance à quiconque dans ce XXe siècle sanglant, et ensuite parce que la petite était la fille d'un bel et fier hidalgo qui mourut, la médaille de Marie sur la poitrine. Un des compagnons de combat d'Alfonso la rapporta un jour à Nina, qui la passa aussitôt au cou de sa fillette, tenue par une fine chaînette en or. Comme ceci.

Et d'un geste naturel, Esther fit émerger de sa poitrine une ravissante chaîne à laquelle était accrochée une Vierge Marie, les yeux clos et le visage douloureux.

— Je vous dirai plus tard comment cette médaille m'est revenue, mais reparlons de Nina. Contrairement à ce que vous pourriez croire, elle s'était vraiment attachée à Lucien Espiralier. Sa manière ingrate et violente de la chasser avait provoqué chez elle une blessure très profonde à laquelle d'ailleurs elle ne s'attendait pas, comme si cette répudiation brutale lui avait révélé un aspect ignoré de ses sentiments pour ce jeune homme aussi séduisant physiquement qu'il était moralement veule et monstrueux. De plus, Nina était catastrophée d'avoir raté l'éducation de Lucien, se demandant si elle serait capable d'élever Rosita conformément aux bons usages. Je ne l'ai pas dit tout à l'heure, mais si Nina avait rencontré Jackie et Coletta, c'est qu'elle avait eu vent du passé agité de

Jackie. Loin de la dissuader, cela l'avait plutôt incitée à faire sa connaissance. Jackie pourra vous le confirmer : Nina était fascinée qu'il ait pu être prêtre et voyou.

— C'est vrai, coupa Jackie en rougissant comme chaque fois qu'il était question de lui. Elle voulait que j'enseigne à ta mère la religion catholique sans en faire une bigote, comme elle disait. Quant à elle, Nina, elle adorait que je lui raconte des histoires de mauvais garçons dans lesquelles, d'ailleurs, je n'avais pas toujours trempé !

Esther marqua un silence et des milliers de choses parurent traverser son esprit sans qu'elle parvienne à choisir par laquelle il fallait poursuivre son récit. Devait-elle d'abord parler d'elle, de sa naissance quelques mois après la liaison de Rosita avec un comédien de théâtre anglais aussi vite disparu que l'Alfonso qui avait pris le cœur de Nina ? Ou évoquer l'irrésistible ascension de Lucien Espiralier dans les affaires et l'industrie, ascension si vertigineuse qu'il ne fit qu'une bouchée du château et des biens du marquis de la Sablonnière ? Après un jeu d'intimidation et de menaces, ce dernier, au bord de la ruine, dut consentir à céder tous ces domaines à l'intraitable Espiralier qui récupéra au passage la fameuse collection Goldberg vendue par Nina. C'est finalement par là qu'Esther reprit le fil de son récit douloureux.

— Il faut que vous sachiez, commença-t-elle, que Nina entretenait avec Lucien une relation curieuse. Plus celui-ci montrait qu'il la détestait pour ce qu'elle avait fait, plus elle semblait tenir à lui, l'aimer plus qu'un fils. Sans doute ne se l'exprimait-elle pas ainsi, mais je crois qu'il existait, au moins de son côté, une relation quasi amoureuse.

» Je me suis parfois demandé si, après son époux mort tragiquement en Russie, Nina n'avait pas eu pour seul véritable amour, un amour caché, inavoué et impossible, ce jeune Espiralier. Je ne suis pas assez calée en psychologie pour analyser ce qu'on dit parfois de la relation qui s'instaure entre la victime et le bourreau. Encore que Lucien ni même son père n'eussent pas été les bourreaux directs de Nina. Mais tout de même, ces gens-là étaient du côté de ceux qui avaient fait mourir tant d'innocents. Je me demande si Nina ne pensait pas en son for intérieur que son amour pourrait remettre Lucien sur le chemin du bien. Par le substitut de son amour maternel d'abord, et ensuite par cet amour de femme, qu'elle était capable de prodiguer à celui qu'elle se choisissait.

» Toujours est-il que Lucien la rembarra sèchement. Lui n'était pas du tout sur la même longueur d'onde que Nina. Par ses fréquentations "mondaines", par les liens qu'il avait renoués comme par atavisme avec de bons Français collabos qui avaient connu ses parents, il s'était mis à haïr Nina autant, sûrement, que Nina l'aimait, et peut-être davantage encore. On aurait dit que plus elle l'aimait, plus il la haïssait, et vice versa. Quand il quitta leur appartement du Palais-Royal, elle resta des mois prostrée à ne pas vouloir faire un pas dehors, avant de s'installer à la villa Aurore, sous la pression délicate mais insistante de Fred Vigo.

» Pendant plusieurs années, Lucien Espiralier ne fit plus parler de lui. Fred, en sa qualité d'intendant des propriétés du marquis de la Sablonnière, avait parfois l'occasion de le croiser dans des assemblées d'actionnaires ou dans les réunions préparatoires de certains conseils d'administration. Il suivait de loin en loin l'ascension du jeune homme au sein du patronat français encore influencé par de vieux réseaux vichyssois, mais se gardait bien d'en dire un traître mot à Nina.

» Les années qui passèrent, je vous l'ai déjà dit, furent assez douces. Ma grand-mère reprit plaisir à l'existence, et c'est à cette époque d'ailleurs qu'elle forma mon goût pour tout ce qui est beau : la peinture, la sculpture, la musique. J'ai des souvenirs innombrables de goûters dans les jardins du musée Rodin, de déambulations dans les galeries du Louvre entre des statues sans bras, trois fois plus hautes que moi. Et aussi de concerts de musique sacrée à la Sainte-Chapelle, de soirées à Gaveau, à Pleyel. Les Ballets russes...

» L'ombre de Lucien Espiralier s'était estompée, avait presque disparu, jusqu'au jour où Fred Vigo se présenta à la villa Aurore à une heure inhabituellement tardive. Je me souviens qu'il semblait assez nerveux, lui qui avait le don de conserver son sang-froid en toutes circonstances, ou presque. Ce soir-là, Nina et moi étions au coin du feu en train de poursuivre une partie d'échecs que nous avions en cours depuis trois ou quatre jours. Nina était très forte aux échecs et, jusqu'à la fin de sa vie, elle admira Karpov, prétendant avec un humour perfide que les Russes étaient les meilleurs du monde aux échecs car dès leur naissance ils tombaient dans l'échec...

» Était-ce la lumière des flammes jetée sur son visage ? Jamais Fred Vigo ne m'était apparu si pâle. J'avais dix-huit ans, je suivais des cours d'histoire de l'art. Tous ces tableaux que ma rétine avaient déjà enregistrés m'éclairaient sur l'expression des sentiments humains. Je sentis précisément que Fred était paniqué. Nina le pria de s'asseoir près de nous. Elle n'avait pas senti la nervosité de Fred et le pria d'attendre le prochain coup avant qu'ils n'aillent tranquillement bavarder au salon. Mais Fred était trop impatient.

» "C'est important Nina, et c'est grave."

Ma grand-mère qui tenait une tour dans la main la laissa quelques secondes en suspension avant de la reposer sur la case d'où elle venait.

» "Grave ? — Oui, confirma-t-il d'une voix blanche. Il s'agit de Lucien Espiralier."

» Je n'oublierai jamais cette image de ma grand-mère se mettant à trembler de la tête aux pieds, de ses mains qu'elle posa sur la table de jeu qui du coup se mit elle aussi à trembler, des pièces d'échecs qui tombèrent une à une sur le sol comme si la terre soudain venait de se réveiller.

» Devant la réaction de Nina, Fred Vigo essaya de prendre plus d'assurance dans la voix, mais c'était trop tard.

» "Il est mort, c'est ça ? Il s'est suicidé ? Non, on l'a abattu ? Un justicier l'a assassiné, c'est ça ?"

» En entendant ces propos, Fred et moi mesurâmes à quel point Nina, malgré tout ce que Lucien avait pu lui faire, était attachée à cet homme qui ne lui avait pourtant rendu, en retour de ses sentiments exacerbés, que mépris, méchanceté et froideur.

» — Non, rassure-toi Nina, il est vivant et bien vivant, ça, tu peux être tranquille. Il est même tellement vivant qu'il est en train de faire main basse sur les biens de mon patron, le marquis de la Sablonnière.

» — Je ne comprends rien à ce que tu me racontes, lança Nina d'une voix plus ferme, maintenant qu'elle savait qu'il n'était rien arrivé à son ancien jeune protégé.

» — C'est pourtant assez simple, fit Fred avec un peu d'humeur, cachant mal son irritation de voir Nina encore si liée par les sentiments à cette fripouille d'Espiralier. Depuis quelques mois, les fonderies du marquis connaissaient de sérieuses difficultés liées aux importations en Europe d'aciers spéciaux asiatiques mieux adaptés aux demandes du marché. Quant à la branche des cuirs et peaux, dans laquelle le marquis avait beaucoup investi ces dernières années, elle a été littéralement décimée avec la percée de nouveaux matériaux moins nobles mais meilleur marché qui ont capté des publics beaucoup plus larges. Résultat, la situation économique du marquis est devenue critique. Tout cela aurait pu se régler comme par le passé grâce à des crédits-relais de la Banque du Grand-Duché, qui l'a toujours suivi dans les bons comme dans les mauvais moments. Mais, à notre plus grande surprise, la direction de cet établissement a fait savoir il y a une semaine à mon patron qu'elle n'était plus en mesure d'accorder une ligne de crédit supplémentaire à la compagnie de la Sablonnière. Et comme par hasard, vingt-quatre heures après ce refus, nous avons reçu une offre d'achat ridicule mais qui aurait le mérite d'éponger le passif, provenant des établissements du Cheval Blanc dirigés, comme tu le sais peut-être, par Lucien Espiralier.

» Vous auriez vu la tête de Nina ! Loin d'être abattue, elle trouvait ça formidable. Tout de suite elle a dit à Fred : “Mais il faut lui faciliter les choses. S’il paye bien ton marquis, qu’il lui laisse de quoi vivre jusqu’à la fin de ses jours, où est le problème ? Tu m’as bien dit que ton patron était d’abord un doux rêveur qui préférait la poésie à l’industrie ? Alors !”

» Fred Vigo était décontenancé. Mais souvenez-vous qu’il n’avait rien de plus impérieux que de toujours satisfaire Nina, même s’il jugeait qu’elle se trompait. Du coup, Fred est reparti déterminé, ce soir-là, à faciliter la prise de contrôle du groupe de la Sablonnière par les établissements Espiralier. Lucien devint patron de tout : des fonderies qu’il redressa en deux temps trois mouvements, de la filiale des cuirs et peaux dans laquelle il réinjecta des sommes colossales, prêtées, tenez-vous bien, par la Banque du Grand-Duché dont, évidemment, il était un des actionnaires. Tout s’expliquait. Et, *last but not least*, Lucien remit la main sur la collection Goldberg laissée à Nina par son père dans les conditions tragiques que vous savez.

» Dans la corbeille du rachat, Espiralier avait aussi récupéré la magnifique villa que possédait le marquis au cap Ferrat. C’est là qu’il avait accroché les quarante-huit tableaux de la collection. Très vite, il se mit en tête de la faire fructifier, de lui donner un nouvel essor en achetant les plus belles pièces que des particuliers ou des chefs d’entreprise frappés par la crise confiaient aux organismes de ventes aux enchères. Il fit rapidement parler de lui quand, à la mort du P-DG de la firme BMW, un autoportrait de Van Gogh, représentant l’artiste sans barbe, fut mis à la vente chez Sotheby’s, ainsi qu’une œuvre de Cézanne réalisée en 1904. C’est lui qui rafla la mise en déboursant plus de deux cents millions de francs pour le premier, cent vingt millions de francs pour le second. Il fallait croire que ses affaires marchaient du feu de Dieu, même si certains se demandèrent où Espiralier avait pu réunir de telles sommes.

» À cette époque, je suivais des études d'histoire de l'art que j'avais doublées de la préparation d'un doctorat de droit des affaires. Il me semblait que les deux disciplines couplées me permettraient de gagner ma vie en vivant ma passion de l'art.

» J'ignorais encore que j'allais bientôt trouver Lucien Espiralier sur mon chemin.

À ce moment, Tucky interrompit Esther.

— Peut-être que je me mêle de ce qui ne me regarde pas, fit-il, mais comme tu nous parles de Nina sans jamais évoquer ta mère, je me demandais si...

— J'allais y venir, Tucky, et ta question est tout à fait légitime, rassure-toi. Rosita la petite gitane, ma mère, Nina l'avait élevée tout près d'elle. Enfant, elle était d'une santé fragile et ma grand-mère redoutait toujours de la voir partir à l'école. Quelque chose lui disait qu'un risque la guettait et elle ne vivait pas quand elle la savait loin d'elle. Je crois que le traumatisme d'avoir perdu son premier enfant de façon aussi atroce avait resurgi à la naissance de Rosita. C'est sans doute pour la garder auprès d'elle que Nina apprit très jeune à sa petite la couture traditionnelle. Dès sept ou huit ans, maman se crevait les yeux sur des tissus brodés que Nina lui apprenait à réparer. Elle devint ainsi une couturière quasiment prodige. Quand c'était le moment de Noël ou des fêtes de fin d'année dans son école, elle confectionnait elle-même ses robes et ses couvre-chefs. Les mères de ses petites copines lui passaient même des commandes et, à douze ans, elle gagnait déjà sa vie en travaillant pour les bonnes bourgeoises du quartier qui lui donnaient à repriser des robes et des rideaux, des nappes ou tout simplement des tissus taillés à grands coups de ciseaux dont elle faisait des merveilles. Autant dire que Rosita ne fit pas de longues études. Après son brevet où elle obtint 18 sur 20 en espagnol, elle resta à la villa Aurore auprès de Nina qui, sans s'en rendre compte, et voulant bien faire, avait fini par l'étouffer. Maman se réfugiait dans les étoffes pour s'éloigner de son quotidien de jeune fille recluse.

» Le déclic survint quand, une année, la troupe de théâtre de la ville l'a sollicitée pour des costumes de scène. Un festival devait avoir lieu au théâtre municipal, avec des troupes venues de Plymouth, cette cité britannique avec laquelle nous avions un jumelage. Comme souvent dans la culture, la direction du théâtre ne roulait pas sur l'or et Rosa ne fut pas cher payée. Mais on lui offrit des places gratuites pour toutes les représentations, si bien qu'elle disparut pendant une dizaine de soirées, Nina n'ayant pas eu le goût de l'accompagner plus d'une ou deux fois. Rosa avait vingt et un ans, elle était d'une rare beauté dont je ne suis qu'un succédané, croyez-moi. Longtemps je me suis même demandé si j'avais le droit d'exister, moi Esther, à côté d'une telle splendeur. Chacun de ses traits semblait dessiné avec le crayon de la perfection.

» Ce qui devait arriver arriva. John Bancroft, qui tenait l'un des rôles principaux des représentations shakespeariennes, eut un soir un sérieux accroc à son habit de scène qu'il déchira à l'encoignure d'une porte. On fit venir en hâte Rosa dans sa loge, et elle le reprisa rapidement entre deux actes, mais il fallait qu'elle revienne récupérer l'habit après le tomber de rideau pour procéder à une vraie réparation. Quand elle frappa à la loge du comédien, il était seul devant son miroir, en train d'ôter son maquillage. Il parlait bien le français et la remercia chaleureusement d'avoir pu lui sauver la mise aussi vite. Ce qui se passa ensuite est facile à deviner. Il tomba sous le charme de Rosa qui, je suppose, passa cette nuit-là ou une autre entre les bras du beau parleur. Je dis beau parleur, car il embobina ma mère avec des histoires de prince charmant, lui promettant de revenir la chercher aussitôt qu'il le pourrait quand la tournée, qui se poursuivait en Italie, aurait pris fin.

» Évidemment, on ne le revit plus jamais. Simplement, il avait laissé dans le ventre de Rosa un souvenir qui allait grossissant. Comme ma grand-mère avait perdu Alfonso, maman perdit son homme, à peine l'avait-elle connu ! Vous imaginez combien tout cela fut parfois lourd à porter quand j'eus l'âge de fréquenter des garçons ! Ma grand-mère et ma mère semblaient s'être liguées pour me tenir à l'écart des connaissances masculines, et c'est pourquoi je devins une « bête » à concours et à examens, bûchant d'arrache-pied pour leur faire plaisir mais surtout pour m'émanciper. À la différence de Rosita qui avait un don de couturière dans les doigts, je ne savais rien faire de mes mains, ni jouer du piano comme Nina, ni coudre comme Rosita. Je sentais bien que ces femmes qui veillaient sur ma vie pensaient qu'une certaine fatalité s'était abattue sur nous, nous condamnant à perdre chaque fois les hommes qui nous faisaient battre le cœur. J'en conclus, moi, qu'il fallait aimer les hommes secrètement, à leur insu, pour ne pas risquer de les voir disparaître.

Comme toujours quand la jeune femme abordait des territoires douloureux de son passé ou du passé de ses proches, Coletta cherchait à détendre l'atmosphère en servant à chacun la rituelle tasse de thé. Elle distribua aussi de petits cakes aux fruits confits qu'elle avait elle-même cuisinés. Tout le monde mangea et but en silence, car Esther avait encore pas mal de choses à dire.

— Après mes études d'histoire de l'art et l'obtention d'une maîtrise en droit des affaires, j'ai coupé brutalement le cordon pour aller vivre une année à New York comme chargée de la préparation des enchères chez Christie's. Avec le recul, je dois une fière chandelle à Nina qui m'avait initiée à la valeur des choses en formant mon goût pour les œuvres authentiques, nées davantage de l'être profond des artistes que de leur pinceau ou de leur marteau. Quand je suis arrivée chez Christie's, l'ambiance était assez morose. Le marché de l'art avait connu des sommets incroyables, artificiels, des toiles s'étaient vendues à des prix que seuls quelques richissimes Japonais ou Américains pouvaient encore suivre. Puis brutalement, la récession pointant le bout de son nez, les cotations avaient dégringolé et il n'était pas rare qu'en s'obstinant à exiger des prix canon pour des œuvres somme toute mineures, les maisons de vente devaient parfois ravaler la moitié des pièces offertes aux enchères. Bien sûr, il arrivait qu'une pièce exceptionnelle fasse de nouveau flamber les prix. Je me souviens que l'année de mon arrivée, un tableau de René Magritte partit pour quarante millions de francs et un simple dessin de Jaspers Johns s'arracha pour six millions de francs, du jamais vu pour une œuvre sur papier. Mais ce n'était pas à proprement parler la reprise.

» De retour de New York, je suis passée de l'autre côté. Je crois que je connaissais bien le système des enchères et je me suis mise au service de la Réunion des musées nationaux afin d'acquérir des œuvres pour leur compte. À cette époque, j'ai rencontré Michel Raynaud, un banquier que connaissait bien Nina.

Disant cela, Esther envoya un signe discret à Fabrice, pour lui montrer qu'il était le seul dans la confidence à propos de leur visite à la banque Ferrière et de la vente prochaine du tableau de Watteau, *Les Amants de Cythère.*

— C'était comme moi un passionné d'art en même temps qu'un financier habile. Il m'a demandé si je pouvais de temps à autre réaliser des achats pour son établissement. Nous avons parlé ensemble de Basquiat qu'il admirait comme moi. Le peintre était déjà mort quand j'avais séjourné aux États-Unis, mais j'avais eu de nombreuses occasions de découvrir ses œuvres murales, extraordinaires dans l'expression et le jaillissement de la couleur. Un jour, à l'Espace Montaigne, une vente de plusieurs tableaux assez prestigieux fut organisée. Je me souviens qu'ils provenaient tous de la collection constituée dans les années soixante-dix par Lila Acheson Wallace, l'épouse du fondateur de la revue *Reader's Digest.* Le groupe connaissait de graves difficultés financières et la riche dame s'était résignée à céder ses chers tableaux. Je connaissais bien ces œuvres. Il y avait le fameux portrait de Jeanne Hébuterne par Modigliani, sept figures et une tête, de Giacometti, et un Cézanne. Il m'apparut aussitôt que ces toiles étaient mises aux enchères à des prix beaucoup trop élevés. Le Cézanne, qui représentait sa plus belle vue de la Sainte-Victoire, était toutefois tellement sublime que je décidai de me battre pour l'avoir. Il fut présenté en dernier.

» Prudemment, je laissai les candidats à l'achat du Modigliani et du Giacometti s'empoigner comme des chiffonniers, pour me réserver le maximum de chances ensuite. Mon calcul se révéla payant puisqu'un des deux acheteurs, visiblement très combatif et décidé à tout rafler, dut renoncer face à ma dernière enchère. Il avait payé trop cher les deux autres tableaux, sans doute le savait-il. Beau joueur, il vint me féliciter sitôt donnés les derniers coups de marteau, et me demanda à qui il avait l'honneur. Il se présenta à son tour : Marc Cinelli, un bel homme brun d'une quarantaine d'années qui me dit travailler pour un riche industriel de la place dont il ne me donna pas le nom. Nous échangeâmes nos cartes de visite et, à ma grande surprise, je reçus dès le lendemain matin un appel de lui. Il me conviait à déjeuner dans le quartier de la Bourse où il avait ses bureaux.

» Nous déjeunâmes au restaurant Gallopin, près des bureaux de l'Agence France-Presse. C'était un jour de baisse du CAC 40 et les financiers cravatés arboraient des mines de circonstance en commandant tout de même des kirs ou du champagne millésimé, histoire de ne pas se laisser abattre.

» “Vous devez être surprise de mon appel si rapide, commença Marc Cinelli. Voilà, c’est assez simple : j’ai demandé depuis un an à passer la main car les affaires de mon patron, vous vous en doutez, ne se limitent pas aux achats d’œuvres d’art. Il prévoit d’ouvrir une antenne industrielle en Asie et cette région du monde me fascine depuis que j’ai passé ma tendre enfance à Bangkok où mes parents étaient diplomates. Mon patron ne voulait pas me lâcher faute de trouver la personne idoine, mais, depuis hier, je n’ai cessé de penser à vous et je dois même vous avouer que je me suis permis de lui donner votre carte...”

Esther but quelques gorgées de thé noir et poursuivit.

— Comme vous pouvez l’imaginer, j’étais assez flattée, même si je regrettais un peu que le beau brun, en me voyant, n’ait pas bouleversé ses plans de départ en Asie pour demander ma main...

Elle sourit en regardant Fabrice, puis, voyant son visage s’assombrir :

— ... que j’aurais refusée, évidemment. Le choc vint au milieu du repas, après qu’il m’eut décrit les avantages financiers du poste, mais aussi les autres avantages non négligeables, la voiture de fonction, la liberté totale de voyager à travers le monde, la fréquentation de la haute société et j’en passe. Je me risquai à demander le nom de ce bienfaiteur.

» Fièrement il me répondit : Lucien Espiralier.

» Je dus blêmir ou rougir, je ne sais pas, en tout cas il me demanda aussitôt si je me sentais bien. Je répondis n’importe quoi, que je ne supportais pas l’alcool, un truc comme ça. Rassuré, il poursuivit : Espiralier, son cher patron, mettait à sa disposition des budgets colossaux pour dénicher les œuvres majeures à vendre partout sur la planète. Il voulait même créer une fondation qui porterait son nom et abriterait les plus beaux tableaux disponibles. Un espace avait déjà été prévu : les anciens ateliers des Fonderies de Paris, autrefois propriété du marquis de la Sablonnière. Si j'acceptais, je deviendrais conservateur de ce musée.

» Inutile de vous dire que j'avais reçu un coup sur la tête. D'un côté, on m'offrait un poste en or qu'il eût fallu être idiot pour refuser. D'un autre côté, cette offre venait de l'homme à qui Nina devait certains de ses malheurs, ceux qui lui avaient peut-être fait le plus de mal. Je me souvenais des propos de ma grand-mère quelques années plus tôt, lorsque Fred Vigo lui avait annoncé l'entrée en force d'Espiralier dans les affaires du marquis. Nina, d'une certaine manière, avait défendu Lucien en priant Fred de lui faciliter la tâche et de rester auprès de lui. Ce qu'il avait fait. Mais, visiblement, Fred n'était pas dans ce compartiment d'activité car Marc Cinelli ne me mentionna pas son nom, et je me gardai bien de le faire.

» Mais une chose était déjà certaine : si Marc avait donné ma carte à son patron, Lucien Espiralier savait que la personne qu'il était susceptible de recruter n'était autre que la petite-fille de Nina. Faute d'avoir été reconnue par mon Anglais de père, je porte le nom de ma mère, qui elle-même portait celui de Nina. Sans doute même Espiralier avait-il eu connaissance de mon existence dès ma naissance. J'ai demandé à Marc Cinelli si son patron avait bien regardé ma carte. La question parut le surprendre, signe qu'Espiralier n'avait manifesté devant lui aucun étonnement. “Bien sûr, dit-il simplement, il a lu votre nom à haute voix et l’a répété deux ou trois fois avec une certaine gourmandise. N’y voyez rien de mal, j’avais tant vanté vos qualités qu’il a sans doute imaginé tout ce qu’il pourrait réaliser avec vous !”

» J’étais désemparée, je ne savais plus que faire. Fallait-il en parler tout de suite à Nina ? À ma mère ? Au bout du compte, j’ai attendu qu’il se manifeste lui-même. Après tout, c’était lui le demandeur, on verrait bien ensuite. Une semaine s’est écoulée. Chaque fois que mon téléphone sonnait, mon cœur se mettait à cogner dans ma poitrine et ma bouche s’asséchait quand je disais “allô”... Mais comme il ne se manifestait pas, je finis par y penser moins. Je me sentais d’ailleurs soulagée, supposant qu’il avait renoncé à cette idée, ce qui paraissait logique et préférable pour tout le monde.

» J’en étais là quand un soir, alors que j’allais quitter mon bureau du Louvre, on m’appela de l’étranger. La communication était assez mauvaise, elle venait de Pologne ou de Hongrie, je n’avais pas bien compris ce que me disait la standardiste. J’entendais un mot sur deux, mais je perçus nettement le nom d’Espiralier que venait de prononcer mon interlocuteur. La communication coupa brusquement, comme s’il fallait décidément que nos relations s’établissent de façon hachée. Puis il rappela d’un téléphone satellite, précisa-t-il, et cette fois, sa voix était aussi nette que s’il s’était trouvé derrière ma porte.

» “Je suis Lucien Espiralier, c’est bien Esther Babel ?

» — Elle-même, fis-je, pétrifiée.

» — Pardonnez-moi de ne pas vous avoir donné signe de vie plus tôt, je fais une visite de nos nouvelles acquisitions sidérurgiques en Europe de l'Est et c'est encore la croix et la bannière pour obtenir un numéro en France. Je crois que Marc Cinelli vous a dit l'essentiel l'autre jour. Je serai de retour à Paris lundi, voyons-nous à 10 heures dans mes bureaux de la rue de Berri si vous êtes libre."

» J'ai répondu oui, sans hésiter. J'ai failli lui demander s'il savait qui j'étais, mais c'était tellement stupide que je me suis abstenue. Ce soir-là, j'ai tardé avant de rentrer à la villa Aurore. Cela m'aurait soulagée de parler à Nina, mais je n'en avais pas le courage. Au fond de moi, je me disais que l'entretien se passerait sûrement très mal, qu'il me conviait seulement pour m'humilier où m'insulter, je me bâtissais des scénarios d'enfer ! Ce fut tout le contraire qui se produisit. Volontairement, je m'étais rendue rue de Berri en jean et en sweat-shirt assez ample, histoire de ne pas ressembler à ces minettes bcbg qui peuplent cet univers. Je tombais sur un homme d'environ cinquante-cinq ans, plutôt séduisant, avec d'épais sourcils, les cheveux ras, un début de calvitie, un regard direct et bleu. J'essayais de faire coïncider cet homme qui se tenait en face de moi avec l'histoire que je connaissais de lui, ses parents, son enfance avec Nina, la manière brutale dont il l'avait repoussée pour ne plus se soucier d'elle. Plus je le regardais, plus je me demandais si Nina ne s'était pas inventé une histoire. Peut-être simplement étouffait-il face à cette femme qui savait se faire tellement envahissante ? Mes certitudes chancelaient, d'autant plus qu'il se montrait parfaitement courtois et attentionné. Il ne fit qu'une légère allusion à Nina, me demandant d'emblée comment allait ma grand-mère. Il m'écouta avec attention mais ne relança pas la conversation sur ce terrain. Il avait l'air de quelqu'un qui sait tourner les pages sans trop regarder en arrière.

Esther reprit son souffle. Tous sentaient qu'elle se libérait d'un poids énorme, que ces aveux lui faisaient du bien, en tout cas pour l'instant. Coletta lui resservit une tasse de thé qu'elle but encore brûlant. Puis elle se remit à tirer le fil d'une bobine qui semblait inépuisable.

— Pour moi, à cet instant, j'avais un sentiment étrange et mélangé. Le sentiment de trahir Nina, de trahir les miens. Et, presque aussi fort, le sentiment qu'il y avait eu un malentendu, une incompréhension, que cet homme qui me recevait n'avait pas pu se montrer si dur, si impitoyable. J'avais entendu dire par Fred Vigo que ses manœuvres pour reprendre les intérêts du marquis de la Sablonnière relevaient de pratiques mafieuses, mais Fred était si attaché à Nina que je le soupçonnais d'avoir “chargé la barque” de Lucien pour aider ma grand-mère, précisément, à couper les ponts sans trop souffrir.

» Lors de notre premier entretien, nous avons parlé plus en détail du travail qu'il me proposait, du salaire, des missions. C'était vraiment fantastique, un vrai rêve. J'eus cette sensation vertigineuse qu'on peut éprouver, quand on est très jeune, à l'idée que le monde allait m'appartenir. Finalement, j'ai accepté son offre à une condition : qu'il vienne à la villa Aurore présenter ce projet à Nina. Je pensais que je lui demandais l'impossible, et je me trompais. Il a d'abord marqué un silence, m'a regardée en souriant, puis a consulté son agenda. Il me parlait d'une voix très douce en disant : "Si votre grand-mère est disponible demain vers 16 heures, je viendrai la voir à ce moment-là." J'étais estomaquée. Je suis partie en promettant de rappeler pour lui confirmer le rendez-vous. Les dés étaient jetés.

— Nina a dû tomber des nues ! lança Marion, captivée comme tous les membres du groupe par le récit d'Esther.

— Non, pas tellement. C'est ce qui m'a surprise. Le soir du premier entretien avec Lucien Espiralier, j'ai trouvé ma grand-mère terminant une grille de mots croisés sur la terrasse. Un grand châle noir et rouge brodé par ma mère tombait sur ses épaules, elle ressemblait à ce qu'elle était : une vieille Russe paisible confite dans ses souvenirs. Quand elle m'a vue arriver, signe d'un incroyable instinct, elle m'a regardée avec insistance et avant même que j'ouvre la bouche, elle m'a dit : "Toi, ma fille, tu as des choses à raconter." Je suis restée bouche bée. Un instant j'ai cru que Lucien l'avait appelée, mais je lui avais demandé de me laisser préparer le terrain, il n'avait pas pu manger la consigne.

» Je me suis assise à côté d'elle et, sans tarder, j'ai préféré me jeter à l'eau. "Je vais travailler pour Lucien Espiralier. Je l'ai vu aujourd'hui. Je serai chargée des achats de tableaux à travers le monde entier", ai-je dit d'une traite, sans respirer. J'ai vu son regard s'éclairer au nom de Lucien. C'était comme si je lui avais ramené un fils ou un mari, un espoir envolé. Elle répéta : "Tu l'as vu ?" Elle voulut que je le décrive, que je lui donne des explications sur ce qu'il voulait vraiment faire avec moi. À ses questions, j'ai compris que Fred Vigo n'avait pas dû lui donner beaucoup d'informations, ces dernières années. J'ai répondu qu'il se proposait de venir la voir dès le lendemain, si elle acceptait, et qu'il lui donnerait sans doute tous les détails qu'elle voulait connaître. Bien sûr, elle était d'accord, et j'ai appelé Lucien comme convenu pour lui confirmer qu'elle l'attendrait.

» Ce fut une rencontre très émouvante. Il se présenta ponctuellement à 16 heures et je sentis en allant lui ouvrir la grille qu'il était un peu ému, même s'il ne voulait surtout pas le montrer. Il était venu les mains vides et semblait pressé de repartir. On le sentait tendu, mais, quand il vit Nina, il l'embrassa avec ce qu'il fallait d'élan pour que ma vieille grand-mère fonde comme une madeleine. Coletta avait apporté une collation. On prit tranquillement un thé pendant que Lucien exposait de façon très professionnelle sa conception de mon emploi auprès de lui. Ma grand-mère dévorait ses paroles. Il ne fut pas question du passé, seulement de moi, de l'avenir, de mes voyages au bout du monde et de mon entrée dans l'univers des esthètes très fortunés susceptibles un jour ou l'autre de renoncer à une œuvre d'art. Une fois que Lucien Espiralier eut pris congé, Nina resta silencieuse le reste de la soirée. Au moment de venir lui souhaiter une bonne nuit dans sa chambre, pendant que je lui démêlais les cheveux, elle se demanda simplement, à haute voix, si on avait bien fait. Elle ne devait plus m'en parler. Jamais.

En prononçant ce dernier mot, Esther, qui avait déroulé crânement son histoire, éclata soudain en sanglots.

Coletta, qui avait senti le drame se nouer, se précipita la première vers la jeune femme pour la serrer contre elle.

— Allons, allons, petite. Tout cela est loin. Et Nina est sûrement morte heureuse, au moins apaisée.

Elle tendit un mouchoir à Esther, qui essuya ses larmes.

— Sans doute cet épisode avait-il contribué à refermer les blessures intimes de Nina. Mais la pauvre vieille n'a pas eu beaucoup de temps pour savourer cette douceur, et ma mère, ma petite maman tout effacée, ma pauvre Rosita qui avait emmené Nina visiter la synagogue de Saint-Mandé, un matin si ensoleillé d'avril 1997... Un camion dont les freins avaient brutalement lâché les a fauchées toutes les deux comme deux fleurs sur le bitume. Le temps de les transporter à l'hôpital, elles étaient décédées en se tenant par la main, ma grand-mère et ma mère, les deux êtres qui comptaient pour moi le plus au monde.

De nouveau, Esther observa un silence. Mais elle tint bon et ne pleura pas, comme si une colère sourde avait commencé à l'emporter sur le chagrin immense qui la frappait encore. Une colère dont elle ne voulait pas parler.

— Les semaines, les mois qui ont suivi ont été terribles. Je me suis lancée à corps perdu dans le travail, sautant d'un avion à l'autre, accumulant les décalages horaires, un jour à New York, un autre à Philadelphie, un troisième à Pékin. Tout pour fuir la villa Aurore où ne subsistaient que des ombres.

Heureusement qu'ils étaient là, Jackie et Coletta, pour m'accueillir en douceur quand, entre deux missions, je venais ici me poser, me reposer.

» Au début, je les cherchais partout : Nina et son petit pas, Rosa qui n'avait jamais vraiment grandi et suivait sa mère comme un épagneul, qui la suivit jusqu'à la fin. Espiralier avait tenu promesse. Il me laissait tranquille, je le voyais très peu. On se parlait quelquefois au téléphone, et il avait su trouver les mots après ce drame familial.

» En deux ans, je peux dire sans me vanter que je suis devenue la figure de proue du marché de l'art en Europe. Peu de tableaux que je convoitais m'ont échappé. Et je ne crois pas avoir dilapidé l'argent de la fondation, dont j'étais conservateur, dans les anciennes Fonderies de Paris, derrière Tolbiac. J'aimais ce que je faisais. J'étais bien payée. Je rencontrais des collectionneurs encore plus fous d'art que moi, et ensemble nous partagions cette folie. Peu à peu, jour après jour, je me suis reconstruite. Souvent je me suis interrogée sur les destins si tragiques des hommes, et surtout des femmes de ma famille. Nina, sa petite Noucenka, puis Rosita la gitane, ma mère.

» Quelquefois, dans mes cauchemars, j'imaginais que mon tour allait venir, qu'un avion s'écraserait, qu'un fou sortirait son couteau dans la rue et me poignarderait. C'était terrible, je ne pouvais pas me réveiller sans avoir à l'esprit des visions sanglantes. Je n'ai pas honte de dire que, sous mon impulsion, la collection Goldberg s'est enrichie de merveilleux tableaux. Je pense à cette huile sur toile d'Eugène Delacroix, un cavalier arabe traversant un gué, acquise pour moins de vingt millions de francs, ou encore au *Vénus et l'Amour voleur de miel,* un panneau de Lucas Cranach monogrammé et daté de 1532, que j'ai négocié avec les propriétaires de Cheverny. J'eus aussi pour satisfaction de pouvoir ouvrir la fondation au public après un accord obtenu du ministère de la Culture. Bien sûr, tout cela me semblait désormais précaire et dérisoire. Mais allez savoir par quels détours compliqués de l'esprit j'avais la certitude, en accomplissant ces transactions, d'être fidèle à Nina, à ce qu'elle ne m'avait jamais dit mais que j'avais lu dans son regard.

— Et nous, dans tout ça ? s'exclama Tucky.

Djamel lui donna un coup de coude discret, lui qui avait recueilli Esther un soir de déroute, sur la plage de Nice, et qui attendait avec appréhension que la jeune femme tire son fil jusqu'à cet instant.

— Vous ? fit-elle. Ah, vous. L'histoire est encore longue. Souvent, quand je rentrais à la villa Aurore, je rêvais qu'elle soit de nouveau pleine de vie et de rires. Sachez seulement que je ne serais peut-être plus là si vous ne vous étiez si bien mêlés à mon existence.

— C'est toi qui l'as voulu, dit Marion.

— Oui, tu as raison. J'ai voulu tout ce qui arrive depuis que je vous connais. Maintenant, laissez-moi. C'est déjà la nuit et j'ai épuisé toutes mes forces en vous parlant.

Esther s'allongea. Coletta vient la border comme quand elle était enfant. Tous se retirèrent sur la pointe des pieds.

30

Le lendemain matin, le premier levé fut Fabrice. Il se préparait un copieux petit déjeuner quand Marion le rejoignit. Elle aussi avait faim, et ce creux à l'estomac l'avait tirée du lit avant Giovanni, « un gros dormeur » comme elle avait l'habitude de dire. Ils parlèrent un peu d'Esther, de cette folle vie qu'elle avait eue, sans parvenir à percer les mystères qui entouraient la jeune femme, en particulier cette expédition qu'elle projetait de mener à bien avec leur concours.

— Quand je suis arrivée à la villa Aurore, raconta Marion, Djamel et Tucky étaient déjà là. Je crois que Djamel était arrivé le premier. J'avais l'impression qu'Esther ne se supportait pas seule, je veux dire avec seulement Jackie et Coletta qui, malgré tous leurs efforts, étaient trop liés au passé douloureux d'Esther et de sa famille. Je crois qu'elle avait besoin de visages nouveaux, de sentir la vie courir dans cette grande maison. Et puis Esther est quelqu'un de généreux, sans cesse tournée vers les autres tout en demeurant repliée sur elle-même pour certaines choses.

Marion ne précisa pas ce qu'elle entendait par « certaines choses », mais Fabrice eut l'impression de savoir à quoi elle faisait allusion. En allumant doucement la radio, ils s'aperçurent qu'il était vraiment très tôt. Le flash de 7 heures venait de commencer. Une belle journée ensoleillée s'annonçait. Marion avait beaucoup à faire ce jour-là, et elle proposa à Fabrice de l'accompagner. Le jeune homme accepta.

— Tu ne seras pas déçu, fit-elle, je dois aller donner son enveloppe au peintre Bezoukhov, dans son atelier de la rue de Téhéran. Depuis le temps qu'il veut me garder pour un thé au samovar. Cette fois, je lui ferai plaisir.

— D'accord, répondit Fabrice, allons-y.

Puis, réfléchissant :

— Mais sais-tu pourquoi Bezoukhov est un des bénéficiaires des largesses d'Esther ? S'il habite rue de Téhéran, je suppose qu'il ne doit manquer de rien.

— Tu as raison, admit Marion. Tu verras qu'il vit dans un endroit somptueux, très clair, avec de larges baies vitrées qui font entrer un tel flot de lumière qu'il doit souvent tirer ses grands rideaux pour se protéger. Figure-toi que je l'ai même vu une fois qui peignait chez lui avec des verres fumés ! C'est un drôle d'oiseau, ce Bezoukhov. Pour répondre à ta question, je dois dire que je suis partagée. Une chose est certaine, Bezoukhov n'a jamais manqué de rien depuis son arrivée en France, après guerre. Il est très vite devenu l'ami de Nina qui, si je suis bien renseignée, lui rendait visite fréquemment. Je me demande s'il n'y a pas eu une idylle entre eux, mais je ne pourrais l'affirmer. Je crois surtout qu'ensemble ils évoquaient le temps d'avant, leur Russie natale qu'il savait magnifiquement représenter en quelques couleurs sombres et violentes. Il me semble qu'Esther a maintenant besoin de lui pour des tâches précises, mais j'ignore lesquelles.

— Encore un mystère ! s'écria Fabrice goguenard.

— En tout cas, Esther ne m'en parle jamais.

Chaque début de mois, elle me dit simplement : « Marion, n'oublie pas l'enveloppe de Bezoukhov. »

— Une grosse enveloppe ?

— Tout dépend ce que tu entends par grosse. C'est chaque fois cinquante mille francs.

Fabrice émit un sifflement.

— Eh bien ! Pour ce prix, il doit avoir de sacrées combines.

— Possible, je n'en sais rien, et je ne lui ai jamais rien demandé. Esther n'aime pas quand on essaie d'enquêter dans son dos sur ses véritables intentions. Allez, assez parlé, je te donne les clés de ma deux-pattes. Ça te changera des Bentley. Tu ne vas pas trop vite prendre goût au luxe, pas vrai ?

Il sourit et partit avec le jeu de clés. Moins d'une heure plus tard, ils étaient devant le 14, rue de Téhéran.

— L'avantage de la deux-chevaux, expliqua Marion, c'est qu'on la gare facile.

Fabrice fit un créneau assez simple entre deux grosses cylindrées, sous l'œil d'écoliers amusés par la touche de son auto. Il laissa les gamins s'esclaffer et coupa le contact.

— Je vous attendais, s'exclama Bezoukhov d'une petite voix chevrotante en apercevant Marion.

Celle-ci lui présenta Fabrice, un ami « très cher » d'Esther, que le vieux peintre salua avec une sorte de vénération.

— Entrez donc, le thé est prêt. J'ai fait aussi tiédir un kougelhof au four.

— C'est que nous avons déjà bien déjeuné, s'excusa Marion. Va pour le thé, mais le kougelhof...

— Allons, allons, mademoiselle Marion, il n'est qu'à vous regarder pour comprendre que vous aimez les bonnes choses, et — ne prenez pas ça mal — j'ai toujours aimé les femmes rondes et bien en chair, c'est un signe de santé. Si vous aviez vu ma pauvre Léonie, à la fin, cette maigreur, ce corps décharné.

— Léonie, c'était sa femme, souffla discrètement Marion à l'intention de Fabrice.

— Après son décès, je ne pouvais plus peindre, sauf des modèles de femmes très replètes. La maigreur me terrifiait comme une annonce de la mort, vous comprenez. Mais oublions cela, vous êtes jeunes et la vie vous sourit, n'écoutez pas le vieux barbon que je suis. Quant au kougelhof, faites-moi confiance, ça passe tout seul, il fond dans la bouche de manière exquise. Je ne trahis pas un secret en vous disant que Nina, la grand-mère d'Esther, raffolait de ce gâteau qu'elle dégustait avec quelques zestes de citron.

— Vous connaissiez bien Nina ? demanda Fabrice, prenant la balle au bond.

— Si je connaissais bien Nina ? Ah, mon jeune ami, quelle femme délicieuse, et quel destin, grand Dieu. Oui, nous nous sommes connus exactement en 1947, elle arrivait de la mer Noire après un périple époustouflant, et déjà le drame à ses basques. Quand vous la regardiez, je parle du visage pur et tendre d'une jeune femme d'une trentaine d'années, vous ne pouviez que fondre d'amour. Ce n'était pas exactement une femme ni plus tout à fait une enfant. Elle possédait une grâce naturelle dont je ne vous apprendrai rien en disant qu'elle a glissé tout entière sur le visage de sa petite-fille. J'aurais aimé capter les lumières de ses expressions sur une toile. Je n'y suis jamais parvenu et je doute que quelqu'un ait essayé, tant ses traits étaient mobiles, insaisissables. Vous n'allez pas me croire, mais d'une minute à l'autre, son visage avait changé, il se recomposait sans cesse.

Fabrice tut ce qu'il avait appris à propos de Nicolas de Staël qui avait dessiné Nina. C'était un secret entre Esther et lui, il avait bien l'intention de ne pas le trahir, d'autant qu'une telle nouvelle, apprise par Bezoukhov même un demi-siècle après les faits, l'aurait sans doute plongé dans un abîme de tristesse en lui révélant ce qu'il considérait déjà comme sa médiocrité.

— Je me souviens de la première rencontre avec Nina comme si c'était hier. Après la guerre, nous autres les Russes de la première génération, ceux qui avaient émigré après la Révolution bolchevique, nous avions la cote auprès de la population française. Nous incarnions les accords franco-russes du temps des tsars, et on ne nous en voulait pas trop des fameux emprunts que les communistes rendirent caducs. Les Français savaient que nous aussi avions tout perdu et ils venaient avec bienveillance et générosité à nos ventes de charité et à nos concerts. Nous parlions bien le français, nos chansons tristes faisaient pleurer d'émotion, et nos airs féroces quand on chantait des airs cosaques dépaysaient. C'est pourquoi dès la Libération, quand une deuxième vague de compatriotes est arrivée, fuyant le nazisme et le communisme réunis, nous avons servi d'intermédiaires.

» Nina, qui avait travaillé pour la Résistance, n'eut guère besoin de moi pour s'acclimater. Je l'ai connue à une exposition d'artistes russes à laquelle elle était venue en compagnie de quelques anciens de son réseau. Quand je lui appris que j'étais originaire d'un village voisin de son propre bourg natal, elle ne me lâcha plus de la soirée. Nous étions une bande d'artistes slaves qui, comme dans la chanson d'Aznavour, attendaient la gloire. Nous n'en étions pas à vendre nos toiles contre un bon repas chaud, mais c'était un peu la bohème, et Nina appréciait notre compagnie comme on retrouve l'air du pays. Par ses origines, elle n'avait pourtant jamais beaucoup fréquenté les artistes puisque son pauvre mari était négociant en grains. Mais elle était curieuse de tout, venait nous voir dans nos ateliers, se proposait pour promouvoir nos œuvres auprès de gens de sa connaissance qui, la paix revenue, occupaient des fonctions parfois importantes dans certains ministères.

Le vieux Bezoukhov s'interrompit en sentant une odeur suspecte.

— Le kougelhof! s'écria-t-il. Il ne manquerait plus que je le fasse cramer. Attendez-moi, j'en ai pour une seconde.

Fabrice et Marion échangèrent un sourire complice. Le jeune homme ne regrettait pas sa visite. À travers le portrait de Nina qui se composait par grosses pièces de puzzle, se formait en filigrane celui d'Esther. Il ne faisait aucun doute que Bezoukhov avait « formé » le sens artistique de Nina, qui avait transmis son savoir et sa propre sensibilité à sa petite-fille.

Le peintre servit à chacun une tasse de thé remplie directement à un gros samovar ventru presque aussi âgé que lui. Il découpa le gâteau en tranches généreuses, laissant apparaître une mie dorée appétissante qui fit craquer les deux jeunes convives. En mal de confidences et ravi d'avoir un auditoire, Boris Bezoukhov se mit tranquillement à raconter son existence, demandant de temps à autre à Marion et Fabrice, par pure forme, s'il ne les ennuyait pas. Sans écouter vraiment leur réponse, il continuait son bonhomme de récit, de sa petite voix fluette mais précise qui voulait ne rien omettre, moins par envie de « tout dire » que par souci d'honnêteté.

— Vous allez penser que je fais une crise de fausse modestie, dit-il à un moment donné, mais c'est pourtant la vérité, une désillusion dont je ne me suis jamais vraiment remis : je suis un peintre boiteux. Je ne manque pas de talent pour représenter un superbe paysage, la mer sous le soleil ou les statues du Luxembourg au clair de lune, à condition que quelqu'un d'autre les ait peints avant moi. Je ne suis qu'un plagiaire, mes enfants, un excellent copiste, mais rien d'autre. Je manque d'imagination à un point que c'en est sidérant. Flanquez-moi devant une toile blanche dans un environnement sublime et vous n'obtiendrez de moi qu'un tableau appliqué, besogneux. J'aurais pu passer outre et m'autoconvaincre que j'avais un génie, disons, minimaliste. Mais le drame est que je suis un homme lucide, ce qui confirme ce dicton suivant lequel seuls les imbéciles sont heureux. Croyez-moi, hélas, je ne suis pas un imbécile et rien ne me délivre de ma médiocrité. En revanche, je peux reproduire à l'envi n'importe quelle toile de maître avec une vérité d'exécution qui vous troublerait. Si je vous disais...

Bezoukhov hésita, mais, devant les regards encourageants des deux jeunes gens, se lança.

— Si je vous disais comment je me suis enrichi... Une partie de ma famille, deux de mes frères et ma sœur aînée, étaient restés vivre en Russie. Quand le pacte germano-soviétique a été brisé par Hitler, le 21 juin 1941, mes frères ont été réquisitionnés pour se battre. Ils m'ont supplié d'intervenir auprès des autorités militaires pour leur éviter de partir à la guerre. Ils avaient charge d'âmes, chacun une femme et plusieurs enfants. Le chef de l'état-major a accepté de les laisser à l'arrière à condition que je revienne à Moscou pour faire le portrait de tous les généraux de l'armée. J'ai fini par accepter, du moment que je ne travaillais pas pour rien. Je peux vous dire que les militaires soviétiques, s'ils représentaient la patrie des prolétaires, touchaient des soldes de princes. C'est ainsi que j'ai tiré le portrait de dizaines de généraux qui, sans jeu de mots, se montrèrent très généreux en voyant l'allure avantageuse que je leur avais donnée. Quand j'ai eu gagné assez d'argent, j'ai convaincu le reste de ma famille de me suivre à l'Ouest et je leur ai présenté Paris, la capitale des arts où je rêvais encore de me faire un nom.

— Mais vous êtes connu, non? demanda Marion.

— Oui et non. On connaît aujourd'hui de grands musiciens qui se contentent, si j'ose dire, d'interpréter Bach ou Mozart. Ils n'ont pas écrit de musique, mais ils jouent ces partitions avec tant d'âme et de personnalité qu'on pourrait dire qu'à leur façon ils sont de véritables créateurs. En peinture, un copieur n'est qu'un artiste de seconde main, c'est le cas de le dire. Et si je suis connu, c'est pour être une bonne "seconde main". Il n'y a pas de quoi se vanter. Mon seul titre de gloire, du reste, est tout sauf glorieux.

» Je m'explique : au début des années soixante, la guerre froide atteignait son paroxysme, on était en pleine histoire des fusées russes dans la baie des Cochons de Cuba, juste en face des États-Unis. J'ai été à l'origine d'une véritable mystification. Avec quelques amis de pinceau, nous en avions assez de voir la critique et le marché s'ébaubir devant ce qui venait de loin, d'Afrique, d'Océanie ou encore d'Amérique du Sud. Non pas que nous contestions aux artistes de ces pays un réel talent, mais ce snobisme de l'exotisme nous agaçait copieusement. On moquait les resucées de vahinés façon Gauguin et les pseudo-masques baoulés primitifs sortis d'usine à souvenirs de la banlieue de Dakar ou d'Abidjan. Quant aux dictatures du Chili et d'Argentine, elles semblaient conférer à la moindre croûte venue de là-bas une valeur de chef-d'œuvre, pour peu que l'auteur comptât parmi les disparus ou qu'il ait utilisé à foison la couleur rouge de la révolte.

» Un soir où, en compagnie de quelques amis d'exil, nous avions un peu trop arrosé un dîner aux chandelles avec de la vodka et du cognac de Crimée, l'idée a germé dans nos esprits de créer une école imaginaire d'artistes « néo-impressionnistes slaves ». Au lieu de nous éreinter à créer notre propre style — sans doute en étions-nous incapables —, nous décidâmes de décliner les soleils couchants d'Auvers-sur-Oise en remplaçant les blés de la douce France par ceux des terres noires de Russie. Il nous suffit de décalquer quelques toiles célèbres des impressionnistes en rajoutant çà et là un peu de notre exotisme, ici une vieille babouchka aux champs, là le clocher d'une église orthodoxe ou le chaume d'une datcha pour conférer à nos créations l'estampille d'authentiques tableaux venus du pays du Goulag. Dès les premières expositions chez des galeristes amis de la rue de Seine et de l'Odéon, le succès fut incroyable. Nous avions pris une journée pour inventer quelques biographies souffrantes des soi-disant peintres opprimés qui avaient réalisé ces toiles en pleine clandestinité, certains même dans l'obscurité de leurs geôles, ce qui donnait encore plus de prix aux couleurs obtenues avec du cirage bleu, noir ou rouge... Vous pouvez rire, ce fut un coup fumant qui nous rapporta une belle notoriété et pas mal de fric, pour parler à la mode de maintenant.

Marion et Fabrice écoutaient, fascinés, le vieux barbon raconter ses tours de potache qui finirent un beau jour par le mener en prison.

— Une histoire de trahison, précisa Bezoukhov. C'est vrai qu'on n'est jamais si bien trahi que par les siens... Nous étions une poignée de copains à ne pas nous prendre au sérieux. On peignait comme on aurait fait autre chose car, comme je vous l'ai dit, l'ambition n'était plus vraiment notre fort. On était devenus assez fatalistes, il faut dire que l'âme russe est assez prédisposée à ce genre d'état d'esprit. Certains d'entre nous avaient connu les procès faits aux artistes et aux intellectuels avant même l'arrivée au pouvoir de Staline, nous savions qu'il n'était jamais très bon de se mettre en avant, on finit toujours par le payer. Ce qui était commode, avec notre système, c'est que par la force des choses nous nous dissimulions toujours derrière des peintres inconnus et lointains.

» Quand le succès est venu, qu'on a consacré à ces artistes maudits du régime soviétique de pleines pages dans la grande presse, l'un de nous, le jeune Igor Alecheiev, a un peu perdu la tête. Il s'est mis à dire partout que les tableaux étaient de lui, en particulier ceux qui avaient reçu un accueil très favorable de la critique. On essaya de le ramener à la raison mais, comme il était porté un peu plus que la moyenne sur les alcools forts, il finit par lâcher le morceau à un journaliste fouineur de *France-Soir* qui, depuis le début, émettait des doutes sur l'authenticité de notre production. En contrepartie d'un portrait de lui sur une page de ce quotidien, que j'ai cessé de lire depuis ce jour, Igor a tout révélé sans vergogne, sciant la branche sur laquelle lui-même était assis.

» Il faut dire qu'en ce temps-là nous avions un atelier collectif à Chatou, voisin de la maison Fournaise où les impressionnistes avaient élu domicile au siècle dernier, dans le compagnonnage de Renoir qui avait peint là le fameux déjeuner des canotiers. Nous vivions une existence assez gaie. Le matin on peignait la Seine à laquelle on donnait des allures de Volga. Puis on déjeunait solidement avant de faire une petite sieste. Une fois par semaine, l'un d'entre nous transportait les chefs-d'œuvre du groupe chez notre galeriste parisien, et le tour était joué.

» Parfois, nous poussions le vice à ranger les toiles dans du papier estampillé à Moscou, récupéré dans les poubelles de l'ambassade de l'Union soviétique à Paris. On parlait de notre corvée de chiffonniers. Chaque vendredi, je me dévouais pour me planquer devant l'immeuble de l'ambassade en attendant que les bacs en plastique remplis de paperasses soient roulés sur le trottoir pour le ramassage des ordures. Je n'étais pas toujours tout seul à attendre. Plusieurs fois il m'arriva de rencontrer des messieurs bien habillés, en gabardine et coiffés d'un feutre, qui plongeaient avec des gants noirs dans ces mêmes poubelles, mais je crois que nous ne cherchions pas les mêmes choses ! Moi, je me contentais de grandes enveloppes dûment affranchies à Kiev ou Moscou. Quelquefois, les jours d'aubaine, il m'arrivait de tomber sur des enveloppes venues de Sibérie, patrie du Goulag. Après, c'était un jeu d'enfant d'acheter des enveloppes neuves et de réaliser des collages pour faire figurer l'affranchissement soviétique et les tampons adéquats. Les jours d'exposition, nous laissions négligemment traîner certains de ces emballages qui attestaient la provenance des colis, en prenant soin de noter nos noms en français accompagnés d'inscriptions en cyrillique.

— De vrais professionnels, en somme ! s'amusa Fabrice.

— Oui, jeune homme, vous pouvez le dire, on était fait pour le faux comme d'autres sont faits pour le beau. Encore que nos tableaux fussent beaux, dans un certain sens. Mais ils sentaient l'arnaque à cent lieues, et cet imbécile d'Igor, au lieu de continuer à profiter de la poule aux œufs d'or, décida de la tuer. Il voulait la gloire, la reconnaissance. Alors il s'est mis à baver comme un repenti qui craint pour sa vie. Il est vrai qu'il n'avait pas à craindre pour son talent, vu qu'il en était totalement privé. Ne croyez pas que je parle par méchanceté ou par rancœur. C'est la simple vérité.

Le peintre engloutit deux belles parts de kougelhof à la file et poursuivit avec une certaine délectation, mais la suite de l'histoire était moins drôle.

— Je me suis retrouvé à la Santé sans autre forme de procès. Comme mon casier judiciaire était aussi vierge que ma première toile, les juges ont été relativement cléments, mais j'ai dû payer une lourde amende car de nombreux plaignants s'étaient reconnus comme victimes de mes agissements. Une caution m'aurait sans doute évité la cabane. Mais le fric que j'avais mis de côté a servi à payer les dommages et intérêts. Je n'ai donc pas eu le choix, et je peux vous dire que deux ans de taule, c'est long, surtout au printemps et à l'été, quand Paris se vide et qu'on étouffe dans les cellules. Nina, que je connaissais déjà bien, me portait un peu à manger et surtout des livres d'art que je dévorais. Je savais que, désormais, ma vocation serait de copier honnêtement des chefs-d'œuvre pour les vendre à des amateurs en connaissance de cause. J'avais la certitude que bien des gens préféreraient accrocher à leur mur une vraie toile inspirée d'un Degas ou d'un Modigliani plutôt que d'acheter une reproduction. Je connaissais mon talent d'imitateur, nul ne pourrait me l'enlever. Alors pendant ces deux années, loin de broyer du noir, j'ai rêvé en couleurs, étudiant des centaines de chefs-d'œuvre pour les mémoriser en vue de les reproduire dès que j'aurais fini de purger ma peine.

» Il faut vous dire que j'avais hâte de foutre le camp de ce gourbi. Si je n'avais pas eu la peinture, et je précise : la peinture des autres, je ne suis pas certain que j'aurais survécu à cette terrible épreuve. Moi, j'étais un artiste un peu limite question honnêteté, d'accord, mais je n'étais pas un truand. Or dans ma cellule comme dans la cour des promenades, je n'étais entouré que de criminels de sang, des types qui avaient buté leur femme, ou des passants, ou même des gosses. Une horreur! Le plus dur, c'était la nuit, on entendait des gars hurler à la mort, d'autres se foutre dessus ou appeler leur mère. On n'imagine pas des trucs comme ça. Quand le parloir était passé ou déjà fermé, Nina se postait sur le trottoir du boulevard Arago, la fenêtre de ma cellule donnait juste en face. On se parlait un peu, il fallait qu'on crie. Elle me faisait des signes auxquels je répondais. C'était bien de la voir, comme une présence même lointaine. Plus tard, elle m'avoua qu'à elle aussi, cela faisait du bien de venir là, cela lui donnait un but quand la nuit tombait et qu'elle n'avait pas envie de rentrer chez elle. C'est terrible, vous savez, les femmes qui n'ont pas envie de rentrer chez elles... Mais je m'égare. Qui reprend un peu de kougelhof? Il faut finir ces deux petites parts.

Fabrice et Marion déclinèrent l'offre, expliquant qu'ils devaient encore faire plusieurs visites et que leur ventre allait éclater tant ils avaient mangé depuis 7 heures du matin.

— Alors je n'insiste pas, fit Bezoukhov.

Avant de se lever, Marion sortit de son sac à main une enveloppe épaisse que le vieux peintre glissa sans sourciller dans la poche de sa veste. Il embrassa tendrement la jeune femme et tendit une main vigoureuse à Fabrice en lui disant qu'il avait été heureux de parler avec lui. Fabrice se retint de sourire car en vérité, c'est à peine s'il avait pu en placer une...

— Au fait, dit Bezoukhov en se tournant vers Marion, tu pourras dire à Esther que j'ai terminé son travail.

Marion hocha la tête et sortit la première. Le soleil était déjà haut dans le ciel, et presque trop chaud pour un début du mois de mai.

31

Les deux jeunes gens convinrent que le reste de la tournée pouvait bien attendre un peu. Fabrice fit démarrer la deux-chevaux et, suivant les indications de Marion, il fonça vers le parc Monceau. La chance leur souriait : une place venait juste de se libérer à vingt mètres des splendides grilles dorées de l'entrée Ruysdaël. Fabrice manœuvra avec dextérité, s'attirant les félicitations de la jeune femme qui voulait depuis longtemps se confier un peu à lui. Le jeune homme avait déjà remarqué qu'on s'adressait souvent à lui comme confident, de la même manière que dans la rue, quand une personne cherchait son chemin ou avait besoin d'un renseignement, c'est souvent lui qu'on arrêtait au hasard. Son visage ou son allure inspiraient d'emblée confiance. Combien de fois, se promenant à travers les jardins de Paris, des amoureux ne lui avaient-ils pas demandé de les photographier, comme s'il était le témoin qu'ils attendaient.

Jusqu'ici, Marion ne s'était jamais montrée bavarde, surtout avec lui, le dernier arrivé.

Complexée par son physique de petite boulotte, par son manque d'instruction aussi, bien qu'elle fût diplômée de comptabilité, Marion mettait du temps à se jeter à l'eau, et elle n'était pas du genre à faire des familiarités avec le premier venu. Mais avec Fabrice, une fois passée la phase d'observation, elle s'était assez rapidement sentie en confiance, bien que Giovanni, toujours ombrageux quand il s'agissait des choses de l'amour, lui eût fait comprendre qu'il n'aimait pas trop la voir fricoter — c'était son expression — avec le beau jeune homme. Marion s'était donc tenue à distance respectable de Fabrice. Mais quand il fut évident aux yeux de tous que le jeune homme n'en avait que pour Esther, et que ce sentiment paraissait partagé par la maîtresse des lieux, Giovanni ne vit plus d'obstacle à ce que Fabrice passe un moment avec sa compagne. C'est ainsi qu'ils se retrouvèrent à marcher dans les allées du parc Monceau, Marion éclairant Fabrice sur les raisons de sa présence à la villa Aurore.

— Ma vie avait bien commencé dans une famille unie et sans histoires, entre mon père venu de Croatie et ma mère parisienne de souche. Mon père était comptable à la Shell. Souvent, il me rapportait du bureau des petits cadeaux que sa société distribuait aux automobilistes qui s'arrêtaient dans les stations-service de la marque au coquillage. Ça changeait tout le temps, c'était rigolo. Je me suis constitué comme ça une collection de porte-clés, de bandes dessinées de *Tintin* et de petits personnages en mousse. Ce sont de bons souvenirs. Hélas, tout s'est effondré quand, un matin, une femme a appelé du siège de la société. Mon père venait d'avoir un malaise, elle ne savait pas expliquer. Le temps pour ma mère de se précipiter à l'autre bout de Paris, dans les bureaux de Levallois, mon père avait succombé à une crise cardiaque. Malgré tous les efforts pour le ranimer, il ne reprit pas connaissance. Ma mère n'avait jamais travaillé, mon père ne voulait pas, il avait trop vu sa propre mère s'user dans une usine de vêtements en Croatie. Il considérait que la mission de m'élever devait être la tâche principale et unique de son épouse.

» Ce fut le début d'une terrible déchéance morale et même physique pour ma mère qui n'avait vécu que dans l'ombre de mon père, attentive à ses moindres besoins. Ils s'aimaient tant, ces deux-là, que c'était pitié de la voir, après, ayant perdu sa seule raison de vivre. Bien sûr, j'étais à ses côtés, avec mes quinze ans, ma boulimie qui me faisait déjà grossir, j'étais complexée, agressive, bref, une ado avec ses problèmes d'ado qui n'aimait ni son corps ni sa tête... La mort de mon père n'a fait qu'empirer les choses. Sur les photos de l'époque, j'ai l'air d'une montgolfière !

» Puis les difficultés matérielles sont arrivées. Mon père avait eu beau travailler depuis l'âge de dix-huit ans, sa pension était ridicule et j'ai dû quitter l'école pour entrer chez un patron, comme on disait. J'étais affectée aux tâches les plus rébarbatives dans une petite entreprise de carrelage où travaillait un ami de mon père, croate lui aussi. Mais j'ai très vite eu envie de m'élever, au moins pour gagner plus d'argent. C'est comme ça que j'ai suivi les cours du soir pour devenir comptable, comme papa.

Les deux jeunes gens marchaient d'un pas lent dans les allées du parc Monceau, indifférents au spectacle des cygnes et des carpes qui se disputaient des croûtons de pain au bord du bassin.

— Ta mère a trouvé un travail? demanda Fabrice.

— Penses-tu! Elle était trop dépressive pour ça. Elle restait des journées entières dans son lit, ne mangeant que ce que je venais lui servir dans sa chambre, et encore. C'était lourd à porter, le deuil de mon père et la chute de ma mère que rien ne semblait pouvoir arrêter, en tout cas pas moi. Je me culpabilisais de partir travailler et de la laisser seule, mais il fallait bien que je me débrouille, l'argent manquait cruellement, et si j'avais passé mes jours auprès d'elle, je crois que je serais devenue maboule. J'ai pu enfin la contraindre à se lever, puis j'ai repéré des annonces chez les commerçants du quartier pour des heures de ménage et de repassage. Elle a fini par accepter de répondre à l'une d'elles. La dame habitait à deux pas de chez nous. Ce fut une catastrophe. Le premier jour, elle oublia le fer brûlant sur un pantalon de costume. À quoi avait-elle pensé? On l'a chassée le soir même. Je m'en souviendrai toute ma vie : quand je suis rentrée de mon travail, elle s'était recouchée et sanglotait au fond de son lit comme une petite fille qu'on aurait grondée. Elle a été incapable de m'expliquer ce qui s'était passé. Il a fallu que je me rende chez la dame pour comprendre. Je me suis excusée pour maman, je lui ai dit ce qui venait de nous arriver. La femme a montré un peu de pitié, mais ça m'a dégoûtée, cette pitié dans son regard. Elle avait voulu faire payer le pantalon à maman, puis elle m'a dit que du coup elle y renonçait, il aurait presque fallu que je la remercie.

» C'était la première fois que j'avais affaire à des riches. Ça m'a guérie. Je ne sais pas s'ils sont tous comme ça, mais celle-ci était condescendante et froide, indifférente, au fond. Elle m'a parlé de sa propre mère et des larmes qu'elle avait versées à la mort... de son caniche. Si je n'avais pas été moi-même si mal dans ma peau, je crois que j'aurais éclaté de rire.

Fabrice sourit. Comme Marion parlait de sa mère, il pensait à la sienne, à laquelle il n'avait pas donné de nouvelles, hormis un bref coup de fil trois jours plus tôt, pour lui dire qu'il l'aimait et que, surtout, elle ne s'inquiète pas. Il se disait que la pauvre femme, elle, n'aurait sans doute pas pleuré son mari, si dur avec elle.

— Ce qui a sauvé maman, poursuivit Marion, c'est peut-être triste à dire, c'est le bon Dieu. Une de ses amies était une vraie grenouille de bénitier. Elle a traîné ma mère de force à l'église un vendredi saint, où des centaines de fidèles étaient rassemblés pour je ne sais quelle fête religieuse. Il faut dire que si mon père était croyant, ma mère était une sorte d'athée sans le savoir, ignorante de tout ce qui pouvait relever du spirituel. S'est-elle dit qu'elle allait renouer ainsi une sorte de dialogue avec papa ? Elle s'est mise à fréquenter assidûment l'église. On lui a même donné quelques responsabilités dans la paroisse, pour la préparation des colis destinés aux pauvres à l'approche de l'hiver, des choses comme ça. C'est presque devenu une bonne sœur, un peu trop portée à mes yeux sur les bondieuseries et les fétiches assez variés de la religion catholique. Tous les jours un saint à prier, à honorer, ses conneries de chapelet et de confession. Mais, bon, je ne me moque pas trop car ce saut dans l'univers divin l'a manifestement transcendée.

— Je me demande comment tu t'en es sortie dans un contexte aussi lourd, demanda Fabrice.

— Moi aussi, je me le demande, dit Marion en souriant. Je crois qu'il a suffi d'une rencontre.

— Giovanni ?

— Oui, Giovanni.

En prononçant le prénom de son compagnon, Marion manifesta une telle ardeur que Fabrice envia le garçon qui suscitait des sentiments si vifs.

— C'est mon premier souvenir heureux après la mort de mon père, raconta Marion. La société de carrelage où je travaillais était en pleine expansion. J'étais devenue l'adjointe du chef comptable. La direction a décidé d'informatiser le traitement de la paye et des factures-clients. C'est ainsi qu'un matin j'ai reçu dans mon bureau un jeune homme timide qui venait se renseigner sur notre fonctionnement administratif afin de monter un service informatique *ad hoc*.

» Le coup de foudre fut immédiat, au moins de mon côté. Mais, vu mon physique, je ne me faisais guère d'illusion. Giovanni avait une classe naturelle, et cette élégance que tu lui connais. Il portait une chemise blanche qui mettait en valeur sa peau mate. Il était beau, avait l'air si tendre... Moi, je disparaissais dans une robe très ample qui dissimulait un peu mes formes. Je ressemblais à une femme enceinte et, par-dessus le marché, j'avais de grosses lunettes rondes qui me mangeaient une bonne moitié du visage ! Depuis, j'ai quand même un peu perdu, mais il faudrait que je me calme sur les sucreries qui m'ont souvent joué de vilains tours. Enfin ça, c'est une autre histoire.

— Les sucreries ?

— Oui, fit-elle en rigolant, je te raconterai si tu es sage !

Ils s'assirent sur un banc en plein soleil et exposèrent un moment leur visage à la lumière tiède de l'astre printanier qui brillait généreusement sur Paris. Plus personne ne disait rien. Les yeux fermés, ils auraient pu se croire en pleine nature, bercés par le piaillement des oiseaux. Comme si leur conversation ne s'était pas interrompue, Marion reprit naturellement le récit de sa rencontre avec Giovanni.

— Je n'aurais jamais cru que je pouvais plaire à un garçon, surtout comme lui. Quand il m'a déclaré sans détour qu'il était fou de moi et qu'il voulait vivre avec moi, j'ai vraiment pensé qu'il se moquait. Mais je me suis vite rendue à l'évidence : il était amoureux. C'était la première fois de ma vie que mes désirs rejoignaient exactement ceux d'un garçon. Tout d'un coup, la vie est devenue merveilleuse, un véritable enchantement qui dure encore aujourd'hui, même si je suis encore parfois en proie à l'angoisse quand nous nous lançons dans des aventures périlleuses. Je me suis dit très vite que je ne devais pas me retrouver affectivement dépendante, comme ma mère l'était de mon père. C'est facile à dire dans l'abstrait, quand on parle pour les autres. Mais quand il s'agit de soi... C'est terrible, l'amour. Quand on est sincère, ça nous prend complètement ou ce n'est pas de l'amour.

Fabrice hocha la tête. Il songea qu'Esther l'avait bien pris dans ses filets, car il ne sentait pas un millimètre de son esprit — sans parler de son corps — qui ne soit tourné vers la jeune femme.

— Il me semble que Giovanni tient autant à toi que toi à lui, observa Fabrice.

— Tu crois ? fit-elle avec empressement.

— Ça se voit comme le nez au milieu de la figure.

— Alors c'est bien, dit-elle, soulagée. Il n'y a rien de pire qu'un déséquilibre des sentiments, quand l'un aime un peu et l'autre trop. Lui comme moi avions besoin de rencontrer quelqu'un qui ne trichait pas sur ce terrain-là. Car, pour Giovanni, la vie n'a pas été facile d'emblée. Imagine qu'il est né quelques jours avant la mort de sa mère qui souffrait d'un cancer incurable. Je crois que les médecins l'avaient maintenue en vie le temps qu'il fallait pour que le bébé qu'elle portait ait le temps de se constituer. Son père, Jean-Paul Tessier, l'a vu arriver comme un intrus, tout à la peine qu'il avait de la perte de sa femme. Et, coup du sort supplémentaire, Giovanni était aussi foncé de peau que ses quatre frères et sœurs étaient clairs à cheveux blonds comme les blés.

» Pour Tessier, cette naissance confirmait ses doutes au sujet de sa femme qui voyageait beaucoup en Italie pour renouveler sa garde-robe. Une lettre anonyme lui avait révélé la liaison qu'elle entretenait avec un riche industriel de Turin, et ces accusations semblèrent se vérifier quand il vit à quoi ressemblait Giovanni, qui reçut comme premier prénom Pascal. Du coup, Tessier refusa de le reconnaître et décida de l'abandonner à son sort. Pascal fut placé à la DDASS où il changea trois fois de famille en deux ans.

» C'était mal parti pour lui, jusqu'à ce qu'une femme de cœur et de poigne, Lucia Tosca, entende parler de lui. C'est une supernounou qui recueille les enfants paumés, comme d'autres les chats des rues. Elle réussit à se faire confier la garde du petit dans sa maison de La Courneuve où vivaient déjà une dizaine d'enfants, eux aussi abandonnés. C'est là que Pascal commença vraiment à s'épanouir. Il était un petit garçon très différent des autres. Il se mêlait peu aux enfants, même s'il ne les repoussait pas, et passait un temps fou dans les livres. Très vite il sut lire et surtout compter. À cinq ans, il était capable de résoudre des problèmes de logique bien au-dessus de ceux de son âge. Il était né dans un labyrinthe et quelque chose en lui le poussait coûte que coûte à mettre de l'ordre dans le chaos qu'avait été son existence. Ses facultés scientifiques, d'année en année, se révélèrent prodigieuses. Question de survie, sans doute.

» Il a fini par retrouver lui-même les traces de son père génétique qu'il a pu un jour rencontrer lors d'un de ses passages à Paris. Il avait quinze ans. L'homme a été très bien. Il ignorait son existence et a parlé à Pascal de sa mère comme personne ne lui en avait parlé. Il lui a surtout répété qu'il n'était en rien responsable de la maladie qui avait emporté sa maman, et je crois que cette explication l'a vraiment libéré d'un poids qui l'étouffait. La culpabilité est sans doute la pire chose pour un enfant qui essaie de se construire.

— Tu as raison, approuva Fabrice, qui en savait quelque chose.

— Du coup, Lucia Tosca n'a pas hésité à rebaptiser Pascal, appelé désormais Giovanni, comme son père naturel. Il était tout fier.

— Et après votre rencontre ? poursuivit-il. Vous avez vécu ensemble ?

— Oui, on a pris un studio sur la montagne Sainte-Geneviève. Le matin, quand on se réveillait, on voyait le dôme du Panthéon. Giovanni me disait : « C'est là qu'on finira, au rayon des voleurs de génie, la France reconnaissante... »

— Déjà l'arnaque en tête !

— C'était un jeu. Giovanni se lançait en permanence des défis impossibles. Quand je l'ai connu, il s'était mis en tête de fabriquer de faux billets de cinq cents francs plus vrais que nature. Il avait réussi à détourner des rames de papier à billets filigrané, tout en décryptant des sites fiduciaires représentant en hologrammes toutes les monnaies du monde ! Par un procédé que je serais bien incapable de t'expliquer, il a fabriqué pour un million de francs de fausse mornifle, comme disent les spécialistes !

» C'est vrai qu'on a commencé à mener la belle vie. J'ai quitté mon boulot et l'emprise tellement pesante de ma mère. Je lui ai assuré assez de ressources pour plusieurs mois et nous sommes partis en voyage en Italie, voir où étaient ses racines. Après, on s'est promenés en France, la Côte d'Azur, le Périgord. Comme on était aussi gourmands l'un que l'autre, ce fut un tour de France... gastronomique.

» Mais, sans que nous le sachions, nous étions suivis à la trace, et c'est là que mon péché mignon nous a perdus. Souvent, trop souvent, je dévalisais — façon de parler — une confiserie ou une pâtisserie pour faire de la monnaie avec mes faux biftons. À la longue, les services spécialisés de la Banque de France ont été alertés, et ils ont mené l'enquête. Ils se sont vite rendu compte que la plupart des plaintes émanaient de ces petits commerces. C'est comme ça qu'un après-midi, alors qu'on se partageait un mille-feuille dans un salon de thé-pâtisserie de Colmar, nous avons été arraisonnés sans ménagement. Je n'ai même pas pu finir ma part que j'avais pourtant payée !

— Je comprends mieux ta tête, tout à l'heure, chez le vieux Bezoukhov, quand il a sorti son gâteau du four.

Ils rirent aux éclats.

— À faussaire, faussaire et demi. Il peut parler, lui, avec ses faux impressionnistes ! lança joyeusement Marion.

— Et après ? demanda Fabrice plein de curiosité.

— Après, mon cher, la cabane ! On a pris seulement deux ans car nous étions jeunes et inconnus des services de police, comme on dit. Mais nous étions séparés, Giovanni à Fresnes et moi à la prison pour femmes de Bois-d'Arcy. C'est là que j'ai connu Esther.

En entendant prononcer le prénom de la jeune femme, Fabrice fit un bond.

— Elle était en prison ?

— Mais non ! répondit Marion amusée de voir la tête de Fabrice, elle était venue donner bénévolement un cycle de conférences sur l'histoire de l'art. On s'est plu tout de suite. Quand le cycle s'est terminé, nous avons correspondu. Jamais de ma vie je n'ai autant écrit, entre les lettres que j'envoyais à Giovanni et celles que j'écrivais à Esther.

— Et elle te répondait ?

— Oui, très vite, et longuement. J'étais surprise qu'elle puisse trouver de la disponibilité, qui plus est pour une taularde comme moi. Mais je crois qu'elle avait déjà une idée en tête, car elle me demandait régulièrement ce que je pensais faire une fois sortie. Je lui avais parlé de Giovanni et un jour, c'était incroyable de générosité, elle était allée le voir à Fresnes pour moi. Quand nous avons été libérés, le même jour à deux heures d'intervalle, elle est d'abord venue m'attendre dans son Alfa Romeo — ça faisait chic — et d'un coup de bolide, nous sommes allées à Fresnes ! Quel moment inoubliable ! Une semaine après, nous nous installions à la villa Aurore.

Marion interrompit là son récit. Fabrice découvrit que son visage n'avait plus rien de cet air revêche qu'il lui trouvait quelquefois. Le récit de ces moments précieux l'avait comme métamorphosée. Il aurait donné beaucoup pour lire les longues lettres d'Esther à Marion afin de mieux la cerner, à travers ses écrits. Mais il n'osa pas demander qu'elle les lui montre. D'autant que son visage avait de nouveau changé. Elle demanda, l'air soudain inquiet, ce que Fabrice pensait de leurs activités d'escrocs.

— D'escrocs au grand cœur, corrigea Fabrice.

— Oui, mais escrocs tout de même, répéta Marion qui semblait soudain réprouver ce qu'ils avaient fait, et peut-être plus encore ce qu'ils s'apprêtaient à faire.

32

Dans la mémoire de chacun, bien plus tard, ce dîner devait rester comme celui du tournant, de l'engagement réel dans une aventure qui ferait que plus rien désormais ne serait comme avant. Esther avait demandé que tous soient rentrés à 8 heures du soir à la villa Aurore. Djamel et Tucky arrivèrent les premiers, suivis de Giovanni. Fabrice et Marion vinrent s'asseoir bons derniers autour de la table dressée par Coletta et Jackie. Esther présidait, et la petite assemblée était comme suspendue à ses lèvres. L'ambiance était électrique, presque euphorique. Il ne subsistait rien de la gravité sourde qui régnait lorsque la jeune femme les conviait à la rejoindre dans la chambre de Nina. Les uns et les autres devinaient confusément qu'Esther ne leur avait pas raconté toute cette histoire pour rien, qu'il existait forcément un lien entre ce qui avait été dit et ce qu'ils étaient sur le point d'entreprendre. Mais le passé était le passé, nul ne pouvait plus rien y faire. Restait le moment de l'action, et ce moment était venu. La bande constituée par Esther, ces jeunes gens intrépides et un peu insouciants, marginaux à leur façon, cette équipe improbable se demandait ce qui l'attendait.

Une fois l'entrée servie, la jeune femme prit la parole dans un silence quasi religieux.

— Je vous ai réunis pour vous annoncer que tout est prêt maintenant pour l'expédition. Tous nos coups fumants de ces derniers mois, et en particulier celui de la semaine passée, nous ont rapporté beaucoup d'argent. Mon banquier s'est montré compréhensif et je dispose d'un crédit considérable. Tout cela est indispensable car, une fois parvenus à nos fins, nous devrons nous faire oublier longtemps, très longtemps même, et je tenais à garantir à chacun d'entre vous une sécurité matérielle absolue qui vous évite la moindre imprudence.

» Rassurez-vous, je ne vous invite pas à une action kamikaze qui vous grillerait pour le reste de vos jours. Mais ce que nous allons entreprendre — je vous le dévoilerai au tout dernier moment — fera que nous aurons quelques ennemis irréductibles qui chercheront notre perte. Grâce à mes stratagèmes et aussi aux fonds mis de côté, soyez tranquilles, nous ne risquons rien. Mais si l'un ou l'une d'entre vous préfère s'abstenir pour des raisons de tranquillité, que je suis à même de comprendre parfaitement, je n'en tiendrai rigueur à personne.

» Je veux dire : vous êtes libres de poursuivre ou de vous arrêter là, sans aucune sanction d'ordre financier. Si quelqu'un veut partir maintenant, il aura sa part entière de nos gains en remerciement de tout ce qu'il aura apporté à notre collectivité. Sachez que, quoi qu'il arrive après, je vous dois énormément, à chacun d'entre vous. Sans le savoir, vous m'avez rendu le goût de l'existence, vous avez redonné vie à cette maison, ce n'est pas Jackie et Coletta qui diront le contraire. Eux vont rester là, j'ai pris mes dispositions pour qu'ils nous rejoignent dans quelque temps, mais je ne veux pas leur faire vivre d'émotions trop fortes, car je vous préviens, il faudra avoir le cœur bien accroché...

— Est-ce qu'on peut au moins savoir où tu nous emmènes ? demanda Tucky très excité.

— Demain matin, répondit Esther, on nous

livrera un combi Mercedes dernier cri, une sorte de minibus très spacieux profilé d'extérieur comme une grosse berline, une voiture très élégante qui passera quasiment inaperçue. Rassurez-vous, ça ne fera pas colonie de vacances.

— Dommage, rétorqua Tucky, j'ai toujours rêvé de partir en colo quand j'étais môme.

— Mais tu pourras mettre ta musique en quadriphonie, ajouta Esther, on m'a promis des amplis branchés à l'avant et à l'arrière.

Du coup, Tucky attrapa ses couverts et exécuta subrepticement une petite séance de percussions sur les assiettes de porcelaine de Coletta et sur les verres à pied en cristal.

— Bon, reprit Esther d'un ton un peu solennel. Tucky, tu m'as demandé où nous allions, je te réponds : autoroute du Sud, direction Nice, la baie des Anges, la promenade des Anglais.

— La Prom', exulta Tucky de plus belle.

Il se leva, multiplia les courbettes et prit un air très stylé.

— J'espère, messieurs, mesdames, que vous avez reconnu Tuck, l'élégant, groom au Negresco depuis sept générations de nègres Banania !

Cette fois, l'assemblée rit de bon cœur et Esther dut se mettre de leur côté. Tucky faisait plaisir à voir. Une flamme s'était allumée dans le regard de Djamel qui échangea avec Esther un sourire complice. Celle-ci lui glissa *mezza voce* que sa famille était prévenue.

— Laissez-moi finir, demanda Esther à sa petite classe qui se dissipait. Derrière le combi Mercedes, Giovanni suivra avec un fourgon rempli de matériel. Pas de questions ? Pas de défection de dernière minute ?

— On vient tous ! répondirent-ils d'un même et bel élan.

— Tu crois pas qu'on va lâcher comme ça, si près du but, fit énergiquement Djamel. Depuis le temps que tu nous tiens en haleine, nous, on veut être là pour la fin du film. Au fait, c'est une histoire en costume ? Je devrai changer d'allure, dois-je confier un Polaroïd à ce cher vieux Tucky pour immortaliser mon apogée de comédien mystificateur qui sera aussi, si j'ai bien compris, mon chant du cygne ?

— Pas besoin de postiche, Djamel, j'ai besoin de vous tels que vous êtes, cette fois, même si j'ai prévu le recours à quelques bas de femme adaptés en cagoules...

— Des bas de femme, reprit Tucky songeur, voilà qui m'irait comme un gant !

Le dîner se poursuivit allégrement.

— Je t'avais bien dit qu'on reviendrait à Nice après le cambriolage chez Tessier, souffla Tucky à Djamel.

Toute la petite assemblée dévorait à belles dents les coquelets préparés par Coletta. Elle et Jackie paraissaient un peu mélancoliques, essayant de dissimuler leur déception de n'être pas du voyage. Ils maudissaient le temps de leur avoir volé leur jeunesse en cours de route.

La journée du lendemain se déroula dans les préparatifs. Esther avait recommandé que chacun prenne seulement les choses essentielles qu'il voulait conserver après, dans l'autre vie, quand ils seraient riches, à l'abri du besoin. Les choix les moins difficiles furent pour Fabrice qui n'avait rien emporté de personnel lors de son braquage manqué de Pantin. Les seules choses qu'il possédait, il les avait achetées au cours des dernières semaines, il ne tenait vraiment à rien sauf à l'exemplaire de *Guerre et Paix* de Tolstoï, qu'il avait trouvé dans sa chambre, le soir de son arrivée à la villa Aurore.

Chacun s'affairait dans son coin. Le moment d'euphorie de la veille était passé. Ce n'était pas tant de renoncer à des objets qui préoccupait les membres de l'expédition. Tucky avait soudainement changé d'humeur en prenant conscience de tout ce qu'il allait perdre, ses concerts avec Kat Luno au moment où le groupe de rappeurs avait le vent en poupe. Il ne regrettait pas la célébrité, mais il ressentait par avance ce vide qui viendrait nécessairement quand il entendrait le groupe jouer sans lui. Viendrait même le jour où un autre scratcheur serait intégré à la bande, peut-être moins bon que lui. C'était la vie, il avait choisi.

Marion, pendant qu'elle rassemblait les quelques souvenirs qu'elle tenait de son père — une vierge en émail de Croatie, une petite machine à calculer que ses collègues de bureau avaient rapportée chez elle le lendemain de sa disparition brutale —, Marion pensait douloureusement à sa mère. Aurait-elle un moyen de la contacter sans que la femme prît peur et, croyant bien faire, signale son appel à la police ? La mère de Marion faisait partie de ces gens qui ne peuvent supporter l'idée d'être en faute, aussi précèdent-ils les ennuis en les attirant sur eux alors que personne ne leur demande rien. Malgré tout, son cœur se serrait à la pensée de cette pauvre femme confite d'inquiétude qui, après avoir perdu son mari, allait d'une autre manière perdre sa fille. Elle songea aux différents moyens de l'alerter sans mettre l'expédition en danger mais, pour l'instant, elle ne trouvait rien et se contentait de rassembler les vêtements de Giovanni et les siens pendant que son « Italien » vérifiait méticuleusement, d'un air énigmatique, que tout le matériel dont il avait besoin était fin prêt, en état de marche, et impossible à localiser par des radars ou des circuits espions de la police.

Djamel, quant à lui, était heureux à l'idée de revoir son père et Aïcha, la reine du couscous. Depuis que son père l'avait laissé partir aux côtés d'Esther, ils ne s'étaient pas revus, même pas au moment du faux déménagement dans l'appartement de Jean-Paul Tessier. Le bonheur ressenti à l'approche de ces retrouvailles aurait été complet si Djamel, au concert de Kat Luno, n'avait rencontré une belle Amandine avec laquelle il avait dansé une partie de la nuit avant de terminer les réjouissances dans le lit de la donzelle, qui avait confirmé là toute sa vitalité et pas mal d'ingéniosité. Djamel était resté pantois de tant de science de l'amour chez cette petite de dix-neuf ans, et c'est à regret qu'il l'avait quittée sans pouvoir lui donner le moindre espoir de se revoir, au moins dans l'immédiat. Il se demanda malgré tout s'il ne pourrait pas arranger quelque rendez-vous plus tard dans la région niçoise, sans pour autant faire courir de risques à ses amis. Il pensait à tout cela pendant qu'il brûlait méthodiquement tous ses postiches, fausses barbes et fausses moustaches ainsi que son costume de cheikh Hocine. Il ne garda finalement de compromettant qu'une pile de photos prises par Tucky le montrant sous tous ses visages d'imposteur. Il les regarda le sourire aux lèvres avec un peu de nostalgie, comme un vieux comédien regarde en arrière, au temps de sa carrière où il jouait les rôles de jeune premier. Mais, sans céder au vague à l'âme, il boucla un sac de sport rempli de quelques effets d'été, bermudas, tee-shirts et pantalons de toile, sans oublier deux paires de bas chipées à Esther pour la surprendre un matin avec cette cagoule sensuelle sur la tête.

Si Fabrice n'avait pas eu de mal à sélectionner les affaires qu'il emportait, ce ne fut pas aussi simple qu'il l'aurait cru de franchir le pas qui menait à Nice, c'est-à-dire vers un monde nouveau peuplé d'inconnus, où le plus inconnu de tous serait peut-être l'homme qu'il allait devenir. Avec un peu d'appréhension, il fit l'inventaire de ce qu'il quittait. Terminés les cours à la fac, oubliée la voie tracée auprès de jeunes de son âge engagés comme lui sur un parcours classique d'études universitaires. Bien sûr, en obtenant des diplômes de l'enseignement supérieur, il aurait pu du même coup tenir la dragée haute à son père, lui prouver que lui aussi était capable de s'en sortir, de faire mieux que lui, pourquoi pas ? Son père était médecin, chirurgien, professeur. Il aurait pu, lui, être docteur en droit, consultant international, briguer une chaire de science politique, qui sait ? Mais vu ses exploits récents, il semblait difficile maintenant, en tout état de cause, d'envisager une carrière de juriste, même si on avait déjà vu dans le passé des truands repentis passer des diplômes de droit. « Deux ans de droit et le reste de travers », c'était la devise de Djamel quand il parlait avec Fabrice de son orientation universitaire possible. Le jeune homme souriait de cette formule. Pour lui, il était clair que désormais le travers l'emportait déjà sur le droit,

Les préparatifs achevés, ils se retrouvèrent autour de la table du jardin devant des tasses de thé fumantes, de chocolat chaud et de jus de fruits. Coletta veillait à ce que sa petite troupe, avant de s'envoler, soit convenablement nourrie et choyée. L'ambiance était détendue, chacun ayant fait son choix en connaissance de cause. Seul Fabrice avait l'air encore soucieux, se demandant s'il ne lâchait pas la proie pour l'ombre. Car, au fond, quelle promesse lui avait faite Esther pour qu'il croie possible une longue et forte histoire d'amour avec elle qui n'avait jamais donné encore le moindre signe physique de son attachement à Fabrice ? Le jeune homme se garda de faire part de ses doutes à ses compagnons, qui mangeaient de bon appétit brioches et tartines.

— Si mes renseignements sont bons, glissa Jackie, vous ne mourrez pas de faim là-bas non plus ! À vous les pans-bagnats, les soccas, petits veinards !

— Les soccas ? demanda Marion que sa gourmandise tenait toujours à l'affût.

— Ma petite Marion, tu m'en diras des nouvelles. Imagine des crêpes légèrement grillées et salées, fabriquées avec de la farine de pois chiches. C'est un truc à mourir, rien que d'en parler j'en ai la bave aux lèvres, et vraiment des regrets de ne pas vous accompagner. Mais attention à vous, mes agneaux, vous allez devenir tellement riches que votre vie va se transformer en sinécure. Si j'apprends que vous faites du gras, vous ne tarderez pas à me voir rappliquer. Je vous remettrai au pas, exercices et tout le tintouin. Pas vrai Tucky ? Et toi Marion...

Ils rirent pour saluer l'humour un peu forcé de Jackie, même Fabrice perdait peu à peu son air ombrageux. Il se surprit à prendre la parole au milieu des rires de l'assistance, où seule manquait Esther, vraisemblablement occupée à régler les derniers détails de l'expédition.

— Vous voyez, mes amis, commença-t-il, je peux dire que j'ai trouvé au milieu de vous le substitut idéal à ma famille : de la chaleur, de l'attention, des moments de partage et d'écoute qui me font chaud au cœur et m'interdisent d'envisager sérieusement de m'éloigner, surtout à la veille d'un moment si décisif pour nous tous. En vous fréquentant, en écoutant vos histoires, vos itinéraires personnels, souvent pénibles et semés d'embûches autrement graves que les miennes, je me suis souvent dit qu'à ma manière, j'étais un enfant gâté, et que j'étais plus gâté encore depuis que je vous ai rencontrés, dans des circonstances d'abord humiliantes pour moi, mais finalement tellement providentielles. Jamais je n'avais imaginé des vies comme les vôtres, des existences de combat quotidien, pour ne pas être broyé par une société sans pitié, qui n'aime que les gens dans le rang, les parfaits, les propres sur eux comme je suis encore sûrement.

— Tu exagères, coupa Marion, encore sous le coup de leur récente promenade, où elle avait senti sans qu'il les montre vraiment toutes les blessures dont souffrait Fabrice.

— Sachez en tout cas que, si je continue avec vous, ce n'est pas pour l'argent...

— Ça, on l'avait deviné, le moqua gentiment Djamel.

— Je veux dire, précisa Fabrice, que de l'argent, j'en avais... Enfin, ma famille. Mon père est un mandarin de la médecine qui se fait payer très cher la moindre de ses interventions. Il consulte, il opère, il enseigne, il intrigue au sein de commissions de la santé publique pour se faire attribuer plus de lits dans sa clinique, pour obtenir toutes sortes de dotations auxquelles je ne comprends rien, mais dont je sais qu'elles finissent par lui rapporter énormément d'argent. Vous voyez, mon seul regret, c'est qu'on ne l'ait pas cambriolé, lui ou d'autres. Mon père ne m'a jamais regardé que comme un intrus qui le dérangeait quand je braillais la nuit. Jamais il n'a regardé mes devoirs, jamais il ne s'est intéressé à ce que je suis. Il ne sait rien de mes goûts.

» Je me souviens d'un moment où il avait voulu faire un effort en m'offrant un appareil photo. Sur le petit mot d'accompagnement, c'était écrit : "Pour tes treize ans." Je n'en avais que douze. Ça m'a fait drôle. Sur le coup, je me suis demandé s'il ne m'avait pas confondu avec quelqu'un d'autre, je ne sais pas qui, un fils qu'il aurait eu d'une femme cachée. Quand on est aussi absent dans le regard de son propre père, croyez-moi, il passe à travers la tête des idées incroyables. Par exemple, j'ai longtemps cru que j'étais un être transparent dès que je rentrais à la maison. Ailleurs, j'existais comme tout le monde, mais dès le seuil de la maison franchi, j'étais comme une glace sans tain, on voyait à travers moi, mais moi, on ne me voyait pas. Mais ce petit délire intime pour me convaincre que j'étais un être surnaturel ne tenait pas la distance : je voyais bien que, même loin de la maison, il suffisait que mon père tourne les yeux dans ma direction pour que je devienne transparent.

— Mais ta mère, demanda Djamel, elle te voyait bien, elle ?

— Oui et non. Elle voyait surtout mon père, et comme mon père affectait de ne pas s'occuper de moi, elle l'imitait quand il était avec nous. Mais c'était un rôle de composition pour lui plaire, comme si elle avait peur de lui. Il suffisait qu'il disparaisse dans l'une de ses nombreuses fonctions pour qu'elle redevienne normale avec moi. Du coup, je ne comprenais rien. Jusqu'au moment où mes yeux ont fini par s'ouvrir. Ma mère fait partie des femmes qui ne peuvent vivre que sous la coupe d'un homme, une femme soumise prête à tout accepter. Toute cette indifférence que mon père m'a réservée, je l'ai ressentie comme une forme de viol. Il y a des regards qui vous transpercent de façon si violente qu'on a l'impression d'être nu, démuni, à la merci de tout.

Un silence s'installa. Marion adressa un sourire bienveillant à Fabrice, qui le lui rendit.

— Excusez cette solennité, fit-il en prenant conscience de la gravité de ses paroles. J'ai plombé l'ambiance alors que je voulais seulement vous dire à quel point j'étais heureux d'être des vôtres.

— Dans ce cas, fit Jackie, saisissant l'occasion au vol, j'ai ce qu'il faut pour la circonstance.

Il disparut et revint avec une bouteille blonde de château-yquem millésimée 1972, année fameuse en Sauternes.

— Pas un seul d'entre vous n'était né quand ce breuvage des dieux a été mis en fûts, déclara Jackie.

Il avait raison. Chacun eut droit à un beau verre tulipe, où le liquide doré vint s'épanouir. Ils plongèrent leur nez dans ce nectar sucré, puis, imitant Jackie, dégustèrent une, puis deux gorgées.

— Mes enfants, expliqua l'intendant, je vais vous enseigner une petite leçon de philosophie très personnelle, mais qui devrait faire son effet dans vos têtes de jeunes chiens fous.

— Fous mais sans puces ! s'exclama Tucky.

— Sans puces, parle pour toi, rétorqua Giovanni. Moi, je revendique les miennes, et électroniques par-dessus le marché. Grâces leur seront bientôt rendues.

— Si même notre Giovanni fait de l'humour, observa Jackie, c'est vraiment qu'il se passe quelque chose d'important ! Bon, j'en reviens à ma philosophie de trois sous. Vous voyez ce vin à la robe parfaite, dorée comme du pain, une sorte de caramel fluide. Je vous surprendrai sûrement si je vous dis que cette boisson des dieux à nulle autre semblable, et je ne suis pas chauvin vu mes origines bourguignonnes par ma mère, ce vin, mes amis, ne serait pas ce qu'il est sans la pourriture.

Un murmure d'étonnement lui répondit.

— Qu'est-ce que tu nous chantes là, brigand ? demanda Djamel.

— Pure vérité. Pour faire de l'yquem, on ramasse les grains de raisin quand ils sont pourris et calcinés, ratatinés comme de vieilles pommes, bouffés par un champignon jusqu'au trognon. C'est cette pourriture, qu'on qualifie de noble, qui donne au vin ce degré supplémentaire d'arôme et de consistance.

— Et ta philosophie là-dedans ? s'informa Tucky en se resservant un fond de nectar.

— Elle coule de source, si j'ose dire, répondit Jackie. Avec de la pourriture, on peut faire du sublime. Ce que vous avez fait ces temps derniers, ce n'est sûrement pas joli, joli aux yeux de la loi, de la morale, etc., malgré toutes ces sommes qu'Esther a redistribuées au profit des plus maltraités par cette société bancale dans laquelle nous vivons tant bien que mal. Eh bien ! dites-vous que si cet argent, contrairement au dicton, a une odeur, et même une sale odeur, il vous appartient d'en faire de belles choses dont vous n'aurez pas à rougir. L'argent n'a pas d'importance en soi. Il n'est ni laid ni beau, il est ce qu'il est. À vous de lui donner sa vraie valeur, c'est-à-dire un sens, le sens que vous voudrez donner à vos vies. Moi, je suis plus près de la fin que du début, et cela me navre de plus en plus chaque jour, croyez-moi. On dit parfois : « Si jeunesse savait, si vieillesse pouvait. » Vous, vous êtes jeunes et avertis, vous savez et vous pouvez. Alors soyez à la hauteur des belles choses qui vous attendent. Sans états d'âme ni remords.

Tous regardaient le fond de leur verre, frappés par les paroles du vieil homme.

— Toi, tu devais être un sacré curé, lança Marion, j'aurais bien aimé écouter tes sermons du dimanche.

Jackie remercia modestement. Il n'était pas insensible aux compliments, en vieux cabot amateur de caresses.

— Moi, je suis à fond dans cette aventure, dit

soudain Tucky, mais tout de même, j'aimerais savoir de quoi il retourne, à la fin.

Et, se tournant vers Giovanni :

— Dis-moi, toi le Rital qui as des puces, tu m'as l'air un peu plus au courant que nous tous. C'est évidemment la conséquence d'une vieille injustice, la différence de traitement entre les cols gris comme moi, les manutentionnaires, les gros bras, les manuels, et les tronches à col blanc de ton espèce qui se débrouillent toujours pour tout savoir et rien payer.

— Calmos ! s'écria Giovanni, ou je lâche mes puces et tu verras que l'électronique est assez chatouilleuse... Contrairement à ce que tu avances, je suis comme vous plongé en plein mystère. J'ai emporté un matériel informatique assez perfectionné qui peut servir à tout et à rien, tout dépend de l'ordre final, pas vrai, Marion ?

— Sans doute, Giovanni, mais nous ne sommes pas mariés et je ne suis pas toujours avec toi, fit-elle en adressant un coup d'œil à Fabrice.

— Ça alors, s'exclama le jeune hacker, voilà qu'elle me croirait pas ! En tout cas, si ça peut vous rassurer, sachez que parmi tout ce que j'emporte dans le fourgon, il n'y a pas même une vieille carabine. Et si vous rêviez bazooka, fusil à pompe, mitrailleuse et ce genre de plaisanteries, missiles ou lance-roquettes, désolé de vous décevoir, je pressens qu'on va travailler dans le feutré. Ce sera une affaire de jugeote. Vous voyez de quoi je veux parler, mes agneaux, comme dirait Jackie ?

— Qui vivra verra, conclut Djamel, et j'espère bien continuer à vivre longtemps pour vider d'autres bouteilles d'yquem comme celle-là.

Ils regagnèrent leurs chambres sans attendre Esther qui rentra au milieu de la nuit, au volant, sembla-t-il à Fabrice, d'une fourgonnette de location. Le jeune homme était déjà dans un demi-sommeil. Il entendit le grincement des battants arrière, des pas dans le gravier, des pas heurtés comme si quelqu'un portait des objets assez lourds. Mais ses paupières aussi étaient lourdes et il n'eut pas la force de se relever pour regarder par la fenêtre. Son rêve doucement l'emmenait vers les bras d'Esther et il se laissa guider sans opposer la moindre résistance.

33

Le combi Mercedes était magnifique. Le concessionnaire était venu lui-même en fin de journée le livrer à la villa Aurore sans deviner qu'une heure plus tard, une fois changées les plaques d'immatriculation et la carte grise, le bolide roulerait tranquillement vers Nice pour acheminer une bande de malfaiteurs animés des meilleures intentions du monde à l'égard de l'existence...

Par mesure de précaution, Esther avait voulu commencer l'expédition de nuit. Elle avait établi les tours de rôle pour la conduite, car mille kilomètres en auto, même dans une voiture aussi confortable, risquaient de fatiguer pas mal les organismes. Tucky fut candidat pour prendre le volant de minuit jusqu'à 4 heures du matin. « Ça, c'est mes heures, expliqua-t-il. Vous me laissez un casque sur les oreilles pour le rap à donf et je suis votre homme pour la grande traversée! » Personne ne lui disputa ces petites heures de la nuit où le sommeil est un bien précieux.

Après des adieux émus à Coletta et à Jackie, ils quittèrent la Marne vers 10 heures du soir, Giovanni suivant comme prévu au volant du fourgon. Le voyage se déroula sans encombre. Ils doublèrent pas mal de camions de fleuristes qui descendaient s'approvisionner sur la Côte d'Azur. Le combi avala dans la nuit tiède le long serpent de bitume qui menait jusqu'à l'Esterel, qu'ils découvrirent avec les premières lueurs de l'aube. Finalement, Tucky ne laissa le volant que dans les faubourgs de Nice.

— Qui a son maillot de bain? demanda Djamel quand la grande bleue fut en vue.

— Moi, crièrent en chœur les habitants de l'auto.

— Moi aussi, fit Esther, mais pas question de se baigner maintenant. On nous attend dans une villa que j'ai réservée spécialement pour nous, et je crois plus prudent qu'on se montre le moins possible. De toute façon, vous pourrez vous baigner à la villa, il y a une piscine.

— Je préfère l'eau de mer, rétorqua Djamel.

— La piscine est remplie d'eau salée, répondit Esther en souriant.

Puis elle guida Fabrice qui avait pris le volant à travers les premières grandes avenues de Nice. Une belle journée se préparait. La ligne d'horizon était entièrement dégagée, nette comme une lame de couteau. La chaleur, dans un moment, viendrait estomper de ses brumes cette lointaine frontière.

Quelle ne fut pas la surprise de Djamel quand, à l'entrée d'une propriété du quartier résidentiel de Cimiez, il aperçut la silhouette majestueuse de son père Ahmed, plantée là comme une vigie à l'entrée d'un port.

— Soyez les bienvenus chez vous ! cria l'homme tandis que Fabrice abaissait sa vitre. Et préparez-vous à connaître un dépaysement. Vous entrez ici dans la demeure que se fit construire au début du siècle un riche Turc en exil qui n'aimait rien de plus que les tourelles pointues et les murailles de châteaux forts percées de minces meurtrières !

L'homme suivit à pied le combi Mercedes qui progressait lentement à l'assaut d'un remblai. Au sommet se trouvait une véritable « folie » de pierre et de stuc, que surplombait une terrasse dominant la Méditerranée.

— C'est mieux que le château de la Belle au bois dormant à Disneyland, pas vrai ? s'écria Ahmed avant d'étreindre son fils avec vigueur.

— Et comment ! siffla Tucky. Y paraît qu'on peut se baigner ?

— Parfaitement, mon garçon, et pas seulement. Cet écrin de vieille pierre renferme des trésors que tu n'imagines même pas : un sauna, une salle de gym, un billard et une table de jeu, mais attention, pas truquée la table, on n'est pas chez les frères Fratoni ici. Et vise un peu en contrebas, à côté de la piscine, ce petit bâtiment avec la silhouette de Chaplin peinte à la bombe de peinture noire. Eh bien ?

— Késako ? demanda Tucky émoustillé.

— Une salle de cinéma reliée à toutes les chaînes du câble françaises et italiennes. La *dolce vita,* mes enfants, avec vidéos, DVD, toute la modernité, tout le labeur de tous les meilleurs cerveaux de la planète au service du farniente. C'est pas beau, ça?

Les fatigues du voyage se dissipèrent sitôt que les nouveaux occupants prirent la mesure de ces lieux enchanteurs, où s'épanouissait une luxuriante végétation gorgée de soleil et d'eau. De petits palmiers bordaient la piscine, et aussi quantité d'oliviers, de jasmins et de lauriers-roses, de bananiers aussi. Ahmed les conduisit dans le grand salon ou Aïcha avait préparé un petit déjeuner gargantuesque, disposé sur une immense nappe blanche. Djamel étreignit la jeune femme et la présenta à tous ses amis qui ne traînèrent pas, ensuite, pour faire honneur à ces fruits merveilleux venue d'une lointaine et douce Ithaque, fruits de la passion, ananas sucrés, petites tomates fraîches, plus fromages de brebis et filets de morue séchés.

Rassasiés, ils prirent leurs affaires dans l'auto et suivirent Ahmed qui entreprit de leur faire découvrir leur nouvelle demeure.

— Attention, prévint-il, luxe à tous les étages, et surtout ne vous perdez pas, le prince turc avait le goût des labyrinthes et des passages dérobés!

Ils grimpèrent les marches en pierre blanche d'un large escalier en colimaçon qui, demi-étage par demi-étage, laissait entrevoir de vastes couloirs percés de lourdes portes en bois.

— À chaque palier, une suite, expliqua Ahmed. Avec chambre, salle de bains, terrasse d'hiver donnant sur la cour, terrasse de belle saison orientée vers la mer, petit boudoir avec télévision reliée au câble et à l'antenne parabolique pour capter les séries égyptiennes ou turques, bureau, toilettes privées. Le tout sur cinq étages, à vous de vous répartir les lieux. Chacun a son charme, croyez-moi.

— Et toi, Ahmed? s'inquiéta Esther qui considérait le père de Djamel avec une grande douceur dans le regard.

— Aïcha et moi sommes installés dans la suite du bas, celle qui donne sur l'entrée de la villa, c'est plus commode pour surveiller l'extérieur, expliqua-t-il.

— Bien, fit Esther satisfaite, très bien. Je prendrai la suite du premier étage. Marion et Giovanni, installez-vous tout là-haut, un nid d'aigle pour amoureux. Tucky, au troisième étage, tu trouveras une suite remplie de disques et j'ai fait remplacer le boudoir par une pièce insonorisée où tu pourras scratcher à n'importe quelle heure du jour ou de la nuit sans qu'on t'entende.

— Dommage que vous ne m'entendiez pas, répondit-il malicieusement, trop heureux de n'être pas coupé de son cordon musical.

— Djamel, je t'ai prévu au quatrième, c'est là que le prince turc conservait ses habits d'apparat dans un coffre grand comme une armoire. Quand nous serons passés à des choses plus futiles de l'existence, je compte sur toi pour une soirée costumée.

— Et moi? demanda Fabrice avec une pointe d'inquiétude dans la voix, comme s'il avait été oublié.

Esther le regarda avec un sourire.

— Toi, fit-elle, tu viens avec moi.

— Dans ta suite?

— Non, pour le moment, tu m'accompagnes à Nice.

Quelques minutes plus tard, Esther et Fabrice marchaient tous les deux dans les rues du vieux Nice.

— C'est une ville que tu vas aimer, lui dit la jeune femme comme ils arrivaient sur la place Rossetti.

Ils n'avaient ni faim ni soif, mais s'installèrent tout de même à la terrasse du glacier Fenocchio où ils commandèrent deux boules de vanille parfumée au rhum, en découvrant l'imposante façade de la cathédrale Saint-Réparate. Une odeur de café grillé flottait dans l'air, et aussi le parfum de vins jeunes qui dormaient dans les fûts, tandis qu'un petit vent frais apportait des rues voisines le fumet, reconnaissable entre tous pour les Niçois, des pâtes juste découpées.

— Ici, continua Esther, on pourrait se croire en Italie : les façades ocre, le campanile au sommet de la cathédrale, les persiennes et les jalousies aux fenêtres, le linge qui sèche et les gens qui s'interpellent d'une cour à l'autre. C'est aussi une sorte de médina où les églises tiennent lieu de mosquées, blotties les unes contre les autres comme pour conjurer les dangers. Tu vois cette ville paisible, Fabrice, on pourrait y vivre heureux, tranquilles, chaque jour se suffisant à lui-même. Il suffit de monter deux ou trois étages de n'importe laquelle de ces vieilles maisons pour se mettre dans les yeux tout le bleu de la Méditerranée. Je ne sais pas si les Niçois exagèrent autant que les Marseillais, mais quand j'habitais ici pour veiller aux intérêts artistiques de Lucien Espiralier, les anciens me racontaient quantité d'histoires de peintres tombés amoureux de Nice.

» Dans chaque rue, tu trouveras un type qui a une anecdote en réserve sur Matisse. Certains te disent que le bleu de la mer avait déteint dans ses yeux, tellement fort qu'à la fin de sa vie, même le bord de ses paupières était couleur outremer. Il ne faut pas en croire un mot. Un jour, à la librairie Masséna, comme je furetais parmi les livres d'occasion, j'ai trouvé un exemplaire d'un livre de Louis Aragon qui s'appelait simplement : *Henri Matisse, roman.* J'ai acheté ce livre et, au début, je suis tombée sur cette phrase : "C'est sur Nice que s'ouvrent les fenêtres de Matisse. Ces merveilleuses fenêtres derrière lesquelles le ciel est bleu comme les yeux de Matisse derrière ses lunettes. Et c'est un dialogue de miroirs. Nice regarde son peintre et se peint dans ses yeux."

— Quelle belle image ! s'exclama Fabrice.

— Oui, magnifique. Les gens qui parlent du bleu de la mer qui a déteint dans le regard de Matisse disent à leur manière aussi bien qu'Aragon. Je crois qu'on est poète sans le savoir quand on est familier des lumières de la baie des Anges. Et pourtant... soupira Esther.

— Pourtant ?

— Pourtant ce que tu vois ici n'est qu'un décor de théâtre devant lequel s'extasient les touristes de passage. La vérité de cette ville, c'est qu'elle se roule comme une traînée dans la fange et la tromperie. Tu as vu tout à l'heure ce bâtiment somptueux et imposant, un peu à l'écart du front de mer, avec ces drapeaux frappés d'une aigle.

— Oui, répondit Fabrice intrigué.

— C'est l'hôtel de ville, un palais qui abrite le plus pourri des hommes politiques de toute la Côte, Marc Rustelli. Depuis qu'il est le maire de Nice, un bail de plus d'un quart de siècle, la ville est un poisson qui pourrit par la tête. Chaque façade est un trompe-l'œil. Là où tu crois voir du beau, se cache la corruption, le proxénétisme, l'argent blanchi, les pratiques mafieuses qui, elles non plus, n'ont rien à envier à l'Italie.

» Si tu longes la Côte ou que tu montes sur les hauteurs, tu verras l'argent de la spéculation immobilière, la folie du jeu, le bordel organisé. Tout à l'heure, nous suivrons le cours Saleya à partir du superbe marché aux fleurs. Je pourrai te montrer les commerçants rackettés par les services du maire, ceux qui laissent discrètement sur leur étal à poisson une cassette en métal où les Niçois glissent quelques billets pour financer les campagnes électorales. C'est un système inouï de clientélisme populaire. Toute la ville est mise sous coupe réglée, nul n'y échappe, sauf une pierre au cou, ça s'est déjà vu. Et gare aux crimes de lèse-majesté. Je me souviens de ces étudiants qui, une année, avaient voulu se rebeller. À la fin du Carnaval, quand les fêtes se terminent traditionnellement sur la plage où l'on brûle le roi du Carnaval, ils avaient confectionné un personnage de paille ressemblant nettement à Marc Rustelli, pour le faire flamber à grands cris de : "Rustelli, tu nous trahis, grippe-sou, rends-nous les sous !" Deux jours plus tard, on retrouva les meneurs étrangement noyés dans la piscine d'une villa inhabitée, dans trente centimètres d'eau.

— Et l'enquête ? demanda Fabrice.

— Quelle enquête ? Le dossier fut classé :

accident. Les chefs des flics et les juges sont des francs-maçons, comme Rustelli d'ailleurs. Ils se retrouvent régulièrement derrière des tables de jeu pour parler des affaires de la ville et toucher quelques centaines de milliers de francs en liquide, qui arrondissent leurs fins de mois de fonctionnaires nécessiteux. Ça aide à avaler les couleuvres.

— Et personne ne dit rien ?

— Si, mais les enquêtes diligentées de Paris sont tout sauf rapides. Tu vois, le besoin se fait sentir d'une justice plus expéditive pour les escrocs de cet acabit. Écoute-moi, Fabrice. L'expédition est une vengeance en plusieurs actes. Le premier acte s'appelle Marc Rustelli.

Le jeune homme sentit son cœur cogner dans sa poitrine. Enfin Esther levait un coin du voile. Et c'est lui qu'elle mettait le premier dans la confidence. Il ne savait pas s'il devait s'en réjouir ou si, au contraire, il devait frémir à l'idée de s'attaquer à pareil adversaire, manifestement prêt à tout pour se défendre ou se venger de ses adversaires. Fabrice eut la vision des étudiants noyés dans un fond d'eau et demanda à Esther comment elle comptait procéder.

— Je vous le dirai demain, répondit-elle. Ne sois pas inquiet. Le coup sera tellement dur qu'il ne s'en remettra jamais. Après, nous serons loin.

— Nous ?

— Nous tous, et puis toi et moi.

Elle lui sourit.

— Viens, fit-elle en terminant sa glace, allons cours Saleya, les fleurs sont tellement belles.

Ils quittèrent la petite place Rossetti où le soleil déversait sa lumière crue comme au fond d'un puits, et marchèrent un moment main dans la main, toujours accompagnés des effluves de café grillé. Tout à coup, Fabrice eut la sensation d'avoir déjà basculé dans une autre vie. Le monde bavard et coloré du cours Saleya lui sauta aux yeux, provoquant chez lui un ravissement inconnu. L'envie lui prit de s'arrêter devant chaque étal, de croquer dans les olivettes noires et de mordre à pleines dents dans les parts chaudes de pissaladière que proposaient d'accortes commères à côté des petites marchandes de fleurs.

Tout à coup, un homme tirant sa charrette attira l'attention d'Esther. C'était le père Alonso, une figure du vieux Nice, qui déboulait sur le cours au pas de gymnastique en criant : « Attention, socca ! » Les galettes sortaient à peine du four à bois où elles avaient cuit à point sur de grosses plaques rondes. Déjà les gamins se précipitaient en faisant tinter dans leurs mains les pièces de cinq francs chapardées à leurs parents, et Alonso hurlait de plus belle de sa voix assouplie au rosé de Provence : « Socca ! socca ! chaud devant ! » Esther se précipita et, suivie de Fabrice, se fraya un passage au milieu des enfants agrippés à la charrette.

— Pour les mômes, le père Alonso, c'est le père Noël des quatre-saisons. Quand il ne se balade pas avec les galettes de socca, il faut le voir juste derrière, rue du Pont-Vieux, à l'étal de son échoppe, en train de découper de fines tranches de carpaccio qu'il sale d'une main pendant qu'il tient le verre de pastis de l'autre !

Le bonhomme leva la tête en entendant cette voix qui lui semblait familière.

— Oh ! Pitchounette, fit-il, la face étirée dans un

large sourire, en apercevant Esther. Ma parole ça fait combien de temps ? Je me demandais si tu ne t'étais pas mariée avec un bel étranger qui t'avait arrachée à notre soleil !

— Non, pas mariée, père Alonso, pas mariée.

— Bon, alors tu te souviens de ce que je t'ai dit, hein ? Chaque année je rajeunis d'un an. D'ici une petite trentaine, je serai beau comme un dieu et je t'épouse. Tiens, une galette toute chaude, et voilà pour ton jeune ami, attention, c'est bien poivré.

Fabrice avait le sentiment de renaître en goûtant à tous ces arômes qui tapissaient son palais et parfumaient ses narines. Dans l'air chargé de lavande, ils poursuivirent leur balade sur le cours bondé. Pour un peu, Fabrice en aurait oublié les terribles descriptions de la vie niçoise faites par Esther quelques minutes plus tôt.

Quand ils furent de nouveau au calme à proximité du palais Lascaris, Esther expliqua à Fabrice comment Marc Rustelli et sa clique avaient mis la ville sous coupe réglée.

— Le maire voulait faire de Nice une sorte de Las Vegas dominée par le jeu. Il croyait attirer toute l'Italie, la *yacht society* et même les Américains amoureux de la Côte d'Azur, depuis qu'ils ont vu Cary Grant dans un mas provençal séduisant Grace Kelly dans le film d'Hitchcock *La Main au collet.* C'est un bon titre, d'ailleurs, pour résumer l'emprise de Rustelli sur Nice. Il a mis la main au collet de la ville, faisant régner la terreur sous des apparences bon enfant, des apparences seulement. Il se dit des choses incroyables : que les finances de la municipalité sont à sec, que la dette dépasse cinq milliards de francs, que les permis de construire sont attribués en violation de toutes les règles du droit foncier, que les appels d'offres pour les marchés publics sont truqués, que les narcotrafiquants colombiens ne jurent plus que par Nice...

Doucement, ils étaient arrivés sur la promenade des Anglais et s'étaient installés sur les fameuses chaises bleues alignées le long de la mer. Fabrice écoutait Esther d'une oreille, fasciné par le spectacle.

— Je ne comprends pas bien, finit-il par dire. Je comprends que ce Rustelli est un pourri, encore plus pourri sans doute que bien des élus qui confondent les finances publiques avec leurs propres comptes en banque. En revanche, je saisis mal l'acharnement que tu déploies pour le faire payer, lui en particulier.

Il avait prononcé ces mots avec tant de candeur et d'apparente insouciance que la jeune femme préféra ne pas insister, ce n'était guère le moment. Elle lui murmura simplement qu'elle avait ses raisons et qu'il comprendrait bientôt qu'elle n'avait pas choisi sa cible au hasard. Fabrice se contenta de cette explication, les yeux dans le bleu.

Quand ils regagnèrent enfin la villa de Cimiez, Ahmed attendait Esther sur la terrasse pendant que Djamel et Tucky regardaient dans la salle de cinéma une rediffusion du *Parrain* sur la chaîne « Cinéma ».

— Je ne t'ai rien montré ce matin, fit-il, mais je tiens à ta disposition le dossier Rustelli. Deux ans d'investigation, des papiers accablants, certains signés de sa main, où il demande sa commission pour les sanisettes de la ville, les ronds-points, les installations sportives, les achats d'ordinateurs. Tout ce qu'il peut taxer, il ne se gêne pas...

— Voyons ça, dit Esther d'un ton préoccupé.

— J'ai tout mis dans ton bureau, au premier.

— Parfait, viens avec moi. Tu vas m'expliquer tout ce trafic dans le détail. On y passera le temps qu'il faudra.

Puis, regardant Fabrice :

— Ta suite est au-dessus de la mienne. Et si j'en crois Ahmed, les deux appartements communiquent au niveau des boudoirs, c'est bien ça, Ahmed ?

— Oui, Esther, fit-il avec un sourire malicieux.

Ahmed était heureux de revoir Esther. Il la trouva un peu pâle, l'air de Paris, mais elle n'avait plus rien de commun avec la jeune femme terrifiée et meurtrie qu'il avait sortie du sable deux ans plus tôt en compagnie de Djamel.

— Et mon fils, commença-t-il par demander, c'est un bon garçon n'est-ce pas ?

— Mieux que ça, Ahmed, un véritable ange gardien. Avec lui, je me suis toujours sentie en sécurité. J'ai en lui une confiance absolue.

— C'est bien, c'est bien, répéta Ahmed qui avait fait monter par Aïcha du thé à la menthe très sucré.

— Parle-moi de ce que tu as appris sur Rustelli, demanda Esther.

— Une catastrophe. Depuis sa réélection il y a trois mois, il se sent intouchable. Le procureur de la République qu'ils ont envoyé de Paris a beau se battre comme un diable et multiplier les déclarations publiques, l'autre s'en fiche superbement et se permet même de l'humilier en critiquant la couleur de ses cravates pendant les séances du conseil municipal, complaisamment filmées par la télévision régionale. Du coup, on ne parle jamais des affaires scandaleuses, mais si tu demandes aux marchands des quatre-saisons du cours Saleya ce qui se passe à Nice, ils te répondent qu'ils ont « touché » un procureur qui fait des fautes de goût impardonnables. Tu vois l'ambiance !

Esther hocha la tête avec dégoût.

— Et le résultat de tes propres enquêtes ?

— Là, je suis bien obligé de te donner raison : quand on paie, on obtient ce qu'on veut. En soudoyant un des adjoints de la municipalité grâce aux fonds que tu m'as fait parvenir, j'ai pu me procurer des documents de première main attestant des faits de corruption aggravée et de recel d'abus de biens sociaux, faux et usage de faux, des marchés truqués avec explications manuscrites du maire destinées à embrouiller les contrôleurs publics dans les affaires de complexes immobiliers, de marinas et de centres nautiques ; sans parler des gains au casino dont Rustelli s'est arrogé sans discussion 20 % à l'année. Visiblement, ces fonds sont transférés sur des comptes offshore aux îles Caïman, à Monaco et aussi dans un établissement californien de Beverly Hills où vit sa maîtresse attitrée Simone Tayoub, une Franco-Libanaise qui le tient par les couilles, pardon pour l'image, mais il n'y a pas d'autre mot. Je dois ajouter que ton intuition était juste. Tu m'as dit qu'elle cracherait quelques morceaux si on montait un faux dossier lui prouvant qu'il entretenait une autre maîtresse à Genève. Du coup, la belle a craqué. J'ai des relevés bancaires au nom de Rustelli sur la succursale californienne, faisant état de versements liquides considérables tous les deux mois en provenance de l'association municipale Nice-Ténor.

— Nice-Ténor ?

— Un truc du maire censé promouvoir le recrutement de chanteurs émérites pour l'opéra de Nice. Inutile de te dire qu'ils n'ont jamais recruté le moindre baryton, ce qui ne les empêche pas de verser tous les mois deux cent mille balles au profit du lyrique...

— Tout ça est parfait. Quoi d'autre ?

— En vrac, les malversations dans le cadre du club de foot. Le fric de deux entreprises vient rémunérer grassement l'entraîneur adjoint de l'Olympique niçois.

— Et alors, le fric et le foot, ça va ensemble, non ?

— Sauf qu'à l'Olympique, il n'y a pas d'entraîneur adjoint, observa Ahmed en souriant.

— De mieux en mieux, fit Esther en serrant les dents.

— L'argent rémunère directement un compte annexe de Rustelli, ouvert à Monaco au nom d'une de ses nièces, trésorière du club.

— Quelle famille !

— Tu l'as dit, Esther. C'est proprement écœurant. Une dernière précision avant que tu te plonges dans le dossier. Toutes les pièces que tu trouveras sont authentiques, ce sont des preuves irréfutables. Une fois que Giovanni aura fait le boulot que tu as décidé, arrange-toi pour les mettre en lieu sûr. Ou bien, je ne sais pas, pourquoi tu ne les ferais pas parvenir de manière anonyme au nouveau procureur ? Il pourrait prendre sa revanche de façon éclatante sur ce malotru méprisant et grossier qui lui empoisonne la vie pour une histoire de cravates, tu ne crois pas ?

Esther garda un instant le silence en faisant non de la tête, le regard soudain froid et résolu.

— Écoute, Ahmed, je ne connais ce procureur que de réputation. Je sais qu'il est intègre et batailleur, mais Rustelli, il est à moi.

— Je te disais ça, s'excusa Ahmed, parce que tu as tellement le sens de la justice.

— C'est vrai, mais cette fois il s'agit de vengeance, pas de justice. Rustelli, je veux le traquer personnellement, avec mes armes, je veux qu'il crève de peur, je veux le voir crever de peur devant moi, ramper à mes pieds.

Esther avait parlé avec une telle violence qu'Ahmed en fut littéralement ébranlé. Où la jeune femme puisait-elle cette haine qui semblait largement dépasser le combat d'une justicière ?

Le père de Djamel ne posa plus aucune question et laissa Esther seule dans son bureau, avec l'épais dossier qui semblait signer la condamnation de Rustelli. Avant de voir Ahmed s'éloigner, elle le retint encore une minute.

— Tu sais, ami, la justice est une nécessité dans un État de droit, mais elle n'a que la force qu'on veut bien lui donner. J'ai étudié le droit quand j'étais plus jeune. Je n'ai pas oublié les principes énoncés par Machiavel pour l'édification politique de son Prince : que ce qui est juste soit fort, que ce qui est fort soit juste. Ici la justice est faible, couchée, piétinée, la justice est lente et la force si violente. Les transgressions sont devenues monnaie courante, au point que même la population semble s'en accommoder. Au cynisme des puissants répond la résignation des faibles. Alors comment faire bouger le sens des choses sans court-circuiter la justice et frapper un grand coup sur quelques pourris qui prospèrent impunément, brisent des vies et volent des milliers de gens? Maintenant, s'agissant de Rustelli, je te l'ai dit, je ne poursuis pas le moindre idéal. Il paiera cher pour des actes qui ne figurent pas dans ce gros dossier mais que je connais mieux que personne.

Ahmed inclina la tête pour dire qu'il comprenait. Pourtant, les dernières paroles d'Esther le laissèrent perplexe. Mais Esther n'avait pas l'intention d'en dire plus, même à l'homme qui l'avait sortie du sable, un matin froid où elle avait voulu mourir.

Pendant ce temps, Giovanni s'était installé dans un autre bureau, aménagé par Ahmed, avec ses ordinateurs et ses modems. Il vérifia que tout fonctionnait normalement, procéda à quelques tests et constata avec satisfaction que le matériel n'avait pas souffert du voyage entre Paris et Nice. Il prit soin de brouiller son code pour qu'il soit impossible de repérer de quel site il émettrait ses messages, le moment venu. Ayant réussi à pirater le serveur de la ville de Nice, il fit même en sorte que chacun de ses messages soit référencé aux coordonnées e-mail de l'hôtel de ville. Dès lors, chaque note qu'il enverrait serait considérée comme émanant du bureau du maire en personne. Cette manipulation effectuée, il éteignit ses ordinateurs et se mit à attendre les instructions d'Esther.

Djamel et Tucky seraient bien allés faire un tour dans le vieux Nice en compagnie de Marion, qui brûlait de découvrir la socca et les pissaladières, mais Esther fut intraitable : il fallait se montrer discret, le plus discret possible. Elle avait eu plaisir à revoir le vieil Alonso tirant sa charrette, mais elle s'était dit en elle-même que, si Alonso l'avait reconnue, d'autres auraient pu la voir, et pourquoi pas des proches du maire. Cet accroc sans frais l'avait incitée à redoubler de prudence, et la bande fut invitée à s'égailler entre le cinéma et la piscine, ce qui n'était pas vraiment une brimade. Pour pimenter la journée, Djamel et Tucky décidèrent d'improviser un tripot en montant un petit casino privé. Marion les pluma aussi sec sous le regard amusé d'Ahmed. Quand le ton monta entre les joueurs pour une histoire de carte retournée, le père de Djamel poussa tout ce petit monde dans la piscine. Ça tombait bien, car il était juste minuit, l'heure idéale pour un bain.

Depuis plusieurs heures, oubliant de dîner, Esther lisait le dossier Rustelli avec une attention sans faille, un stylo coincé entre les dents et un petit carnet sur lequel elle inscrivait à intervalles réguliers quelques notes. Quand elle eut terminé, l'aube déjà découvrait la baie des Anges. Curieusement, elle ne se sentait pas fatiguée. Au contraire, elle avait l'impression qu'elle aurait pu abattre une tonne de travail, et surtout que son cerveau avait une vision aiguisée de la situation, comme si une lourde chape de plomb se détachait enfin d'elle pour la laisser respirer. Pour la première fois depuis très longtemps, Esther sentit la vie palpiter tout près d'elle, sa propre vie qu'elle était en train de rattraper, d'apprivoiser.

Elle repoussa le gros dossier Rustelli qu'elle avait emporté sur son lit, puis marcha un peu à travers sa chambre. Elle fit quelques exercices d'assouplissement et saisit son reflet dans la glace de l'armoire installée près de la fenêtre. Elle se vit nue, mince, belle. Elle éprouva la sensation d'être bien dans son corps jeune. Elle eut envie de monter l'escalier en colimaçon du boudoir qui menait à la suite où dormait Fabrice, de monter comme elle était, dans sa blanche nudité, mais elle songea que c'était trop tôt, qu'il fallait attendre encore. Elle passa une robe légère et noua ses cheveux en arrière avec une grosse pince dorée. Seule sur la terrasse, elle regarda le jour terminer son ascension pendant que deux rouges-gorges voletaient autour d'elle en piaillant.

34

Vers 8 heures, Giovanni descendit le premier, comme Esther l'avait prévu. Elle lui remit quelques feuillets manuscrits, rédigés d'une écriture très lisible, ronde et déliée, presque enfantine.

— À toi de jouer, Giovanni, fit la jeune femme. Tu tapes le tout et, bien sûr, tu n'oublies pas d'enregistrer le texte dans ton disque dur.

— Fais-moi confiance, répondit Giovanni en parcourant les pages pour s'assurer que tout lui paraissait clair.

Il respira l'air pur du matin et retourna s'enfermer dans son bureau.

— Je t'attends à midi autour de la piscine, nous serons tous là pour les trois coups !

— J'y serai, dit Giovanni en souriant. Sûr que j'y serai !

Esther sentit une petite brise se lever doucement et caresser son visage. Elle songea que cela faisait si longtemps qu'une main ne l'avait caressée qu'elle n'était même pas sûre de s'en souvenir. L'air frais qui montait vers elle lui procura une délicieuse sensation de volupté, en même temps qu'elle se sentait comme régénérée. Bientôt, elle en était sûre, lorsque le mauvais moment de l'expédition serait enfin passé, elle serait en paix avec elle-même, purifiée, apaisée. Ce n'était pas tant la perspective d'être immensément riche qui la motivait, mais l'assurance qu'une forme de justice serait rendue. Pas la justice des hommes en laquelle elle avait appris à ne pas se fier, mais la justice tout court, celle qui va de soi, qui s'impose à tous, même à ceux qui se croient au-dessus des lois, dans l'apesanteur de l'impunité.

Esther remonta dans sa suite avant que la maisonnée ne se réveille. Elle avait envie d'être un peu seule, d'entendre les bruits familiers de ses amis sans pour autant se tenir au milieu d'eux. Elle aimait à se sentir entourée de cette manière-là, pas seule, mais pas « avec ». C'est le mode de vie qu'elle avait inventé à la villa Aurore, pendant tous ces mois, avec ces jeunes gens qui lui plaisaient bien sans qu'elle soit amoureuse d'aucun des garçons, et qu'aucun la poursuive de ses assiduités. Ainsi elle s'était réservé le premier étage pour conserver sa tranquillité, mais elle tenait à ce qu'il y ait de la vie autour d'elle, et elle avait été servie par l'incroyable énergie de Tucky, les sketchs de Djamel sans cesse en représentation, la présence plus discrète mais ô combien dense, de Marion et de Giovanni. C'est en rencontrant Fabrice que son système d'autoprotection s'était d'un coup fissuré. De ce jour, elle avait compris que le moment approchait pour elle de sortir de la prison, certes dorée, dans laquelle elle s'était sciemment enfermée. La clé de la liberté était maintenant entre ses mains.

Juste avant midi, Ahmed servit un grand apéritif autour de la piscine. C'était en réalité plus qu'un apéritif, car il avait disposé sur des chariots de bois blanc, avec l'aide d'Aïcha, de quoi nourrir et désaltérer un bataillon. Il faut dire qu'il avait pu apprécier la solide constitution de Tucky, capable d'ingurgiter une montagne de bonnes choses, pour peu qu'on les lui proposât... Pastis, anisette, rosé de Bandol et des Corbières, galettes toutes chaudes de socca, pans-bagnats bien arrosés d'huile d'olive, assiettes de tomates séchées au soleil, olives et olivettes, portions généreuses de stockfish à la niçoise, l'aiglefin disparaissant sous son manteau de tomates et de pommes de terre, tout cela composait, avec les salades et les merendas — le casse-croûte des joueurs de boules —, un véritable festin de roi. Quand tout le monde eut mangé et bu à satiété, Esther descendit rejoindre le groupe, accompagnée de Giovanni qui tenait à la main quelques feuilles justes sorties de son imprimante, portant en en-tête l'aigle niçoise. On aurait dit un document officiel. C'était un faux qui ne tarderait pas à avoir la force terrible du vrai. Esther attaquait Rustelli de front sur son terrain de prédilection : la tricherie.

Après s'être assurée qu'aucune oreille indiscrète

n'entendrait ce qui allait se dire, la jeune femme prit la parole.

— Mes amis, commença-t-elle, Giovanni va vous lire un document qui sera diffusé bientôt chez tous les Niçois et auprès de toutes les autorités politiques et judiciaires de cette ville. Il vous expliquera tout à l'heure comment il s'est arrangé pour préparer cette bombe à retardement, qui explosera brutalement et fera une victime de choix : le maire de Nice, Marc Rustelli. Maintenant, c'est à toi, Giovanni, fit-elle en se tournant vers le jeune homme qui, peu habitué à se mettre en avant, même devant une assistance familière, sentit le rouge lui monter aux joues.

— Voilà, se lança-t-il. C'est une lettre dans laquelle le maire s'adresse à ses administrés pour avouer ses turpitudes, avec des détails si vrais qu'il se condamne à sortir immédiatement de la vie municipale par la petite porte. Esther a réuni les preuves principales de sa corruption et de ses malversations dans un certain nombre de dossiers très chauds qui, jusqu'ici, ont toujours été cachés aux Niçois. Pour ma part, j'ai synthétisé près de trois cents discours de Rustelli, ainsi que des interviews données à la presse locale et parfois nationale, pour rédiger une lettre qui ressemble à son style démagogique et fleuri, plutôt populiste. J'ai remarqué qu'il ne prononce aucun discours sans citer au moins trois ou quatre fois les mots cœur, foi ou conviction. Vous verrez que j'ai essayé de les placer quand c'était possible, même si l'exercice était délicat, vu que je lui fais dire à sa manière qu'il est le roi des pourris. Enfin, je mets dans sa bouche des aveux si précis — numéros de comptes offshore ou dates de transactions occultes — que ce sera un jeu d'enfant pour les autorités compétentes, si elles en ont la volonté, de vérifier tout cela et de le confondre définitivement.

Une fois ces précisions données, Giovanni s'assit sur une chaise au bord de la piscine, but deux gorgées d'un cocktail de fruits et se lança dans la lecture du texte préparé d'après les notes d'Esther. Signe de sa nervosité, ses doigts tremblaient un peu mais sa voix, elle, était nette. On aurait dit un comédien se mettant en bouche la tirade de Cyrano. Prenant son souffle comme un perchiste son élan, il imita si bien le ton de Marc Rustelli que ceux qui avaient déjà écouté un de ses discours crurent reconnaître ses intonations.

— Il nous avait caché ses dons d'imitateur ! fit Djamel en se tournant vers Tucky, discrètement pour ne pas perturber leur camarade en pleine épreuve d'« oral ».

— Nous t'écoutons, l'encouragea Esther.

— « Mesdames et messieurs les administrés, chers amis niçois.

« Cela fait maintenant plus d'un siècle que l'histoire d'amour dure entre ma famille et notre magnifique cité, un siècle que mon aïeul Roland Rustelli, à qui un boulevard est dédié, est venu au-devant de vos propres aïeux pour leur dire : "Donnez-moi Nice et j'en ferai un paradis". Lui au moins ne vous aura pas menti, il vous a donné son cœur en échange du vôtre, et cette baie des Anges que nous admirons chaque jour avec sa courbe parfaite que le monde entier nous envie est le signe tangible que le paradis rêvé par mon ancêtre, ce paradis, nous l'avons fait et bien fait.

« Dans ce triste moment où je viens devant vous, avouer mes erreurs et mes turpitudes nées sans doute de trop de foi en ma ville et en ses promesses, je n'aurai pas l'impudence de me comparer aux génies qui ont magnifié notre ville pour prétendre que c'est encore la pureté qui domine ma démarche. “Il me faut la lumière de Nice, il me faut la baie des Anges”, suppliait Nietzsche, qui préférait nos lumières à celles de Leipzig, de Munich, de Gênes et même de Florence ! Quant au poète Jacques Audiberti, que les plus anciens d'entre vous ont pu croiser un soir ou l'autre dans le dédale du vieux Nice, il disait mieux que je ne saurais vous dire : “Nice, citerne dorée où l'on pourrait se laver des malheurs et boire l'oubli.”

« Chères et chers administrés, Niçois mes amis, j'aimerais garder intacte la lumière qui a illuminé mon nom depuis toutes ces années, après que vous aurez lu comme on boit jusqu'à la lie les aveux les plus douloureux qu'il m'ait été donné de faire.

« L'homme qui vous écrit, dont le cœur bat pour Nice, qui a gardé intacte la foi de ses glorieux ancêtres dans l'avenir de cette “cité radieuse”, moi, Marc Rustelli, ai abusé de votre confiance et de votre crédulité à tel point que mon remords l'emporte désormais sur le plaisir immense que j'ai eu à vous berner.

« Je vais commencer par vous raconter l'histoire véridique de la fameuse statue de la Vierge qui saignait là-haut, dans la grotte de la colline Chéret. Un acte miraculeux qui attira il y a huit ans des milliers de fidèles venus de toute la France et même du monde entier. Dix fois par jour, avec la régularité d'un métronome, un flot rouge s'écoulait du sein droit de la Vierge, grâce à un procédé que j'avais fait mettre au point par un ingénieur chimiste de mes amis. Il suffisait que la température de la grotte atteigne vingt degrés, ce qui se produisait inévitablement lorsque plus de cinquante personnes s'y rassemblaient, pour qu'un système d'écoulement d'encre rouge se mette en route. Chaque matin, avant l'ouverture des visites, je procédais moi-même au chargement de l'encre dans le réservoir, et comme un stylo qui fuit, la statue "coulait". Vous vous souvenez des titres des journaux, "Nice ville miraculeuse", "Marc Rustelli, l'homme qui porte chance à Dieu et aux Niçois" !

« Je dois vous avouer que cette mystification m'a rapporté des sommes considérables que j'ai aussitôt placées sur un compte offshore des îles Vierges, ce qui, vous me le concéderez, était bien le moins puisque cette manne m'avait été procurée par une autre Vierge. J'ai laissé à quelques marchands du temple, choisis parmi mes amis, la possibilité de vendre des statuettes miniatures de la Vierge saignante, en contrepartie d'une redevance de 20 % du chiffre d'affaires. Les hôtels de Nice n'ont eu qu'à se féliciter de cette affaire qui a vu leur taux de remplissage augmenter de 80 % en basse saison. Mon prélèvement de la moitié des gains m'est apparu dans ce contexte assez normal, même si d'aucuns l'ont trouvé exagéré.

« Quant à la commission d'enquête diligentée pour éclaircir ce mystère, elle n'est pas allée très loin dès lors que ses membres, nommés par mes soins, m'étaient tous redevables de quelques services inavouables. À commencer par l'évêque du diocèse qui, évidemment, touchait une partie des gains de la Vierge, ou encore le directeur du collège dont j'avais couvert quelques agissements pédophiles regrettables. Tous ces gens, je les tenais, et même les plus laïcs d'entre eux ne purent conclure qu'au miracle. Lorsque un beau jour, à l'ouverture de la grotte, on découvrit que la statue avait disparu, sachez que je l'avais moi-même descellée avec l'aide de l'évêque pour l'enterrer au cimetière de Villefranche-sur-Mer afin de mettre un terme aux soupçons de supercherie qui allaient grossissant. Vous pourrez vérifier mes dires en vous rendant dans la quatrième allée du cimetière, à la hauteur de la concession Minardo, une vieille cousine de ma mère. Dans le premier cercueil se trouve la fameuse vierge qui, je vous dis la vérité cette fois, ne saigne plus. »

Tucky et Djamel se tenaient les côtes et en redemandaient. Ils félicitèrent Giovanni d'avoir trouvé un ton aussi enlevé pour narrer les infamies de cet abominable Rustelli.

— Attendez, les calma Esther, la suite est beaucoup moins amusante. Ce n'est pas une histoire de don Camillo qu'on raconte, mais une véritable confession mafieuse. Continue, Giovanni.

Le jeune homme s'exécuta. Sa main ne tremblait plus, il avait pris la mesure de son sujet et l'assurance qui lui manquait au début.

— Il reste un dernier passage cocasse que je vous livre. Après, Esther a raison, on entre dans le très glauque. Je continue :

« Sans doute ne vous aurais-je pas avoué cela si l'autre nuit, pendant que je dormais, je n'avais senti comme une ombre froide me frôler, si froide que je me réveillai en sursaut et restai figé dans mon lit, tremblant comme une feuille. J'allais allumer ma lampe de chevet quand une silhouette diaphane s'est dessinée dans l'obscurité. C'était elle, la Vierge saignante, je l'ai reconnue aussitôt à l'impact rouge sur son sein. Le sang ne coulait pas. Elle est restée devant moi un long moment, immobile et silencieuse, avant de disparaître. J'ai gardé jusqu'au petit matin la sensation de froid et il m'a été impossible de retrouver le sommeil. Ceux qui me connaissent parmi vous, mes chers administrés, savent combien ma foi n'est pas de façade. Les apparences sont contre moi. Sachez que cette apparition a décidé de mes aveux. Je suis venu devant vous me repentir et implorer votre pardon. »

Giovanni vida son verre de cocktail de fruits et regarda son public.

— C'est maintenant que ça se corse, précisa-t-il.

« Il me faut maintenant avouer que mon comportement à la tête de notre ville n'est pas à donner en exemple à vos enfants. Depuis vingt-cinq ans que je suis votre maire, pas une commande publique, pas un chantier de gros œuvre, de pont ou de voirie, de rond-point ou de stade de football, pas un complexe immobilier, aucun de ces grands travaux n'a été lancé sans que je perçoive une commission directe équivalente à 10 % des devis. Ces sommes accumulées m'ont permis d'acheter au comptant ma villa du Mont-Boron et mon yacht à l'ancrage, mouillé dans le bassin d'Antibes. J'ai aussi pu payer ma villa californienne de Beverly Hills, ainsi que les croisières de luxe, pour moi et mes proches, vers Acapulco et les Seychelles pendant toutes ces années. Cet argent m'a aussi permis de me débarrasser de deux magistrats parisiens envoyés à Nice pour provoquer ma perte, l'un dès 1977, l'autre l'an dernier. Les deux traîtres ont fait l'objet de contrats auprès de tueurs italiens dont, bien sûr, on n'a jamais retrouvé la trace. Je peux vous dire aujourd'hui que les virements de fonds sur le Banco Ambrosiano au nom de Rafaelo Minelli, en provenance d'une succursale de la Mid Bank de Californie, ont servi à rémunérer ces actions criminelles. Cet aveu me libère car j'ai le sentiment que la Vierge qui saigne me demandera sans répit le nom de ceux que j'ai fait saigner.

« S'agissant du casino de Nice, du casino de Cagnes et des champs de courses, j'avoue avoir été à l'origine du trucage de tous les jeux ainsi que des paris mutuels urbains. Quand j'ai laissé la *french connection* de l'héroïne se déplacer de Marseille à Nice, ce fut en contrepartie de plusieurs dizaines de millions de francs qui m'ont été versés directement et que des hommes de paille ont blanchis pour mon compte à travers des gains fictifs dans les casinos que je contrôlais. »

Suivit encore une litanie d'actions plus scandaleuses les unes que les autres, chaque fois étayées par la référence à un document, un numéro de compte, un nom de complice, avec ses coordonnées bancaires. À la fin de cette missive écrite à la dynamite, Giovanni faisait dire à Rustelli ces dernières paroles :

« Chers administrés, si au terme de ces révélations vous voulez encore de moi comme le premier d'entre vous, c'est que vous êtes encore plus dupes que je ne le croyais, et le regret me viendrait presque de vous avoir vidé mon sac. Je n'ai jamais aimé donner de la confiture aux cochons. Mais moi qui connais un peu le droit pour avoir passé ma vie à le violer, je crois que ces aveux signés marquent le coup d'arrêt de ma vie publique. C'est pourquoi, avant qu'on ne me la réclame, je vous donne ma démission en tant que député-maire et président du conseil régional. Je veux bien, si vous le souhaitez, garder mon titre de président de l'Amicale des boulistes ne serait-ce que pour partager de temps à autre le casse-croûte à l'ail et le coup d'anisette. Mais je me remets à la disposition de la justice et, très sincèrement, je doute de sa clémence. Adieu à tous.

« Votre maire, Marc Rustelli. »

Tous applaudirent comme un seul homme, si fort que Giovanni dut se lever et saluer à la cantonade.

— Beau travail ! souligna Esther qui venait de récupérer la lettre pour ajouter quelques détails. Comment as-tu pu si bien imiter sa signature ? demanda-t-elle à Giovanni.

— J'ai synthétisé plus de cinquante « autographes » du maire trouvés au bas de documents officiels. Mon logiciel m'a proposé cette signature qui est une sorte de moyenne très clairement reproduite.

Tucky s'était approché, admiratif, ainsi que Djamel et Marion. Fabrice alla féliciter Giovanni, ébahi de son succès.

— Explique-nous la suite, fit Marion en se tournant vers son amoureux dont elle était fière à en exploser.

— Je crois en toute modestie que j'ai fait le plus difficile, déclara le jeune hacker. Écrire un document à la fois précis et enlevé, drôle et féroce, ridicule même par certains aspects, ce n'était pas de la tarte. D'autant que l'enflure des discours de Rustelli a quelque chose de nauséabond. C'est exprès que, çà et là, j'ai fait apparaître le dégoût et le mépris qu'il a en réalité pour les gens. Maintenant, tout est prêt pour l'explosion finale, c'est-à-dire la diffusion de cette lettre auprès des Niçois. Il suffira, le moment venu, que quelqu'un appuie sur une touche de mon ordinateur portable pour que tous les propriétaires d'adresses e-mail, dans la ville, toutes les agences de presse et les rédactions, tous les particuliers domiciliés dans le département 06 reçoivent ce même document signé de la main même du maire. J'ai piraté les réseaux informatiques de la ville de Nice pour authentifier mon faux document et l'attribuer sans aucun doute possible à Rustelli en personne.

— Comment ça? demanda Tucky.

— J'ai décrypté certains messages que Rustelli envoie à ses proches une fois qu'il a composé un code secret. Ce code, je l'ai découvert. La lettre porte cette référence qui n'appartient qu'à lui. C'est comme qui dirait une signature virtuelle, l'équivalent d'une encre sympathique appliquée à l'ordinateur, quelque chose d'ultra-personnel et d'ultra-confidentiel. Rustelli ne pourra pas nier que cette lettre est de lui, même s'il n'en a pas rédigé une ligne!

— C'est diabolique! s'écria Djamel.

— Ça lui fera les pieds, à ce sale type, réagit Marion.

— D'autant que tout ce qui est écrit est vérifiable point par point, ajouta Esther. Ahmed a constitué un réseau d'informateurs remarquables, qui nous permet de prouver au besoin chacune des affirmations contenues dans ce texte. Mais je crois que ce sera inutile. Quand nous aurons mis la justice sur la voie avec autant de précision, je suis sûre qu'elle déploiera les moyens nécessaires pour mettre fin aux agissements criminels et mafieux de Rustelli. Imaginez que sa fortune personnelle est l'une des toutes premières de France, supérieure à celle d'industriels de grandes compagnies privées qui sont le fleuron de notre économie.

— C'est écœurant, répéta Fabrice. Pour une fois, c'est lui qui va payer, pas les autres.

— Oui, fit Esther avec un sourire de ravissement, il va payer comptant.

— Si je comprends bien, réfléchit Djamel à haute voix, la touche « commande » du portable de Giovanni est un véritable détonateur. On appuie et boum !

— C'est ça, confirma Giovanni, on appuie et boum ! Tout Nice est au courant.

— Alors qu'est-ce qu'on attend ? demanda-t-il en faisant mine de se diriger vers l'ordinateur portable.

— Attends, malheureux ! s'écria Esther sortant de son calme. Ce n'est pas le moment. Rustelli ne sera pas seul à payer, on va faire un tir groupé. Je vous expliquerai bientôt, ce n'est plus qu'une question de jours, maintenant.

— Mais qui va appuyer ? insista Djamel.

Esther répondit sur un ton mystérieux :

— Ça, c'est une surprise, une belle surprise. Croyez-moi, l'impact sera terrible et Rustelli ne perd rien pour attendre, bien au contraire.

Le petit groupe s'égailla autour de la piscine. Djamel et Tucky entraînèrent Fabrice pour une projection d'un western spaghetti tandis que Giovanni remontait dans son bureau enregistrer les dernières corrections suggérées par Esther. Marion rejoignit les garçons dans la salle de cinéma. Ils ne mirent pas tout de suite le film en route, tant ils étaient impressionnés par la machination ourdie contre Rustelli.

— Il n'a aucune chance de s'en sortir, observa Tucky. S'il savait ce qui l'attend...

— Il faut en avoir, là-dedans, pour imaginer des trucs pareils, ajouta Djamel. On dirait pas qu'une fille aux apparences aussi douces peut monter un plan pareil. Pour une vengeance, c'est une vengeance.

— Je me demande bien ce qu'il lui a fait, ce Rustelli, se demanda Fabrice.

Il y eut un silence, chacun se creusant la tête sans trouver la moindre idée. L'avait-elle seulement déjà rencontré ?

— Vous avez entendu, remarqua Marion. Esther a parlé de tir groupé. Rustelli n'est pas le seul dans son collimateur. D'autres vont tomber. Combien, et pourquoi ? Mystère et boule de gomme. Dire qu'elle a conçu tout ça pendant qu'on faisait nos arnaques tranquilles, dans notre coin !

— Ouais, dit Djamel. J'ai l'impression que ça lui vient de loin.

Et il raconta de nouveau ce fameux matin où il avait trouvé Esther près d'une tente rayée sur la plage de la baie des Anges.

— Je n'oublierai jamais le visage qu'elle avait, la même expression de colère et de haine que tout à l'heure quand Giovanni faisait dire à Rustelli qu'il avait passé sa vie à violer le droit.

— Patience, mes amis, dit Tucky. En attendant, moi je vous propose Terence Hill en cow-boy comique sur une musique d'Ennio Morricone, ça vous va ?

— D'accord, avec un plat de carbonara à l'entracte ! répondit Marion.

— Quand est-ce que tu penseras à autre chose qu'à manger quand je parle de culture ? persifla le grand Noir.

Puis il se tut. Le générique était lancé sur un air d'harmonica.

Deux étages plus haut, Esther avait repris place sur son lit, feuilletant une dernière fois le dossier Rustelli pour s'assurer qu'elle n'avait rien omis d'important. Giovanni, lui, venait d'armer pour de bon son ordinateur. Les coups de feu qui parvenaient de la salle de cinéma n'étaient rien à côté de la déflagration qui se préparait.

35

Chacun reconnut l'homme élégant au teint cuivré qui se présenta en début de soirée à la villa de Cimiez. Fred Vigo portait un costume d'alpaga et des chaussures en chevreau, une cravate nouée en lavallière qui éclatait de couleurs gaies sur sa chemise en fil noir. Un bouquet de fleurs à la main, acheté au marché du matin cours Saleya, il devait ressembler à l'amoureux transi qu'il était autrefois, quand une jeune Nina guettait son pas sur le gravier, à la villa Aurore. On lui fit bon accueil, malgré la surprise de le voir ici. Faisait-il partie de l'expédition ? Il ne prononça pas un mot à ce sujet, préférant évoquer avec Ahmed et Djamel, remontés de la salle de cinéma avant les autres, les beautés de la région qu'il connaissait comme sa poche.

Quand Esther arriva au bas de l'escalier, un sourire illumina son visage à la vue de Fred. Ils s'embrassèrent avec tendresse et Esther enfouit son nez dans les fleurs toutes fraîches qu'elle s'empressa de mettre dans un vase. Ce fut un dîner à la mode niçoise, décousu et léger, arrosé de vins peu entêtants. La table était dressée sur la terrasse, un vent mutin s'amusait à soulever des pans de nappe comme s'il jouait avec la jupe d'une fille. L'ambiance n'était pas encore à la veillée d'armes, même si certains silences se remplissaient de l'attente impatiente des événements. Sous la direction d'Ahmed et de Fred, la petite compagnie chanta des chansons de matelots où il était question d'îles au soleil, de voyages lointains et d'êtres chers laissés sur les quais. Il faisait bon. Comme la vie semblait insouciante, lovée dans cette ville pourtant gangrenée par le système Rustelli, ce système qu'Esther entendait abattre d'un coup.

Fred, à qui Giovanni avait montré la lettre prétendument écrite par le maire de Nice, félicita le jeune homme pour son style.

— Si j'avais su que tu te lançais dans le lyrisme, je t'aurais apporté ma contribution — tant de beaux esprits ont fêté cette ville hors du commun ! Mais après tout, c'eût été faire trop d'honneur à cette crapule que de lui prêter plus de lettres qu'il n'en a. Par exemple, je me souviens de ce qu'écrivait Berlioz au lendemain d'un chagrin d'amour qui l'avait abattu. Il avait atterri à Nice après je ne sais quelles pérégrinations improbables, croyant que son cœur était condamné à saigner toute sa vie.

— Comme celui de la Vierge de la colline Chéret ! s'exclama Tucky.

— Oui, sourit Fred Vigo, et même plus longtemps encore. J'ajoute que son cœur ne saignait pas pour de faux, à ce malheureux Berlioz. Eh bien, dans cette solitude réparatrice, dans la seule compagnie du soleil et de l'ombre douce des soirs, il écrivit sans effort apparent son ouverture du *Roi Lear*. Il chantait à tue-tête soir et matin, lui qui se croyait enfermé dans son chagrin, et l'idée de Dieu vint même le visiter. Je me suis procuré un livret où il écrit : « J'ai passé à Nice les vingt plus beaux jours de ma vie. Je n'ai rien vu de plus beau que cette colline inspirée. Ni Capri, ni la radieuse baie de Salamine ne peuvent lui être comparées. » C'est quelque chose, non ? Il est bien temps de nettoyer les écuries d'Augias, conclut Fred.

— Où elles sont ? demanda Djamel ingénument.
Fabrice, qui avait quelques références, se mit à rire.

— Banane, les écuries d'Augias, c'est de la mythologie, un des douze travaux d'Hercule. Il a dû les nettoyer.

— Merci du renseignement, mon ami, fit Djamel avec drôlerie en imitant un épicier arabe. Tu comprends, moi j'y suis pas sorti de la cuisine de Jupiter, mais si tu veux ils sont pas chers mes poivrons...

C'est dans ce joyeux remue-ménage que la soirée se poursuivit. Vers minuit, on éteignit les feux pour ne pas attirer quelques escadrilles de moustiques précoces et affamés. Chacun monta chez soi, tandis qu'Esther restait seule avec Fred.

— Nous y voilà, mon cher Fred, fit la jeune femme d'une voix un peu lasse, comme étouffée soudain par le poids du projet qu'elle avait échafaudé.

— Oui, Esther, et c'est formidable. Ce n'est pas le moment de flancher, depuis le temps que tu prépares cette revanche. Tu verras, elle sera éclatante, et je veillerai à ce que tout se passe au mieux, tu peux compter sur moi.

— Je sais, Fred, fit-elle en souriant. Je suis heureuse que tu sois là. Tu me rassures. Je porte cette opération à bout de bras. Plusieurs fois j'ai eu envie de me confier à eux, à Fabrice en particulier, car je sais qu'il peut tout comprendre sans qu'il soit nécessaire de dire beaucoup de mots. Mais je craignais de le déstabiliser ou même de le mettre en fuite, on ne sait jamais, si je lui avais dit la vérité.

— Tu tiens à lui, mais lui tient aussi à toi. Il suffit de l'observer quand il te regarde, cela ne fait pas l'ombre d'un doute.

— Tu crois ? C'est bien, mais j'ai préféré le préserver autant que je pouvais. Bientôt il saura.

— Et tu seras libérée du plus noir de ton passé, Esther.

— Tu as raison. Dis-moi maintenant comment les choses se présentent de ton côté ?

— Parfaitement bien. Comme tu sais, je suis arrivé hier à Saint-Jean-Cap-Ferrat pour superviser un programme de reboisement du parc dans l'ancien domaine du marquis de la Sablonnière que possède maintenant Espiralier. La collection Goldberg y est au complet, avec tous les ajouts que tu as toi-même opérés, les Van Gogh, les Matisse, le Cézanne, tout.

— Et Espiralier, il est déjà là ?

— Non, il n'arrive qu'après-demain en début d'après-midi. Cerise sur le gâteau, je suis seul à la propriété toute la journée de demain.

— Complètement seul ?

— Si tu mets les chats de côté, oui, entièrement. Espiralier a donné leur journée aux gardiens qui ne rentreront qu'après-demain. Ils étaient tout contents de partir car ils ont acheté un cabanon du côté de Marseille. Si le cœur t'en dit, le « musée » t'est ouvert. Viens avec ta troupe, ça les éduquera.

— D'accord, dit Esther qui avait envie de revoir les chefs-d'œuvre avec lesquels elle avait vécu plusieurs années.

— Je vous attendrai à 9 heures demain matin. Vous entrerez par-derrière, en suivant un chemin bordé de mélèzes. Personne n'y vient jamais car Espiralier a cloué sur chaque arbre des panneaux annonçant un domaine militaire dangereux avec risques d'explosion.

— C'est gai ! s'écria Esther. C'est vraiment un terrain miné ?

— Tu parles ! Il s'est procuré d'anciens écriteaux de l'armée. Il n'y a là-bas que des champignons, mais pas la moindre trace d'explosif.

— Merci Fred, à demain.

Ils se saluèrent dans la nuit noire. Le compte à rebours avait commencé.

36

À côté de l'incroyable gentilhommière de Lucien Espiralier, construite au début de siècle par le roi des belges Léopold II pour abriter ses amours avec une belle duchesse préférant le soleil de la Côte d'Azur aux brumes du Nord, la villa de Cimiez ressemblait à une modeste demeure. Le domaine que s'était approprié Lucien Espiralier, après avoir contraint le marquis de la Sablonnière à céder la place, n'était rien de moins que somptueux.

Moins imposant qu'un château, bien que les allées et la pièce d'eau menant au bâtiment principal pussent rappeler certaines constructions royales des bords de Loire, l'ensemble, reposant sur un promontoire rocheux, s'ouvrait sur la mer par de larges baies vitrées. Un escalier de marbre descendait en pente douce vers une plage privée de sable fin, protégée des regards par des barrières végétales épaisses et très odoriférantes. Quant aux pièces de la belle demeure, elles étaient pour la plupart très vastes et hautes de plafond, meublées avec un goût sûr et raffiné prouvant que les habitants des lieux, non contents d'être fortunés, avaient su se faire conseiller pour le choix du mobilier.

La collection Goldberg proprement dite, elle, était accrochée dans une salle à demi enfouie au sous-sol, mais éclairée par la lumière du jour grâce à des fenêtres closes percées au sommet des murs très élevés de la pièce.

Tucky, qui était au volant, gara le combi Mercedes à l'arrière de la propriété, après avoir emprunté le pseudo-chemin militaire conseillé à

Esther par Fred Vigo. Giovanni rangea le fourgon derrière lui. Tout le long du trajet, Esther avait paru un peu tendue, mais nul ne s'était aventuré à lui poser la moindre question, et Fabrice, malgré l'envie qui le rongeait, s'empêcha de lui prendre la main.

Sur place, Fred les accueillit comme s'il était lui-même le maître des lieux, et cela fit bizarre à tout le monde de le voir évoluer dans ces lieux appartenant à l'homme qui avait tant fait souffrir Nina. Tout cela semblait difficile à suivre pour les amis d'Esther à qui manquaient encore quelques pièces du puzzle.

— Suivez-moi, dit Fred. J'ai pris soin de désactiver le système vidéo ainsi que les branchements microphoniques répartis dans l'ensemble des pièces. Vous pouvez circuler ici sans entrave, en toute sécurité.

Le luxe du lieu sauta aux yeux des membres de la bande pourtant habitués, depuis quelque temps, à fréquenter des univers raffinés. On s'extasia devant l'éclat des miroirs, le style des commodes, l'incroyable richesse de la bibliothèque de palissandre dont un pan s'ouvrait sur une pièce plus feutrée où attendaient un bar, quelques fauteuils crapauds et de bonnes bouteilles de vin vieux, de whisky et de porto.

— Eh bien, voilà des gens qui savent vivre ! s'écria Tucky en reniflant les étiquettes.

— Ce petit endroit préservé était le lieu préféré du marquis de la Sablonnière, mon précédent patron, dit Fred, la voix chargée de regrets. Espiralier l'a conservé sur mon insistance. Si cela n'avait tenu qu'à lui, il aurait bazardé tout ça, vous pouvez en être sûrs !

— À combien peut-on tenir là-dedans ? demanda Esther.

— Je vois que tu penses à la même chose que moi, répondit Fred. Vous pouvez tous entrer là-dedans et y rester plusieurs heures sans problème, répondit-il, d'autant qu'on peut ouvrir sans attirer l'attention une petite fenêtre servant d'aération : elle donne sur une cour aveugle, sans charme particulier mais très fraîche.

— Bien, fit Esther d'une voix neutre. On va repérer les lieux à partir de l'entrée pour faire le parcours sans hésiter.

Ils retournèrent sur le seuil de la maison et mémorisèrent le court trajet qui menait au bar caché. Djamel fit pivoter à plusieurs reprises le panneau de bibliothèque mobile et Fabrice ne put s'empêcher de noter que l'endroit sur lequel il fallait appuyer était celui où se trouvait précisément rangé l'ouvrage d'Albert Cohen, *Belle du Seigneur*.

Ils restèrent encore un moment sur place, prenant soin de ne rien déplacer, de ne rien faire tomber, de ne laisser aucun indice de leur visite. Quand le scénario du surlendemain fut au point, Fred dit à Esther :

— Espiralier m'a appelé tout à l'heure sur mon portable. Il m'a confirmé qu'il arrivait bien demain en début d'après-midi. Comme prévu, il dînera ici en compagnie.

Esther enregistra ces informations sans sourciller.

— Au travail, dit-elle à son équipe.

37

Tôt le lendemain matin, Esther fut la première debout. Elle prit seule son petit déjeuner et laissa un mot bien en évidence sur la grande table de la terrasse : « Préparez toutes vos affaires. Nous ne reviendrons plus dans cette villa. Départ ce soir à 20 heures dans le combi chargé. Esther. »

Quand le petit groupe prit connaissance de la consigne, une sorte de spleen s'abattit sur chacun. Cette fois, ça y était. Ils allaient enfin agir. Ils se posèrent mutuellement des questions pour vérifier si certains n'en savaient pas un peu plus que les autres, ils confrontèrent encore une fois leurs espoirs et leurs doutes, leurs craintes aussi.

Pendant ce temps, Esther était loin d'eux, seule et presque désemparée sur les hauteurs de l'arrière-pays niçois, là où les crêtes bleutées du col d'Èze ou du mont Faron semblent se confondre avec le ciel. Elle avait emporté un morceau de pain, un bout de fromage de chèvre protégé par du papier d'aluminium, une pomme et une petite gourde remplie d'eau. Plusieurs heures d'affilée elle marcha le long d'un chemin de randonnée qui menait jusqu'au bord d'un lac où vivaient encore des dizaines de marmottes.

Elle parcourait les sentiers d'un pas mécanique de petit soldat, assaillie d'une bouffée de chagrin et d'angoisse qui lui serra la gorge si fort qu'elle dut ouvrir le col de son chemisier et s'arrêter pour reprendre son souffle. Malgré la beauté environnante, Esther ne parvenait pas à se détendre, poursuivie par ses souvenirs et par l'image obsédante de Nina. Au rythme de sa progression, elle revit le petit visage de sa grand-mère et tenta de l'imaginer plus de cinquante ans plus tôt, au milieu de ces mêmes paysages à peine changés depuis toutes ces années, seule, maigre et désespérée, tout juste amputée de sa famille qu'elle chérissait. Elle s'imagina Nina battant la montagne à la recherche d'un endroit sûr où passer la nuit, où manger sans risque d'être repérée puis poursuivie ou arrêtée. Dans son enfance, Nina lui avait souvent raconté des histoires de jeune fille fuyant de grands malheurs. Au début, Esther était trop jeune pour comprendre que sa grand-mère ne faisait rien d'autre que travestir sa propre existence en conte pour enfants. Elle se souvenait qu'elle riait quand l'héroïne entendait hurler les loups, pour ne pas créer chez Esther un sentiment de peur. Nina s'en était sortie, et elle croyait résolument aux histoires qui finissent bien, même si la sienne n'avait jamais été un havre de paix, à l'exception des derniers temps, jusqu'à ce camion fou, dans une rue de Saint-Mandé.

Au rythme de ses pas, Esther essayait de se remémorer les paroles de courage que prononçait Nina quand sa petite-fille lui semblait tout à coup abattue par une déception de l'existence. Peu à peu, Esther reprit force et entrain, si bien qu'elle arriva au but de sa promenade en chantonnant une vieille chanson russe qui racontait les aventures d'une petite paysanne amoureuse d'un gentil prince.

Plus les heures passaient, plus l'énergie vitale de Nina semblait irriguer le corps d'Esther. Elle partagea son repas frugal avec deux marmottes venues en curieuses rôder autour d'elle, puis décida de faire demi-tour. C'était le milieu de l'après-midi. Le temps de redescendre, puis de prendre la route pour la villa de Cimiez, il serait l'heure de partir vers Saint-Jean-Cap-Ferrat.

Lorsque Esther reparut, il ne restait sur son visage détendu aucune trace de ses angoisses matinales. Son regard était vif et pétillant, son allure décidée, son pas volontaire. Elles s'assura que tous avaient préparé leurs affaires et vérifia avec Ahmed qu'aucune trace compromettante, aucun objet permettant d'identifier l'un d'eux n'avait été oublié.

— Très bien, fit-elle une fois achevée cette inspection de sécurité, maintenant, allons-y. Je voulais vous dire : chacun de vous devra se munir d'une arme automatique semblable à celle-ci. Je vous les donnerai en arrivant sur les lieux. Mais rassurez-vous, ajouta-t-elle en regardant d'abord Fabrice, aucun bain de sang au programme. Ce sont de vraies armes non chargées, juste pour l'effet de surprise. Maintenant, en route, et soyez sereins, tout va bien se passer.

Quelques heures auparavant, Esther aurait été incapable de parler avec tant d'assurance et de décontraction. Cette capacité à se rassembler pour assurer la cohésion et l'harmonie du groupe faisait partie de ses nombreux atouts. La partie était lancée et c'était elle, Esther, qui menait le jeu. Quand le convoi s'ébranla, le portail de la villa se referma sur ses mystérieux et éphémères habitants. Ahmed prit soin de terminer les rangements avant de disparaître à son tour en compagnie d'Aïcha.

38

On aurait pu croire, à voir la débauche d'éclairage illuminant l'ancienne demeure du marquis de la Sablonnière, qu'une grande soirée de gala était sur le point de commencer. Les lampadaires d'extérieur étaient tous allumés, sans exception, de la cour d'honneur aux grilles du portail, dessinant un chemin de lumière où il était impossible de se perdre. Dans le hall d'entrée, les lustres à riches pampilles de cristal jetaient leurs éclats, et il semblait que le jour électrique voulait disputer à la nuit déjà noire sa suprématie.

Suzanne, la gouvernante des lieux, n'avait pourtant mis que deux couverts sur la table ronde du grand salon, deux assiettes face à face, séparées par de luxueux bougeoirs qui déjà consumaient d'énormes tiges de cire. Des coupelles remplies d'eau citronnée attendaient. Ce soir, on ferait honneur aux fruits de la mer, coquillages et crustacés, comme dans la chanson de Brigitte Bardot, sans oublier les langoustines, les crabes des calanques et les pinces de homard.

M. le maire était l'invité d'honneur de la maison : Marc Rustelli en personne, seul, sans épouse ni maîtresse, reçu par Lucien Espiralier, son ami et complice de coups pendables et tordus, de coups toujours inavouables, bas jusqu'à la veulerie. Lucien Espiralier avait sciemment fait subir toutes sortes d'humiliations à sa femme, qui se traînait de cure de sommeil en maison de repos, de thalassothérapie en traitement antidépressif sans jamais réussir à sortir la tête hors de l'eau. Espiralier savait y faire quand il s'agissait de casser ceux qui avaient la faiblesse de vouloir l'aimer.

Comme prévu, Fred Vigo avait laissé ouvert le passage dit militaire menant à la maison. La bande d'Esther s'y gara, tous feux éteints, et passa par la porte dérobée qui menait à la bibliothèque. Tous portaient leur arme à la main. Ils avaient finalement renoncé à porter un bas sur le visage, estimant que se montrer ajouterait à l'excitation de cet instant unique.

— Si on doit disparaître pour longtemps, autant faire voir nos gueules de durs une dernière fois ! avait plaisanté Tucky.

Esther ne s'y était pas opposée, d'autant que, depuis le début, elle savait que pour sa part elle apparaîtrait à visage découvert afin de mieux savourer sa vengeance.

Ils se glissèrent en file indienne, sans difficulté, le long du chemin qu'ils avaient plusieurs fois repéré la veille. Quand ils se trouvèrent devant la bibliothèque, Fabrice retrouva du premier coup le gros pavé d'Albert Cohen et appuya sur les charnières à la hauteur de *Belle du Seigneur*. Le groupe s'engouffra dans la pièce. Il ne restait plus qu'à attendre. Ce ne serait pas long. Fred Vigo, comme prévu, occupait sa chambre située dans l'aile sud de la gentilhommière.

Marc Rustelli était un homme assez corpulent d'une soixantaine d'années, la bedaine en avant qu'il tâchait de rentrer quand il entreprenait de séduire. Le cheveu poivre et sel, il présentait tous les attributs du parvenu vulgaire, de la chevalière en or massif à la pince en argent serrant une liasse de billets de cinq cents francs. Au physique, il ressemblait à ce qu'il était moralement : un homme brutal, un homme de main dénué de scrupules quand il s'agissait de gagner de l'argent, mordant sans vergogne à tous les râteliers. Avec Espiralier, ils formaient un duo assez classique obéissant à cette vieille loi de la nature humaine qui dit que ce qui se ressemble finit par s'assembler.

Le père de Rustelli avait fait partie de ces brigades fascistes chères à Mussolini qui, dès 1940, avaient fait régner la terreur noire en Provence au nom du Duce, là où Hitler et ses troupes n'étaient encore que de lointaines rumeurs. Il avait été payé de son dévouement en recevant une chemise noire de Mussolini en personne, chemise que Marc Rustelli, dans certaines réunions très privées composées de membres éminents du Front national, arborait avec une fierté non dissimulée.

Lors des dîners en tête à tête, entre Rustelli et Espiralier, il était bien sûr question d'argent, de coups à réaliser, de gains escomptés, de belles femmes à mettre dans leur lit où à s'échanger, car les deux hommes ne répugnaient pas à quelques orgies dont Lucien Espiralier était le grand ordonnateur. Mais pas un de ces dîners intimes ne se terminait sans que chacun se mît à évoquer son père, et ces « papas » qui traversaient la conversation auraient apporté une note attendrissante si les protagonistes n'avaient pas été ces sinistres personnages. Ces petites séances de souvenirs, copieusement arrosées, se terminaient en général assez tard dans la nuit, car les deux messieurs passablement éméchés entreprenaient de refaire le monde sur l'air de la Walkyrie de Wagner, qui soudain déchirait la nuit calme du cap Ferrat.

Nul ne risquait de les entendre : le domaine était isolé d'un bon kilomètre de la première habitation. Par une maison d'édition musicale autrichienne tenue par des nostalgiques du Troisième Reich et des forces de l'Axe, Rustelli apportait souvent des enregistrements remixés sur CD de chants nazis et fascistes.

Ce soir-là, après avoir descendu plusieurs bouteilles de chablis à eux deux pour faire couler les fruits de mer, les deux hommes vinrent s'affaler dans les fauteuils club disposés en face de la bibliothèque, après avoir mis à fond un de ces disques dont les airs martiaux donnaient le frisson dans le dos. Rustelli chantait en italien, Espiralier battait la mesure.

Tout se passait comme Fred Vigo l'avait prévu. Familier de ces tristes bacchanales auxquelles il était parfois convié, Fred en connaissait l'exact déroulement. Généralement, les call-girls arrivaient vers 1 heure du matin et la nuit s'achevait en partie fine.

C'est dans cette débauche de décibels — les dames n'étaient pas encore arrivées pour l'autre débauche — qu'Esther et ses amis déboulèrent du bar caché derrière la bibliothèque. Au même instant, muni d'une carabine non chargée, Fred entra à son tour dans la pièce par l'entrée principale donnant sur la salle à manger. Suzanne était couchée depuis une bonne demi-heure. Le huis clos pouvait commencer.

On ne s'entendait pas dans cette pièce inondée de chants nazis. Fred Vigo alla d'un pas calme éteindre la chaîne stéréo. Un terrible silence s'abattit, on n'entendit plus soudain que le souffle lourd et suffocant des deux hommes réalisant lentement ce qui était en train de se passer.

Il faut dire que la scène avait de quoi saisir d'effroi même les esprits les plus aguerris aux sensations fortes. Tucky et Djamel avaient chacun braqué le canon de leur engin sur une tempe de Rustelli tandis que Giovanni et Fabrice faisaient de même sur les tempes d'Espiralier. Légèrement en arrière, Esther contrôlait les deux hommes en pointant son arme sur chacun d'eux à son tour.

— C'est qu'elle est capable de tirer, cette salope ! hurla Espiralier visiblement en proie à la panique.

— Taisez-vous, ou vous serez le premier, dans cinq secondes. Je commence, cinq, quatre, trois, égrena Esther dont les yeux lançaient des éclairs sombres.

Dans leur dos, plutôt dans leur nuque, deux autres canons étaient pointés, l'un par Marion, l'autre par Fred.

— Qu'est-ce que vous attendez pour tirer ? demanda Rustelli enfin dégrisé, qui préférait à tout prendre la méthode la plus expéditive.

— Ce serait trop simple, trop facile, trop... confortable, répondit Esther avec humeur. Vous ne vous en sortirez pas comme ça. Une petite balle et puis s'en va, sans une once de souffrance. Mais dites donc, vous n'auriez pas la mémoire courte, avec votre copain ? Vous voulez que je vous dope les neurones avec quelques joyeux souvenirs ? C'est qu'on en a, des souvenirs communs, vous et moi, n'est-ce pas, Lucien Espiralier, l'amateur des beaux-arts ?

Immobiles comme des statues, les deux hommes

n'en menaient pas large. S'ils avaient pu deviner qu'aucun des fusils n'était chargé, sans doute auraient-ils tenté une sortie en force, mais la mise en scène était implacable, et le risque trop grand de voir les canons cracher le feu comme à la parade.

Esther se planta devant les deux hommes, puis se retourna vers ses amis les joues en feu, l'œil brillant.

— Le moment est venu de vous raconter la fin de l'histoire, vous qui m'avez suivie en confiance, aveuglément, sans poser de questions, ou si peu, que je vous serai reconnaissante à jamais de m'avoir accompagnée jusqu'ici, jusque dans la gueule du loup.

» Il y a tout juste trois ans, cet homme que je sens trembler dans son petit costume, Lucien Espiralier, était mon patron et, si surprenant que cela puisse paraître aujourd'hui, j'avais pour lui une certaine considération. Il m'avait ouvert de magnifiques perspectives et me laissait libre de mes mouvements. Il s'était montré si habile que j'en venais parfois à remettre en doute la parole de Nina quand elle me disait qu'il fallait se méfier de son attitude soudain si bonne à notre égard, que cela cachait autre chose de très noir, en tout cas de très louche. J'ai voulu croire que le dicton "tel père, tel fils" était un raccourci facile, mais qu'il ne pouvait y avoir de fatalité chaque fois.

» C'est drôle, quand je vois cet homme répugnant maintenant suspendu à mes lèvres et au canon de mon arme, je n'arrive pas à comprendre comment il a pu m'abuser au point que je ressente des sentiments presque fraternels à son égard. Après tout, nous avions été élevés par une même femme, généreuse et passionnée, honnête jusqu'à la plus désarmante extrémité. S'il avait vécu avec Nina depuis l'âge de huit ans, je me disais que Lucien avait forcément gardé quelque part la trace de cette bonté naturelle qui émanait d'elle.

Les yeux d'Esther s'étaient légèrement embués, mais la voix restait claire et ferme. Ses compagnons étaient suspendus à ses lèvres et, s'ils sentaient monter en eux une émotion immense, ils ne relâchaient pas d'un pouce leur attention sur les deux « ripoux de la Côte », ainsi que les avait surnommés Tucky.

— Grâce à moi, poursuivit Esther, la collection Goldberg a pris toute sa dimension moderne, elle est devenue la collection Espiralier à part entière. Pour satisfaire cet homme, je me suis battue bec et ongles afin de remettre la main sur des huiles de Warhol, des représentations inouïes de la Provence sous l'orage signées Paul Cézanne, rien que ça ! Avec l'aide de Michel Raynaud, le si cher ami de Nina, j'ai même obtenu des dessins originaux de Basquiat, dont la valeur a plus que doublé en trois ans. Et surtout, moi qui connaissais l'histoire de cette collection, ses origines impures, j'ai voulu effacer les ombres maléfiques qui avaient entouré sa création dans les temps obscurs de la guerre et de la collaboration. À mes yeux, c'était important pour lui, pour son image, pour son identité. Vous voyez à quoi je pensais du haut de mes vingt-trois ans. Comme si la honte qu'il n'avait pas de son ascendance, je l'avais eue à sa place ; comme si la mauvaise conscience qu'il aurait dû éprouver face à ces tableaux qui sentaient le racisme et la mort, elle m'avait incombé à sa place.

» Quand je me battais pour un coin d'Estaque représenté par Cézanne, je voulais renverser la vapeur, faire progresser la collection Goldberg devenue Espiralier vers une sorte de rédemption, d'harmonie et d'apaisement.

» Au début, tout semblait aller bien, d'autant qu'on n'avait guère l'occasion de se rencontrer physiquement. Je voyageais, je négociais, j'achetais. Nous accrochions des toiles à Nice et d'autres, les plus récemment acquises, à la fondation située dans les anciennes Fonderies de Paris. Les jours de présentation, je venais donner des explications aux invités de Lucien, qu'il recrutait dans des milieux que je ne cherchais pas à connaître. Je me souviens qu'après l'acquisition de plusieurs toiles de maîtres français, à l'occasion de successions américaines, la transaction fut si remarquée que plusieurs journaux s'en firent l'écho. Michel Raynaud avait, je crois, prévenu des critiques d'art de ses amis qui s'étaient dépêchés de me faire une réputation de connaisseuse et de patriote, soucieuse du patrimoine national. Du coup, le ministre de la Culture avait souhaité visiter la fondation dotée de ses nouvelles acquisitions, et il avait tenu à ce que je dirige personnellement la visite.

» Si j'ai bonne mémoire, c'est de ce moment que quelque chose de destructeur a germé dans l'esprit d'Espiralier. J'avais soudain pris trop d'importance, moi la petite-fille d'une paysanne ukrainienne qui avait osé se poser en mère adoptive, cette Babel aux mœurs enjuivées qui faisait brûler de l'encens et fredonnait des chansons en yiddish, elle qui avait vendu pour trois fois rien la collection que le père Espiralier avait "héroïquement" acquise, comme il le prétendait dans des cercles très fermés d'anciens collabos et de nostalgiques des chambres à gaz, de ceux qui regrettaient que Hitler n'ait pas "fini le boulot" avec les Juifs.

» La soirée où nous accueillîmes le ministre fut l'une des plus réussies de la fondation. Lucien Espiralier rongeait son frein, essayait de se montrer sous son meilleur jour, mais le ministre de la Culture semblait n'avoir d'attention que pour moi, et les journalistes aussi, qui tenaient ostensiblement Espiralier à l'écart de nos conversations. Il est vrai qu'un nom pareil résonne encore comme un coup de revolver dans le dos, à l'esprit des plus jeunes générations. Nul n'a oublié Papon, Bousquet, Espiralier, cette clique de bons Français...

— Elle va pas se taire, cette salope ! hurla Rustelli pendant qu'Espiralier, comme résigné au pire, se taisait, les yeux baissés.

— Bâillonnez-moi ça, fit Esther sans plus d'égard pour le maire de Nice. L'autre aussi, d'ailleurs. Mais rien sur les oreilles, qu'ils entendent bien ce que j'ai à dire, au cas où ils ne comprendraient pas les raisons de cette intrusion armes à la main.

Rustelli se laissa faire. Tucky, qui avait prévu de la ficelle, en profita aussi pour nouer les poignets des deux hommes dans le dos en serrant si fort qu'ils laissèrent échapper quelques gémissements de douleur. Esther n'en avait pas fini de ce qui apparaissait comme un long réquisitoire précédant le prononcé de la sanction ou plutôt, en l'occurrence, du châtiment.

— Non, reprit Esther, M. Espiralier n'aimait pas qu'une petite Juive qui picorait dans ses mains vienne lui voler la vedette et lui montrer que son argent ne valait rien, ne lui valait aucune considération du “monde”. On le méprisait, voilà tout, et il se sentait blessé dans son amour-propre, si on peut appeler ainsi l’orgueil débordant qui le caractérise. Qu’une femme, juive de surcroît, vienne le supplanter, c’était plus qu’il ne pouvait accepter. J’avais donné de l’éclat à sa collection, très bien, mais je n’étais qu’Esther, une fille de sous-race. Il était impensable qu’on me prêtât plus d’importance qu’à lui. C’est pourtant ce qui arriva, et pas seulement le soir où le ministre et sa délégation furent reçus en grande pompe. Désormais, on m’invitait dans tout ce que Paris comptait de cercles artistiques en vue, mais jamais on ne parlait de Lucien Espiralier. C’est simple : Espiralier n’existait pas en dehors de sa collection et, sa collection, j’en étais la vestale et la muse.

» C’est dire la haine qui l’étouffait jusqu’au fond de la gorge quand il lui arrivait de voir ma photo dans *Le Figaro,* son journal, à la page des expositions ou des réceptions officielles en compagnie des “huiles” de la République. Les légendes me présentaient toujours comme “experte”. Quand nous descendions à Nice pour assurer une rotation des œuvres entre Paris et la Côte d’Azur, Espiralier retrouvait le rang et la considération qu’il n’avait pas dans la capitale. Comme ces roitelets de province boudés à Paris, il avait ici cette morgue suffisante vis-à-vis de tout le monde et aimait me rabaisser aux yeux de sa cour locale de notables surclassés qui, dans son sillage, se croyaient importants sous prétexte qu’ils fréquentaient un type qui avait de l'argent. Quand ce cochon de Rustelli était de la partie...

À ce moment, le maire bâillonné émit un grognement qui confirma ce qu'Esther venait de dire.

— C'est ça, souligna Esther, quand ce porc était de la partie, Espiralier se montrait encore plus odieux, le prenant à témoin de mes prétendues incompétences pour acheter des tableaux à bon prix. Je ne prêtais pas l'oreille à ce genre d'accusation gratuite, sauf quand il y ajoutait la calomnie et l'insulte. C'est à cette époque que j'entendis parler, dans une émission de télévision, du concept de harcèlement moral. À travers les témoignages de plusieurs femmes, je me reconnus parfaitement. Car depuis quelque temps, sans doute par dépit et par névrose aiguë, Espiralier soignait ses déprimes dans l'alcool et se permettait de proférer à mon encontre de véritables insanités. Il se permettait, en présence de tiers, de faire des commentaires désobligeants sur ma manière de m'habiller ou de marcher, sur mes culottes qu'il disait deviner à travers mes jupes, sur la couleur de mon rouge à lèvres. Un soir, comme c'en était trop, je l'avais giflé en présence du préfet de région, puis j'avais disparu pendant trois jours. Manifestement, cette gifle lui fit un peu d'effet, car il me téléphona plusieurs fois pour s'excuser. J'avais laissé mon répondeur branché et pas une fois je ne décrochai. Un soir qu'il essayait de nouveau de me parler, je me suis assise près de mon répondeur. Au bout de quelques sonneries, le répondeur s'est déclenché, j'ai entendu ma voix tranquille et gaie, la voix du message d'accueil enregistré, puis un silence et sa voix à lui, saccadée, brisée même, comme s'il sanglotait.

» Une fois de plus, une fois de trop, le mécanisme de la mauvaise conscience s'était enclenché. Je me suis mise à le plaindre, à lui trouver des excuses, des circonstances atténuantes. Ça n'avait pas dû être facile d'être le fils d'un collabo exécuté à la Libération, puis de devoir son salut à une vieille Juive et à sa petite-fille. Sans doute pensait-il dans ces moments-là, s'il était capable de penser, qu'une forme de malédiction ou de fatalité le tenait. Bref, j'ai eu pitié de cette ordure, assena Esther en avançant d'un pas vers lui.

S'il ne pouvait plus parler, Espiralier avait ses yeux pour voir ce qui se préparait, et il eut le sentiment que l'histoire se répétait, qu'il allait mourir comme son père était mort. Esther lut cette peur panique dans son regard et ne fit rien pour rassurer son otage qu'elle continuait de menacer avec le canon de son arme, alors que les deux autres fusils étaient pointés sur chacune de ses tempes.

— Ce soir-là, reprit Esther, il rappela encore une fois vers 23 heures, la voix remise, très nette, plutôt détendue. Il me demandait, après s'être excusé encore pour son comportement des derniers jours, de passer le voir à la villa du cap Ferrat pour une consultation. Il me parlait d'une offre de tableau de Fragonard dans la succession de la veuve d'un général elle-même décédée quelques jours plus tôt. Ses enfants voulaient vendre. Les explications étaient un peu confuses. J'ai réfléchi, puis j'ai décidé d'y aller.

À cet instant, Esther fit quelques pas en direction de la bibliothèque et, derrière une rangée de livres, dégagea un boîtier noir sur lequel figuraient des chiffres et des lettres. Sans hésiter, elle effleura rapidement trois chiffres et deux lettres avant de reculer. Cette fois, c'est la bibliothèque qui s'ouvrit en entier, chaque pan coulissant sur les côtés. Alors, superbement mise en valeur par des éclairages indirects placés sous chacune des toiles, parut dans un enchantement de couleurs la collection Goldberg devenue Espiralier par la grâce d'Esther.

— Voilà, fit-elle simplement pendant que le reste de l'équipe, tout en tenant les deux hommes en respect, buvait du regard ce qu'elle pouvait voir de ce merveilleux spectacle.

Il y avait là tant de douceur et de génie mêlés, tant de délicatesse et de sensualité que nul n'aurait pu croire qu'ici s'était déchaînée l'horreur la plus sordide.

— Ils se tenaient là, tous les deux, expliqua Esther. Sa voix avait soudain changé.

Une minute avant elle était impétueuse et volcanique, remplie d'énergie ; tout d'un coup elle était devenue blanche, de même que son visage, presque transparent, fantomatique. Le rouge avait reflué de ses joues, on aurait dit qu'elle avait perdu son sang et qu'une cire invisible figeait ses traits dans une expression de douleur et de dégoût.

— Je ne savais pas que Rustelli était de la partie, poursuivit la jeune femme. Quand Espiralier m'avait appelée, je l'avais senti à bout de nerfs, presque au bord des larmes, jouant à s'y méprendre le rôle du repenti, de l'éléphant balourd navré d'avoir dévasté le magasin de porcelaine. Quand je suis arrivée devant la villa, tous les réverbères crachaient la même lumière crue que ce soir. On aurait dit une soirée de gala. Naïve que j'étais, je me disais qu'Espiralier avait dû mettre les petits plats dans les grands, comme il savait le faire quelquefois, révélant alors une générosité qu'il devait tenir de Nina... J'ai appelé, il n'y avait personne, en tout cas, aucune réponse ne me parvint. J'ai attendu un moment dans le hall monumental et, puisqu'on ne venait pas m'accueillir, je me suis rapprochée du seul endroit où il me semblait entendre du bruit, le fumoir. En effet, une musique martiale évoquant le rythme saccadé du pas de l'oie tournait en boucle sur une chaîne hi-fi.

» J'ai voulu arrêter cette horreur que je n'ose appeler de la musique quand j'ai perçu cette brèche de lumière qui éventrait la grande bibliothèque. Jamais je n'avais repéré cet accès auparavant, même si je connaissais assez bien la villa pour y avoir séjourné deux ou trois fois dans l'aile sud où Fred a son appartement.

Elle s'interrompit quelques secondes. Sans doute avait-elle précisément à l'esprit ce qu'elle voulait dire, sans doute l'avait-elle tourné et retourné dans sa tête en attendant ce moment si crucial. Mais, maintenant qu'elle était en situation, que le scénario qu'elle avait tant de fois répété se jouait à présent, une sorte de vertige l'assaillit, la crainte incontrôlable de ne pas aller au bout de son récit tant la pression devenait forte. Elle chercha le regard de Fabrice qui, d'un simple clin d'œil et par la douceur de son expression, l'encouragea à poursuivre.

— Jamais je n'avais vu la collection par ce passage dérobé qui s'ouvrait en contrebas, après quelques marches de marbre que je croyais ne donner sur rien d'autre qu'un trompe-l'œil. En réalité, le trompe-l'œil s'ouvrait sur la bibliothèque, et celle-ci sur la collection.

» Ils étaient là tous les deux, affalés comme ce soir sur un petit divan mauve sur lequel il m'arrivait de m'asseoir, certaines fois, pour contempler mes dernières acquisitions, en particulier les toiles de Cézanne. J'ai senti à leur haleine qu'ils avaient déjà bien arrosé la soirée. Rustelli tenait des propos incohérents sur l'art et le sexe, pendant qu'Espiralier me regardait en silence. Ce n'était pas le même homme que j'avais eu une heure plus tôt au téléphone, poli et contrit. C'était une sorte d'animal veule et transpirant. J'ai voulu partir mais Rustelli m'a agrippée de ses grosses pattes pour que je vienne m'asseoir entre eux. Nous étions devant une bacchanale de Poussin, celle que vous apercevez sur le mur opposé, au fond, ces satyres lancés à la poursuite de nymphes effarouchées pendant que le vin coule à flots. "C'est drôle ce penchant de certains peintres à représenter des scènes érotiques, vous ne trouvez pas ? me demanda Rustelli. — Oui, renchérit Espiralier, d'autant que je me demande vraiment qui étaient ces satyres. Ont-ils vraiment existé ?"

» Le maire me regardait avec insistance en serrant mon bras de plus en plus fort. Je ne pouvais pas m'enfuir. Je lui ai dit qu'il me faisait mal. Il a desserré un peu son étreinte, mais pas assez pour que je puisse me dégager. Moi qui croyais que l'alcool affaiblissait la vigilance, je me trompais, en tout cas en ce qui concerne ces deux lascars.

» "Je me demande bien pourquoi le sexe est aussi présent dans l'art, renchérit Espiralier en me fixant. Ma petite Esther, vous qui avez étudié, quel est votre avis sur la question ?"

» Je répondis comme je pus, de la manière la moins équivoque possible, en essayant de resituer ce tableau dans un contexte historique, mais je voyais bien que mes explications ne les intéressaient pas du tout. Ce qu'ils voulaient, c'était du sexe.

Elle se tut. Puis ajouta dans un souffle :

— Et ils l'eurent...

Les compagnons d'Esther étaient devenus livides à leur tour. Rustelli ou Espiralier auraient émis la moindre parole, ils les auraient tabassés à mort avec la crosse de leurs fusils déchargés, tant le récit d'Esther les bouleversait.

Elle s'approcha de Rustelli.

— Celui-ci, le gros Rustelli m'a demandé si les peintres contemporains ne s'adonnaient pas à la représentation d'orgies. Puis, joignant le geste à la parole, avant que j'aie pu rien faire, il m'avait renversée en arrière sur le divan pendant que Lucien Espiralier me tenait par les épaules et les bras. Je me suis débattue en vain. Ils m'ont enfoncé un mouchoir dégueulasse dans la bouche et ils ont commencé.

» Rustelli d'abord, son sexe m'a empalée comme un couteau. Dieu, que j'ai souffert, c'était monstrueux, j'aurais préféré mourir. Et quand il a terminé, pendant que je pleurais, il a cédé la place à Espiralier qui s'est fait une joie de continuer l'horrible jeu. Mes cris restaient étouffés au fond de ma gorge. Tous les deux m'insultaient, me traitaient de chienne, de salope, de Juive lubrique. Je me demande comment des cerveaux humains peuvent proférer de telles saletés, comment des hommes peuvent se comporter avec tant de bestialité. Je vous passe les détails, l'hémorragie, leurs cris d'horreur devant le sang. Ils m'ont humiliée en crachant sur mon sexe et c'est là que j'ai fini par perdre connaissance.

» Quand je suis revenue à moi, j'étais dans le sable froid, à moitié nue sur la plage, au bord de l'eau. C'est l'eau salée sur mes plaies à vif qui m'a réveillée. J'ai poussé un hurlement tellement la brûlure était vive. À mon grand étonnement, je pouvais crier. Je n'avais plus cet affreux mouchoir coincé entre les mâchoires. Je n'avais pas d'autre vêtement qu'une chemise d'homme sans boutons et à manches courtes, souillée de mon sang. Je me suis traînée comme un insecte agonisant jusqu'aux tentes bleu et blanc que je voyais au loin se découper à mesure que le jour se levait. Je rampais dans le sable, sur le dos, car mon ventre me faisait trop souffrir. Cet effort fut tellement démesuré que je me suis encore évanouie.

» Plus tard, j'ai entendu des pas qui se dirigeaient vers moi. J'ai pris peur et me suis dit : "Cette fois ils viennent m'achever." Mais je n'avais pas la force de faire le moindre mouvement. Heureusement, c'était toi, Djamel, mon bon, magnifique Djamel, qui venais, avec Ahmed, me sauver la vie. Sans vous je serais morte. Aïcha m'a soignée, vous m'avez entourée de tant de tendresse, sans jamais me poser de questions, que je me suis rétablie.

» J'ai fini par trouver le courage de me redresser pour pouvoir un jour vivre la minute présente, face à mes deux agresseurs. Car je n'ai pas porté plainte, non, cela aurait été trop facile pour vous, on m'aurait prise pour une hystérique, vous auriez dit que j'avais été consentante, que je vous avais aguichés devant une représentation un peu leste de l'amour. Je savais ce qui pouvait se passer dans vos têtes de tordus.

Rustelli et Espiralier n'en menaient pas large, d'autant que le terrible récit d'Esther avait chauffé à blanc ses compagnons qui ne regrettaient qu'une chose : de n'avoir glissé aucune balle dans le canon de leurs armes à feu.

— Vous aurez la vie sauve, fit-elle, comme vous me l'avez laissée après cette nuit d'enfer. Je vais vous appliquer ma loi du talion, j'y pense chaque jour et plus encore la nuit depuis deux longues années. C'est long, deux ans, vous savez, quand on ne rêve que de vengeance. Entre-temps, vous auriez pu mourir tranquillement dans votre lit, attraper un bon cancer, vous faire renverser par une voiture. Je vous voulais en pleine forme, prêts à subir ma propre loi. Je vous tiens et quand vous ressortirez d'ici, vivants, vous serez des hommes brisés à jamais.

Esther avait retrouvé sa voix vigoureuse et ferme, sa voix de chef. Elle fit signe à Giovanni qui disparut quelques secondes dans la petite pièce du bar et revint avec son ordinateur portable.

— Pour toi, Rustelli, car on se tutoie maintenant, pas vrai ? Quand on a été aussi intimes... Pour toi, ce sera un jeu d'enfant. Tu vas appuyer sur une simple touche d'ordinateur que t'indiquera mon ami. Il suffira même de l'effleurer, tu n'entendras rien et pourtant je te jure qu'on entendra l'explosion dans un rayon de cent kilomètres.

Tucky détacha les mains de Rustelli et guida sa dextre sur l'ordinateur de Giovanni jusqu'à la touche « enter ». Tucky s'assura que l'homme avait bien appuyé, puis serra de plus belle son bâillon ainsi que ses poignets qu'il plaqua contre ses reins.

— Tu vois, ça ne fait pas mal, s'amusa Esther, tu n'as rien senti. Eh bien, je peux te dire qu'à l'heure qu'il est, des milliers de Niçois, des juges, des flics et des politiques, tes protégés du cours Saleya, tout ce petit peuple que tu as si longtemps exploité et méprisé est en train de lire ta lettre de démission plus vraie que vraie, ainsi que tes aveux complets sur toutes les grosses affaires de corruption et de meurtres dans lesquelles tu es mouillé depuis vingt ans.

À ces mots proférés d'un ton vif et mordant, Rustelli devint rouge à éclater et, au milieu des borborygmes qui échappaient du bâillon, il tourna de l'œil. Djamel lui administra une gigantesque claque pour lui faire retrouver ses esprits. Il émergea comme un boxeur groggy.

— Ce n'est pas gentil de t'endormir avant de voir le cadeau réservé à ton ami, persifla Esther. Ce n'est pas parce que tu viens de tomber dans la honte et d'avouer tes forfaits que tu dois te désintéresser du sort de ton compagnon de jeu.

Espiralier redoutait le pire. Il fut servi.

Esther s'éloigna de quelques pas et passa en revue quelques-uns des plus beaux tableaux de la collection rassemblés dans la grande salle d'exposition.

— De bien belles œuvres, fit la jeune femme en laissant son doigt glisser le long d'une toile de Cézanne, puis de Vélasquez, puis de Poussin. Belles mais dangereuses, fatales peut-être, n'êtes-vous pas de mon avis, Lucien Espiralier ? Goldberg, leur propriétaire ? Mort en déportation après avoir été pillé puis dénoncé par votre père. Ce forfait ne lui a pas porté chance, puisque lui aussi a fini comme il le méritait, très mal, une balle dans la tête, ça fait froid dans le dos, pas vrai ?

Esther s'était rapprochée d'Espiralier et lui criait dans les oreilles. Les yeux à demi clos, il supportait de plus en plus mal le réquisitoire de son ancienne victime.

— Ma grand-mère a bien fait de s'en débarrasser car regardez-vous, vous voilà à votre tour en très vilaine posture.

Espiralier suffoquait, la bouche tordue de douleur sous le bâillon qui lui rentrait jusqu'aux amygdales. Esther poursuivit, imperturbable.

— Ces tableaux sont sublimes et pourtant, j'ai fini par les haïr. Ils ont été à l'origine de trop de souffrances, d'injustices et de monstruosités, ils sentent le sang et la mort, l'argent sale, eux qui ne parlent que de beauté. Même le délicat Nicolas Poussin vous a inspiré les gestes les plus sordides qui soient. Ces gestes, malheureusement, je les porterai toute ma vie dans ma mémoire et dans mon corps. Les gens de votre espèce sont les pires qui soient, car ils transforment les enchantements en cauchemars. C'est pourquoi j'ai décidé de purifier tout ça par le feu, comme vos copains les nazis ont fait des Juifs de ma race, au beau temps du Reich. Qu'en dites-vous ?

Et, sans lui laisser le temps de gémir :

— Vous avez de la chance : ce sera un beau spectacle. Mon artificier est aussi magicien. Comme par enchantement, le combustible dont nous avons enduit l'arrière de toutes les œuvres s'attaquera d'un coup aux toiles et aux cadres. En quelques minutes, tout cela ne sera plus qu'un tas de cendres.

Esther demanda à Djamel d'enlever à Espiralier son bâillon.

— Je veux l'entendre brailler quand tout va flamber.

— Vous n'allez pas faire ça, gémit Espiralier d'une voix piteuse, déformée par la tuméfaction de sa bouche meurtrie.

Giovanni s'approcha du centre de la pièce, tenant à la main un petit détonateur qu'il se contenta de presser. Aussitôt les dix premiers tableaux, les plus beaux, les plus chers, prirent feu dans une gerbe d'étincelles, sous les cris désespérés d'Espiralier.

— Gardez encore de la voix, mon cher, tous les tableaux vont y passer par groupes de dix, comme au bon vieux temps de la Gestapo.

Très vite les flammes prirent de la hauteur, la Sainte-Victoire de Cézanne prit tout à coup une teinte de feu aussi somptueuse qu'éphémère, tandis que, dans le fond de la galerie, d'autres tableaux commençaient à flamber à leur tour. Espiralier criait tant que, d'un coup bien placé dans la nuque, Tucky finit par l'assommer.

— Il faut partir, dit Fred Vigo, dans cinq minutes, peut-être moins, c'est toute la baraque qui va cramer.

Ils entendirent cette voix de la sagesse et, traînant avec eux leurs deux prisonniers, ils prirent le chemin du parc. Djamel et Tucky les saucissonnèrent avec entrain autour du tronc d'un pin parasol à bonne distance du feu de joie et toute la bande disparut dans cette nuit cuivrée. Deux véhicules les attendaient, où prit place aussi Fred Vigo qui regarda sans états d'âme la maison se consumer par le toit. Fabrice au volant du premier véhicule, Giovanni au volant du second, ils filèrent en direction de l'Italie. À Monaco, ils aperçurent au loin d'immenses flammes qui se dressaient vers le ciel.

Esther, assise à côté de Fabrice, descendit sa vitre et respira profondément. L'air était frais et parfumé. Elle prit la main de Fabrice et lui demanda s'il savait dire oui en italien, pour répondre à la question d'un prêtre toscan.

Épilogue

Villa Aurore, mars 2017

On a beau m'assurer que vivre centenaire est devenu désormais monnaie courante de nos jours, et pas seulement dans les vallées andines ou sur les monts d'Asie septentrionale, mes quatre-vingt-seize ans me conduisent tout de même à penser que le terme de mon existence, à moi Fred Vigo, est proche. Cette idée me contrarie un peu car, au fil du temps, j'ai pris goût à vivre et je me demande bien ce qu'il adviendra de moi pendant que le temps continuera de filer ici-bas en mon absence. Malgré mon grand âge, je n'ai pas eu la sagesse ou peut-être la faiblesse, qui sait, de croire à un Dieu rédempteur et bienveillant qui viendrait m'accueillir en son sein pour une éternité de farniente. Les seuls héros de ma vie étaient humains, trop humains, et je les ai aimés comme des dieux. Je parle de Nina et d'Esther, ces deux femmes cardinales qui ont guidé mes jours et mes rêves jusqu'à cet instant où j'écris ces lignes, et qui resteront jusqu'à mon dernier souffle mes seules vraies raisons de vivre encore un peu.

Leur histoire est un peu la mienne. Je reviens sans cesse, malgré moi, sur cette fameuse nuit où ma pauvre Esther fut livrée aux jeux bestiaux et immondes de Rustelli et d'Espiralier. Je me trouvais à ce moment dans une des pièces voisines, à inventorier un certain nombre de gravures accrochées au mur, récemment acquises par Esther. Il m'arrivait à cette époque encore de travailler la nuit car le sommeil a toujours été un compagnon capricieux et les insomnies venaient souvent le remplacer. J'étais donc absorbé dans ce travail d'inventaire lorsque j'entendis des cris étouffés, des gémissements sourds ponctués de soupirs d'homme et d'exclamations victorieuses. Je n'avais pas vu Rustelli arriver à la villa, et je me demandais bien qui pouvait faire un tel remue-ménage, d'autant qu'il n'y avait ni téléviseur ni radio dans ce coin-là de la maison. Il me semblait que les bruits venaient de la grande salle d'exposition où était accrochée la collection Goldberg, et j'ai pensé à des cambrioleurs, tout en songeant qu'ils n'étaient pas très discrets. Je me suis approché à pas de loup. On pouvait d'autant moins m'entendre que je portais aux pieds des sandales souples et que, de l'autre côté de la cloison, ça faisait un bruit d'enfer. Un enfer, c'était bien le mot.

Lorsque, entrebâillant la porte, j'ai découvert le spectacle atroce, c'est à peine si j'en ai cru mes yeux. Ces deux hommes étaient devenus de vrais monstres, aussi lâches que brutaux. Je suis resté là, le souffle coupé, impuissant, terrifié, incapable de bouger. Je n'ai pas tardé à voir que cette femme sur laquelle ils s'acharnaient avec tant de plaisir et de violence était ma pauvre Esther.

Je ne crois pas être un homme lâche, mais c'est

vrai que je ne suis pas intervenu. Dans l'état où ils étaient, ils m'auraient coursé dans la maison et m'auraient supprimé sans autre forme de procès. Je les connaissais suffisamment pour savoir que, hélas, un témoin gênant aurait été systématiquement éliminé. Je savais que vivant je serais plus utile à Esther. Mais, pour écourter leurs vils ébats, j'ai fait exprès de mettre en route la voiture dans le parc, et de tourner dans l'allée principale, comme si des visiteurs étaient en train d'arriver. Mon stratagème aurait pu échouer et ils se seraient peut-être acharnés sur Esther jusqu'à ce que mort s'ensuive. Je me disais que s'ils ne sortaient pas dans la demi-heure, j'essaierais de me confectionner une arme pour les neutraliser. J'ai attendu un moment et, par chance, le bruit du moteur les avait alertés. C'est là qu'ils se sont rhabillés et qu'ils sont partis avec Esther, groggy mais vivante, pour la déposer en bord de mer.

Dès la minute où j'ai vu Esther sous le joug infâme de ces brutes, j'ai pensé à la vengeance que je l'aiderais à accomplir, une vengeance terrible et sans appel. Cette idée m'habita des mois et des années. Je suis resté à mon poste auprès de Lucien Espiralier, glanant des informations compromettantes sur lui et sur son ami Rustelli, que je pus communiquer à Ahmed Bejaïa, dont le fils Djamel veillait sur Esther. Quand la jeune femme fut remise, je suis allé la voir à la villa Aurore, je lui ai dit que j'avais été témoin de l'horrible scène. Elle ne m'en a pas voulu d'être resté caché : elle aussi savait bien qu'à ce moment-là, le pire aurait été que je me montre. Et, petit à petit, nous avons échafaudé notre plan pour jeter à terre, définitivement, ces deux crapules.

Le soir de l'incendie, les pompiers ont découvert Espiralier et Rustelli attachés à leur arbre, les lèvres ensanglantées, les joues portant la marque des gifles qu'ils avaient reçues. Un badaud attiré par l'incendie avait même eu le réflexe de tirer le portrait assez peu avantageux des deux hommes dans cette position humiliante, cliché qu'il vendit à prix d'or aux journaux qui en firent leurs manchettes pour illustrer la chute du maire de Nice.

Depuis l'envoi de la lettre fatale à toutes les rédactions, des dizaines de journalistes traquaient Rustelli. Quand ils retrouvèrent sa trace, il était déjà en garde à vue dans le bureau d'un juge parisien devant lequel, épuisé, à bout de forces et de nerfs, il passa des aveux complets, si bien que la lettre « inventée » par Giovanni aurait pu être tout à fait authentique. À la différence près que Rustelli, vaincu pour vaincu, se vanta encore de forfaits pourtant inavouables qui vinrent alourdir, s'il en était besoin, les charges pesant contre lui. Trois jours plus tard, il fut écroué. Sa démission fut effective le soir même de son incarcération qui dura huit ans.

Il faut croire que sa bonne étoile l'avait définitivement quitté car, à la veille d'une remise de peine, un détenu venu lui porter son dîner lui perfora le cœur avec une aiguille à tricoter qu'il dissimulait dans sa manche. Rustelli perdit tout son sang et c'est un gardien qui le retrouva mort le lendemain matin, au moment de le conduire vers la sortie. L'enquête révéla que l'homme avait agi par vengeance. Rustelli, quinze ans plus tôt, avait fait assassiner son frère par un tireur sicilien, après que ce dernier, impliqué dans ses magouilles immobilières sur la Côte, eut menacé de tout révéler à la justice si sa commission n'était pas réévaluée. Rustelli avait refusé et s'était assuré les services d'un tueur. En apprenant cette histoire, je me suis dit rétrospectivement que j'avais bien fait de ne pas intervenir le fameux soir du viol d'Esther, même si ma passivité à ce moment m'a longtemps tourmenté. Rustelli aurait eu vite fait de me liquider. Mais sa mort en prison, la veille de sa libération, fut le signe qu'il y avait une justice aussi pour les truands.

Quant à Espiralier, d'avoir vu sa collection et sa gentilhommière disparaître en fumée le plongea dans une dépression dont il ne s'est jamais remis, d'autant que les preuves de complicité établies à son encontre dans les affaires véreuses de Rustelli lui ont valu de telles sommes à payer qu'il s'est vite retrouvé sans le sou et du même coup sans amis, puisqu'il n'avait pour amis que des gens intéressés. Sa femme le quitta du jour au lendemain et on dit qu'il erre parfois dans le vieux Nice, le visage hagard, une francisque épinglée à un costume élimé qui appartenait à son père. Sa déchéance est telle qu'on le ramasse régulièrement ivre dans les rues sombres de la ville. Espiralier, d'après mes informations, est devenu une larve humaine.

Et nous ? Notre fuite, le soir de la vengeance d'Esther, prit des allures de triomphe. Quelques semaines avant le jour J, j'avais loué sur les hauteurs de Florence un manoir du XVIIe siècle, dominant les monts de Toscane et les étendues de tournesols et de blé à perte de vue. Pendant un an, nous avons vécu avec l'argent accumulé par Esther et sa bande, initiant cette jeunesse avide et curieuse à tous les trésors artistiques de la Renaissance. Michel-Ange, Léonard, Fra Angelico sont devenus nos compagnons de promenade et de rêverie. Le soleil était de la partie et Esther resplendissait.

Mais une de nos grandes activités du moment fut de trouver des acheteurs pour notre propre trésor — je veux parler de la collection Goldberg.

En effet, le feu de joie que nous fîmes cette fameuse nuit ne brûla pas un seul tableau authentique, contrairement à ce que crut Espiralier. La veille de notre opération, alors que j'étais seul de garde à la villa du cap Ferrat, Giovanni et ses amis avaient pris soin d'enlever les toiles et d'y substituer les sublimes copies réalisées depuis des mois par ce bon et talentueux Bezoukhov... C'est ainsi que les caves de notre maison toscane contenaient une véritable fortune, constituée par des chefs-d'œuvre connus et répertoriés. Les vendre supposait qu'on soit de mèche avec des réseaux très sophistiqués, connus des seuls spécialistes.

Esther avait depuis longtemps établi des contacts avec les « têtes de pont » européennes de ces réseaux dont les ramifications conduisaient à Tokyo, Djakarta, Singapour ou New York. Les rendez-vous étaient donnés chez des antiquaires aux apparences tranquilles des faubourgs de Florence. Toutes les transactions se déroulèrent à merveille. Les tableaux, une fois vendus, prenaient la route de l'Océan par le port de Brindisi, tandis que les milliards, eux, s'entassaient dans nos poches. Nous touchâmes ainsi des sommes inimaginables que Marion et Esther, très avisées et sachant garder la tête froide devant des chiffres à neuf zéros, placèrent dans plusieurs pays. Autant dire que nous n'avons plus jamais manqué de rien.

Lorsque tout fut réglé, que l'affaire Rustelli-Espiralier quitta le devant de la scène, chacun put reprendre une vie normale, si tant est que cela fût possible après de telles aventures. Nous sommes tous rentrés à Paris et là, nous avons essayé de mettre nos rêves en œuvre.

Tucky n'a pas tardé à devenir une star du rap, supplantant même ses idoles, Kat Luno et MC Solaar. Plusieurs fois il m'a invité à ses grand-messes du Zénith. J'y suis allé les deux premières années mais, maintenant, l'énergie me manque pour suivre cette jeunesse survoltée. J'ai de ses nouvelles par le journal et les émissions de télévision où il apparaît régulièrement, avec ce même grand sourire irrésistible.

Marion et Giovanni vivent paisiblement entourés de leurs six enfants, trois garçons et trois filles, les garçons aussi enjoués que leur mère, les filles réservées et cérébrales comme leur père. Je crois qu'ils sont heureux.

Quant à Djamel, on l'a vu apparaître à l'écran dans quelques films de cinéma et dans une série policière à succès de la télévision. Puis il s'est rapidement reconverti dans la production et il est devenu un des personnages clés de ce secteur.

Mais je crois que le bonheur absolu, c'est Esther qui le connaît avec Fabrice, qu'elle a épousé dès notre séjour en Italie. Le calme et la douceur de ce garçon l'ont apaisée. Elle a appris à aimer et à être aimée ; elle a effacé toutes les ombres de sa vie qui l'empêchaient d'aller de l'avant. Dès qu'elle a vu

Rustelli et Espiralier à terre, elle a ressenti au fond d'elle-même la libération qu'elle avait tant attendue et espérée. Fabrice, lui, ne s'est plus posé la question de savoir si son père s'intéresserait un jour à lui. L'amour d'Esther l'a comblé, et il l'a accepté sans plus chercher à comprendre ce qui lui était arrivé depuis son braquage calamiteux du Franprix de Pantin. Il a compris ce que veut dire le fameux dicton : « Les gens heureux n'ont pas d'histoire. » Quand Nine, leur fille, est née, je me souviens d'être venu voir cette petite famille toute neuve à la maternité de l'hôpital Saint-Vincent-de-Paul. J'étais heureux et étonné d'avoir été le premier prévenu de cette naissance par Fabrice.

Mais, dans la chambre d'Esther, une autre surprise m'attendait.

— Je te présente ton arrière-petite-fille ! m'avait lancé Esther.

Et, devant mon visage incrédule, elle m'avoua une chose incroyable ! Nina, quelque temps avant sa mort accidentelle, lui avait confié que le bel Alfonso Carillo n'avait jamais existé. Nina avait été enceinte de moi. Mais comme elle redoutait de partager la vie d'un homme, quel qu'il fût, elle avait inventé cette histoire pour m'éloigner. J'avais bien sûr pris mes distances, même si la mort brutale du prétendu Alfonso m'avait permis de revenir très régulièrement. Esther m'avoua que si elle avait accepté de travailler pour Espiralier bien plus tard, c'était pour mieux connaître son grand-père. Des larmes de bonheur et d'émotion s'écoulèrent de ma vieille carcasse. Puis je pris la petite Nine dans mes bras et la serrai contre moi. Cet aveu tardif et cette arrière-petite-fille ravissante, c'étaient les plus beaux cadeaux qu'on pouvait faire à mes vieux jours.

Le soir, en rentrant, je songeai que je pourrais maintenant mourir en paix mais, comme vous le voyez, la mort n'a pas encore voulu de moi.

Du même auteur :

MONEY (Denoël, 1980).
CASH (Denoël, 1981), Prix du Livre de l'été 1981.
FORTUNE (Denoël, 1982).
LE ROI VERT (Édition n° 1/Stock, 1983).
POPOV (Édition n° 1/Olivier Orban, 1984).
CIMBALLI, DUEL À DALLAS (Édition n° 1, 1985).
HANNAH (Édition n° 1/Stock, 1985).
L'IMPÉRATRICE (Édition n° 1/Stock, 1986).
LA FEMME PRESSÉE (Édition n° 1/Stock, 1987).
KATE (Édition n° 1/Stock, 1988).
LES ROUTES DE PÉKIN (Édition n° 1/Stock, 1989).
CARTEL (Édition n° 1/Stock, 1990).
TANTZOR (Édition n° 1/Stock, 1991).
LES RICHES (Olivier Orban, 1991).
BERLIN (Édition n° 1, 1992).
L'ENFANT DES SEPT MERS (Stock, 1993).
SOLEILS ROUGES (Stock, 1994).
LE RÉGIME SULITZER (Michel Lafon, 1994).
LAISSEZ-NOUS RÉUSSIR ! (Stock/Michel Lafon, 1994).
TÊTE DE DIABLE (Stock, 1995).
LES MAÎTRES DE LA VIE (Stock, 1995).
LE COMPLOT DES ANGES (Stock, 1996).
SUCCÈS DE FEMMES (Plon, 1996).
LE MERCENAIRE DU DIABLE (Stock, 1997).
LA CONFESSION DE DINA WINTER (Stock, 1997).
LA FEMME D'AFFAIRES (Stock, 1998).
DANS LE CERCLE SACRÉ (Stock, 1999).
ORIANE OU LA CINQUIÈME COULEUR (Stock, 2000).

Composition réalisée par EURONUMÉRIQUE

IMPRIMÉ EN ESPAGNE PAR LIBERDUPLEX
Dépôt légal Édit. : 28651-01/2003
LIBRAIRIE GÉNÉRALE FRANÇAISE - 43, quai de Grenelle - 75015 Paris.
ISBN : 2-253-15403-2 31/5403/6